L'anglais des assureurs

Luce Jame
Professeur à l'École Supérieure du Commerce Extérieur

Belin
8, rue Férou - 75278 Paris cedex 06
www.editions-belin.com

Sommaire

Remerciements

À Christiane Claraso et son mari, à Sophie Quillet et Éléonore
qui m'ont aidée dans la saisie et la relecture du manuscrit.
À ma fille, Éléonore.

 ISSN 1159-7135 ISBN 978-2-7011-4920-2

Préface

La mondialisation des échanges induit une transformation profonde du comportement stratégique des compagnies d'assurances directes et des sociétés de réassurance françaises. La matière assurable, de même que l'offre d'assurance et de réassurance sont devenues internationales.

Face à cette montée en charge de la croissance externe des entreprises, les acteurs de l'assurance ont réagi sainement et pragmatiquement en recourant à l'anglais pour souscrire des affaires, et plus généralement pour communiquer, échanger sur le plan professionnel. Cette orientation a suscité, chez certains observateurs extérieurs au marché, une polémique dogmatique non résolue à ce jour : la juste cause de la francophonie se trouverait atteinte dans ses ressorts les plus essentiels par le comportement complice des agents économiques exportateurs de services, qui, ayant choisi l'efficacité, auraient succombé aux charmes diaboliques de l'anglophonie.

C'est semble-t-il commettre une erreur d'analyse sur la situation réelle et s'adonner à un amalgame spécieux. L'anglais des assurances, et plus généralement l'anglais des affaires, contribue utilement à réunir des hommes et des cultures différents, sans qu'il y ait pour autant abandon de l'identité spirituelle et des savoir-faire professionnels des uns et des autres. Cette langue véhiculaire permet à l'assurance de pouvoir être diffusée dans le monde entier pour le plus grand bien des hommes et des entreprises.

L'anglais des Assureurs, de Madame Luce Jame, permettra aux hommes et aux femmes de l'assurance française d'exprimer et de faire apprécier leur professionnalisme sur les marchés extérieurs où il est soit d'usage, soit plus commode de travailler en anglais. L'ouvrage contribuera à améliorer l'efficacité des assureurs français par la maîtrise accrue d'une langue, qui, du fait du sentiment trompeur qu'elle suscite, peut apparaître comme facile et à la portée de chacun, alors même que dans le domaine technique, il est essentiel d'en corriger les effets pervers liés au "feeling", pour parvenir à l'excellence, tant dans les écrits professionnels que dans les communications verbales. Professeur à l'École Supérieure du Commerce Extérieur, Madame Luce Jame dispose d'une solide expérience de linguiste qu'elle a souhaité partager avec les lecteurs de son ouvrage précédent *L'anglais de la logistique*, consacré notamment aux activités assurantielles et de transports. Cette fois-ci, sans doute influencée pour partie par un contexte familial propice au sein duquel l'assurance était fréquemment évoquée, l'auteur a voulu aller plus loin dans la maîtrise des concepts liés à la technique des assurances, en en facilitant une compréhension franco-britannique. Cet ouvrage arrive à point nommé et facilitera grandement le travail de nos entreprises dans l'indispensable conquête de nouvelles parts de marchés, en Europe et dans le reste du monde.

Philippe Bonin
Secrétaire Général de l'École Nationale d'Assurances

Abréviations

English

acc.	accountancy
adj.	adjective
adv.	adverb
Am.	American
cl.	clause
comp.	computers
const.	construction
Doc. Cred.	Documentary Credit
econ.	economic
ins.	insurance
Lat.	Latin
mar.	marine
n.	noun
pl.	plural
re.	reinsurance
sb.	somebody
sing.	singular
sthg	something
transp.	transport
UK	British usage
US	American usage
v.	ver

Français

adj.	adjectif
adv.	adverbe
ass.	assurances
const.	construction
Crédoc.	Crédit Documentaire
f.	féminin
imm.	immobilier
inc.	incendie
inf.	informatique
inv.	invariable
jur.	juridique
m.	masculin
n.	nom
pl.	pluriel
prép.	préposition
qqch.	quelque chose
qqn.	quelqu'un
ré	réassurance
sing.	singulier
transp.	transports
v.	verbe

Utilisation du manuel

Les mots et expressions des glossaires ne sont traduits que dans le contexte des assurances. Certains des mots sont suivis de «voir ci-dessous» ou «see below», car la traduction n'aurait aucun sens hors contexte ou bien leur sens ne peut être éclairé que par l'exemple ou les exemples qui sui(ven)t. Les numéros en regard de certaines entrées se rapportent aux exemples numérotés de la section «Insurance clauses» dans laquelle les mots et les expressions sont employés. La section «Insurance clauses» place de nombreux mots importants dans un contexte pour en illustrer le sens. Les exemples sont tirés de documents authentiques. Chacun des exemples apparaît à la fois en français et en anglais et les mots clef sont en caractère gras.

ENGLISH FRENCH GLOSSARY

LEXIQUE ANGLAIS FRANÇAIS

A

a fortiori a fortiori

a priori a priori

abandon (to) renoncer, abandonner

to abandon prosecutions renoncer aux poursuites

to abandon the subject-matter to the insurers faire délaissement de l'objet assuré aux assureurs

abandonment 026 délaissement, abandon

abandonment notice, notice of abandonment notification de délaissement/d'abandon

abandonment of the subject matter to the insurers 026 délaissement aux assureurs de la part de l'assuré

abattoir abattoir

ABI (Association of British Insurers) *(UK)* Association des assureurs britanniques

abide by sthg (to) se plier à, respecter, observer qqch.

able-bodied *(voir ci-dessous)*

any money in excess of £2,000 must be accompanied by two able-bodied adults toute somme d'argent supérieure à £2 000 doit être accompagnée par deux adultes valides

abnormal 246 anormal, aberrant

abnormal change in temperature variation anormale de température

abnormal conditions of use 246 conditions anormales/aberrantes d'utilisation

above and over en sus de

above-mentioned précité

above-the-line benefits indemnités, prestations ordinaires

abrupt termination/breach of contract brusque rupture de contrat

absence absence, défaut

absence of news défaut de nouvelles

in the absence of 266 en l'absence de

absenteeism absentéisme

absolute *(voir ci-dessous)*

absolute exclusion exclusion absolue

absolute fixed sum excess franchise absolue

absolute liability responsabilité présumée

absolute total loss perte totale réelle

in sb.'s absolute discretion absolument au gré de qqn

absolve oneself from/of any further liability (to) se libérer de toute autre responsabilité

absorption absorption, épuisement

after absorption of liability stipulated in Article 1 après épuisement/absorption de l'engagement stipulé à l'article 1

abstract extrait, résumé, abrégé *(d'un texte scientifique ou technique)*

abstract of title *(real estate)* intitulé de l'acte de propriété

abstract (to) soustraire

to abstract all or part of property insured soustraire tout ou partie des biens assurés

abstraction of a merchandise 289 soustraction d'une marchandise *(vol)*

abusive termination/breach of contract rupture abusive de contrat

accelerate (to) accélérer

acceleration of maturity avancement d'une échéance *(contrat, traite)*

accept (to) accepter

to accept service of process accepter une sommation de comparaître en justice

accepted premium (re.) prime acceptée

accepted risk risque accepté

acceptable acceptable, admissible

acceptance acceptation ; plein *(ré.)*

acceptance date date d'acceptation

acceptance limit (re.) plein d'acceptation

acceptance test test d'homologation

accepting office compagnie cessionnaire

access accès

access floor (computer) faux plancher

to have access to sthg avoir accès à qqch.

access sthg (to) avoir accès à qqch.

accessibility accessibilité

accessible accessible

accessible to the general public accessible au public

accessory *(n.)* complice ; accessoire

accessories of an electrical apparatus 186 accessoires d'un appareil électrique

accessory *(adj.)* **charges** frais accessoires

accident accident

accident record statistiques des accidents ; antécédents

accident report déclaration d'accident

it is no accident that ce n'est pas par hasard que

accidental accidentel

accidental damage les dommages de caractère accidentel

accidental failure of the public electricity supply at the terminal points of the supply authority's feed to the premises coupure accidentelle de l'approvisionnement public en électricité aux points de raccordement aux locaux

accommodate a dispute (to) trancher un différend/litige

accommodation logement ; aménagement

accommodation bill/paper traite de complaisance

accommodation line (ins.) risque accepté à titre commercial

accompany (to) accompagner/ convoyer

the custodian or the guard accompanying him le porteur de fonds ou le garde qui l'accompagne

accomplish in full (to) accomplir entièrement

accord and satisfaction remise de dette onéreuse

in accordance with sthg 261 conformément à/selon qqch.

accordingly 248 en conséquence

account compte

account manager chargé de clientèle

account shall be taken of... il sera tenu compte de...

contingency account compte de prévoyance

for account of whom it may concern 177pour le compte de qui il appartiendra

for one's own account pour compte propre, pour son propre compte

it is taken account of 214 il est tenu compte de

on account of à valoir sur ; du fait de, en raison de ; pour le compte de

payment on account paiement à compte

profit and loss account of a company compte de résultat d'une entreprise

risk for own account risque pour compte

the amounts you would have paid relating to this account on principal, interests and expenses les sommes que vous auriez déboursées de ce chef en principal, intérêts et frais

the settlement of indemnity is made by individual account le règlement de l'indemnité est fait par pour compte

to be for sb.'s account être à la charge de qqn (frais), être porté sur le compte de qqn

to bring into account 004 prendre en compte

accountable to the Authorities for sthg comptable de qqch. vis-à-vis des Autorités

accountancy comptabilité

accountant comptable

accountant's liability insurance assurance détournement de fonds

accounting *(voir ci-dessous)*

accounting error erreur comptable

accounting expenses charges comptables

accounting period période comptable, exercice financier

accounting plan plan comptable

accounting principles principes comptables

accounting year exercice comptable, année de compte

under the accounting information sous les renseignements comptables

accredited broker courtier autorisé/accrédité

accretion 201 augmentation

accrual *(voir ci-dessous)*

accrual basis method of bookkeeping 001 méthode de la comptabilité d'exercice

date of accrual date de survenance du dommage

accrue (to) 166 courir *(intérêts)* ; (s') accroître

accrued interest intérêts courus

rights accrued under a contract droits acquis au titre d'un contrat

the loan and the interests accrued thereon le prêt/ l'emprunt et les intérêts afférents

accruing to acquis par, revenant à

to have the interests accrue through injunction 166 faire courir les intérêts par sommation

accumulation of benefits cumul des indemnités, des prestations

accuracy exactitude, précision

accuracy of measurement précision de mesure

accuracy of the Insured's disclosure and representation/ of the Insured's declaration exactitude des déclarations de l'assuré

accurate exact

accused *(n.)* le/la prévenu(e)/ l'inculpé(e)

achieve (to) réaliser

acknowledge (to) reconnaître, admettre

to acknowledge receipt of accuser réception de

it is herein acknowledged that the Insured acts as bailee il est donné acte à l'assuré du fait qu'il agit en tant que dépositaire de biens

acknowledgement *(voir ci-dessous)*

acknowledgement of receipt accusé de réception, reçu

he will be given a written acknowledgement of such request il lui sera donné acte par écrit de cette demande, il lui sera donné confirmation écrite de cette demande

acoustic insulation isolation phonique

acoustics acoustique *(n.)*

acquisition acquisition

acquisition of an interest in property acquisition d'un droit dans une propriété

acquisition cost 002 coût d'acquisition

acronym sigle

across *(voir ci-dessous)*

to raise the premiums across the board augmenter les primes de façon générale

act, Act acte, loi

act of fraud acte de fraude

act of sabotage acte de sabotage

act of third party fait d'autrui/d'un tiers

act of vandalism acte de vandalisme

criminal act, terrorist act attentat

dishonest act acte de malhonnêteté

fraudulent act or omissions acte dolosif ou omissions

malicious act acte de malveillance

negligent act or omissions acte téméraire ou omissions

unlawful act, tortious act 255 acte délictueux

violent act acte de violence

Act of God cas de Force Majeure (catastrophe naturelle)

Acts of foreign Enemy faits de guerre étrangère

Acts of Queen's enemies (UK) faits de guerre

to perform acts coming within the scope of the usual duties of an

employee accomplir des actes dans le cadre des obligations habituelles d'un employé

act (to) agir

to act from a political move agir à partir d'une démarche politique

to act within the scope of one's employment agir dans le cadre de ses fonctions

action action

action for avoidance of contract action en nullité de contrat

action for cover of hidden defects action en garantie de vices cachés

action for failure to deliver on account of non-conformity of the product delivered action en manquement à l'obligation de délivrance du fait de la non-conformité du produit livré

action for forfeiture of patent action en déchéance de brevet

action for money had and received action pour une forme d'enrichissement sans cause

action for remedy action en réparation

action for repayment action en remboursement

action on a policy action en se prévalant d'une police (jur.)

class action peut se comparer à action en représentation conjointe

consequential action of the fire action indirecte de l'incendie

court action 308 action judiciaire

mechanical action of the wind action mécanique du vent

recourse action action récursoire

to take action to prendre des mesures pour

actionable nuisance nuisance qui peut faire l'objet d'un recours

actual réel

actual cash value 029 valeur vénale, valeur économique réelle

actual cash value (fire ins.) valeur d'assurance

actual first loss policy 283 police au premier risque absolu

actual insolvency faillite de fait, insolvabilité de fait

actual or constructive total loss 285 perte totale réelle ou réputée totale

actual owner propriétaire réel

actual total loss perte totale réelle

actual value 010 valeur réelle

actuarial actuariel

actuarial statistic statistique actuarielle

actuarial valuation 003 évaluation actuarielle

actuarial value valeur actuarielle

actuary *(n.)* actuaire

add something in one's hand (to) ajouter qqch. de sa propre main

addendum to a policy avenant à une police

addition to a building extension d'un bâtiment

additional supplémentaire

additional clause to additif à/un avenant à

additional premium for payment by instalments surprime de fractionnement

AP (additional premium for short term cover) surprime pour court terme

additional premium, if required surprime, le cas échéant

additional risk risque supplémentaire

address adresse, domicile

at sb.'s last known address 014 au dernier domicile connu de qqn

adjacent to adjacent à

adjoin sthg (to) être attenant à qqch., être contigu à qqch., jouxter qqch.

adjoining adjacent

adjoining risks risques contigus

adjoining sthg contigu à/attenant à qqch., jouxtant qqch.

adjoining to limitrophe à

adjudicate (to) statuer, juger

courts apply strict standards in adjudicating negligence les tribunaux appliquent des normes strictes lorsqu'ils jugent la négligence

adjudication in bankruptcy jugement déclaratif de faillite

adjudge damages (to) accorder des dommages-intérêts

adjust (to) ajuster, régler

to adjust an insurance premium moduler une prime d'assurance

adjustable réglable, ajustable, révisable

adjustable premium prime révisable

adjuster of the insurance company expert de la compagnie d'assurance

adjustment 005 ajustement, règlement

adjustment of a claim règlement d'un sinistre

adjustment of covers aménagement de garanties

adjustment of the premium régularisation/ajustement de la prime

adjustment rate taux de révision

contractual adjustment aménagement contractuel

administration/administrative expenses frais d'administration

administrative data processing informatique de gestion

administrator administrateur *(jur.)*

admissible asset 004 actif admissible

admission *(voir ci-dessous)*

admission of liability prise en charge du sinistre, reconnaissance de responsabilité

to make admission of liability admettre la responsabilité, accepter une reconnaissance de responsabilité

admit (to) *(+ ing)* admettre

admitted claim sinistre accepté

admitted company compagnie agréée

admitted responsibility responsabilité présumée

admitting material facts aveu de matérialité des faits

to admit one's liability reconnaître sa responsabilité

admittance admission

to give admittance to a building 292 laisser entrer qqn dans un bâtiment

adrift à la dérive

to go adrift aller à la dérive

advance *(n.)* avance

advance on recovery avance sur recours

advance payment bond caution de restitution d'acompte

advance premium (US) prime provisionnelle

advance money (to) avancer de l'argent

advancement of the file évolution du dossier

advantage over avantage sur

adverse effect on sthg effet défavorable sur qqch.

advice avis

advice of loss avis de sinistre ; avis de manquant

advice of shortage avis de manquant

bordereau advice (re.) avis de bordereau (ré.)

advised *(adj.)* averti

advisory committee comité consultatif

advocate (to) préconiser

aerial *(n.)* antenne

TV aerials with aerial fittings and masts antennes de télévision avec les fils aériens et leurs supports

aerial *(adj.)* **device**179 engin spatial

aeronautical aéronautique

affect (to) toucher *(frapper)*

to be affected by 257 être affecté par

affidavit of the Assured or the Assured's bank of deposit setting forth the amount and cause of loss shall be accepted la déclaration sous serment de l'Assuré devant un officier ministériel ou celle de sa banque de dépôt spécifiant le montant et la cause du dommage sera acceptée

affirm a contract (to) confirmer un contrat

affirmative affirmatif

to furnish affirmative proof of a loss under oath fournir la preuve sous serment de la réalisation d'un sinistre

affix (to) apposer, attacher, lier

to affix seals apposer des scellés

stamps affixed to cards timbres apposés sur des cartes

affixing *(n.)* **of EC marking on a product** apposition

du marquage CE sur un produit (norme européenne)

afford (to) se permettre, avoir les moyens de

the cover shall cease to be afforded with full legal right 104 la garantie tombe de plein droit

the opportunity afforded to the policyholder to... la possibilité laissée/offerte au souscripteur de ...

this cover is not afforded alone cette garantie n'est pas proposée isolément 252, 292

aforesaid *(adj.)* susdit

aforesaid provisions les dispositions précitées

as aforesaid comme mentionné auparavant

aftermath of an event 270 les suites d'un événement

against contre, à l'encontre de ; en regard de

against sb.'s consent contre le gré de qqn

against Seller à l'encontre du Vendeur

a person appearing in the Schedule against an endorsement number une personne apparaissant dans les Conditions Particulières en regard d'un numéro d'avenant

age of an object ancienneté d'un objet

ageing vieillissement, vétusté

agency agence

agency business *(re.)* souscription d'affaires réalisées par agence

agent agent

agents in the course of their activities 199 préposés pendant leur service

aggravated *(adj.) (voir ci-dessous)*

aggravated risk risque aggravé

aggravated theft vol qualifié

aggravating factor facteur aggravant

aggravation of risk aggravation du risque

aggregate 248 global/total

aggregate amount montant global/ total

aggregate annual deductible franchise globale annuelle

aggregate liability index fiche d'accumulation des risques

aggregation 328 cumul, consolidation

aggrieved party partie lésée

agree to sthg (to) accepter qqch.

agreed *(voir ci-dessous)*

agreed value valeur agréée

agreed value policy police en valeur agréée

it has been further agreed il a été de plus convenu

mutually agreed upon 036 fixé de gré à gré

agreement accord, convention

agreement by and between… conventionconclue entre …

by agreement forfaitairement

by mutual agreement à l'amiable, d'un commun accord

agricultural agricole

agricultural disaster calamité agricole

agricultural insurance assurance agricole

agricultural risk risque agricole

air grate/grid grille d'aération

air-conditioning climatisation

air-cushioned fire-boat bateau-pompe aéroglisseur

air-foam nozzle lance à mousse

aircraft (*pl.* **aircraft**) 087, 193 aéronef, appareil de navigation aérienne

airmail documents (to) expédier des documents par avion

AIRMIC (Association of Insurance and Risk Managers in Industry and Commerce)

(UK) Association des chargés d'assurance et gestionnaires de risques de l'industrie et du commerce

airtight hermétique

akin to contract ressemblant à un contrat, assimilé à un contrat

alarm gong cloche d'alarme

alarm system/device 284 système d'alarme

alarmingly de façon alarmante

alienation aliénation *(propriété, etc.)*

alienation of the insured subject aliénation de la chose assurée

aligned aligné

alignment on a common rule alignement sur une règle commune

all *(voir ci-dessous)*

all lines insurer assureur toutes branches

all or part of tout ou partie de

all risks policy police tous risques

all too rarely bien trop rarement

all-glass façade façade entièrement vitrée

all-in *(adj)* forfaitaire

all-in policy police tous risques, police multirisques, police Tout en Un

all-in price prix tout compris, forfaitaire

all-metal construction construction entièrement métallique

all-risk policy police tous risques

allegation allégation

allege (to) alléguer, prétendre

allied lines *(ins., US)* risques accessoires

aliquot supplies quote-part des fournitures

allocation of supervisory powers répartition des pouvoirs de contrôle

allow (to) *(voir ci-dessous)*

to allow access to permettre l'accès à

to allow for something tenir compte de qqch., faire la part de qqch.

allowable noise level niveau de bruit tolérable

allowance allocation, indemnité ; déduction

allowance for wear and tear abattement pour vétusté

job seeker's allowance allocation chômage

alloy alliage

alphanumeric keyboard clavier alphanumérique

alter (to) modifier

alteration to modification à

alteration to the structure modification de la structure

alternative *(voir ci-dessous)*

alternative currency monnaie, devise de remplacement

alternative premises clause clause de locaux de remplacement

alternative solution solution de dépannage

aluminum aluminium

ambient ambiant

ambulance ambulance

amend a document (to) amender, modifier un document

amendment *(Doc. Cred.)* modification

amendment in the protection of the premises amélioration de la protection des locaux

amendment to amendement à, rectification à

amenities aménagements *(confort)*

amicable 036 amiable

amicable arbitrators of a Mutual contract les amiables compositeurs d'un contrat de Mutuelle

amicable settlement règlement à l'amiable

amicable steps démarches amiables

two arbitrators entitled to act as amicable arbitrators deux arbitres ayant pouvoir d'agir comme amiables compositeurs

amicably à l'amiable

to settle sthg amicably régler qqch. à l'amiable

amount montant, somme

amount deductible on each claim franchise pour chaque sinistre

for amounts not exceeding the respective sums insured pour des montants qui n'excèdent pas les sommes respectives assurées

lump-sum amounts 323 montants forfaitaires

analogous to analogue à

analysis analyse

analysis and programming file dossier d'analyse et de programmation

event tree analysis analyse par arbre des événements

fault tree analysis analyse par arbre des causes

functional analysis analyse fonctionnelle

statistical analysis of claims analyse statistique des sinistres

analysis-programming method méthode analyse-programmation

anchor *(voir ci-dessous)*

anchor wall mur d'ancrage

anchor (to) ancrer *(construction)*

to anchor the bearing elements into the foundations ancrer les éléments porteurs dans les fondations

how the safe is anchored comment le coffre-fort est scellé

safes must be anchored les coffres-forts doivent être scellés

anchorage of a building ancrage d'un bâtiment

ancillary *(voir ci-dessous)*

ancillary risks risques accessoires

ancillary services services auxiliaires

ankle cheville *(partie du corps)*

anniversary *(voir ci-dessous)*

anniversary of the starting date of the insurance échéance anniversaire de la prise d'effet de l'assurance

ANSI (American National Standards Institute) *(US)* ANSI (Institut national américain des normes)

annual annuel

annual account compte annuel

annual aggregate limit limitation globale par année

annual aggregate stop loss reinsurance réassurance en excédent de perte annuelle

annual premium prime annuelle

annul (to) annuler

anomaly anomalie

answerable *(voir ci-dessous)*

to be answerable for sthg to sb. répondre de qqch. devant qqn

antedate (to) antidater

anti-blast wall mur anti-explosion

anti-corrosive anticorrosif

anti-theft device dispositif antivol

anticipate sthg (to) anticiper qqch.

anticipated escompté

anticipation of omissions and negligence of customer anticipation des omissions et négligences du client

anticipatory measure mesure anticipative

antique dealer antiquaire

antiques antiquités

any *(voir ci-dessous)*

any one risk chaque risque

at any one time à chaque fois que

at any time en tout temps

AOA (**for any one accident**) par accident

AOE (**for any one event**) par événement

for any one year par année

in any one risk par risque

apart from abstraction faite de, à part

apartment block bâtiment collectif

apartment house *(US)* immeuble collectif

apocryphal apocryphe

apparatus appareil

heating apparatus appareil de chauffage

fixed steam apparatus appareil fixe à effet de vapeur

fixed water apparatus appareil fixe à effet d'eau

apparent *(voir ci-dessous)*

apparent condition of the package état extérieur du colis

apparent defect défaut/vice apparent

in apparent good order and condition en bon état et condition apparents

appeal *(legal)* appel, pourvoi

appeal bond 302 caution d'appel

appeal outstanding appel en cours

at first appeal en premier appel

judgement pending appeal jugement en instance d'appel

on appeal en appel

appeal (to) *(legal)* faire appel

to appeal a decision 302 faire appel d'une décision

appear (to) paraître, apparaître, ressortir

to appear in court comparaître en justice

appearance in court comparution

Appellate Court cour d'appel

append (to) apposer

to append a schedule to a document ajouter une annexe à un document

to append one's signature apposer sa signature

the Schedule appended to this insurance 289 Les Conditions particulières ajoutées au présent contrat

appendix to a tariff annexe à un tarif

appliance appareil

electrical appliance appareil électrique

applicable applicable

applicant *(ins.)* le proposant *(client)*, le candidat, le requérant *(d'un agrément)*

application application ; candidature

application for cover 143 demande de garantie

application form (ins.) 097 formulaire de souscription

application of Average 010 application de la Règle proportionnelle

apply (to) appliquer, s'appliquer, produire ses effets ; postuler ; solliciter

to apply for a contract of insurance faire une demande de garantie (ass.)

to apply for a position postuler pour un poste

to apply to a bank for a loan solliciter un prêt auprès d'une banque

this insurance applies anywhere in the world le présent contrat d'assurance produit ses effets partout dans le monde

without applying excess sans application de franchise

appoint (to) *(voir ci-dessous)*

to appoint an adjuster saisir, nommer un expert

appointed by the court nommé judiciairement

appointment of the arbitrators nomination des arbitres

apportion the expenses (to) répartir, ventiler les dépenses

apportionable répartissable, fractionnable

apportionable contract contrat fractionnable

apportionment ventilation

ancillary costs apportionment ventilation des frais subsidiaires

appraisal, appraisement 007 évaluation, estimation, appréciation

second expert appraisal ordered to check the first one contre-expertise du second expert nommé pour vérifier les conclusions du premier

appraisal-salvage 036 expertise-sauvetage

appraiser *(ins., except mar. ins.) (US)* expert

appreciation amélioration, plus-value

appreciation in value plus-value

apprehension of sb. appréhension, arrestation de qqn

apprenticeship apprentissage

to be under a contract of apprenticeship être assujetti à un contrat d'apprentissage

approach démarche ; approche

approach road route d'accès

approach to sthg approche de qqch.

global customer approach approche globale du client

appropriate approprié

where appropriate le cas échéant

approval approbation, agrément, homologation

official approval of a tariff homologation d'un tarif

approve (to) approuver

an installer approved by the National Supervisory Council for Intruder Alarms un installateur agréé par le Conseil national de Contrôle des systèmes d'alarme

approximate approximatif

apyrous apyre

aquaculture aquaculture

arable land terre arable

arbitrary arbitraire

arbitration arbitrage

arbitration clause clause compromissoire, clause d'arbitrage

arbitrator arbitre

arborescent system système arborescent

arboriculture arboriculture

architect architecte ; maître d'œuvre *(engagé par un propriétaire)*

archives archives

archiving archivage

archivist archiviste

area aire

amenity area aire d'agrément

common area aire commune

effective area surface utile

habitable area surface développée

insurance based on area assurance à la superficie

total floor area surface développée

arise (to) survenir

to arise from/out of sthg 131, 225, 281 découler de, provenir de, résulter de, être afférent à, être la conséquence de qqch., prendre naissance avec

arising from 239 né de

armed robber braqueur

armoured blindé

arrange (to) *(voir ci-dessous)*

to arrange for sthg débattre de qqch., trouver des arrangements pour qqch.; convenir de qqch.

arranged total loss perte totale fixée par transaction

at a premium to be arranged moyennant une prime à débattre

we will arrange for the works to be done nous prendrons les dispositions pour que les travaux soient exécutés

arrangement arrangement, disposition, aménagement, accommodement

sanitary arrangements aménagements sanitaires

to make arrangements établir des modalités

arrear indemnities arriérés d'indemnités

arrears les arriérés ; les arrérages

payment in arrears paiement à terme échu

to be in arrears with one's rent être en retard pour son loyer

arrest-related costs frais afférents à une arrestation

arrival arrivée

on arrival à l'arrivée

arson incendie criminel

arson award prime versée à qui permet d'arrêter l'incendiaire

arsonist incendiaire *(n.)*

Articles and Memorandum of Association of a company*(UK)* statuts d'une société

artificial artificiel

artificial limbs membres artificiels, prothèses

as *(voir ci-dessous)*

as an example à titre d' exemple

as far as pour autant que

as follows comme suit

as from/as of 106 à compter de, à dater de

as is tel quel/telle quelle, dans l'état où il/elle se trouve

as per conformément à, suivant, au titre de

as (per) original (a phrase used in the wording of a reinsurance agreement to denote that the terms and conditions follow those of the original policy) selon police originale (expression utilisée dans la rédaction d'une convention de réassurance pour marquer que les modalités suivent celles de la police originale)

as the reinstatement is being executed 263 au fur et à mesure de la reconstitution

as the works are being performed, as the works are being done, as the work proceeds 194 au fur et à mesure de l'exécution des travaux

as to quant à

asbestos amiante

asbestos-cement roofing couverture en fibrociment

asbestos felt carton d'amiante bitumé

asbestosis asbestose

ascendant ascendant

ascertain sthg (to) 058 constater qqch. (un fait), s'assurer de, vérifier, déterminer

to ascertain the damage constater les dommages

to ascertain the profit 058 déterminer le bénéfice

ascertainment charges frais de constatation

aseismic antisismique

ashlar cloison verticale d'une mansarde

ashlar masonry maçonnerie en pierres de taille

asphalt l'asphalte

asphyxy, asphyxia asphyxie

assault committed on sb. voie de fait commise sur qqn

assembly assemblage

assert (to) affirmer

assess (to) évaluer, déterminer

to assess a tax fixer une taxe

to assess risks 100 apprécier des risques

to assess the premium (mainly mar. & fire ins.) calculer la prime

assessment 245 calcul, appréciation

assessment for Value Added Tax calcul de la Taxe à la Valeur Ajoutée

assessment of damage évaluation de l'avarie, des dommages

assessment of limit fixation de plein

assessment of premium fixation de la prime

assessment of risk appréciation du risque

assessor of damage *(ins., except mar. ins.)* 053 expert

asset un élément d'actif

assets of a company actif d'une société ; patrimoine d'une société

asset-based financing financement reposant sur les actifs

assign *(n.)* ayant droit *(pl.* ayants droit)

assign (to) céder, transférer

assignable transmissible, cessible

assignable to imputable à

assignee cessionnaire *(d'une créance)*

assignee in bankruptcy syndic de faillite

assignment *(voir ci-dessous)*

assignment of a policy transfert d'une police

assignment of use of the premises affectation des locaux

assignor cédant

assimilable to assimilable à

assimilated to 188 assimilé à

assist sb. (to) porter assistance à qqn

associate in interest un associé

Association *(what a mutual is called in an insurance contract)* la Société (nom donné à une mutuelle dans un contrat d'assurance)

ABI (Association of British Insurers): a trade association formed in July 1985 which all insurers authorised to transact insurance business in the United Kingdom are eligible to join (UK) ABI (association des assureurs britanniques) : association professionnelle créée en juillet 1985 et à laquelle peuvent adhérer tous les assureurs agréés du Royaume-Uni

unlawful association association illégale

assume (to) présumer, assumer

assumed assumé, accepté

assumed reinsurance acceptation de réassurance

assumed responsibility: any liability that the insured assumes under a contract responsabilité acceptée (assumée) : la responsabilité que l'assuré assume au titre d'un contrat

assumed value valeur estimative, présumée

assumption supposition ; présomption

assumption of portfolio reprise de portefeuille

Assured assuré *(n.)*

the original assured (re.) assuré d'origine

the Assured and their servants les Assurés et leurs préposés

atmosphere atmosphère

ATMs (automated teller machines) *(US)* distributeurs de billets de banque (DAB)

atomic atomique

attach (to) 084 attacher, fixer ; commencer à courir, prendre effet ; faire courir *(contrat)*

to attach a document 134 joindre un document

to attach the seal fixer les scellés

the cover attaches as from la garantie prend effet à compter de

the risk does not attach le risque ne court pas

after the policy attaches après l'entrée en vigueur de la police

attached to 124 annexé à

the documents attached to the contract 124 265 les documents annexes au contrat

attaching to and forming part of joint à et faisant partie de

attachment un papillon *(sur une police d'assurance ou un connaissement, contenant une clause)*

attachment date date d'effet, d'entrée en vigueur

attachment of a policy prise d'effet d'une police/ la prise de risques

attachment of earnings ordonnance de saisie ; arrêt sur salaire

attachment of risk mise en risques

attempt tentative

attempt at violating the security of the system tentative de violation du système de sécurité de l'installation

attempt (to) tenter, essayer

attempted suicide tentative de suicide

attempted theft 272 tentative de vol

attend to (to) *(voir ci-dessous)*

to attend to the correspondence se charger de la correspondance/du courrier

attendance 260 présence

attendance fees jetons de présence

court attendance expenses frais de présence au tribunal

to need constant attendance (personne) avoir besoin de soins constants

attendant *(n.)* **of the vehicle** le convoyeur ; le préposé chargé du véhicule

attendant *(adj.)* **expenses** dépenses accessoires

attest a cheque (to) certifier un chèque

attic grenier, combles

attitude to litigation attitude face à un litige

attorney conseiller juridique ; représentant en justice, avocat *(US)*

attributable to 146 être attribuable/ imputable à

attrition *(voir ci-dessous)*

in the face of such formidable claims attritionen présence d'une attrition si importante de sinistres

atypical atypique

auction sale vente aux enchères

auctioneer commissaire priseur

audible audible

audit the accounts (to) vérifier les comptes

auditor commissaire aux comptes

authenticate (to) authentifier

authentication authentification

authorisation autorisation ; agrément

to obtain the authorisation from/of the competent authorities obtenir l'agrément des autorités compétentes

when authorisation is required lorsque l'agrément est exigé

authorised *(voir ci-dessous)*

authorised person ayant droit

controller authorised by the Insurer contrôleur agréé par l'assureur

duly-authorised representative of the underwriter représentant dûment mandaté de l'assureur

authoritative document document qui fait autorité

automated automatisé

automatic automatique

automatic alarm avertisseur automatique

automatic debiting prélèvement automatique

automatic external alarm signal signal automatique d'alarme extérieure

automatic fire door porte coupe-feu automatique

automatically automatiquement

to be automatically covered être couvert d'office/ automatiquement

automaticity automaticité

automaton automate

programmable automaton automate programmable (ordinateur de contrôle)

auxiliary *(voir ci-dessous)*

auxiliary heating chauffage d'appoint

auxiliary memory mémoire auxiliaire

avail oneself of a right (to) 078 se prévaloir d'un droit

Availability/Integrity/ Confidentiality classification classification DIC : Disponibilité/ Intégrité/ Confidentialité

available disponible

available by... with... valable auprès de... par...(Crédoc.)

avalanche avalanche

average 010 moyenne ; avarie ; règle proportionnelle *(surtout ass. incendie)*

average clause clause de la règle proportionnelle

average damage avaries matérielles

average rate taux moyen

on average en moyenne

to be subject to the Convention of average être subordonné à la Règle proportionnelle

avert (to) éviter, prévenir

to avert a loss éviter une perte, prévenir une perte

to avert bankruptcy éviter la faillite

avicultural avicole

aviculture aviculture

avoid (to) *(+ ing)* éviter de

to avoid a contract annuler un contrat

avoidance *(voir ci-dessous)*

avoidance clause clause résolutoire

avoidance of a contract annulation d'un contrat

avoidance of a loss tout le soin apporté pour éviter une perte

avoidance of loss clause clause de mesures préventives

avow the truth of one's statement (to) attester la véracité de sa déclaration

await sthg (to) attendre qqch.

award 007 jugement, sentence arbitrale, les dommages-intérêts accordés

award by the tribunal indemnité accordée par le tribunal

award of indemnities attribution d'indemnités

award (to) adjuger, accorder

to award a contract adjuger un marché

to award damages 240 accorder des dommages-intérêts

aware *(voir ci-dessous)*

to be/become aware of 184 avoir/prendre conscience de, avoir connaissance de

awkward délicat *(difficile)*

B

back (to) donner son aval

the insurance is backed by commercial transactionsl'assurance est adossée à des transactions commerciales

back of a document verso d'un document

back up (to) *(comp.)* 221 avaliser ; sauvegarder

back-up of drains engorgement des canalisations

backbone network *(computer)* réseau dorsal

backdate a document (to) mettre un document en vigueur avec effet rétroactif

backed-up drains canalisations bouchées, engorgées

backfilling remblayage

backfire contre-feu, retour de flamme

backfire (to) donner un retour de flamme

backing of a bank parrainage, aval d'une banque

to obtain the backing of a bank obtenir l'aval d'une banque

backing store mémoire de sauvegarde

backup plan *(comp.)* plan de sauvegarde

backup value *(comp.)* 211 valeur de sauvegarde

bacteria *(pl.)* bactérie

bad *(voir ci-dessous)*

bad debts 256 créances douteuses

bad weather intempérie

penalty for bad loss malus

badly damaged gravement endommagé

bag snatching vol à l'arraché

baggage insurance assurance bagages

bail bonds *(guaranteeing that a defendant will appear in court)* caution judiciaire/pénale *(engagement signé par la caution, qui garantit que le défendeur comparaîtra)*

bail sb. out (to) libérer qqn sous caution

bailee dépositaire de biens *(sous contrat)*

bailee coverage (US) garantie des objets confiés

bailiff huissier

bailor *(US)* déposant

balance solde *(d'un compte)* ; reliquat

balance sheet bilan

impact on the balance sheet impact bilantiel

balancing of portfolio compensation des risques

balcony balcon

ban embargo

bang bang

sonic bang bang sonique

bang about (to) brinquebaler

bank *(voir ci-dessous)*

bank card carte bancaire (carte de paiement)

bank charges agios (bancaires)

Bank guarantee garantie bancaire

bank note billet de banque

Advising Bank Banque Notificatrice

clearing bank banque de compensation

Collecting Bank Banque chargée de l'encaissement

Confirming Bank Banque Confirmatrice

deposit bank banque de dépôt

Issuing Bank Banque émettrice

Negotiating Bank Banque Négociatrice

Reimbursing Bank Banque de Remboursement

Remitting Bank Banque Remettante (du Cédant)

savings bank caisse d'épargne

bankers' blanket bond assurance globale de banque

bankrupt failli *(n.)*

bankruptcy faillite

bar *(voir ci-dessous)*

a bar to a claim 084, 120 une déchéance d'indemnité

bar code recognition reconnaissance des codes barres

bar to sthg 084, 120 interdiction de qqch., déchéance de

to be a bar to any claim faire barrière à toute demande d'indemnité

bar (to) *(voir ci-dessous)*

to bar an insurance product from the territory barrer l'accès d'un produit d'assurance sur le territoire

to bar sthg prescrire/exclure qqch.

barred by lapse of time/by limitation prescrit, éteint

barring unforeseen events en excluant tous imprévus

to be statute barred (by a law) être prescrit, se prescrire (jur.)

barrister avocat

base the premium on (to) asseoir la prime sur

the premium is based on 325 la prime est assise sur

baseboard plinthe

basement 206 sous-sol *(bâtiment)*, soubassement

basic de base

basic covers garanties de base

basic premium prime de base

basic price prix de base

basic reparations benefits (US) indemnités (compensations) pour les réparations de base

basic rules of security règles élémentaires de sécurité

basic wage(s) salaire de base

basis base, assiette

basis of contributions assiette des cotisations

losses to extinction basis base des pertes jusqu'à leur apurement (ré.)

on a case-by-case basis au coup-par-coup

on a claims-made basis sur la base des réclamations présentées

on a full value basis sur une base de valeur totale

premium basis assiette de la prime

batch processing 224 traitement par lots

battery-powered alimenté par batterie

beacon balise

beacon (to) baliser, échelonner des feux d'alarme

beam poutre

bear (to) 250 porter ; supporter

to bear a date porter une date

to bear charges supporter des charges

to bear in mind garder à l'esprit

to bear the seal of porter le cachet/le sceau de

charges borne by sb. charges payables par

papers bearing in any way upon the claim made les documents ayant trait de quelque façon que ce soit au sinistre déclaré

the proportion this amount bears to the aggregate premium 123, 200 la proportion égale à celle qui existe entre cette somme et la prime totale

you will bear a rateable share of the loss une portion proportionnelle de la perte sera à votre charge

bearer network *(comp.)* réseau dorsal

bearing *(n.)* appui, support

bearing *(adj.)* porteur

bearing elements of a construction éléments porteurs d'une construction

bearing wall mur porteur

elements having a bearing function éléments ayant une fonction de portance

become (to) devenir

to become bankrupt faire faillite

to become due devenir exigible, arriver à échéance

bed lit

bed blanket couverture de lit

bed of clay couche d'argile

bed down (to) se tasser, prendre son assiette

bedding down of a structure tassement, prise de stabilité d'une structure

beef-up (to) renforcer

before *(voir ci-dessous)*

both before and after the loss or damage tant avant qu'après la perte ou le dommage

prosecution before a tribunal action en justice devant un tribunal

on behalf of pour le compte de

behest *(voir ci-dessous)*

on behalf of or on the behest of sb. pour le compte de qqn ou sur son ordre

behind schedule (to be) (être) en retard sur l'horaire/ sur l'échéancier

belated claim demande d'indemnité tardive

belong to (to) *(voir ci-dessous)*

persons not belonging to the personnel personnes étrangères au personnel

belongings effets personnels

bending arcage/arquage, cintrage, flexion

beneficiary 197 bénéficiaire

beneficiary of a policy bénéficiaire d'une police

beneficiary of an indemnity bénéficiaire d'une indemnité

named beneficiary bénéficiaire dénommé

benefit *(voir ci-dessous)*

benefit of insurance bénéfice de l'assurance

to be of benefit to sb. être profitable à qqn

to the benefit of 026 au profit de

benefits bénéfices, avantages, indemnités, prestations (indemnités)

Personal Accident Benefits indemnités pour accident personnel

social insurance benefits prestations sociales

Berne Union *(created in 1934: an association of private and Government credit and investment insurers)* l'Union de Berne *(créée en 1934 : association d'assureurs privés et étatiques de crédit et d'investissement)*

besiege (to) assiéger

to be besieged by être assiégé par

betterment *(the improvement in property insured under a contract of indemnity resulting from its reinstatement or repair)* 011 plus-value *(l'amélioration du bien assuré en vertu d'un contrat d'indemnisation découlant de son remplacement ou de sa réparation)*

beverages boissons

beware *(voir ci-dessous)*

beware glass "prudence, verre !"

let the buyer beware il appartient à l'acheteur de prendre garde

beyond *(voir ci-dessous)*

costs beyond those already incurred les coûts en sus de ceux déjà encourus

BI (Business Interruption) pertes d'exploitation

biannual bisannuel

bid bond caution de soumission

bidder enchérisseur

bill *(voir ci-dessous)*

bill of exchange lettre de change

bill of materials état des matières

bill of quantities (const.) bordereau des matériaux

billboard panneau publicitaire

billing statement of an insurance *(US)* avis de paiement d'une assurance

bind oneself (to) *(legal)* 182 s'engager à, s'obliger à

bind sb. (to) engager la responsabilité de qqn

binding *(adj.)* exécutoire

risk covered under a binding authority 057 risque couvert en vertu d'un mandat

to be binding on sb. engager qqn (sa responsabilité)

black ice verglas

blacken sb.'s reputation (to) porter atteinte à/entacher la réputation de qqn

blackmail *(n.)* chantage

blank (en) blanc

to be left blank être laissé en blanc, ne pas être rempli

blanket *(voir ci-dessous)*

blanket policy (a policy in which a single sum insured covers a number of separate items without being divided up among them) police globale (une police dans laquelle une seule somme garantit un certain nombre d'articles séparés sans être divisée pour chacun d'entre eux)

to be covered on a blanket basis être couvert de façon globale

blanketing *(ins.)* globalisation

blasting of a building explosion d'un bâtiment

blind *(n.)* store

blind wall mur aveugle, mur plein

block *(voir ci-dessous)*

block of flats (UK) immeuble collectif

in block letters en lettres capitales, en majuscules

block policy (US) police globale, multirisques

blockade blocus

blockade running violation du blocus

blockade (to) faire le blocus de, bloquer

blockwork ouvrage en aggloméré, en parpaing

blood test examen sanguin

blow coup

blow out (to) expulser l'air ; éclater ; sauter *(fusible)*

blowing up explosion

blowpipe chalumeau

blueprint projet *(plan détaillé)*

blurred flou, estompé

to become blurred s'estomper

board *(voir ci-dessous)*

Board of Trade (UK) Ministère du commerce

board and lodging pension (le gîte et le couvert)

to raise the premiums across the board augmenter les primes d'une façon générale

board up (to) obturer, condamner *(avec des planches)*

boarding up of windows condamnation, obturation des fenêtres avec des planches

boarder pensionnaire

boarder or tenant not related to an insured person un pensionnaire ou un locataire sans lien avec un assuré

bodily *(voir ci-dessous)*

bodily injury 295 dommage corporel

bodily injury caused by violent, external and visible means dommage corporel causé par l'utilisation de violence extérieure visible

bodily injury insurance assurance atteintes corporelles

the harm done to bodily integrity atteinte à l'intégrité physique

body organisme

corporate body personne morale

body of creditors masse des créanciers

bogus faux, feint, fantôme

boiler chaudière

boiler room chaufferie

boiler and machinery insurance assurance bris de machines (chaudière et machine)

in bold character(s) en (caractères) gras

bolt écrou ; cheville

bomb bombe

bomb scare alerte à la bombe

logic bomb 218, 219 bombe logique

Bona Fide buyer acheteur de bonne foi

Bona Fides *(good faith)* la bonne foi

bonanza aubaine, filon

bond 311, 315, 320 obligation *(titre)* ; caution *(cautionnement)*

tell us about any other insurance policies or bonds (US) **covering the damage or loss** avisez-nous de toutes autres polices d'assurance ou de tous autres cautionnements couvrant le dommage ou la perte

the issuance of a bond to release an attachment l'émission d'une caution pour libérer une saisie

to pay a bond in the event of accident payer une caution en cas d'accident

to sell in bond vendre en entrepôt de douane

bonded *(voir ci-dessous)*

bonded price prix en entrepôt de douane

bonded warehouse entrepôt de douane

bonding entreposage *(entrepôt de douane)*

bonding insurance 327 assurance caution

book an order (to) prendre une commande

book *(n.) (voir ci-dessous)*

book debts recouvrements, comptes clients, créances à recouvrer

book debts policy police créances à recouvrer

book entry écriture comptable

book value valeur comptable

bookkeeper comptable *(qui s'occupe de la tenue des livres)*

bookkeeping tenue des livres

booklet livret

border *(n.)* frontière

border line (ins. US) risque accepté à titre commercial

border post poste frontière

border traffic trafic frontalier

bordereau 329 bordereau

bordereau advice avis de bordereau (ré.)

bordering on limitrophe à

borers *(such as ship worms)* insectes térébrants *(tels que les vers de mer)*

borne by à la charge de *(frais)*

borrow sthg from sb. (to) emprunter qqch. à qqn

borrower emprunteur

bottleneck goulet/goulot d'étranglement

bottom line (on the) au bas de la colonne

bought note avis d'achat

bound to 264 tenu de

boundary frontière, limite, borne

boundary stone borne

boundary wall mur d'enceinte

boundaries limites, bornes

bouquet of treaties bouquet *(ré.)*

bovine bovins

box caisse, boîte ; case *(sur un document)*

box room débarras

brace (to) ancrer *(construction)*, étançonner

bracket *(voir ci-dessous)*

bracket of a fire extinguisher support d'un extincteur

to shorten the bracket resserrer la fourchette

branch out into new techniques (to) étendre ses activités à d'autres techniques

brand image image de marque *(d'un produit)*

breach *(n.) (voir ci-dessous)*

breach of contract rupture de contrat

breach of duty manquement à une obligation

breach of professional duty manquement aux obligations professionnelles/au devoir professionnel

breach of professional secrecy violation du secret professionnel

breach of trust abus de confiance

breach of warranty 120 violation d'engagement

breach a contract (to) rompre un contrat

breadth largeur

break pause, coupure

half-day break coupure de la mi-journée

break (to) *(voir ci-dessous)*

to break the terms of the instruction 136 être en

contradiction avec les termes de l'instruction

to break down into fractionner, décomposer en

to break in entrer par effraction

to break into the premises entrer par effraction dans les locaux

to break open fracturer

to break out éclater (conflit)

theft committed by breaking glass vol commis par bris de glaces

theft committed by breaking the front door vol commis par effraction de la porte d'entrée

break-even point seuil de rentabilité

break-glass alarm avertisseur de bris de glace

breakage bris, casse

breakage clause clause de casse

accidental breakage of glass bris accidentel de glace

breakdown décomposition ; panne, dérèglement ; ventilation, répartition

breakdown by class (ins.) ventilation par branche

breakdown of headings in the profit and loss accountsventilation des postes des comptes pertes et profits

breakdown of profits répartition des bénéfices

electrical breakdown panne d'électricité

mechanical breakdown panne mécanique

breaking-in entrée par effraction

breaking-out sortie par effraction

breaking-up of ice débâcle *(météorologie)*

breast wall mur d'appui

bric-a-brac bric-à-brac

brick brique

brickyard briqueterie

bridgeware logiciel de transition

brief *(n.)* dossier de procédure

brief *(adj.)* bref, brève ; sommaire

bring (to) *(voir ci-dessous)*

to bring a fire under control circonscrire un incendie

to bring an action against sb. intenter une action contre qqn

to bring an appeal introduire un pourvoi

to bring a suit against sb. intenter un procès à qqn

to bring about entraîner, avoir pour conséquence

to bring forward reporter (total)

to bring sthg to sb.'s notice porter qqch. à la connaissance de qqn

bring into (to) *(voir ci-dessous)*

to bring sthg into line with sthg else aligner qqch. sur qqch. d'autre, harmoniser qqch. avec qqch. d'autre

capital brought into business apport financier

expenses shall be brought into account 004 les dépenses seront prises en compte

BBA (British Board of Agreement) *(UK)* Ministère britannique de l'homologation *(il examine les innovations techniques et délivre des certificats d'agrément)*

BRE (British Research Establishment) *(UK)* Établissement de recherche britannique *(promotion du développement et de la qualité)*

BSI (British Standards Institution) *(UK)* Institution des normes britanniques

brittle fragile, cassant

breakage of articles of a brittle nature casse des articles fragiles

broad large

in a broad sense au sens large

broaden a program (to) élargir un programme

broker courtier, "placier"

brokerage courtage

brokerage firm/house cabinet de courtage

broking firm société de courtage

BS 5730 *(UK quality certification)* BS.5730 *(attestation de qualité, UK)*

budding techniques techniques embryonnaires

buffer tampon

buffer stocks stocks tampon

build (to) construire

to build up reserves/stocks constituer des réserves/des stocks

building up of a provision (balance sheet) constitution d'une provision

brick or stone built and slated or tiled construit en dur

builder *(voir ci-dessous)*

builder's all risks insurance assurance tous risques chantier

builder's hardware serrurerie de bâtiment

builder's policy police construction

building *(voir ci-dessous)*

building constructor constructeur en bâtiment

building developer maître d'ouvrage

building for business purposes immeuble à usage commercial

building for dwelling purposes only immeuble à usage uniquement d'habitation

building in masonry bâtiment en dur

building insurance assurance bâtiment

building land terrain constructible

building line alignement d'une construction

building lot (US) terrain à bâtir

building materials matériaux de construction

building movement mouvement du bâtiment

building permit permis de construire

building plot (UK) terrain à bâtir

building rate taux du bâtiment

Building Regulation Advisory Committee (UK) Comité consultatif des réglementations de la construction

Building Society (UK) caisse d'épargne-construction

apartment building bâtiment à usage d'habitation

industrial building bâtiment à usage industriel

not entirely closed and covered building bâtiment non entièrement clos et couvert

office building bâtiment à usage de bureau

portable building bâtiment démontable

solid building, building of massive construction bâtiment en dur

built-in encastré

bulge (to) déjeter *(pour un mur)*, se déformer latéralement

bulging *(of a building)* renflement, gonflement latéral

bulging up of a wall renflement d'un mur

bulk masse

bulk memory mémoire de masse

bulk of credit assistance masse de l'assistance crédits

bulk of the new business masse des affaires nouvelles

bulkhead batardeau

bulky volumineux

bullet-proof glazing vitrage pare-balles

bullion matières d'or et d'argent *(or, argent en lingots)*

burden charge, fardeau

burden of proof charge de la preuve

burden of proving that the loss or damage does not fall within Exclusion 1 above set out shall be upon the Insured il appartient à l'assuré de prouver que la perte ou le dommage ne fait pas partie de l'Exclusion 1 spécifiée ci-dessus

to sustain a burden on one's financial statement subir une charge de trésorerie

burglar cambrioleur

burglar alarm system système contre le vol par effraction

burglarious entry entrée par effraction

burglary (once a house-breaking by night, but the law was entirely changed by the Theft Act 1968, which eliminated the distinction between a night-time and a daytime offence) 012 vol avec effraction, cambriolage

burglary insurance assurance vol (cambriolage seulement)

burial vault caveau *(sépulture)*

burn (to) brûler

burning cost 330 coût du sinistre pur

burning ratio (re.) rapport des sinistres aux capitaux assurés

burnt property (fire) biens sinistrés

to burn down brûler complètement (bâtiment)

to burn out se consumer`

burns to clothes brûlures aux vêtements

bursting *(voir ci-dessous)*

bursting and overflowing of tanks éclatement et débordement des citernes

bursting of the boilers explosion des chaudières

bursting of the water pipes éclatement des conduites d'eau

forcible or violent bursting éclatement dû à l'usage de la force ou de la violence

bush buisson

business affaires ; activité ; fonds de commerce

business books registres commerciaux

business canvasser producteur ; démarcheur (ass.)

business connections relations d'affaires

business data processing informatique de gestion

business day jour ouvrable, jour de travail

business getter apporteur d'affaires

Business in force (ins.) affaires en portefeuille

business interruption insurance (b/i) 214, 249, 269 assurance chômage d'entreprise (contre les pertes pécuniaires entraînées par une interruption de l'activité), assurance perte d'exploitation

business interruption interruption de l'activité, chômage de l'entreprise

business liability insurance assurance responsabilité civile entreprise

business of the Insured 201 activité de l'Assuré

business trade or occupation activité, commerce ou profession

during business hours 296 pendant les heures de travail ou de service

nature of business carried on by the Proposer nature de l'activité exercée par le Proposant

outside business hours en dehors des heures de travail ou de service

but for sans ; si ce n'est

buttress contrefort

buy (to) *(voir ci-dessous)*

to buy sthg from sb. acheter qqch. à qqn

by *(voir ci-dessous)*

by surveyor 083 à dires d'expert

agreement by and between convention conclue entre

bye-law arrêté municipal ; règlement administratif

bylaws of a company *(US)* statuts d'une société

by-product sous-produit

C

cabinet armoire *(bureau)*

fire-resisting cabinet armoire ignifugée

cable câble

electricity cables extending from the Building to the public mains les câbles électriques de raccordement à l'immeuble

calamities and natural disasters calamités et catastrophes naturelles

calculation calcul

calendar year année calendaire civile

call appel (de fonds)

call for sb. (to) faire appel à qqn ; requérir qqn

to be called for laissé poste restante

calling *(voir ci-dessous)*

calling of a bond appel de versement d'une caution

calling up of capital appel de fonds

calls on customers visites de clientèle

cancel (to) *(voir ci-dessous)*

cancel a policy (to) résilier une police

to get a bond cover cancelled apurer un acquit-à-caution

cancellable annulable, résiliable

cancellation 013, 014, 015, 069 annulation, résiliation, dénonciation

cancellation: termination of a policy before it is due to expire. In most cases this will result in a return premium being paid by the insurer to the insured. résiliation : dénonciation d'une police avant sa date d'expiration. Dans la plupart des cas, cela entraînera une ristourne de prime donnée par l'assureur à l'assuré.

canon canon

water canon canon à eau

foam canon canon à mousse

canopy auvent

canteen cantine

cantilever construction encorbellement *(toit)*

canvas toile

canvas cover bâche

building closed with a canvas cover bâtiment clos au moyen d'une bâche

canvass clients (to) démarcher des clients

canvasser producteur

business canvasser démarcheur *(ass.)*

capacity 331 capacité, contenance ; qualité, activité

capacity *(re.) (the maximum premium income which an insurer is permitted to underwrite or considers that it can prudently accept)* capacité *(revenu maximum de primes qu'un assureur peut souscrire ou considère comme prudent d'accepter)*

by using false capacities par usage de fausses qualités

in a professional capacity 276 à titre professionnel

in one's professional capacity dans le cadre de son activité professionnelle, à titre professionnel

to be employed in any capacity être employé pour n'importe quelle fonction/à n'importe quel titre

to be insured in one's private capacity être assuré à titre personnel

capital *(n. & adj.)* capital

capital gain plus-value

capital letters lettres majuscules/capitales

capital loss moins-value

issued capital capital émis

paid-up capital capital libéré

tied-up capital capital immobilisé

caption légende *(document)*, intitulé

captive *(voir ci-dessous)*

captive agent (ins. US) agent exclusif

captive insurance company (an insurance company set up by a large concern for the purpose of insuring all or part of the risk exposures of the parent group. It is frequently located in countries offering tax advantages) 016 une société d'assurance captive (une compagnie filiale d'un grand groupe, destinée à assurer tout ou partie des risques auxquels la maison mère est exposée. Elle est fréquemment située dans des pays offrant des avantages fiscaux)

capture capture

card carte

card rack (US) cadre à étiquettes

bank card carte bancaire

credit card carte de crédit

fund transfer card carte de transfert de fonds

phone card carte téléphonique

cardboard carton *(matière)*

care soin

property under care, custody or control of sb. biens au soin, à la garde ou sous le contrôle de qqn

carpet tapis

carriage 297 transport

carriageway chaussée

carry (to) *(voir ci-dessous)*

to carry a low interest rapporter un faible intérêt

to carry an insurance 126 être porteur d'une assurance

to carry another insurance être assuré par ailleurs

to carry forward (to) 335 reporter (écritures comptables)

to carry on a profession exercer une profession

to carry on business 261 mener des activités, exercer une activité

to carry on insurance business exercer des activités d'assurance

to carry out exécuter (étude, etc.)

to carry the risk oneself supporter le risque soi-même (ne pas être assuré)

carrying on of any trade or profession conduite de tout commerce ou toute profession

carrying out of all the formalities accomplissement de toutes les formalités

carve a niche (to) (se) tailler un créneau

case *(voir ci-dessous)*

case for dismissal motif de renvoi

case law jurisprudence

case of Force Majeure cas de force majeure

case of presumption cas de présomption

case reserve 017 provision en cas de

as the case may be selon le cas

in such case en pareil cas

in which case auquel cas

on a case-by-case basis cas-par-cas, au coup-par-coup

casement battant de fenêtre

cash espèces, numéraire, finances ; (au) comptant,

cash book livre de caisse

cash dispenser distributeur de billets de banque (DAB)

cash flow marge brute d'autofinancement

cash in the till or in a piece of furniture espèces en caisse ou dans un meuble

cash in/on hand espèces/avoirs en caisse, fonds en caisse

cash in transit transport de fonds

cash loss (re.) 332 sinistre au comptant

cash payment paiement en espèces

cash position of a company trésorerie d'une société

cash register caisse enregistreuse

cash value 029, 083, 286 valeur vénale, valeur au comptant, valeur économique

on a cash basis en numéraire ; comptant

the premium is payable in cash la prime est payable comptant

to be in cash avoir des fonds

to be out of cash être à court de fonds

to bear a cash burden 250 subir une charge de trésorerie

to improve one's cash position améliorer sa trésorerie

cashier caissier/caissière

cast away (to) jeter

cast doubt on sthg (to) jeter le doute sur qqch.

cast iron fonte

cast steel acier fondu, mouillé ou coulé

casting moulage

castration castration

casual thief voleur occasionnel

casualty sinistre *(accident)*

casualty insurance (US) assurance accidents et risques divers

casualty list liste des sinistres (accident- personnes)

casualty underwriter (US) assureur accidents et risques divers

cat-burglary vol à l'escalade

cataclysm cataclysme

catastrophe *(voir ci-dessous)*

catastrophe claim demande d'indemnité de catastrophe

catastrophe reserve réserve de prévoyance, réserve pour catastrophe

agricultural catastrophe calamité agricole

natural catastrophe catastrophe naturelle

catch (to) *(voir ci-dessous)*

to catch fire prendre feu

to be caught red handed être pris en flagrant délit

catchphrase accroche *(titre d'une annonce destiné à capter l'attention)*

category of cover catégorie de la garantie

cater for sthg (to) fournir, approvisionner qqch.

cattle bétail

caulking calfatage ; calfeutrage

defective caulking of tanks calfatage défectueux des cuves

cause (to) *(voir ci-dessous)*

to cause an authorisation to be signed 199 faire signer une autorisation

damage caused by dommages causés par/résultant de

the person causing the damage l'auteur du dommage

caveat emptor *(= let the buyer beware)* il appartient à l'acheteur de prendre garde

caving-in éboulement

CCTV-protected property biens protégés par télévision en circuit fermé

cease (to) *(voir ci-dessous)*

to cease to be afforded 104 cesser d'être offert(e)

to cease to exist cesser d'exister/s'éteindre

the company ceases to exist la société cesse d'exister

the policy ceases to operate la police cesse d'être en vigueur

the right ceases to exist le droit s'éteint

the risk ceases le risque cesse de courir

cedant *(an insurer who cedes business under a reinsurance agreement)* 329, 330, 333 la cédante *(une compagnie d'assurance qui cède des affaires d'assurance au titre d'un contrat de réassurance)*

cede (to) céder

ceded reinsurance (re.) réassurance cédée

premiums ceded, net of cancellation and discountsles primes cédées, nettes d'annulation et de ristournes

ceding company la cédante (ré.)

ceding commission commission de cession (ré.)

ceiling plafond, plafonnement

cellar cave, cellier

cellar skylight soupirail

cellular phone téléphone cellulaire

cement ciment

cemetery plot emplacement dans un cimetière

census recensement

central central

central heating apparatus appareil de chauffage central

Central Processing Unit (CPU) 217 unité centrale de traitement

central processor processeur central

centre *(voir ci-dessous)*

centre of gravity centre de gravité

Receiving Alarm Centre centre de réception des alarmes

certain certain

to pay a sum certain in money payer une certaine somme d'argent

certainty certitude

certificate certificat

certificate issued by the nearest national meteorological station attestation de la station de météorologie nationale la plus proche

certificate of compliance certificat de conformité

certificate of damage certificat d'avarie

certificate of final acceptance certificat d'acceptation définitive

certificate of final acceptance of works certificat de réception définitive de l'installation

certificate of inspection certificat d'inspection, de contrôle

certificate of insurance certificat d'assurance, attestation d'assurance

certificate of making good defects correspond à une "réception définitive"

certificate of practical completion (UK) correspond à une sorte de "réception provisoire"

completion certificate certificat de réception provisoire

contract clearance certificate attestation de bonne exécution

inspection certificate certificat de contrôle des produits

certification attestation

certified *(adj.) (voir ci-dessous)*

certified airmail with return receipt (US) un courrier par avion recommandé avec accusé de réception

certified copy copie conforme

certified public accountant (US) expert-comptable

certified report rapport d'huissier

certified true copy copie certifiée conforme

certify a document (to) viser, certifier un document

cessation *(voir ci-dessous)*

cessation of activities cessation d'activités

cessation of occupancy of the premises cessation de l'occupation des locaux

cessation of operation of cover cessation du bénéfice de la garantie

cessation of the intervention arrêt/fin de l'intervention

cesser of an insurance *(legal)* cessation d'une assurance

cession cession

cession bordereau (re.) bordereau de cession

contractual cession cession conventionnelle

direct cession cession directe

legal cession cession légale

chance event événement fortuit

change changement, variation

change of residence changement de domicile

change in legislations changement des législations

change in temperature changement de température

change hands (to) changer de mains

Channel (the) la Manche

characterised caractérisé

charge *(voir ci-dessous)*

charge of manslaughter accusation d'homicide involontaire

the company in charge of the work 303 l'entreprise titulaire du marché

chargeable *(voir ci-dessous)*

any taxation chargeable on profits 201 toute taxation imputable aux bénéfices

chargeable to/against 195 imputable à

charged with chargé de ; accusé de *(tribunal)*

charges charges, frais

charges additional to the premium accessoires de la prime

charges and outlay charges et dépens

charges incurred in pursuance of one's duties frais encourus dans l'accomplissement/l'exécution de ses devoirs

charging order ordonnance de saisie

charter charte

protection charter charte de protection

chartered *(voir ci-dessous)*

CPCU (Chartered Property Casualty Underwriters) (US) Assureurs I.A.R.D. diplômés

chartered accountant (UK) expert-comptable

chartered surveyor expert diplômé

chattels biens meubles

check *(US)* chèque

check (to) contrôler, enrayer

to check and reconcile the accounts apurer les comptes

to check the entries against the bank statement pointer les écritures (par rapport au relevé bancaire)

cheque *(UK)* chèque

cheque for £20,000 chèque de 20 000 livres Sterling

crossed cheque chèque barré

chest caisse, coffre

chief 290 chef

chief of staff chef du personnel

chief programmer chef de programmation

chimney cheminée

chimney-sweeping ramonage de cheminée

china porcelaine *(fine)*

chipboard aggloméré

chock cale *(caler)*

chock (to) caler *(une cale)*

choking up engorgement

ciphered-out claim réclamation chiffrée

circle cercle

trade circle milieu du commerce

circumstances circonstances

circumstances beyond one's control cas de Force Majeure ; circonstances indépendantes de la volonté de qqn, circonstances échappant au contrôle de qqn

circumstances permitting sauf imprévu

under any circumstances en toutes circonstances, en tout état de cause

cited as witness cité comme témoin

civic civique

civic activity activité civique

civil civil *(adj.)*

civil commotion mouvements populaires

civil engineering génie civil

civil engineering work ouvrage de génie civil

CKD (Completely Knocked Down) en pièces détachées

calculate (to) *(voir ci-dessous)*

calculated claim demande d'indemnisation chiffrée

claim réclamation ; sinistre *(déclaration)* ; demande d'indemnisation d'un sinistre

claim against a reinsurer créance sur un réassureur, recours contre un réassureur

claim file (a file set up by an insurer to contain all details and correspondence relating to a claim and the negotiations of its settlement) 018 dossier de sinistre (un dossier ouvert par un assureur qui contient tous les détails et la correspondance relatifs à un sinistre ainsi que les négociations pour son règlement)

claim for refund demande de remboursement

claim involved sinistre en cause

claim paid sinistre payé

claim statement décompte des dommages ; bordereau de sinistres

claims co-operation clause 334 clause de coopération en cas de sinistre

claims department 020 service des sinistres

claims examiner rédacteur sinistres

claims expenses : expenses relating directly to the settlement of claims (loss adjuster's fees, court fees…) 019 dépenses (règlement des) sinistres : dépenses directement afférentes au règlement des sinistres (honoraires du régleur de sinistres, frais judiciaires…)

claims experience 330 sinistralité

claims frequency fréquence des sinistres

claims handler rédacteur sinistres

claims handling expenses : expenses incurred in the settlement of claims which cannot be related to specific claims. These include such items as salaries and overhead expenditure incurred in relation to a claims department 020 dépenses traitement des sinistres : dépenses encourues lors du règlement des sinistres qui ne sont pas directement afférentes à un sinistre en particulier, telles que salaires et frais généraux du service des sinistres.

claims inspector inspecteur sinistre

claims procedure procédure de recours

claims processing time temps de traitement des sinistres

claims record antécédents sinistres ; statistique des sinistres, sinistralité

Claims Record and other Insurance Antécédents et autres Assurances

claims records known antériorité connue

claims settlement agent agent payeur (ass.)

claims settlement règlement des sinistres

a claim has been paid on the policy un recours basé sur la police a été payé

on a claims made basis sur la base des réclamations faites

third party claims recours de tiers

to prepare a claim under this policy préparer un recours au titre de la présente police

claim (to) *(voir ci-dessous)*

to claim compensation présenter une demande d'indemnisation

to claim indemnity réclamer une indemnité

to claim on one's insurance exercer une action en garantie contre sa compagnie d'assurance

to claim on sb.'s responsibility exercer une action en se prévalant de la responsabilité de qqn

to claim relief réclamer réparation

to claim the benefit of Article1 invoquer le bénéfice de l'article 1

to claim to be indemnified demander indemnité

to claim under a policy se prévaloir d'une police pour demander une indemnité, demander une indemnité au titre d'une police

claimable revendicable, exigible, demandable

claimant réclamant

claim-free period of insurance période d'assurance sans sinistre

claims-made policy *(a policy with a condition whereby only claims notified during the policy period are covered)* police "sinistres notifiés pendant la période d'assurance" *(police couvrant seulement les demandes d'indemnisation présentées pendant la période d'effet)*

class *(voir ci-dessous)*

class action peut être comparée à une action en représentation conjointe

class of buildings catégorie de bâtiments

class of business 341 classe d'affaires

class of insurance 089 branche d'assurance

class of risks catégorie de sinistres

classification of roofing classe de couverture

clay soil site site d'argile

Clean Water Act *(US)* Loi Eau Propre

clean 022 net de réserves ; propre ; manifeste

clean risk risque flagrant/sans appel/manifeste

clean-up of a site nettoyage d'un site

clear (up) (to) déblayer

clear *(adj.)* 152 caractérisé

clear accident 152 accident caractérisé

clear day jour franc/plein

clear space dégagement

clearance *(voir ci-dessous)*

clearance sale vente liquidation

clearance through customs dédouanement

clear-cut clair et net

clearing *(n.) (voir ci-dessous)*

clearing défrichement (végétal)

clearing of lands by fire débroussaillement des terres par le feu

clearing of the site déblaiement du site

clearing up after a fire déblaiement après un incendie

cost of clearing the site coût du déblaiement du site

clearing *(adj.)* **agent** agent en douane

clear-up rate taux de déblaiement

clerical *(voir ci-dessous)*

clerical error erreur d'écritures

clerical labour/work travail de bureau

clerical worker employé de bureau

cliff falaise

climatic climatique

climatic condition condition climatique

climatic risk risque climatique

clinch a deal (to) conclure un marché

clogged obstrué, engorgé

clogging engorgement

close *(adj.)* près, proche

close boarding voligeage jointif

to work in close collaboration with sb. travailler en étroite collaboration avec qqn

close (to) fermer

when the premises are closed for business pendant les heures de fermeture des locaux

to close an account arrêter un compte

to close down fermer définitivement (usine, boutique)

closing date of the accounting year date de clôture de l'exercice comptable

closing stock stock à la fin de l'exercice

closed-circuit television (CCTV) télévision en circuit fermé

close-knit team équipe bien soudée

closely de près, étroitement

closely linked to sthg étroitement lié à qqch.

closet placard

closing stock stock à la fin de l'exercice

closure of the premises fermeture des locaux

clothing or personal effects vêtements ou effets personnels

co-insurance 021 coassurance

co-insurer 169 coassureur

co-owner copropriétaire

co-ownership copropriété

coal charbon

coat of paint couche de peinture

coated with enduit de

coating enduit ; revêtement

COD amount montant contre remboursement

code code

building code code du bâtiment

code of good conduct code de bonne conduite

coefficient coefficient

cogence, cogency bien-fondé *(m.)*

cogent incontestable, convaincant

cognisant/cognizant of sthg 290 conscient de qqch.

cohabitee concubin, concubine

coin pièce de monnaie

cold room chambre froide

cold-storage unit chambre froide

collaborator collaborateur

collaborator on a mission collaborateur en mission

voluntary collaborator collaborateur bénévole

collapse écroulement

collapse of a building écroulement d'un bâtiment

collapsible démontable

collate information (to) collationner des informations

collateral nantissement

collect (to) percevoir

to collect money collecter/encaisser/percevoir de l'argent

premium collected 005 prime perçue

snow which collects on a building la neige qui s'accumule sur un bâtiment

the provisional premium already collected la prime provisionnelle déjà perçue

collectible, **collectable** 126, 200 recouvrable, indemnisable

collecting agent agent encaisseur

collection ramassage, collecte; encaissement; collection

collection costs frais d'encaissement; frais de ramassage

collection of premiums encaissement, perception des primes

advice of collection avis d'encaissement

colloquium colloque

in collusion with sb. en collusion avec qqn

combination combinaison

to lock by combination verrouiller par combinaison

combination lock serrure à combinaison

combustion combustion

slow combustion combustion lente

spontaneous combustion combustion spontanée

come (to) *(voir ci-dessous)*

to come into office prendre ses fonctions

to come to an understanding with sb. 198 transiger avec qqn

to come to believe en venir à croire

to come to power accéder au pouvoir

commandeering *(Am. cl.)* réquisition

commence proceedings against sb. (to) entamer des poursuites contre qqn

commencement *(voir ci-dessous)*

commencement and term l'entrée en vigueur et la durée

commencement of business in the insured premisesdébut de l'activité dans les locaux assurés

commencement of risk mise en risques

commencement of the risk commencement du risque

commensurate with sthg proportionné à qqch.

commercial commercial

commercial comprehensive insurance assurance multirisques commerciale

commercial line risks risques commerciaux

commercial manager directeur commercial

commercial paper effet négociable

comminatory comminatoire

commingle (to) mêler

commission commission ; perpétration

commission agent agent commissionnaire

commission of a burglary perpétration d'un cambriolage

commission sharing partage/rétrocession de commission

ceding commission (re) commission de cession

flat commission commission uniforme

return commission commission ristournée

sliding scale commission commission à échelle mobile

straight commission commission forfaitaire

to be out of commission (US) être hors d'état

commissioned to do sthg mandaté pour faire qqch.

commissioning *(plant)* 209 mise en service

commit (to) commettre

to commit a burglary commettre/perpétrer un cambriolage

to commit a fraud commettre une fraude

to commit a malpractice commettre une faute professionnelle

commitment to sthg engagement dans qqch.

committee comité

advisory committee comité consultatif

rating committee comité de tarification

regulatory committee comité de réglementation

safety committee comité de sécurité

Trade Data Co-ordinating Committee Comité de coordination de données commerciales

commodities 232 denrées

common *(adj.) (voir ci-dessous)*

common premises locaux communs

common wall (US) mur mitoyen

communicate (to) communiquer

communicating with a workshop en communication avec un atelier

communication communication

external/internal communication communication externe/interne

community

community co-insurance coassurance communautaire (UE)

community company (an insurance company whose head office is in a Member State of the EU) compagnie communautaire (une société d'assurance dont le siège se trouve dans l'un des pays membres de l'UE)

commutation clause *(re)* clause de rachat

compaction compactage

company société

Company Act loi sur les sociétés

company car voiture de fonction

company secretary secrétaire général

comparable to assimilable à

as compared to/with par rapport à

compatible with compatible avec

software compatible with the new hardware logiciel compatible avec le nouveau matériel

compensate for sthg (to) compenser qqch.

to compensate sb. for sthg indemniser/dédommager qqn de qqch.

compensation compensation, dédommagement, indemnité, réparation *(jur.)*

compensation and benefit manager expert en systèmes de rémunération

compensation for goodwill compensation pour le fonds commercial (la clientèle)

Compensation Recovery Unit (**CRU**) (UK) (run by the Government) Unité de recouvrement de l'indemnité

compensatory compensatoire

competence compétence

complain about sthg (to) se plaindre de qqch.

supplies complained of les fournitures incriminées, les fournitures faisant l'objet d'une réclamation

complaint plainte *(réclamation)*

complete (to) 097 achever/compléter, remplir *(formulaire)*

to complete a questionnaire 214 remplir un questionnaire

when the survey report is completed 194 à la clôture de l'expertise

completion 176 achèvement

completion certificate certificat de réception provisoire

completion date of a document date d'établissement d'un document

completion of the survey report 194 clôture de l'expertise

liability after completion of work responsabilité civile après travaux

to be under completion être en voie d'achèvement

compliance with sthg 109, 279 respect de qqch.

in compliance with conformément à

complicity complicité

with sb.'s complicity avec la complicité de qqn

comply with sthg (to) se plier à, respecter, observer qqch.

to comply with the compulsory insurance imposed by the law satisfaire à l'obligation d'assurance imposée par la loi

component composant

composite *(voir ci-dessous)*

composite insurer assureur toutes branches

composite undertaking (ins.) entreprise mixte

composition and arrangement *(bankruptcy)* concordat *(faillite)*

compound interest intérêts composés

comprehensive cover police multirisques, assurance globale

compressed air air comprimé

compressor compresseur

comprise (to) comprendre *(inclure)*

compromised total loss perte estimée totale après transaction

compulsory insurance assurance obligatoire

computation calcul

premium computation (US) calcul de la prime

compute (to) supputer, calculer

computer ordinateur

computer contamination infection informatique

computer crime fraude informatique

computer emergency scheme 212 plan de secours informatique

computer equipment/property 209 biens informatiques

computer science informatique (n.)

computer software les logiciels

Computer Systems' Records enregistrement des systèmes informatiques

computer/telephony integration intégration ordinateur/téléphonie

computer virus virus informatique

item of computer equipment bien informatique, matériel informatique

computerisation informatisation

concealment dissimulation

deliberate concealment (const.) dissimulation volontaire

concern *(n.)* souci

the first and foremost concern le tout premier souci

concern (to) concerner

to whom it may concern à qui de droit

concerted efforts efforts concertés

conciliation procedure procédure de conciliation

conclusive irréfutable

conclusively de manière concluante/probante/irréfutable

conclusiveness irréfutabilité

concrete *(n.)* béton

concrete block parpaing

concrete built construit en béton

concrete slab dalle de béton

concur (to) *(voir ci-dessous)*

to concur in doing apporter son concours à

to concur in doing sthg 110 apporter son concours pour que qqch. soit fait

to concur in sthg 079 concourir/collaborer à qqch.

concurrence of events simultanéité d'événements

concurrent *(voir ci-dessous)*

concurrent conditions conditions corrélatives, coexistantes

to be concurrent with 253 concorder avec

concurrently with 181 de façon concomitante

to happen concurrently with survenir de façon concomitante à qqch.

condensation condensation

Condition of Average *(voir ci-dessous)*

to be subject to the Condition of average être soumis à la règle proportionnelle

condition condition

condition of premises état des lieux

condition precedent to any right to an action 108 condition préalable à tout droit à une action en justice

general conditions conditions générales

implied conditions conditions implicites

conditional *(voir ci-dessous)*

conditional acceptance acceptation sous réserves

to be conditional on/upon sthg dépendre de qqch. (condition)

condominium *(US)* appartement/ immeuble en copropriété

conduct (to) conduire

to conduct one's business conduire ses affaires

to conduct the defence of a claim (on the part of the insurer) conduire la défense d'un recours (de la part de l'assureur)

confer sthg on sb. (to) conférer qqch. à qqn

confidentiality confidentialité

confines confins

escape of water from normal confines of any natural or artificial watercourse eau qui s'échappe des confins normaux de cours d'eau naturels ou artificiels

confiscation confiscation

conflagration *(large disastrous fire involving numerous buildings)* conflagration *(incendie de grande envergure qui implique de nombreux bâtiments)*

conflict with (to) être en contradiction avec

conformance testing *(computer)* test de conformité

conformity conformité

in conformity with sthg conformément à qqch.

in conjunction with en conjonction avec

connect the hoses (to) raccorder les tuyaux

connecting raccordement

connection *(voir ci-dessous)*

in connection with en rapport, en liaison avec ; relatif à

connivance, connivence 203 connivence

connive at sthg (to) être de connivence dans qqch.

consecutive consécutif

consent consentement, assentiment

against sb.'s consent contre le gré de qqn

consent letter lettre d'assentiment

consequence conséquence

loss in consequence of a damage perte à la suite d'un dommage

consequent *(voir ci-dessous)*

to be consequent on être la conséquence de, découler de, être consécutif à

consequential (on) consécutif (à)

consequential loss (Business Interruption) 118, 261 pertes immatérielles (pertes d'exploitation), pertes indirectes

conservatory serre ; jardin d'hiver

consider (to) *(V + ing)* envisager de

consideration 141 contrepartie *(contrat)*

in consideration of sthg 067, 153, 241, 346 en contrepartie de, moyennant qqch.

for valuable consideration à titre onéreux

without valuable consideration bénévolement

consign goods (to) livrer des marchandises en consignation

Consigned to (Doc. Cred.) au Nom de

consignment *(voir ci-dessous)*

on consignment en consignation

consignor expéditeur

consist in (to) *(+ V + ing)* consister à

consist of (to) *(+ n.)* se composer de

consistent with compatible avec

constitute (to) constituer

constraint contrainte

construction construction

construction and roofing of the premises construction et couverture des locaux

construction drawings plans d'exécution

construction industry industrie du bâtiment

construction of the policy interprétation (sens) de la police

construction standards normes de construction

flimsy construction construction légère

non-massive construction construction légère

non-standard construction construction légère

standard construction construction en dur

to be under construction être en construction

constructive 285 réputé

constructive total loss perte réputée totale ; mise en épave économique (véhicule)

constructive wrongful dismissal 239 licenciement réputé abusif

construe (to) interpréter *(le sens d'un texte)*

consult (with) sb. (to) consulter qqn

consultant consultant

insurance consultant assureur-conseil

consulting engineer ingénieur conseil

consume (to) se consumer

contact *(voir ci-dessous)*

contact with fixed, movable or floating objects heurt, contact avec des corps fixes, mobiles ou flottants

contagious disease maladie contagieuse

contain (to) *(see below)*

the premises containing the property insured les locaux renfermant les biens assurés

contaminate (to) contaminer

contaminated site site contaminé

contamination contamination

contemplate *(V + ing)* envisager de

in contempt of 222 au mépris de

contempt of court outrage à la cour

contentious contentieux

contents *(pl.)* contenu

contents rate taux du contenu

insurers of homes and contents assureurs habitations et leurs contenus

office contents insurance 173 assurance contenu des bureaux

the whole contents tout le contenu

contest (to) contester

continental United States *(the contiguous 48 states, Alaska, and the District of Columbia, but not Hawaii)* États-Unis continentaux *(les 48 états contigus, l'Alaska et le District de Columbia, mais pas Hawaï)*

contingency 022, 270 aléa

contingency account compte de prévoyance (sortie de réserve, dans le cadre de l'Association des assurances)

contingency fund fonds de prévoyance

contingency insurance assurance de risques spéciaux

contingency planning (risk management) 270 plan de secours

contingency-fee basis remuneration rémunération proportionnelle aux aléas/risques rencontrés

contingent *(voir ci-dessous)*

contingent aspect of a contract caractère aléatoire d'un contrat

contingent asset élément d'actif éventuel

contingent business interruption insurance (designed to cover the consequential losses if the plant of a supplier or a major customer is burned and results in either reduced orders or reduced supplies that force a shutdown of the insured firm) assurance carence des fournisseurs (destinée à couvrir les pertes indirectes si l'usine d'un fournisseur ou d'un client important brûle et entraîne un ralentissement des commandes ou des fournitures qui oblige à la fermeture de la compagnie assurée)

contingent interest intérêt aléatoire

contingent non-liability non-responsabilité éventuelle

contiguity contiguïté

continuation of the insurance prolongation de l'assurance

continue (to) a policy continuer une police

continuous ininterrompu, sans interruption

continuous stationery (comp.) papier en continu

continuously sans interruption

contraband goods marchandises de contrebande

contract contrat

contract clearance certificate attestation de bonne exécution

contract cover garantie de contrat

contract distribution distribution effectuée par contrat

contract maintenance period période de maintenance du contrat

contract of employment contrat de travail

contract transfer transfert de contrat

contract works travaux faisant l'objet du marché

bilateral contract contrat synallagmatique

by contract forfaitairement

collateral contract contrat accessoire

fixed-term contract contrat à durée déterminée

public contracts 317 marchés publics

requirements contract contrat d'approvisionnement

tacit contract contrat tacite

under a contract dans le cadre d'un contrat, au titre d'un contrat, en vertu d'un contrat

contract (to) *(voir ci-dessous)*

to contract debts contracter des dettes

contract out (to) sous-traiter *(s'adresser à un sous-traitant)*

contracting *(voir ci-dessous)*

contracting authority maître d'ouvrage

contracting party partie contractante

contractor entrepreneur ; adjudicataire

leading/main contractor 319 entrepreneur principal

contractor's all risks (US) assurance tous risques chantier

contractual contractuel, conventionnel

contractual value 211 valeur conventionnelle

contrary to sthg contrairement à qqch.

a provision to the contrary in a contract 122 une disposition contraire dans un contrat

to be contrary to sthg 139 être en opposition avec qqch./en contradiction avec qqch.

contravene the law (to) enfreindre la loi

contribute to sthg (to) contribuer à qqch.

to be contributed to 238, 287 être entretenu

contribution 023 contribution ; quote-part

financial contribution apport financier

social contributions cotisations sociales

contributive contributif

contributory value valeur contributive

control *(n.)* contrôle

control of line limits (ins.) contrôle des pleins

control panel poste de contrôle

control stamp/mark estampille de contrôle

control survey 036 expertise contradictoire

CU (control unit) unité de contrôle

host country control contrôle du pays d'accueil

all circumstances within one's control toutes les circonstances que l'on peut contrôler

batch control contrôle différé

process control contrôle de processus

spot control contrôle par sondage

technical control contrôle technique

to be beyond sb.'s control échapper à la volonté de qqn, ne pas être du fait de qqn

control (to) contrôler

conversant *(adj.) (voir ci-dessous)*

to be conversant with sthg être au courant de qqch., être compétent en matière de

conversely 255 par contre, à l'inverse

convey (to) convoyer

to convey a good corporate image véhiculer une bonne image de marque

to convey the title to the goods (legal) transmettre le titre de propriété des marchandises

money conveyed by a messenger argent/fonds convoyé(s) par un convoyeur, un coursier

conveyance of funds acheminement de fonds

conveyor, convoy man convoyeur *(personne)*

convict sb. of sthg (to) convaincre qqn de qqch. *(déclarer coupable)*

convicted of an offence 301 déclaré coupable d'une faute (justice)

conviction conviction ; condamnation

to prosecute sb. to a conviction 237 poursuivre qqn en justice en vue d'une condamnation

convulsions of nature les convulsions de la nature

cool frais

keep cool "garder au frais", "craint la chaleur"

cooling agent agent réfrigérant

cooling-off period délai de réflexion, délai d'étude

to benefit from a cooling-off period: for the insured before he definitively signs the insurance contract bénéficier d'un délai de réflexion : pour l'assuré avant de signer le contrat définitivement

copy exemplaire ; copie

cordless handset téléphone portable sans fil

cordoned-off by the police tenu à l'écart par un cordon de police

core *(voir ci-dessous)*

core business activité de base

core problem coeur du problème

cork liège

cornerstone pierre angulaire

corollary of sthg corollaire de qqch.

coroner *(a public officer whose chief duty is to discover the causes of any death possibly not due to natural causes)* "coroner" *(officier judiciaire et administratif principalement chargé de découvrir les causes de toute mort peut-être pas due à des causes naturelles)*

corporate *(voir ci-dessous)*

corporate body 161 personne morale

corporate image image de marque (d'une société)

corporate name raison sociale

correct a representation (to) rectifier une déclaration

corrective maintenance dépannage, maintenance corrective

correlate (to) 030 mettre en corrélation

corridor deductible franchise intermédiaire

corrosion corrosion

corrosion-inhibiting paper papier inhibiteur de corrosion

corrosive corrosif

corrugated steel plate tôle ondulée

cost coût, frais

cost of living index indice du coût de la vie

cost of working coût du travail, coût d'exploitation

costly onéreux

count of intentional injuries chef de blessures volontaires

counter comptoir

insurance over the counter assurance au guichet

counter (to) contrer, contrecarrer

to counter the effects of inflation parer aux effets de l'inflation

counterclaim *(voir ci-dessous)*

by way of counterclaim or set-off sous forme de demande reconventionnelle ou d'exception

counterfeit *(adj.)* faux

counterfeit bank note faux billet de banque

counterfeit product produit de contrefaçon

counterfeiting *(n.)* contrefaçon

counterfoil talon, souche

counterfoil book carnet à souches

receipt counterfoils talons de reçus

countermanded *(voir ci-dessous)*

unless countermanded sauf note contraire, saut avis contraire

countersign (to) contresigner

counting dénombrement

coup coup d'état

coupon policy police à souches, police carnets

courier coursier *(société de transport)*

course *(voir ci-dessous)*

a course of action une ligne de conduite

in the course of au cours de

in the ordinary course of business au cours des transactions en usage

court cour, tribunal

court attendance expenses frais de présence au tribunal

court of last resort cour de dernier recours

court of summary jurisdiction tribunal des référés

court settlement règlement judiciaire

court-appointed official 306 mandataire nommé judiciairement

out of court à l'amiable

covenant *(n.)* convention, contrat

covenant (to) s'engager, promettre *(contrat)*

cover *(n.)* 230 couverture, garantie

cover note 100 lettre de couverture, police provisoire, note de couverture

cover (to) *(ins.)* 294 couvrir, garantir

cover-up dissimulation *(de la vérité)*

coverage couverture

coverholder *(a person authorised to grant cover so as to bind the underwriters)* 329 titulaire d'un pouvoir de souscription *(assureur)*

CPCU (Chartered Property Casualty Underwriters) *(US)* Assureurs I.A.R.D. diplômés

crack *(n.)* fissure, crevasse

crack detection contrôle de fissure

crack due to settlement fissure due au tassement

crack width ouverture de la fissure

wall with cracks mur lézardé

cracked *(adj.)* lézardé, fissuré

cracking of a building fissuration d'un bâtiment

crash *(voir ci-dessous)*

soft crash 218, 219 bombe logique

crater cratère

creasing of a stamp froissure d'un timbre

credibility crédibilité

credit crédit

credit card carte de crédit

credit card sales vouchers facturettes de carte de crédit

credit insurance 312 assurance crédit

credit squeeze encadrement du crédit

tax credit avoir fiscal

to put to sb.'s credit mettre à l'actif de qqn

credited to sb. porté au crédit de qqn

criminal *(adj.) (voir ci-dessous)*

criminal action action pénale

criminal law droit pénal

criminal offence infraction pénale

criminal prosecution poursuite pénale

crippling loss perte paralysante, dommage(s) paralysant(s)

crisis *(pl.* **crises***)* crise

crisis management gestion de crise

criterion *(pl.* **criteria***)* critère

critical illness cover garantie maladie critique

criticality criticité

crockery faïence

crop récolte

cash crop culture commerciale

food crop culture vivrière

growing/standing crop récolte sur pied

stored crop récolte engrangée

cross(-) *(+ n.) (voir ci-dessous)*

cross co-insurance coassurance croisée

cross-border transfrontalier

cross-examination contre-interrogatoire

cross-liabilities 228 responsabilités croisées

cross-shareholding participation croisée

crossed cheque chèque barré

crossfire feu/tir croisé

to be caught in a crossfire être pris sous un feu/tir croisé

crumble (to) s'émietter

to crumble away s'effriter

cubby-hole petit placard ; cachette

CUE (Claims and Underwriting Exchange) *(UK) operated by IT company Equifax on behalf of Insurance Database Services Ltd – plans to cover the majority of both the markets of household and motor insurance against duplicate claims)* correspond à ALFA en France

cumbersome encombrant

curator curateur, curatrice

curb sthg (to) freiner qqch.

currency *(voir ci-dessous)*

currency of a country monnaie/devise d'un pays

currency of a policy 084, 235 période de validité d'une police, durée d'une police

currency unit unité de compte

current courant, en cours, actuel

current client client intégré

current insurance period période d'assurance en cours

current rate taux actuel

current replacement value valeur de remplacement au cours du jour

currently actuellement

curtain rideau

cushion (to) *(voir ci-dessous)*

to cushion a blow amortir un coup

to cushion an effect amortir un effet

cushioning capitonnage

custodian 290, 292 porteur de fonds, gardien

the legal custodian le gardien responsable du bien confié

the custodian or the guard accompanying him le porteur de fonds ou le garde qui l'accompagne

custody *(voir ci-dessous)*

property deposited for safe custody des biens confiés en dépôt

safe custody la bonne garde

to be in the custody of sb. être à/sous la garde de qqn

to have the custody of 290 avoir la garde de

custom achalandage

customary coutumier, d'usage

customary practices les usages

as is customary selon les usages

in a customary manner de manière usuelle

customer client

customer services manager gestionnaire de clientèle

"customer-friendly" product produit convivial

to be customer-service driven avoir une politique orientée vers le service offert aux clients

customised work travail à façon

customs douane ; coutumes, usages

Customs and Excise (UK) service des Impôts indirects

Customs Authorities Douane

Customs Union Union douanière

customs bond caution en douane

customs clearance dédouanement

customs clearance fees honoraires d'agréé en douane

customs declaration déclaration en douane

customs duties droits de douane

customs office of transit (EDI) bureau de douane de passage

customs officer douanier

this Insurance shall be governed by Law and Customs 102 le présent contrat est régi par la loi et les usages

custom(s)-house douane *(le bâtiment)*

custom(s)-house note bordereau de douane

customer client

customer-service driven policy politique orientée vers le service offert aux clients

cut-off clôture définitive *(ré)* ; mur coupe-feu

cut-off procedures (accounting) procédures de séparation des exercices

cutlery couverts (de table)

cyclone cyclone

cylindrical cylindrique

D

D&O liability responsabilité des dirigeants, responsabilité des mandataires sociaux

dairy product produit laitier

dam barrage

damage *(n.)* le(s) dommage(s)

damage average avarie matérielle

damage done to the Buildings dommages causés aux Bâtiments

damage insurance assurance dommages

damage to property of others atteinte aux biens d'autrui

disfiguration damage préjudice esthétique

damage (to) endommager

damaged endommagé, sinistré

damaged equipment matériel vicié

damageable 160 dommageable

damages dommages-intérêts

dampness humidité

data *(voir ci-dessous)*

data bearer (comp.) porteur d'information

data capture saisie de données

data medium support de données, support informatique

data processing traitement des données (informatique)

decontamination of data décontamination des données informatiques

magnetic data bank bandothèque (banque de données magnétiques)

DBA (Database Administrator) gestionnaire de base de données (GBD)

DPM (Data Processing Manager) gestionnaire du traitement des données

Data Protection Act (UK) Loi de protection des données

day *(voir ci-dessous)*

day and night jour et nuit

daytime offence 012 délit diurne

this cover operates by day and night 277 cette garantie s'exerce de jour et de nuit

de facto de facto

de jure *(voir ci-dessous)*

the insurance terminates de jure l'assurance prend fin de plein droit

de minimus d'importance minime

de-archiving désarchivage

debit *(voir ci-dessous)*

debit account compte débit

debit of an amount débit d'une somme

outstanding debit balances soldes débiteurs non recouvrés

to pay by monthly direct debit to one's suppliers payer ses fournisseurs par prélèvements mensuels

debit (to) débiter

debris éboulis, déblais

debt *(voir ci-dessous)*

debt level 314 ratios d'endettement

debts créances

debtor débiteur *(n.)*

declaration 025 déclaration

declaration of special interest in delivery déclaration d'intérêt spécial à la livraison

decline (to) *(voir ci-dessous)*

to decline to renew the policy refuser de renouveler la police

declined risk risque rejeté

decontamination of data décontamination des données informatiques

decoration décoration

decrease *(n.)* diminution, minoration

decrease in risk diminution du risque

decrease in value moins-value

on the decrease en diminution

decreasing premium prime décroissante

decreased minoré

decree décret

dedicated to 016 voué à

deduce (to) déduire *(conclure)*

deduct sthg from (to) déduire/décompter/retrancher qqch. de

the amount with the salvage value deducted from it le montant diminué de la valeur de sauvetage

deductibility déductibilité

deductible *(n.)* franchise

deductible *(adj.)* déductible

deduction déduction

deduction new for old déduction du neuf au vieux

claims will be settled without deduction of new for old les sinistres seront réglés sans déduction du vieux au neuf

dedusting dépoussiérage

deemed réputé

deemed incorporated 094 réputé incorporé

the event is deemed to have occurred l'événement est réputé s'être produit

deep-rooted idea idée bien ancrée

deep-seated idea idée bien ancrée

default 226 carence

default of payment 324 carence de paiement

financial default défaillance financière

defaulting 321 défaillant

defect défaut

to prevent a defect prévenir un défaut

defective *(voir ci-dessous)*

defective design vice de conception

defective maintenance défaut d'entretien

defective manufacture défaut de fabrication

Defective Premises Act 1972 Loi sur les locaux défectueux

defective repair défaut de réparation

defectiveness défectuosité

defence costs insurance assurance défense-recours

defend (to) défendre

defendant 260, 308 défendeur, défenderesse

deferment sursis

deferred différé *(adj.)*

deferred payment paiement différé

deferred premium prime différée

interests on deferred payment and fine intérêts moratoires et astreinte

sliding deferred bonus bonus différé glissant (salaire)

deficit clause 335 clause de déficit

deformation caused to a vessel déformation causée à un récipient

defraud (to) frauder

degressive dégressif

delay retard

delay in performing the works retard apporté à l'exécution des travaux

without delay sans délai, sans retard

without further delay sans plus tarder

delete (to) biffer

delete where necessary/ inapplicable 266 rayez la mention inutile

if one's name is deleted from the file (comp.) 219 si son nom disparaît du fichier

deliberate damage dommage(s) délibéré(s)

deliver a policy (to) délivrer une police

delivery *(voir ci-dessous)*

delivery of the proposal 104 remise de l'offre

demolition démolition

demonstration costs frais de démonstration

denial of service refus de servir

deny (to) nier

deny sb. sthg (to) refuser qqch. à qqn

deontology déontologie

Department of the Environment *(UK)* Ministère de l'Environnement *(responsable de la construction)*

Department of Trade & Industry (DTI) *(UK)* Ministère de l'Industrie et du Commerce *(organisme de contrôle des assurances)*

dependent children enfants à charge

depollution dépollution

deposit premium 027 prime provisionnelle

deposit (to) déposer

property deposited in safe custody biens confiés en dépôt

depository dépositaire

depositor déposant

depreciated replacement value valeur de remplacement dépréciée

depreciation 028 dépréciation, moins-value

depreciation insurance 029 assurance dépréciation

depreciation of securities dépréciation des titres

deprived of 190 privé de

derogate (to) déroger

derogation of/from sthg 128 dérogation à qqch.

in derogation of en dérogation à

descendant descendant

describe (to) décrire

the premises described in the contract les locaux désignés au contrat

description of property to be insured désignation des biens à assurer

design dessin ; conception

design of a product conception d'un produit

designed to do sthg destiné à faire qqch.

desktop *(voir ci-dessous)*

desktop mapping 030 mappage assisté par ordinateur

despatch acheminement, envoi, expédition ; promptitude

with reasonable despatch avec une promptitude/une diligence raisonnable

destination destination

destruction destruction

wilful destruction of hardware (comp.) destruction volontaire du matériel

detachable détachable

detached house maison indépendante

detailed détaillé, circonstancié

detect (to) déceler, détecter

cost of detecting leaks frais de recherche des fuites

detection détection

fault detection détection d'anomalie

detector détecteur

fire detector détecteur d'incendie

flame detector détecteur de flammes

heat detector détecteur de chaleur

intrusion detector détecteur d'intrusion

overheating detector détecteur de surchauffe

perimetric detector détecteur périmétrique

smoke detector détecteur de fumée

sparks detector détecteur d'étincelles

thermal detector détecteur thermique

volumetric detector détecteur volumétrique

deterioration dégradation, détérioration

deterioration to building détérioration immobilière

deterrent moyen de dissuasion

developer promoteur constructeur

building developer maître d'ouvrage

development *(voir ci-dessous)*

development plan plan d'aménagement

development risk risque de développement

device dispositif, système

devolving on sb. dévolu à qqn

diagnose (to) diagnostiquer

diagnosis diagnostic

die *(n.)* matrice

tool(s) dies matrices des outils

difference différence ; différend

differentiate sthg from sthg else (to) différencier qqch. de qqch. d'autre

differentiation différenciation

digging creusement

dilatory dilatoire

dilatory appeal appel dilatoire

diligence diligence; application

to act with due diligence agir diligemment

to use due diligence faire preuve de diligence raisonnable

with due diligence 202 avec une diligence raisonnable

diminish (to) diminuer

diminution of risk diminution du risque

direct *(adj.)* direct

direct business affaires directes

direct debiting instruction 134 instruction de prélèvement direct

direct insurer assureur direct

direct or ensuing loss perte directe ou indirecte

direct premium (re) prime originale

direct sale in insurance vente directe en assurances

direction direction, directive

subject to our directions sous réserve de nos directives

directive directive

First, Second, Third Directives Directives de première, deuxième, troisième génération

directly de la main à la main, directement

director (of a company) administrateur (d'une société)

directors and officers mandataires sociaux

directory annuaire

disability invalidité

disabled handicapé

disablement invalidité

disagreement over sthg désaccord à propos de qqch.

disappear (to) disparaître

disappearance disparition

disappearing deductible franchise à réduction progressive

disaster 031 catastrophe

disburse (to) débourser

disbursements débours

discharge *(n.) (voir ci-dessous)*

to give the manager discharge donner quitus au gérant

discharge of an outstanding debt libération d'une dette à recouvrer

discharge (to) se déverser

to discharge sb. from libérer qqn de

discharging of gutters dégorgement des chêneaux

discharging of water apparatus déversement d'appareil à eau

water discharged or leaking from any installation of Automatic Sprinklers l'eau déversée ou fuyant de toute installation d'extincteurs automatiques à eau

to get a bond cover discharged apurer un acquit-à-caution

disclaim any liability (to) décliner toute responsabilité

disclaimer *(on the part of the insurer)* désistement

disclose (to) 093 déclarer

to disclose a plan dévoiler un plan

disclosure and representation 032 déclaration d'assurance

discontinuance cessation, interruption

discontinuance of business 251 cessation d'activité

to be considered as discontinuance of unoccupancy of the premises être considéré comme interrompant l'inoccupation des locaux

discontinue (to) interrompre

to discontinue occupancy interrompre l'habitation

to discontinue payment of the premium interrompre le paiement de la prime, cesser de payer la prime

business is permanently discontinued l'activité est interrompue de façon permanente

discount *(n.)* remise, escompte

discount (to) escompter

discover (to) *(voir ci-dessous)*

on your discovering the loss 271 lorsque vous découvrez la perte

discoverable décelable

discovery period *(of fidelity bonds)* délai de découverte

discretion *(voir ci-dessous)*

at one's discretion à son gré

in sb.'s absolute discretion au gré absolu de qqn

to have full discretion to avoir toute latitude pour

discretionary *(voir ci-dessous)*

discretionary cancellation of the contract résiliation arbitraire du contrat

discretionary right droit discrétionnaire

discriminated *(voir ci-dessous)*

to be discriminated against faire l'objet de discrimination

discrimination discrimination

unlawful discrimination discrimination illégale

disease 233 maladie, affection

disease or illness maladie ou infirmité

occupation-related disease maladie liée à la profession

occupational disease maladie professionnelle

disfiguration damage préjudice esthétique

dishwasher lave-vaisselle

dishonest act acte d'indélicatesse

dishonesty 237, 311 malhonnêteté

disinterested 007 impartial

disk disque

hard disk 219 disque dur

diskette disquette

dismantle (to) démanteler, démonter

dismantling 205 démantèlement, démontage

cost of dismantling and erecting again frais de dépose-repose

dismiss a case against sb. (to) mettre qqn hors de cause

dismissal 219 licenciement, renvoi

display exposition

display cabinet vitrine *(meuble)*

display (to) exposer

to display goods in a shop window exposer des marchandises dans une vitrine

displayed product produit en exposition

theft of items displayed in the shop windows vol d'objets exposés dans les vitrines de devanture

disposal disposition ; évacuation *(des déchets)*

to have sthg at one's disposal avoir qqch. à sa disposition

to keep/put sthg at sb.'s disposal 143 tenir/mettre qqch. à la disposition de qqn

dispose (to) disposer de, se débarrasser de

in the course of your business you dispose of fumes, effluent or other harmful waste dans le cadre de votre activité vous émettez des fumées, des effluents et autres déchets nocifs

the building you dispose of le bâtiment dont vous disposez

disproportion disproportion

disputable discutable

dispute querelle, litige, dispute

amount in dispute somme en litige

dispute over sthg litige à propos de qqch.

employment dispute litige du travail

to be in dispute être en litige, être l'objet d'un litige

disregard (to) mettre à l'écart, ne pas tenir compte de

disrupt of data processing 212 interruption de traitement informatique

disruption interruption

dissolution of an enterprise dissolution d'une entreprise

distortion distorsion

disturbance trouble, dérangement

disturbance of enjoyment trouble de jouissance

disturbing perturbateur

disuse désuétude

to fall into disuse tomber en désuétude

disused désaffecté

divulge (to) divulguer

divulgence divulgation

divulgence of a professional secret divulgation d'un secret professionnel

dizziness étourdissement

documentary *(voir ci-dessous)*

documentary evidence 033 document(s) apportant la preuve, justificatif, pièce(s) probante(s)

cover subject to documentary evidence garantie sur justificatifs

documented *(voir ci-dessous)*

to present one's properly documented claim présenter sa demande d'indemnité dûment accompagnée des pièces justificatives

dome light lanterneau en coupole

domestic domestique

for domestic purpose(s) à usage domestique

door porte

door curtain portière

door set ensemble de porte et huisserie

dormer chien assis

double insurance assurances cumulatives

double-glazing double vitrage

doubt sthg (to) douter de qqch.

there is no doubting il n'y a pas de doute

down-spout conduite d'évacuation des eaux de pluie

downpayment acompte

downstream aval

downstream decision décision en aval

draft traite

draft contract projet de contrat

draft (to) rédiger

drafting of a policy rédaction d'un contrat/d'une police

drains of a house 259 canalisations sanitaires d'une maison

draw (to) *(voir ci-dessous)*

to draw a plan of the premises faire un croquis des locaux

to draw sb.'s attention to sthg attirer l'attention de qqn sur qqch.

to draw to a close tirer à sa fin (période)

to draw up the landlord's inventory of fixtures dresser un état des lieux

to draw up the specifications établir le cahier des charges

Drawn on… at X days of sight (Doc. Cred.) Tiré sur … à X jours date à vue

drawee tiré d'une traite

drawer tireur d'une traite

drawing dessin

drifting masses of snow masses de neige en mouvement

drinking water eau potable

drought période de sécheresse

dry pipe installation installation sous air

dubious douteux

due dû

it shall only be taken account of the due and overdue payments les termes échus et impayés sont seuls retenus

due date date d'échéance

on each annual due date à chaque échéance annuelle

duly dûment

duly-authorised representative of the Underwriter représentant dûment mandaté de l'Assureur

duplicate double, duplicata

to keep duplicate records in a fireproof cabinet garder les copies (les doubles d'enregistrements) dans des armoires ignifugées

duration durée

duration of the contract 168 durée du contrat

dust poussière

dust content teneur en poussière

dusting off dépoussiérage

duty devoir, obligation

duty of care obligation de soin

duty of result obligation de résultat

dwarf wall muret

dwelling *(voir ci-dessous)*

dwelling insurance assurance habitation

dwelling package insurance (US) assurance multirisques habitation

building for dwelling purposes only bâtiment uniquement à usage domestique

E

E&O cover garantie erreurs et omissions des dirigeants *(fait partie de la RC en France)*

each chaque

each and every loss chaque dommage

each item, if more than one chaque article, en cas de pluralité

early *(voir ci-dessous)*

early retirement préretraite

Early Warning System (EWS) système d'alarme précoce

as early as dès

as early as Tuesday dès mardi

earned *(voir ci-dessous)*

the premium is deemed earned la prime est réputée acquise

earnest money arrhes

earth terre

earth shock-wave onde de choc terrestre

earth tremor secousse sismique

earth works travaux de terrassement

earth-moving equipment engin de terrassement

earthquake tremblement de terre

ease of reference facilité de référence

ease (to) *(voir ci-dessous)*

to ease restrictions assouplir des restrictions

easement servitude, service foncier

eaves gutter gouttière

ebb *(voir ci-dessous)*

ebb and flow of the tide flux et reflux de la marée

ECGD (Export Credits Guarantee Department) *(UK)* équivalent approximatif de la COFACE au Royaume-Uni

echo-sounding apparatus sonar

economic économique

economic loss perte/préjudice économique

economic takeoff décollage économique

economiser économiseur

edge over sb. avantage sur qqn

EDIFACT (Electronic Data Interchange for Administration, Commerce and Transport) EDIFACT (Échange des Données informatiques pour l'Administration, le Commerce et le Transport)

EDP (Electronic Data Processing) traitement électronique des données

effect effet

personal effects effets personnels

to that effect à cet effet

effect (to) *(voir ci-dessous)*

to effect a burglary commettre un cambriolage

to effect a payment effectuer un paiement

to effect an insurance 117 souscrire une police

effective effectif *(adj.)*

effective access to the market accès effectif au marché

effective date 101 date de prise de risques, date d'effet

to become effective 015 entrer en vigueur, prendre effet

to remain effective 105 rester en vigueur

effluent effluent

EFTA (European Free Trade Association) AELE (Association européenne de libre échange)

egress issue

EL (Employers' Liability) RC employeur *(du fait d'accidents du travail)*

EL/PL claims handler gestionnaire de sinistres responsabilité civile

elect (to) élire, choisir

electric, electrical électrique

electric arc arc électrique

electric panel tableau électrique

electrical appliance appareil électrique

electrical system of a building système électrique d'un bâtiment

electrical wiring installation électrique

E-mail (electronic mail) courrier électronique

EFTPOS (Electronic Funds Transfer at Point of Sale) Transfert électronique de fonds sur le lieu de vente

EMF (electromagnetic field) champ électromagnétique

EFTS (Electronic Funds Transfer System) système de transfert électronique de fonds

electronically électroniquement

elevated surélevé

eligibility requirements for insurance conditions nécessaires pour bénéficier de l'admissibilité à l'assurance

eligible *(voir ci-dessous)*

eligible for coverage assurable, remplissant les conditions d'assurance

eligible applicant l'ayant droit (dans le cadre d'une inscription ou d'une souscription)

to be eligible for sthg être admissible à, pouvoir prétendre à qqch.

emanate from sthg (to) émaner de qqch.

embankment remblai

embargo embargo

embark on sthg (to) se lancer dans qqch.

embezzlement détournement de fonds

embossment filigrane ombré *(d'un document)*

emergency *(voir ci-dessous)*

emergency door/exit sortie de secours

emergency drill exercice de sécurité

emergency muster and drills rassemblement pour effectuer des exercices de sécurité

emergency plan plan d'évacuation

emergency treatment of an injury traitement d'urgence (premiers soins apportés à un blessé)

in the event of emergency en cas d'urgence

Emerging Issues Taskforce *(US)* comité chargé de traiter les problèmes comptables d'actualité au sein du Financial Accounting Standard Board

emotional injury/distress préjudice moral

employ *(n.) (voir ci-dessous)*

sb. in the regular employ of the Assured qqn régulièrement employé par l'Assuré

employ (to) employer

to employ sb. for hire employer qqn moyennant rémunération, louer les services de qqn

to be employed in any capacity être employé pour n'importe quelle fonction

employee employé

employee fraud fraude des employés

employee negligence négligence des employés

Employee Stock Ownership Plan (ESOP) plan d'intéressement du personnel

employer employeur ; maître d'ouvrage

EL (employers' liability) RC employeurs (du fait d'accidents du travail)

employers' liability insurance assurance accidents du travail

employment emploi

employment contract contrat de travail

employment dispute litige du travail

to act within the scope of one's employment agir dans le cadre de ses fonctions

empowered to habilité à

emulsify (to) émulsionner

EN 2900 (European quality certification) EN 2900 *(Attestation de qualité européenne)*

enact (to) édicter

enactment promulgation, ordonnance *(loi)*

encashments 314 encaissements

enclose a document (to) joindre un document

enclosing, enclosure 158 enclos

enclosure wall mur d'enceinte

enclosures pièces jointes *(documents)*

encompass (to) englober

encroachment of banks into insurance empiétement des banques dans le domaine des assurances

encumbered property propriété grevée d'hypothèques

encumbrance on a property servitude sur une propriété

end *(voir ci-dessous)*

end user utilisateur final

to this end à cet effet, à cette fin

at the end of this period of time au terme de ce délai

endanger (to) mettre en danger

endorse (to) endosser

the policy will be endorsed 025 la police sera modifiée par un avenant

endorsement 033 avenant

endorsement of order la clause "à ordre"

endorsement of premium due 034 avenant de ressortie de prime

endorsement on a policy avenant à une police

by endorsement pour endos

endow sb. with sthg (to) doter qqn de qqch.

endure (to) endurer ; durer

enforce (to) appliquer *(jur.)*

to enforce a right 079 faire valoir un droit

to enforce one's rights faire valoir ses droits

to enforce the law appliquer la loi (mettre en vigueur)

enforceable exécutoire, dont l'exécution est invocable en justice

enforceable court decision décision judiciaire exécutoire

a judgement becomes enforceable un jugement devient exécutoire

enforcement exécution, mise en vigueur/application *(jur.)*

engage (to) engager

the Insured party is unable to engage in leisure activities l'Assuré subit un préjudice d'agrément

engineer ingénieur

engineer for the work maître d'œuvre

engineering consultant ingénieur conseil

engineering work ouvrage d'art

English Home Exhibition salon des arts ménagers anglais

enhance the corporate image of a firm (to) renforcer, rehausser l'image de marque d'une société

enjoyment jouissance

enlarge a drawing (to) agrandir un dessin

enlarged market le marché élargi

ensue (to) résulter de, s'ensuivre

unless fire ensues à moins qu'un incendie en résulte

ensuing loss *(US)* 118 perte indirecte

ensure sthg (to) assurer qqch. *(veiller à)*

entail (to) entraîner *(avoir pour conséquence)*

enter (to) *(voir ci-dessous)*

to enter an appearance comparaître en justice

to enter into an obligation contracter une obligation

to enter into contract with sb. passer un contrat avec qqn

to enter into partnership former une société de personnes

to enter into possession (property, premises) entrer en jouissance

to enter sthg in a document inscrire, porter, consigner qqch. sur un document

entertainment costs frais de représentation

enthusiastic about sthg enthousiaste à propos de qqch.

entice sb.'s staff (to) débaucher le personnel de qqn

entirety 242 intégralité

entitle to (to) ouvrir droit à qqch.

to be entitled to 014, 189 être en droit de

to be entitled to indemnity pouvoir prétendre à une indemnité

entitlement to sthg 067, 346 droit à qqch.

entries écritures

entrust sb. with sthg/sthg to sb. (to) confier qqch. à qqn

entry entrée ; écriture

entry to or exit from the premises by forcible and violent means entrée ou sortie des locaux de façon violente ou par effraction

entry into force of regulations entrée en vigueur de règlements

enumerate (to) énumérer

environment environnement

environmental *(voir ci-dessous)*

environmental impairment liability insurance 244 assurance contre les dommages causés à l'environnement

environmental loss time temps perdu à cause de l'environnement

EOTA (European Organisation for Technical Approval) Organisation européenne pour l'agrément technique (OETA)

epidemic épidémie

equal (to) égal (à)

Equal Employment Opportunity (US) Égalité de chances pour l'emploi

Equal Pay Act (UK) loi sur l'égalité de paiement

equalisation compensation

equalisation fund fonds de compensation

equalisation of risks compensation des risques

equally également, paritairement

to contribute equally to the expenses contribuer de façon égale aux dépenses

equate sthg to sthg else (to) rendre qqch. égal à qqch. d'autre

equipment 177 matériel

equipped with a protection and alarm system muni d'un dispositif de protection et d'alarme

equivalent to équivalent à

erasure effacement

erected monté, érigé

erection 205 érection, montage

erection of a machine montage d'une machine

ergonomics ergonomie

erode (to) affouiller

erroneous erroné

error erreur

error in design erreur de conception

error-proof copy copie impeccable (sans erreur)

error rate on invoices taux d'erreurs dans les factures

accounting error erreur comptable

clerical error erreur d'écritures

E&O (Errors and Omissions) insurance garantie des Erreurs et Omissions (en France, fait partie de la RC)

escape *(n.)* échappée

to have a narrow escape l'échapper belle

escape *(v.)* (s')échapper

escaped animal animal échappé/en divagation

water suddenly and accidentally escaping from a heater l'eau s'échappant brusquement et de façon accidentelle d'un appareil de chauffage

escort escorte ; convoyeur

ESOP (Employee Stock Ownership Plan) *(= Profit sharing scheme)* plan d'intéressement du personnel

establish (to) *(voir ci-dessous)*

to establish a captive établir/implanter une captive

to establish the report dresser/établir le constat

established local practice pratique locale établie

establishment 158 établissement

estate biens ; masse successorale *(la succession : l'actif et le passif laissés par quelqu'un à sa mort)*

estate agent administrateur de biens

estate of a bankrupt masse d'un failli

estimate *(n.)* devis

estimate by/on contract évaluation forfaitaire

estimate (to) estimer, évaluer

estimated detailed statement 113 état estimatif détaillé

estimated gross profit 253 marge brute estimée

estuary estuaire

European *(voir ci-dessous)*

EEA (European Economic Area) Espace économique européen (EEE)

European Monetary Union (EMU) Union Européenne Monétaire (UEM)

European policy police européenne

evacuate (to) évacuer

evacuation of the premises évacuation des locaux

on the eve of à la veille de

even 220 même, voire

event événement

event organiser organisateur d'événement

event tree analysis analyse par arbre des événements

in the event of more than one insurance 165 en cas de d'assurances multiples

in the event of more than one insurer 123 en cas de pluralité d'assureurs

in the event of emergency en cas d'urgence

evidence preuve(s)

documentary evidence 033 document(s) apportant la preuve, justificatif(s)

evidence of a contract la preuve d'un contrat

evidence (to) attester, apporter la preuve de

duly evidenced violence violence dûment justifiée

evolution évolution

evolve (to) évoluer

ex-gratia payment 035 versement d'une indemnité à titre de faveur/à titre gracieux

example (as an) à titre d'exemple

excavate trenches (to) creuser des tranchées

excavating travaux de terrassement

excavation excavation

to make an excavation faire une excavation

exceed (to) excéder, dépasser

excepted *(voir ci-dessous)*

Sundays, Holidays excepted/ Sundays Holidays ex (S. H. ex) sauf dimanches et fêtes (dimanches et fêtes exceptés)

exception exception, réserve

exception to a principle exception à un principe

the exceptions stipulated in a contract les réserves stipulées dans un contrat

excess 124, 282 excédent ; franchise, découvert

excess clause clause de franchise

excess cover treaty (re.) traité d'excédent

excess of loss insurance/ reinsurance 336, 350 assurance/ réassurance en excédent de sinistres

excess of loss ratio treaty (re.) traité des excédents de pourcentage de sinistres

excesses invoked against third parties franchises opposables aux tiers

package in excess colis en excédent

amount of the excess to be borne by the Assured montant de la franchise à la charge de l'assuré

to be in excess of the sum required excéder/dépasser la somme requise

excessive pressure pression excessive

exchange *(voir ci-dessous)*

exchange cover garantie de change

exchange of sthg for sthg else échange de qqch. contre qqch. d'autre

exchange risk insurance assurance/garantie risque de change

damage to equipment at the telephone exchange serving the premises dommages à l'équipement du central téléphonique desservant les locaux

in exchange for 150 en échange de

exchange sthg for sthg else (to) échanger qqch. contre qqch. d'autre

exchangeable échangeable

excise taxes l'accise *(les droits d'accises)*

exclude (to) exclure

to exclude from the scope of a directive exclure du champ d'une directive

excluded risks risques exclus

exclusion 222, 238 exclusion

exclusion clause clause des risques exclus, les exclusions

exclusive *(voir ci-dessous)*

exclusive agent agent exclusif

exclusive of à l'exclusion de

to be exclusive of ne pas comprendre (≠ inclure)

executor of estate exécuteur testamentaire

exemplary damages dommages-intérêts exemplaires

exempt sb. from (to) exempter qqn de/exonérer qqn de

exempt/ed from exempt(é) de, exonéré de, dispensé de

exemption from exemption/exonération de

exemption clause clause d'exonération

clause of liability exemption clause exonératoire de responsabilité

exercise (to) exercer

to exercise an action for recovery against sb. (to) exercer une action récursoire contre qqn

to exercise one's rights faire valoir ses droits

exercise of a liberty exercice d'une liberté

exhaust (to) épuiser

until the Assured's right under ordinary fire policies are exhausted jusqu'à ce que les droits de l'Assuré au titre des polices incendie ordinaires soient épuisés

exhaust hood hotte

exhaustion épuisement

exhibit a document to sb. (to) *(proceedings)* soumettre un document à qqn

exhibited exposé

articles exhibited articles exposés

exhibition exposition

exhibitor exposant

exhibits *(document)* annexes

document exhibits annexes d'un document

EXIMBANK (Export-Import Bank) *(US)* 140 l'équivalent approximatif de la Coface aux États-Unis ; elle fonctionne de façon à peu près similaire à la BFCE

exist (to) 244 exister

there exists a solution to this il existe une solution à cela

damage to the existing property dommages aux "existants"

exit way dégagement *(sortie)*

exonerate oneself from one's liabilities (to) s'exonérer de ses responsabilités

exonerated from dispensé de

expansion expansion

expectation attente

clients'/customers' expectations attente clients

expediting cost coût d'expédition en service express

expeditiously promptement

expend (to) dépenser

expense frais, dépens, dépense

at one's own cost and expense à ses propres frais

at sb.'s expense aux dépens de qqn

all standing expenses/charges 248 tous les frais généraux permanents

experienced expérimenté, avisé

expiration expiration

at the expiration of the insurance à l'expiration du contrat

expire (to) expirer, échoir, arriver à expiration/échéance

expired 082 couru

expiry *(voir ci-dessous)*

at the expiry of a policy à l'expiration d'une police, au terme d'une police

explode (to) exploser

explosion explosion

explosive un explosif

EDC (Export Development Corporation) équivalent approximatif de la Coface au Canada

expose to (to) exposer à

exposure *(ins.) (a) the state of being subject to the possibility of loss; b) the measurable extent of risk; c) the possibility of loss to insured property caused by its surroundings)* exposition *(a) le fait d'être soumis à la possibilité de dommage ; b) l'étendue mesurable du dommage ; c) la possibilité de dommage causé par le voisinage aux biens assurés)*

dangerous exposure *(fire)* voisinage aggravant

express warranties (on the part of the insured) obligations explicites/expresses, engagements explicites/exprès

expressly expressément

unless it is expressly stipulated 275 sauf stipulation expresse

expropriating authority autorité expropriante

expropriation expropriation

expropriation cover garantie contre l'expropriation

extend to (to) (s')étendre à

to extend a cover étendre une garantie

to extend a policy proroger/prolonger une police

extended coverage garanties annexes à l'assurance

the cover does not extend to 235 la garantie ne s'étend pas à

extension extension, prolongation

extension of cover extension de la garantie

extension of the time-limit prolongation/allongement des délais

extension to the Employer's Liability extension à la garantie responsabilité patronale

extensions adjoining or communicating with the main Buildings les extensions jouxtant ou communiquant avec les Bâtiments principaux

suppliers and subcontractors extension carence des fournisseurs et des sous-traitants (pertes d'exploitation)

extent étendue, ampleur

extent of the cover champ d'application/portée de la police

extent of the damage 113 étendue/importance/ampleur des dommages

extent of the liabilities étendue des engagements

geographical extent of the cover étendue géographique de la garantie

to the extent and in the manner provided for dans les limites et de la manière prévues

to the extent that dans la mesure où

external externe

external company (an insurance company whose head office is situated in a country outside the European Union) société extérieure (société d'assurance dont le siège est situé dans un pays en dehors de l'Union européenne)

external interrupt (comp.) interruption externe

external loss time temps perdu à cause de l'environnement

external memory mémoire externe

external signs enseignes extérieures

extinguish (to) éteindre

responsibility extinguishes la responsabilité s'éteint/est éteinte

extinguisher extincteur

chemical foam extinguisher extincteur à mousse chimique

dry powder extinguisher extincteur à poudre sèche

hand extinguisher extincteur à main

mobile extinguisher extincteur mobile

remotely-operated extinguisher extincteur commandé à distance

wheel extinguisher extincteur sur roues

extra supplémentaire

extra catastrophe risk risque de catastrophe supplémentaire

extra expenses insurance assurance des frais supplémentaires

extra perils risques accessoires/annexes

extreme temperatures températures extrêmes

exuding of heat dégagement de chaleur

F

fabric tissu, étoffe

face *(voir ci-dessous)*

face wall mur de façade

on the face of a document au recto d'un document

face sthg (to) affronter qqch.

to be faced with sthg être confronté à qqch.

facilitate (to) faciliter

facility facilité ; installation *(local)*

community facilities aménagements collectifs

factor facteur *(fait)* ; commissionnaire

factual information information(s) factuelle(s)

facultative *(voir ci-dessous)*

facultative obligatory treaty 337 traité facultatif obligatoire

facultative reinsurance 338 réassurance facultative

fading of a stamp décoloration/altération des couleurs d'un timbre

fail (to) *(voir ci-dessous)*

to fail to do ne pas faire

if he fails to do so à défaut par lui de ce faire

failing compliance with 109 toute inobservation de

failing such agreement faute d'une telle convention

failing this à défaut de cela

failing to agree 007 faute d'accord

failing which 278 faute de quoi, à défaut

fail-soft system *(computer)* 224 mode dégradé

failure défaillance, panne ; échec ; manquement

failure of a company défaillance d'une compagnie

failure of appearance défaut de comparution

failure of the public supply of electricity, gas or water at the terminal point of the feed to your premises coupure de l'approvisionnement public en électricité, gaz, ou eau au point terminal d'alimentation de vos locaux

failure of the safety devices défaillance des appareils de sécurité

failure recovery plan 224 plan de reprise

failure so to do, you ... 096 à défaut par vous de ce faire ...

failure to disclose 093 non déclaration

failure to pay 226 défaut/carence de paiement

failure to pay of the debtor carence du débiteur

failure to provide security défaut de procuration de sécurité

electrical failure panne d'électricité

fainting fit perte de connaissance

fair *(n.)* foire

fair *(adj.)* courant, normal, juste

fair average quality bonne qualité courante

fair condition 156 état normal

fair quality qualité loyale

fair value of the rent juste valeur du loyer

fair wear and tear usure normale

in a fair condition of maintenance 156 en état normal d'entretien

it is fair assumption il y a tout lieu de croire

faith foi

in bad/good faith 164 de mauvaise/de bonne foi

fall (to) *(voir ci-dessous)*

to fall due arriver à échéance, devenir exigible

to fall into unauthorised hands 309 tomber entre des mains non autorisées

to fall on sb. to do sthg incomber à qqn de faire qqch.

to fall within the competence of sb. relever de la compétence de qqn

falling aerials, aerial fittings or masts chute d'antennes, avec les fils aériens ou leurs supports

falling trees or branches chute d'arbres ou de branches

falling-in of the wall éboulement du mur

fallacious fallacieux

fallback *(comp.)* reprise

fallible faillible

fallow jachère

false faux

false coin fausse pièce de monnaie

false statement déclaration erronée/inexacte

by using false names par usage de faux noms

falsification falsification

falsified falsifié

family history antécédents familiaux

fanlight imposte en éventail

far-reaching de grande envergure

farming mutual mutuelle agricole

fast track *(construction)* accélération du déroulement des opérations

Fatal Accident Inquiry enquête à propos d'un accident mortel

fatalities accidents mortels, tués

the number of fatalities le nombre de tués

faucet *(US)* robinet

fault faute

fault detection détection d'anomalie

fault tree analysis analyse par arbre des causes

to be at fault être en tort

fault-tolerant system *(comp.)* système à tolérance de panne

faulty défectueux

faulty construction vice de construction

faulty design défaut de conception

faulty drafting vice de forme (document)

faulty workmanship malfaçon, erreur de fabrication, travail défectueux

FCIA (Foreign Credit Insurance Association) *(US)* Association pour l'Assurance crédit à l'exportation

fear peur, crainte

to put sb. in fear of violence inspirer à qqn la crainte de la violence

feasibility study étude de faisabilité

feasible faisable

feather-bedded industries industries "protégées"

federal *(voir ci-dessous)*

Federal Deposit Insurance Corporation (FDIC) (US): insurance on bank deposits; they insure the deposits of nearly 15,000 banks) Organisme fédéral d'assurance des dépôts bancaires

Federal Flood Insurance *(US)* Assurance fédérale inondation

Federal Housing Administration (FHA) (US) (insurance on mortgages to protect lenders against default) Administration fédérale du logement (l'assurance sur hypothèque pour protéger les bailleurs de fonds)

Federal Savings and Loan Insurance Corporation (FSLIC) (US) (insurance on bank deposits) Organisme fédéral d'assurance de l'épargne et des prêts.

fee-based advice conseil rémunéré

feed aliments pour l'élevage, aliments pour les animaux

fees honoraires, droits

fell trees (to) abattre des arbres

felonious 289 délictueux

felonious abstraction soustraction délictueuse

to make felonious entry into the premises entrer de façon délictueuse dans les locaux

felt *(n.)* carton de construction

fence palissade, clôture

fermentation fermentation

damage by fermentation dommage par fermentation

fertilisers and amendments amendements et engrais

fetter *(n.)* entrave

Fellow of the Institute of Actuaries (FIA) Membre de l'Institut des Actuaires

fibreboard aggloméré

fibreglass fibre de verre

fictitious fictif

fidelity fidélité, loyauté

fidelity and suretyship bond (US) assurance vol et détournement des employés

fidelity bond 305 caution détournement de fonds et escroqueries du fait des employés

fidelity coverage garantie "détournement de fonds"

fidelity guarantee policy police détournement de fonds

fidelity insurance (UK) assurance contre les détournements et escroqueries du fait des employés

fiduciary bond 306 caution de bonne exécution du mandat

field *(voir ci-dessous)*

field of application of a contract domaine d'application d'un contrat

field staff personnel sur le terrain

fierce competition concurrence acharnée

fight (to) lutter

when fighting the fire 197 à l'occasion de la lutte contre l'incendie

figures (in) en chiffres

file dossier, fichier *(inf.)*

file of prospects fichier de prospects

archived file fichier archivé

audit/review file fichier d'expertise/ de vérification

backup file fichier de sauvegarde

data file fichier de données

master file fichier principal

paper file fichier papier

street files fichiers des risques par situation

file (to) classer ; déposer

to file a bond 319 souscrire une caution

to file a claim against sb. déposer une plainte contre qqn

to file an application for a patent déposer une demande de brevet

to file one's statement of affairs/to file for bankruptcy déposer son bilan

filing cabinet meuble de classement

filing one's petition dépôt de bilan

filing tray corbeille de classement

the Assured shall file with the Underwriters affirmative proof of loss, itemised and duly sworn to l'Assuré déposera auprès des Assureurs la preuve du dommage, circonstanciée et dûment attestée sous serment par devant un officier ministériel

fill (to) *(voir ci-dessous)*

to fill the gap combler le déficit

to fill in (UK)/**fill out** (US) (a document) remplir (un document)

filled soil terrain rapporté

final final, définitif

final acceptance of works 322 réception définitive des travaux

final and binding 129 définitif et exécutoire

final full settlement règlement définitif

the arbitrator's decision will be final and binding on the parties la décision de l'arbitre sera définitive et liera les parties

financial financier

Financial Accounting Standard Norme Comptable

financial contribution apport financier

financial default défaillance financière

financial loss perte financière, pécuniaire

financial position/standing position financière

financial product 214 produit financier

financial reversal revers financier

financial scheme 040 plan financier

financial soundness le sérieux financier

financial statement 314 la trésorerie, l'état financier

to sustain a burden on one's financial statement subir une charge de trésorerie

financing financement

find a happy medium (to) trouver un juste milieu

fine *(n.)* amende

a fine and the relating taxes une amende et ses accessoires

daily fine for delay in performance of contract or payment of a debt, or if the award of a judgement is not executed astreinte

fine arts les beaux arts

fineness *(the ratio of the weight of fine metal to the total weight of the alloy)* titre *(le rapport du poids du métal fin au poids total de l'alliage)*

finished product produit fini

fire 201 incendie ; feu

fire alarm avertisseur d'incendie

fire department service incendie

fire division mur coupe-feu

fire drill exercice d'incendie

fire endurance résistance au feu

fire escape issue de secours

fire extinguishing system système d'extinction des incendies

fire grading of buildings classement des bâtiments selon leur résistance au feu

fire hose tuyau d'incendie

fire hydrant bouche d'incendie, poste d'eau

fire hydrant with hose and nozzle connected robinet d'incendie armé

fire insurance assurance incendie

fire nozzle lance à incendie

fire prevention measures mesures de prévention contre l'incendie

fire protection installation installation de protection contre l'incendie

fire pump pompe à incendie

fire record statistique incendie

fire stairs escaliers de secours

fire station caserne de pompiers

fire under control incendie circonscrit

fire- *(+ n. or adj.) (voir ci-dessous)*

fire-break door porte coupe-feu

fire-brigade brigade de sapeurs-pompiers

fire-fighter pompier, sapeur-pompier

fire-fighting equipment matériel de lutte contre l'incendie

fire-plug bouche d'incendie

fire-proof material matériau incombustible

fire-proofing ignifugation

fire-resistant incombustible, résistant au feu

fire-resisting cabinet armoire ignifugée

fire-resisting door porte de sécurité incendie

firearms armes à feu

firebreak pare-feu *(forêt)*

fireman pompier, sapeur-pompier

permanent fireman sapeur-pompier professionnel

voluntary fireman sapeur-pompier volontaire

fireplace cheminée, foyer

fireproof ignifugé

fireproof material matériau incombustible

to make fireproof ignifuger

firing licenciement

first *(voir ci-dessous)*

first class mail courrier en régime accéléré

first excess policy police en premier excédent

first line treaty traité en premier excédent

first loss insurance 121 assurance au premier risque

first mortgagee créancier hypothécaire de premier rang

first name prénom

first surplus reinsurance réassurance en premier excédent

to grant a first loss cover not subject to average consentir une garantie au premier risque absolu

first-hand experience expérience de première main

fishing pêche *(activité)*

fit *(adj.) (voir ci-dessous)*

fit for sthg convenable pour qqch.

fit to do sthg apte à faire qqch.

fitments armatures, agencements

fitments fixed to the building agencements/meubles fixés au bâtiment

fitted with équipé de, muni de

fitting aménagement

fitting out agencement intérieur

fitting up costs frais d'aménagement

fittings pièces accessoires ; meubles incorporés

special fitting aménagement spécial

fix (to) fixer, sceller ; réparer

to fix the date of fixer la date de

fixed deductible franchise fixe, forfaitaire, uniforme

fixed earth station station terrestre fixe (EDI)

fixed glass breakage bris de glaces fixes

fixed place of business établissement fixe

fixed steam apparatus appareil fixe à effet de vapeur

fixed washbasin lavabo scellé, fixe

fixed water apparatus appareil fixe à effet d'eau

fixed-term contract of employment contrat de travail à durée déterminée (CDD)

fixtures biens immobilers

fixtures and fittings 177, 187, 281 l'installation et l'équipement ; biens immobiliers ; installations et agencements

additional fixtures biens immobiliers par incorporation

flammable inflammable

flammability inflammabilité

flash point, flashing point point d'éclair (liquides inflammables)/ point d'ignition

flat *(adj.) (voir ci-dessous)*

flat deductible franchise atteinte, simple, relative

flat rate taux unique/forfaitaire

flat rating tarification forfaitaire

flaw défaut

flaw in construction vice de construction

flawless impeccable

flimsiest fabrics les tissus les plus légers

floater garantie flottante

flood inondation

flood plain plaine inondable

floor sol

floor and ceiling guiderails rails sur le sol et au plafond

floor, wall and ceiling covering 188 revêtement de sol, de mur et de plafond

flow flux, débit

foaling risk risque de mise à bas

foam mousse

foam generator générateur à mousse

high expansion foam mousse légère

liquid foam mousse liquide

low expansion foam mousse lourde

foddering affouragement

foiled attempted theft tentative de vol déjouée

fold (to) plier

to fold flat plier à plat

folder dépliant

folding door porte pliante

follow-up of a client's file suivi d'un dossier client

food poisoning intoxication alimentaire

footing *(voir ci-dessous)*

on an equal footing sur un pied d'égalité

for *(voir ci-dessous)*

for all that 128 pour autant

for any one loss 185 par sinistre

for declaration only 037 pour déclaration seulement

for information only à titre indicatif

force *(voir ci-dessous)*

Force Majeure Force Majeure

in force en vigueur

insurance in force assurance en vigueur

to have force of law avoir force de loi

forcible *(voir ci-dessous)*

forcible bursting 204 éclatement dû à l'usage de la force

forcible entry entrée par effraction

forcible entry into a building entrée dans un bâtiment par la force

forcible opening traces d'effraction ou de bris

forcible taking of property appropriation des biens par la force

by forcible and violent means par utilisation de la force et de la violence

by forcible entry into the premises par effraction des locaux

forcibly detained détenu de force

foreclosure forclusion ; saisie *(d'hypothèque)*

foregoing conditions les conditions précédentes *(dans un texte)*

foreign to étranger à ; sans rapport avec

accidents foreign to occupation accidents sans rapport avec le métier/l'activité

foremost *(voir ci-dessous)*

the first and foremost concern le tout premier souci

forename prénom

foreseeability prévisibilité

foreseeable prévisible

forfeit one's rights (to) 038 être déchu de ses droits, perdre ses droits

forfeiture 024, 132 déchéance

forfeiture clause clause de déchéance

forfeiture of a right to sthg déchéance d'un droit à qqch.

an action for forfeiture of patent action en déchéance de brevet

forged faux, fausse *(document)*

forgery un faux *(signature)* ; une contrefaçon

forgery bond garantie de faux en écriture

forgery by whomsoever committed faux/contrefaçon commis(e) par qui que ce soit

fork-lift truck chariot élévateur

form forme ; formulaire, imprimé *(n.)*

claim form formulaire de déclaration de sinistre

proposal form formulaire/imprimé de proposition

in the form of sous forme de

form (to) former

to form part of faire partie de

to form an integral part of 103 faire partie intégrante de

formal *(voir ci-dessous)*

formal notice mise en demeure

formal statement procès-verbal de constat

formation and attachment of the contract of insurance 167 formation et prise d'effet du contrat

formatting formatage

formula (*pl.* **formulae, formulas**) formule

forthwith 110 sur-le-champ, incontinent, sans délai

fortuitous fortuit, aléatoire

FOS (Freedom of Services) LPS *(libre prestation de services)*

foster a favourable investment climate (to) développer un climat favorable aux investissements

foster children 300 enfants en nourrice/en pension

foundations of a building fondations d'un bâtiment

fracturing fracture

fragile articles articles fragiles

frame châssis, cadre, ossature *(bâtiment)*

building of frame construction bâtiment en bois

timber frame charpente en bois

steel frame charpente métallique

glass frame châssis vitré

framing charpente

franchise *(ins.)* franchise

franking machine machine à affranchir

fraud fraude

fraudster fraudeur

fraudulent frauduleux ; dolosif

fraudulent act acte dolosif

fraudulent claim 038 demande d'indemnité frauduleuse

fraudulent misrepresentation fausse déclaration intentionnelle

fraudulent use of a credit card utilisation frauduleuse d'une carte de crédit

fraught with chargé de, riche en

free oneself of (to) se libérer de

freedom *(voir ci-dessous)*

Freedom of Establishment liberté d'établissement

freedom to provide services libre prestation de services

within the framework of Freedom to Provide Services dans le cadre de la LPS

freehold propriété en franc-alleu, *(en libre propriété)*

freezer *(voir ci-dessous)*

deep freezer congélateur

freeze the wages (to) geler les salaires

freezing gel, blocage

freezing insurance assurance gel

freezing whilst the premises in the Insured's ownership and/or tenancy are empty or not in use gel pendant que les locaux que l'Assuré possède ou loue sont vides ou inutilisés

french window/door porte-fenêtre

frequency fréquence, périodicité

VHF (Very High Frequency) Très Haute Fréquence (THF)

fresh water eau douce

friendly society *(ins.)* mutuelle *(f.)*, société de secours mutuel

fringe benefits périphériques légaux, avantages hors salaire

front *(voir ci-dessous)*

front end processor processeur frontal

shop front façade de la boutique

fronting insurance 039 assurance prête-nom, "fronting"

frost gel

frost damage insurance assurance gel

frost heave/upheaval soulèvement dû au gel

frost swelling gonflement par le gel

frost-proof résistant au gel

frozen gelé, congelé

frozen in pris par la glace

fuel *(n.)* fioul

fuel sthg (to) alimenter qqch.

fulfil (to) remplir, accomplir *(contrat, promesse)*

to fulfil formalities 142 accomplir des formalités

fulfilment of the contract exécution du contrat

full *(voir ci-dessous)*

full plans l'ensemble des plans

full policy cover garantie totale du contrat

full replacement value valeur de remplacement à neuf

full settlement règlement définitif

full value insurance assurance valeur totale

in full entièrement, intégralement

in full discharge of all claims en règlement final

the full particulars tous les détails (particularités)

the protections are in full and effective operation les protections sont en place et opérantes

to be payable in full être payable en totalité/intégralement

with full legal right 104 de plein droit

fully responsible for sthg responsable de plein droit de/totalement responsable de qqch.

fumes fumées *(usine)*

fumigate (to) fumiger, désinfecter

fumigation fumigation, désinfection

function fonction

functional analysis analyse fonctionnelle

functionality fonctionnalité

fund fonds

fund transfer card carte de transfert de fonds

risk funding financement des risques

funeral expenses frais funéraires

fungible fongible

fur fourrure

furnace explosion explosion du fourneau

furnish (to) fournir ; meubler

to furnish affirmative proof of loss under oath 288 fournir la preuve sous serment de la réalisation du sinistre

to furnish to the Insurer 113, 165 fournir à l'Assureur

furnished flat appartement meublé

furniture mobilier

furniture and equipment matériel mobilier et agencements

furniture depository garde-meubles

furniture of offices or shops mobilier commercial

furniture remover déménageur

a piece of furniture un meuble

furrier fourreur

further autre, ultérieur, supplémentaire

further processing ouvraison

for further information pour plus ample informé

he shall be under no further liability nulle autre responsabilité ne lui sera opposable

it is further agreed that 129 il est de plus convenu que

without further delay sans plus tarder

fuse fusible

G

gain (to) gagner

to gain admittance to the premises parvenir à s'introduire dans les locaux

to gain importance gagner en importance

gale tempête *(de vent)*

game gibier

garbage chute *(US)* vide ordures

garnishee order ordonnance de saisie-arrêt

Gas Works usine à gaz

buildings not being part of any Gas Works les bâtiments ne faisant pas partie d'une usine à gaz

gate grille *(d'accès)*

gauge risks (to) apprécier les risques

gem pierre précieuse ; joyau

gender genre, sexe

general *(voir ci-dessous)*

general agent agent général

General Building Cost Index: issued by the Building Cost Information Service of the Royal Institution of Chartered Surveyors (UK) indice général du coût de la construction : publié par le Service d'information du coût de la construction de l'Institut Royal des experts diplômés

General Exclusions 176 exclusions générales

General Index of Retail Prices: issued by the Department of Employment (UK) indice général des prix de détails : publié par le Ministère de l'Emploi

general insurance assurances dommages

general rate tarif général

Generally Accepted Accounting Principles Règles comptables généralement admises

generate (to) engendrer, générer

generating fact 254 le fait générateur

act generating the damage fait générateur du dommage

generic générique

get paid for one's efforts (to) être payé en retour

girder poutre *(métal)*

give (to) *(voir ci-dessous)*

to give credit to sthg ajouter foi à qqch.

to give evidence fournir des preuves

to give proof faire foi

to give rise to 334 donner lieu à

to give sb. formal notice to mettre qqn en demeure de

to give testimony affirmer publiquement (devant la cour)

to give written notice aviser par écrit

at give-away prices à prix bradés

glaring example exemple frappant

glass verre

glass block dalle de verre

glass ceiling plafond vitré

glass roof toit vitré

glass room pièce vitrée

glass window fenêtre vitrée

glass wool laine de verre

glassware verrerie

glazier vitrier, miroitier

glazing vitrage(s)

any glazing incorporated in the construction or the roofing of the premises tout vitrage incorporé dans la construction ou la couverture des locaux

go (to) *(voir ci-dessous)*

to go about within the precinct of the establishment circuler dans l'enceinte de l'établissement

to go bankrupt faire faillite

to go from bad to worse aller de mal en pis

to go into receivership se mettre en règlement judiciaire

to go through the books with a fine-tooth comb passer les registres au peigne fin

to go through considerable upheavals traverser d'importants bouleversements

to go through difficulties traverser des difficultés

it goes without saying that il va de soi que

goats caprins

gold-plated ware objets dorés

goldware objets en or

goods biens

goods and chattels biens et effets

capital goods biens d'équipement

consumer goods biens de consommation

goodwill fonds commercial

compensation for goodwill la compensation pour la clientèle (le fonds commercial)

govern (to) *(voir ci-dessous)*

governing law and practice la loi et la coutume en vigueur

the governing principles in reinsurance les principes directeurs en matière de réassurance

this insurance shall be governed by French Law and Customs la présente assurance est régie par la loi et les usages français

graceful degradation mode dégradé

grading gradation

grading of uncertainty gradation de l'incertitude

gradual pollution pollution graduelle

grant *(n.)* subvention

grant (to) accorder, octroyer, consentir

to grant an overdraft accorder un découvert

cover granted garantie accordée

granting octroi

the granting of an extension l'octroi d'une extension

graph graphique *(n.)*

gratuitous help aide bénévole

gratuitously à titre gratuit, gracieusement

gravel gravier

gravity gravité

centre of gravity centre de gravité

greenhouse serre

grievances doléances

gross brut

gross line (re.) part brute

gross line limit (re.) plein d'acceptation

gross negligence négligence délibérée, faute lourde

gross premium prime brute

gross profit marge brute, bénéfice brut

gross weight poids brut

ground terrain ; motif

ground heave 206 soulèvement de terrain

ground movement mouvement de terrain

ground plan plan des lieux

ground settlement tassement de terrain

ground wire fil de terre

ground for the reservation motif de la réserve

nearly everything on the ground around the main building is covered pratiquement tout ce qui se trouve sur le terrain autour du bâtiment principal est couvert

on another ground than pour un autre motif que

on leased ground sur terrain appartenant à autrui

ground (to) *(voir ci-dessous)*

to ground one's decision upon sthg fonder sa décision sur qqch.

grounded on/upon fondé sur, motivé par

no forfeiture grounded on 132 aucune déchéance motivée par

groundless sans fondement, injustifié, sans motif

growing *(voir ci-dessous)*

growing crop récolte sur pied

growing repair costs alourdissement des coûts de réparation

guarantee *(n.)* 322 garantie, cautionnement

guarantee fund 040 "cote d'alerte"

guarantee of performance garantie de rendement

guarantee society association/société de cautionnement

product guarantee garantie du produit

under guarantee sous garantie

guarantee (to) garantir

to guarantee the performance of a product garantir la performance d'un produit

guarantor donneur d'aval, garant *(Crédoc.)*

guaranty garantie

guaranty insurance (US) assurance contre les détournements et escroqueries du fait des employés

guard *(n.)* garde, gardien

the custodian or the guard accompanying him le transporteur de fonds ou le garde qui l'accompagne

guard (to) garder, surveiller

to guard against se prémunir contre

the premises are constantly guarded les locaux sont constamment gardés

guarding gardiennage

guideline ligne de conduite

insurance guidelines guide des assurances

guiderails rails

floor and ceiling guiderails rails sur le sol et au plafond

gutter caniveau *(drainage)* ; chéneau

H

habitable surface area surface développée *(immeuble)*

hacker pirate *(en informatique)*

hail insurance assurance grêle

hailstone grêlon

hailstorm tempête de grêle

half moitié

by half de moitié

half yearly semestriel

hall vestibule

hand *(voir ci-dessous)*

by hand à la main

cash in/on hand les espèces/avoirs en caisse

to deliver a letter by hand remettre une lettre par porteur

letter written in sb.'s hand lettre écrite de sa main

farm hand ouvrier agricole

hand in/over (to) remettre

to hand in one's resignation remettre sa démission

to hand sthg over to sb. remettre qqch. à qqn

consignment handed in colis remis

hand-made exécuté à la main

handle claims (to) traiter les sinistres *(s'occuper de)*

handling manutention ; manipulation, traitement

handling of sthg 234 manipulation de qqch.

handling of files traitement de dossiers

handover of documents remise des documents

handwrite sthg (to) écrire qqch. à la main

happening of such loss 110 survenance de ce dommage

hard-hit durement frappé

hard-up dans la gêne

hardware matériel *(inf.)* ; quincaillerie

hardware check (comp.) vérification du matériel

hardware show salon de la quincaillerie

harm *(voir ci-dessous)*

harm done to bodily/mental integrity atteinte à l'intégrité physique/psychique

harmful nuisible, nocif

harmful substances substances nocives

harmful to nuisible à

harmonisation harmonisation

harness a river (to) aménager un fleuve

hazard hasard, danger

hazardous dangereux

hazardous waste déchet dangereux

HAZOP (Hazard and operability study) HAZOP

HC (to be held covered) être tenu couvert

head (to) intituler

section headed Description section intitulée Description/Désignation

head office siège social

heading 157 rubrique ; intitulé

heading of a clause intitulé d'une clause

health certificate certificat sanitaire

hearing *(legal)* 260 audience, audition

hearing of witnesses audition des témoins

to fix the date of the hearing fixer la date de l'audience

hearth âtre

heating chauffage

heating coil serpentin de chauffage

underfloor heating chauffage par le sol

heat (to) chauffer

heave (to) soulever, se soulever, palpiter

heavy *(voir ci-dessous)*

heavy damage dommage grave

heavy goods denrées lourdes, marchandises pondéreuses

heavy weather gros temps

heavy-duty à haute résistance, robuste ; à haut rendement

hedging *(commodities)* 232 couverture *(marché à terme des denrées)*

height hauteur

heir to sb. héritier de qqn

helpline permanence téléphonique

hemp chanvre

hence d'où

henceforth désormais, dorénavant

hereby *(= by this)* par la présente

herein *(contract = in this)* 094 dans celui-ci/celle-ci

hereunder *(document)* 127 ci-dessous ; dans le cadre de celui-ci

herewith ci-joint

heterogeneous hétérogène

hidden defect désordre caché, vice caché

high haut, élevé

high voltage transmission line ligne à haute tension

the streets were ...-high with water les rues étaient remplies d'eau jusqu'à hauteur de ...

higher than 211 supérieur à, plus élevé que

hijacking détournement *(d'un moyen de transport)*

HRB (high-rise building) immeuble de grande hauteur (IGH)

HPR (highly-protected risk) *(US)* risque à protection renforcée

highway voie publique

hike augmentation

premium hike augmentation de la prime

hinder (to) entraver, gêner

to prevent or hinder the access to the premises interdire ou gêner l'accès aux locaux

hindrance gêne, handicap

hinge on sthg (to) reposer sur qqch., tourner autour de qqch.

hinge skylight lucarne à tabatière

hire *(n.)* louage

hire (to) louer

to hire out (to) louer (de la part de celui qui offre le service ou le produit)

to hire sb. (to) employer qqn moyennant rémunération/ louer les services de qqn

when hiring sb. lors de l'embauche de qqn

hire-purchase contract contrat de location-vente

hit (to) frapper ; toucher

to be hit by lightning être frappé par la foudre

hoarding of the site clôture du chantier

hoisting equipment équipement de levage

hold (to) *(voir ci-dessous)*

to hold sb. responsible for sthg tenir qqn responsable de qqch.

to hold sthg in trust for sb. être le dépositaire de qqch./tenir qqch. en fidéicommis pour le compte de qqn

to be held covered être tenu couvert

damage to property held in trust dommages causés aux biens confiés

holding of a general meeting tenue d'une assemblée générale

hold-up vol à main armée, braquage

hold-up risk risque de vol à main armée

holder titulaire

holder of a public contact 317 titulaire d'un marché public

holder of a policy titulaire d'une police (détenteur)

holiday home maison de vacances

hollow *(adj. & n.)* creux

home *(voir ci-dessous)*

home contents policy police contenu de l'habitation

home country pays d'origine

home-shopping téléachat

homeowner propriétaire *(habitation)*

homeowner's contents police contenu de l'habitation

homeowner's insurance assurance habitation

homogeneous homogène

hoped-for yield of the crop rendement espéré de la récolte

horizontally horizontalement

horse *(voir ci-dessous)*

racehorse cheval de course

riding horse cheval de selle

stud-horse cheval de reproduction

Trojan horse cheval de Troie

hose tuyau *(flexible)*

host *(voir ci-dessous)*

host computer calculateur principal/hôte

host member country état/pays membre d'accueil

hot *(voir ci-dessous)*

hot water heater chauffe-eau

hot water tank ballon d'eau chaude

hot-house serre

hours *(voir ci-dessous)*

business hours 296 heures d'ouverture

half-day break closing hours heures de coupure de la mi-journée

off-peak hours heures creuses

outside business hours en dehors des heures de travail ou de service

peak hours heures de pointe

house (to) accueillir

house *(voir ci-dessous)*

house contents valuation évaluation du contenu de la maison

housebreaker cambrioleur

housebreaking 012 cambriolage ; démolition *(d'un bâtiment)*

household maisonnée ; famille ; foyer *(sens économique)*

household accident accident domestique/ménager

household appliances appareils ménagers

household damage dommages ménagers

household insurance assurance des particuliers, assurance habitation

household underwriter souscripteur assurance habitation

the Assured's household les personnes vivant sous le toit de l'Assuré

the persons being usually part of sb.'s household les personnes vivant à titre habituel et gratuit au foyer de qqn

to live in sb.'s household vivre sous le toit de qqn

householder's comprehensive insurance assurance multirisques habitation

housekeeping tenue du risque *(inc.)*

housing *(voir ci-dessous)*

housing estate (UK) lotissement

housing market marché du logement

housing stock parc de logements

howsoever *(voir ci-dessous)*

loss or damage by fire howsoever caused perte ou dommage causé par un incendie de quelque manière que ce soit

hub centre d'activités

humidity humidité

hunting *(voir ci-dessous)*

hunting liability insurance assurance responsabilité du chasseur

hunting permit permis de chasse

hurricane ouragan

husband *(voir ci-dessous)*

to take all the necessary care of a good husband prendre tous les soins nécessaires d'un bon père de famille

hydrant *(voir ci-dessous)*

frost-proof hydrant bouche antigel

standpost hydrant bouche armée

I

IBRs (incurred but not reported claims) sinistres survenus mais non déclarés

ice-bound bloqué par les glaces

identical to identique à

to relocate in identical conditions (se) reloger dans des conditions identiques

identifiable identifiable

identification identification

idiosyncratic idiosyncratique

idle oisif ; improductif ; inactif

if *(voir ci-dessous)*

if any/if required 208 le cas échéant, s'il y a lieu

if need be en cas de besoin, s'il y a lieu

if not sinon, à défaut

if yes, state the amount dans l'affirmative, spécifier le montant

ignite (to) s'enflammer

ignition *(voir ci-dessous)*

ignition point point d'inflammation

ill-advised mal avisé

ill-defined mal défini

ill-defined term terme mal défini

illegal illégal

by illegal entry par entrée clandestine

illegally illégalement

by illegally staying in the premises par maintien clandestin dans les locaux

illness 233 maladie, affection

imbue (to) imprégner

culture that should be imbued throughout the company culture dont toute la compagnie devrait être imprégnée

immaterial peu important, sans conséquence

immune to/from sthg immunisé contre qqch.

immunity from immunité contre ; exonération de

impact choc, impact

impact by a body knocked over or dashed by the windchoc d'un corps renversé ou projeté par le vent

impact by any vehicle or animal choc avec tout véhicule ou animal

impair (to) dégrader ; compromettre ; porter atteinte à

to impair production compromettre la production ; freiner la production

to impair the corporate image of the company porter atteinte à l'image de marque de la compagnie

impairment dommage ; dégradation

impairment of taste altération du goût

EIL (Environmental Impairment Liability) assurance contre les dommages causés à l'environnement

impartial impartial

impending imminent

impending loss perte imminente

actual or impending hostilities hostilités déclarées ou imminentes

imperative impératif

imperfection imperfection

imperil (to) mettre en péril, exposer à un danger

impersonate (to) personnifier, incarner

implement outil

pedestrian-controlled gardening implement outil de jardin à conducteur accompagnant

farming implement instrument aratoire

implement (to) 212 mettre en place

implementation of a policy 270 mise en place d'une police

implicate sb. in a fraud (to) impliquer qqn dans une fraude

implied implicite

to be implied from sthg découler implicitement de qqch.

implosion implosion

import (to) *(for words)* indiquer, vouloir dire

impose sthg on sb. (to) imposer qqch. à qqn

to impose an embargo on imposer un embargo sur

impost imposte

impound water in a dock (to) retenir l'eau dans un bassin

imprisonment emprisonnement

improper conduct conduite incorrecte

improve (to) améliorer

to improve the sanitary conditions assainir

imprudent imprudent

in solidum *(voir ci-dessous)*

surety in solidum caution (con)jointe, in solidum

in-full premium prime forfaitaire

in-house *(voir ci-dessous)*

in-house distribution operations opérations de distribution assumées par la société elle-même

in-house lawyer juriste attaché à l'entreprise

in-storage business property 155 biens à usage professionnel entreposés

inability (to) incapacité (de)

temporary total inability to attend to usual occupation incapacité totale temporaire d'exercer son activité habituelle

inaccessible inaccessible

inaccuracy inexactitude

inaccurate inexact

inadequate insuffisant ; inadéquat

inappropriate impropre

incandescent incandescent

incendiary incendiaire *(n. & adj.)*

incepted risk risque commencé

inception commencement

inception date of a policy date de prise d'effet d'un contrat

inception of a policy 027, 323 prise d'effet, début de validité, entrée en vigueur d'un contrat

inception of the loss début du sinistre

inch (to) *(voir ci-dessous)*

to inch towards completion progresser lentement vers l'achèvement

inchoate *(imperfectly formulated)* incomplet, imparfait

incidence on sthg incidence sur qqch.

incident *(n.)* incident

incident *(adj.) (voir ci-dessous)*

to be incident to sthg être particulier à, aller de pair avec qqch.

incidental fortuit, accidentel

incidental to inséparable de ; lié à (mais de moindre importance)

inclusive *(voir ci-dessous)*

to be inclusive of 092 inclure, comprendre

inclusive of tax taxe comprise

incombustible material matériau incombustible

income 256 revenu(s), résultat

income return déclaration de revenus

incompatible with incompatible avec

incompetence impéritie, incompétence

incomplete disclosure déclaration incomplète

incompressibility incompressibilité

inconclusive non concluant

inconsistency 090 contradiction

inconsistency with incompatibilité avec

inconsistent with incompatible avec, en contradiction avec

incorporate into a text (to) incorporer dans un texte

considered as incorporated herein considéré incorporé dans la présente

incorporation incorporation

date of incorporation and entry into force date de transposition et entrée en vigueur

increase *(n.)* augmentation

increase in cost of working augmentation du coût du travail

increase in risk (period of time provided to declare any increase in the risk or any new risks, if any) 041 aggravation du risque (délai prévu pour déclarer toute aggravation des risques ou le cas échéant, tous risques nouveaux)

increase in temperature élévation de la température

increase in the premium majoration de la prime

increase in value plus-value

increase/decrease clause clause d'ajustabilité

on the increase en augmentation

increase (to) augmenter

increased risk risque aggravé

increased value insurance assurance en augmentation de valeur

increasing premium prime progressive

increment accroissement, augmentation

incubator *(voir ci-dessous)*

firm incubator pépinière d'entreprises

incumbent on sb. (to be) incomber à qqn

incur (to) encourir, exposer, engager

Incurred But Not Reported claims or losses (IBNR) 042 sinistres survenus mais non déclarés

incurred loss sinistre réalisé, perte encourue

the expenses reasonably incurred 213 les dépenses raisonnablement exposées/engagées

incurrence of extra expenses engagement de frais supplémentaires

indebted endetté

indebtedness endettement

indelible indélébile

indemnifiable indemnisable

indemnification indemnisation

indemnificatory character of insurance caractère indemnitaire de l'assurance

indemnify (to) indemniser *(frais)*

indemnity indemnité ; garantie *(de la part de l'assureur)*

indemnity agreement convention d'indemnisation

indemnity period 201, 257 période de garantie/ d'indemnisation

indemnity principle 043 principe d'indemnisation, de garantie

independently of indépendamment de

in-depth investigation enquête en profondeur

index *(pl.* **indexes, indices)** 159 indice

index card fiche

index clause clause d'indice variable

index linking 044 indexation

index-linked indexé

index-linked premium prime indexée

indexed new value insurance assurance à indice variable à valeur à neuf

indirect business *(business accepted by way of reinsurance)* affaires indirectes

indiscriminately sans discrimination

indispensable to indispensable à

indisputable irréfutable, incontestable

individual *(n.)* individu, personne physique

individual rating tarification personnalisée

the settlement of indemnity is made by individual account le règlement de l'indemnité est fait par pour compte

individually or jointly individuellement ou solidairement

indivisible indivisible

indorsement/endorsement on a policy avenant à une police

induce sb. to do sthg (to) amener qqn à faire qqch.

induced by an event induit par un événement

industrial *(voir ci-dessous)*

industrial accident accident du travail

industrial disease maladie professionnelle

industrial espionage espionnage industriel

industrial injury accident du travail

industrial injury benefits indemnités pour les accidents du travail

industrial risk risque industriel

Industrial Tribunals correspond aux conseils des Prud'hommes

industrialist industriel *(m.)*

ineligible *(voir ci-dessous)*

to be ineligible for sthg ne pas pouvoir prétendre à qqch.

ineluctable inéluctable

inexperienced inexpérimenté

infectious disease maladie infectieuse

infer (to) inférer, déduire

inferior to *(second rate)* inférieur à

infidelity infidélité, déloyauté, malhonnêteté

inflammation inflammation

inflatable gonflable

inflation risk insurance assurance risque d'inflation

inflicted on infligé sur

under the influence of frost sous l'effet du gel

inform (to) *(voir ci-dessous)*

the company must be informed of 144 la compagnie doit être saisie de

informality vice de forme

information information(s)

information processing system système de traitement de l'information

information stored in a home computer informations en mémoire dans un ordinateur domestique

infringe (to) enfreindre

if the enterprise keeps infringing the law in force in the Member-Country si l'entreprise persiste à enfreindre la loi en vigueur dans le pays membre

infringement infraction

infringement of patent rights violation des droits de brevets

infringement of privacy violation de la vie privée

infringement of a regulation infraction à une réglementation

ingot lingot

inhabitant habitant, habitante

inherent (in) 234 inhérent (à)

inherent vice vice propre

inhibit (to) inhiber

inhibiting *(adj.)* inhibiteur, inhibitif

initial *(voir ci-dessous)*

initial owner premier propriétaire

initial premium prime initiale

Initial Guarantee Period: it is a cover over the 2 first years (const.) (UK) période de garantie initiale : c'est une période qui couvre les deux premières années

initial a document (to) parafer/parapher un document

initiate (to) *(voir ci-dessous)*

to initiate a claim introduire/lancer une réclamation

to initiate proceedings introduire/engager une procédure, procéder judiciairement

injunction mise en demeure, injonction

injured party 198 partie lésée *(jur.)*

injuries to persons dommages corporels

ink encre

in red ink à l'encre rouge

ICD (Inland Clearance Depot) *(UK)* bureau de douane intérieur

IRS (Inland Revenue Service) *(UK)* le fisc

inland intérieur *(à l'intérieur du pays)*

inmate habitant, habitante *(locataire)* ; pensionnaire *(asile)* ; détenu(e)

inn auberge

innocent misrepresentation fausse déclaration non-intentionnelle

innovative innovateur

inoperative inopérant, sans effet

input *(computer)* écriture

inquest enquête en cas de mort violente ou suspecte

insert (to) insérer

insofar as 321 dans la mesure où

insolvency insolvabilité, déconfiture

insolvent insolvable

inspection inspection, vérification

on inspection lors de la vérification

installer of burglar alarms installateur d'alarmes antivol

instalment 105, 263 paiement fractionné, arrérage

instalment charges agios pour paiements fractionnés

instalment premium prime fractionnée

instalment premiums fractionnement des primes

instalment premium default 045 défaut de paiement de prime fractionnée

to pay one's premium by instalments payer sa prime par mensualités fractionnées

instance *(voir ci-dessous)*

at first instance en premier appel, en première instance

at the instance of sb. à la requête de qqn

in the first instance au premier chef, en tout premier lieu

instigator instigateur

institute (to) *(voir ci-dessous)*

to institute a suit against sb. upon a contract engager une poursuite judiciaire contre qqn en se prévalant d'un contrat

to institute proceedings 166 procéder judiciairement

institutional investor investisseur institutionnel

instruction instruction, consigne

instructions of use instructions d'emploi

safety instruction consigne de sécurité

insufficiency insuffisance

insufficient insuffisant

possibility of insufficient assets of the debtor 321 éventuelle insuffisance de l'actif du débiteur

insulate (to) isoler *(de la chaleur)*

insulating material isolant *(n.)*

insulation isolation *(thermique)*

insurability assurabilité

insurable assurable

insurable interest 046 valeur/intérêt assurable

insurable risk risque assurable

insurable value valeur d'assurance

to have an insurable interest in sthg avoir un intérêt dans qqch. qui permet de souscrire une assurance

insurance assurance(s)

insurance against inheritance tax assurance (contre les) droits de succession

insurance based on area assurance à la superficie

insurance broker courtier d'assurance

insurance business les assurances

insurance canvassing démarchage

insurance certificate certificat d'assurance (attestation)

insurance company société, compagnie d'assurance

insurance consultant assureur conseil

insurance franchise franchise d'assurance

insurance location lieu du risque

insurance manager gestionnaire d'assurance

insurance market le marché de l'assurance

insurance market Lloyd's of London marché d'assurances Lloyd's de Londres

insurance office cabinet d'assurance

insurance scheme 141, 343 régime d'assurance

Insurance Services (of ECGD): located in Cardiff, cover exports on short term credit (UK) Services d'assurances (ECGD) : situés à Cardiff, couvrent le crédit à court terme pour les exportations

insurance to whom it may concern assurance pour le compte de qui il appartiendra

insurance undertaking entreprise d'assurance

other insurance 163 déclaration des autres assurances

insure (to) assurer

to insure oneself against lawsuits s'assurer contre les poursuites judiciaires

insured *(n.)* assuré(e)

insured *(adj.)* 008, 047 assuré

insured property 156 biens assurés

insured event 239 événement assuré

insured value valeur assurée (déclarée), valeur d'assurance, somme en risque

insured value for average purposes valeur assurée à prendre en cas d'avaries

insured-against peril événement garanti

insurer 009 assureur

to be one's own insurer for the excess conserver la franchise à sa charge

insurrection insurrection

intangible assets les immatériels *(bilan)*

intangible sabotage 218 sabotage immatériel

integral intégral, intégrant

to be an integral part of 100 être/faire partie intégrante de

integrity intégrité

intend to (to) avoir l'intention de

intended for use destiné à être utilisé

intensity intensité

intensive intensif

intentional misrepresentation déclaration intentionnellement erronée

inter alia entre autres

interest *(ins.)* risque *(à assurer)*, aliment, intérêt

it is in the interest of the insured to il est de l'intérêt de l'assuré de

interests in arrears, interests of default intérêts moratoires

all interested parties toutes les parties intéressées

interfere (to) *(voir ci-dessous)*

to interfere with sb.'s right 247 porter atteinte au droit de qqn

interim provisoire

interim binder (US) note de couverture provisoire

interim certificate certificat provisoire

interim cover couverture provisoire

interim cover note note de couverture provisoire

interim remittance versement intermédiaire

to make interim payments effectuer des paiement intermédiaires

interior *(n.)* **of premises** intérieur des locaux

interior *(adj.)* intérieur

interior and exterior robbery form formulaire de vol à l'intérieur et à l'extérieur

interior decoration décoration intérieure

intern *(US)* stagiaire

Internal Revenue Service (IRS) *(US)* le fisc

internship *(US)* stage

interpret (to) interpréter

interpretation of a policy interprétation d'une police

interrupt of service *(computer)* 223 interruption de service

interruption interruption

interruption of or interference with one's business 202, 258, 268 interruption ou réduction de son activité

interruption of a service rendered interruption d'un service rendu

interruption risk risque d'interruption

interstice interstice

intervene (to) intervenir

intimate to sb. to do sthg (to) intimer à qqn de faire qqch.

intra-community inter-communautaire

intra-family liability *(US)* responsabilité entre membres d'une même famille

intrinsic intrinsèque

introductory d'introduction, préliminaire

introductory discount ristourne à la souscription

intruder alarm alarme d'intrusion

intrusion intrusion

inundation from the sea inondation par la mer

inure to the benefit of (to) *(ins. contract)* bénéficier à qqn

invalid invalide, nul, irrecevable

the claim shall be invalid la demande d'indemnité ne sera pas recevable

invalidate (to) 096 invalider, rendre nul

it may invalidate your contract cela peut annuler votre contrat

invalidity irrecevabilité

invasion invasion

inventory inventaire

inventory of fixtures état des lieux

to furnish a complete inventory of all merchandise stolen or damaged fournir un inventaire complet de toutes les marchandises volées ou endommagées

investigation enquête

investigation expenses frais d'enquête

investigation into sthg enquête à propos de qqch.

investment insurance assurance investissement

invitation *(voir ci-dessous)*

through invitation for tenders/to tender par voie d'adjudication ou de soumission

invite (to) *(voir ci-dessous)*

to invite for tenders/to tender faire un appel d'offres

invoicing *(UK)* facturation

invoke (to) *(voir ci-dessous)*

to be invoked against sb. 132 être opposable à qqn

excesses invoked against third parties les franchises opposables aux tiers

involve (to) impliquer *(comprendre, mettre en cause)*

the claim/loss involved le sinistre en cause

inward and outward treaty traité de cession et d'acceptation

ionisation ionisation

iron scrap ferraille

iron-collar workers cols de fer *(les robots)*

ironwork of a house/roof charpente d'une maison/d'une toiture

irrecoverable irrécupérable

loss of irrecoverable wages when sb. is called for jury service perte irrécupérable de salaire lorsque qqn est mandé pour faire partie d'un jury

irreducible irréductible

irregularity irrégularité ; vice de forme

irrelevant sans rapport

irrespective of indépendamment de

irretrievably irrémédiablement

irrevocable irrévocable

irrevocable letter of credit accréditif irrévocable

isolation isolation

isothermal isotherme

issuance émission *(document)*

issuance of a bond to release an attachment émission d'une caution pour libérer une saisie

issue émission *(document)*

issue date date d'émission

issue (to) émettre, délivrer

to issue an insurance policy 228 délivrer une police d'assurance

item article ; rubrique

item of computer equipment 211 bien informatique

item of electronic equipment élément d'équipement électronique

each item, if more than one chaque article en cas de pluralité

item 2 of the Schedule la rubrique 2 des Conditions particulières

itemise (to) détailler *(donner tous les détails)*

itemised statement déclaration détaillée/circonstanciée

J

janitor *(US)* concierge

jeopardise (to) mettre en danger

jewelers' block insurance *(US)* *(all-risk insurance covering jewellers' stocks including property of others in the custody of the insured)* assurance tous risques bijoutier *(assurance tous risques qui couvre les stocks du bijoutier ainsi que les biens d'autrui qui lui sont confiés)*

jewellers' all risks insurance *(UK)* assurance tous risques bijoutier

jewelry *(US)*/**jewellery** *(UK)* bijouterie

jewels bijoux, pierres précieuses

job seeker's allowance *(has replaced unemployment benefit, UK)* allocation chômage

joint *(voir ci-dessous)*

joint and several responsibility/ liability responsabilité in solidum, responsabilité conjointe et solidaire

joint insured clause clause de pluralité d'assurés

joint ownership copropriété

joint surety caution conjointe

joint survey expertise contradictoire

joint underwriting souscription commune

jointly indivisément ; conjointement

defects in packing must be ascertained jointly les défauts d'emballage doivent être constatés contradictoirement

to be jointly and severally responsible être conjointement et solidairement responsable

joist poutrelle, solive, lambourde

judg(e)ment pending appeal jugement en instance d'appel

judicial judiciaire

judicial acceptance of the award homologation judiciaire de la sentence arbitrale

judicial cancellation of a contract résolution judiciaire d'un contrat

jurisdiction juridiction

jurisdiction clause clause d'attribution de juridiction

to have jurisdiction to do sthg avoir compétence pour faire qqch. (tribunal)

juror juré

jury jury

to be called for jury service être appelé pour être juré

just-in-time method méthode des flux tendus, méthode du juste à temps

justify (to) justifier

juvenile product show salon de la puériculture

K

keen-to-grow company société désireuse de prendre de l'expansion

keep (to) garder, conserver

to keep (a) written evidence of sthg conserver une trace écrite de qqch.

to keep abreast of sthg se tenir au courant de qqch., suivre l'évolution de

keep dry garder en lieu sec, craint l'humidité

to keep in force maintenir en vigueur

to keep in mind garder à l'esprit

to keep pace with rester au même niveau que

to keep possession of the building conserver la jouissance du bâtiment

to keep sb. informed tenir qqn informé

to keep to the terms and conditions of the policy 175 respecter les termes et conditions de la police

to keep track of sthg suivre la trace de qqch.

key clef

key to an apartment 293 clef d'un appartement

keys of the burglar alarm clefs du système d'alarme

keyboard clavier

keyword entry entrée du mot clé

kickback pot de vin

kidnapping enlèvement, rapt

kidnapping and ransom insurance assurance enlèvement et rançon

kidnapping coverage 292 garantie de rapt

kidnapping of sb. enlèvement de qqn

kin (next of) proches parents

kind *(voir ci-dessous)*

in kind en nature

replacement in kind remplacement en effet

kinsmen alliés *(d'une famille)*

know (to) *(voir ci-dessous)*

known as sous le nom de

known to sb. connu de qqn

with sb. knowing it au su de qqn

knowingly sciemment, en toute connaissance de cause

knowledge connaissance

date of knowledge date de connaissance

to the best of one's knowledge 098 à sa connaissance

to the knowledge of sb. à la connaissance de qqn

upon the knowledge of sthg 288 dès avoir pris connaissance de qqch.

knowledgeable about sthg (to be) avoir de bonnes connaissances à propos de qqch.

L

labour main d'œuvre

labour and management relations relations sociales

labour and material payment bond 303 caution de paiement de la main d'œuvre et des fournisseurs

labour disturbances troubles ouvriers, conflits du travail**labour law** droit du travail

lack of manque de

lack of maintenance défaut d'entretien (manque)

lack of proof absence de justification

lack of relevant documents absence de justification

lack of security défaut de sécurité (manque)

lack of the necessary skills impéritie

laminated glass verre feuilleté

land terrain

land conveyance transport par voie de terre

land development aménagement du terrain

land registry cadastre

land restoration 298 restauration du terrain

land shock, waves or tremors choc, vagues ou secousses sismiques

land subsidence tassement de terrain

occupation of building or land occupation du bâtiment ou du terrain

land-based premises of the public gas supply undertaking locaux terrestres de l'entreprise publique de fourniture de gaz

landfill site site de décharge d'ordures

landlocked sans accès à la mer

landlocked country pays sans accès à la mer

landlord, landlady propriétaire *(foncier)*

landmark borne, repère

landmark judgement jugement marquant

landscaped garden jardin paysager

landscaping loss perte de jardin paysager

landslide éboulement, glissement de terrain

landslip 206 éboulement, glissement de terrain

lapse *(n.) (voir ci-dessous)*

lapse of a policy 048 déchéance d'une police d'assurance

lapse of a reasonable time laps de temps raisonnable

lapse (to) cesser d'être en vigueur

a policy lapses une police cesse d'être en vigueur

lapsed caduc

lapsed policy police périmée/tombée en déchéance/qui cesse d'être en vigueur

larceny *(UK) (the Larceny Acts of 1861 and 1916 were repealed by the Theft Act 1968)* vol simple

large liability risks grands risques RC *(Responsabilité Civile)*

last name nom de famille, nom patronymique, patronyme

lasting effect effet durable

late delivery/payment retard de livraison/paiement

latent *(voir ci-dessous)*

latent defect défaut/vice caché

Latent Defect Act (**1986**) (UK) Loi sur les vices cachés

latent disease maladie latente

LDPI (**Latent Defects Protection Insurance**) Assurance de protection contre les vices cachés

at the latest au plus tard

the latter le dernier, ce dernier, ces derniers *(de deux ou de deux groupes)*

launching of a satellite lancement d'un satellite

laundry buanderie, laverie ; linge *(à laver)*

lavatory pan cuvette des toilettes

law loi

Law and customs 102 la loi et les usages

law and practice la loi et les usages

law applicable le droit applicable

law in force loi en vigueur

law merchant le droit commercial

law of large numbers la loi des grands nombres

to be liable at law être juridiquement responsable

lawful légal, licite

in a lawful manner de manière licite

lawfully légalement, licitement

lawfulness licité

lawn pelouse

lawnmower tondeuse à gazon

lawsuit *(not a legal expression)* poursuite en justice, procès

lawsuit expenses frais de procès

insurance against lawsuits assurance contre les poursuites judiciaires

lay (to) *(voir ci-dessous)*

to lay down 067 spécifier (règles)

to lay gas pipes poser les conduites de gaz

to lay off licencier (économie) ; mettre en repos (chaudière)

to lay stress on sthg mettre l'accent sur qqch.

to lay the cornerstones jeter les bases

layer 336, 339 couche, tranche, ligne

layering montage par tranches

data layering montage des informations par lignes successives

layout disposition *(présentation)*

LBO (Leveraged Buyout) rachat de l'entreprise par les salariés (RES)

LD Act (Latent Defect Act) *(UK)* Loi sur les vices cachés

lead (to) apériter

lead apérition

lead company société apéritrice

leading *(adj.) (voir ci-dessous)*

leading company 169 société gérante ; société apéritrice

leading company and its subcontractors l'entreprise pilote et ses sous-traitants

leading contractor 319 entrepreneur principal

leading underwriter/insurer apériteur (l'assureur chef de file)

leaflet brochure

leak voie d'eau, fuite

leak of information fuite d'information

leak (to) fuir *(liquide...)*

leakage coulage *(fuite)*

leakage location recherche de fuite

leakage of electricity déperdition d'électricité

accidental leakage 180 fuite accidentelle

lease bail

during the lease en cours de bail

lease (to) louer *(avec bail)*

leasehold propriété louée à bail

leave congé

to be on sick leave être en congé maladie

leave a great deal to be desired (to) laisser beaucoup à désirer

have leeway (to) avoir les coudées franches, avoir une marge de manœuvre

left-luggage office consigne *(lieu)*

legal juridique, judiciaire

legal aid assistance juridique

legal costs frais de procédure et de justice

legal expenses insurance assurance frais judiciaires

legal expenses frais de défense et recours, frais de procédure et de justice

legal holiday jour férié

legal indemnity 049 garantie judiciaire

legal liability 231 responsabilité civile

legal liability works made responsabilité civile travaux effectués

legal personal representative 132 ayant droit (pl. ayants droit)

legal protection insurance assurance défense et recours

by legal process par voie judiciaire

free legal aid aide judiciaire gratuite

to be legal tender avoir cours légal

legalise (to) légaliser

legality licité

legally liable civilement/légalement responsable

legibility lisibilité

legible lisible

legibly lisiblement

legitimately légitimement

length longueur

lens lentille(s) *(vision, photographie)*

less 256 moins, déduction faite de

lessen (to) amoindrir, diminuer

lesser moindre

- **a lesser amount** un montant moindre
- **to a lesser extent** dans une moindre mesure

lessor bailleur, loueur

Let Property Owners Policy *(UK)* contrat propriété louée *(pour le propriétaire)*

let (to) louer

- **let alone** sans parler de

letter *(voir ci-dessous)*

- **letter head** en-tête de lettre
- **letter of credit** accréditif, lettre de crédit
- **letter of delegation** lettre de délégation
- **letter of guarantee** (Doc. Cred.) lettre de garantie simple
- **letter of indemnity** lettre de garantie bancaire
- **letter of subrogation** lettre de subrogation
- **letter of undertaking** lettre d'engagement (lettre par laquelle le signataire d'un contrat s'engage à remplir certaines conditions)
- **letter of reminder** lettre de rappel/relance
- **irrevocable letter of credit confirmed by a bank registered in France** accréditif irrévocable confirmé par une banque inscrite en France

lettering lettrage

level off (to) niveler

level *(adj.) (voir ci-dessous)*

- **level premium** prime constante
- **level with** à ras de

site levelling nivellement du chantier

levy (to) (taxes) lever (des impôts)

liability responsabilité

- **liability in solidum** responsabilité conjointe et solidaire
- **liability insurance** assurance responsabilité civile
- **liability to capital transfer tax** assujettissement aux droits de succession
- **liability to sb.** responsabilité à l'égard de qqn
- **liability to third parties** responsabilité civile
- **cross liabilities** 228 responsabilités croisées
- **insurance against liability to third party** assurance contre les recours de tiers
- **legal liability** responsabilité civile
- **to be under no liability** ne pas être responsable, ne pas être tenu de

liabilities 003 responsabilités, engagements ; passif

- **liabilities of the company** passif de la compagnie

future liabilities 003 engagements à venir

liable to 229 responsable vis-à-vis de ; assujetti à ; passible de

to be liable for sthg 172 être responsable de qqch., répondre de qqch.

to be liable to penalties encourir des pénalités ; être passible de pénalités

to be liable to sthg être assujetti à ; passible de qqch.

to be liable to sb. être responsable vis-à-vis de qqn

you are liable for this 251 cela vous est imputable

we shall not be liable notre responsabilité ne sera pas engagée

the Insurer shall not be liable for any loss aucune perte ne sera opposable à l'Assureur

liaison liaison

in liaison with en liaison avec

libel diffamation *(avec un support de caractère permanent)*

liberty liberté

to be at liberty (to + V) être libre de

to have liberty (to + V) avoir la liberté de

to have the liberty of (V + ing) avoir la liberté de

licence and permit bond 307 caution licence et permis

lie (to) *(voir ci-dessous)*

to lie in résider dans

to lie with sb. to incomber/appartenir à qqn de

any loss lies where it falls toute perte éventuelle est à la charge de qui la subit

it lies with the Insured to prove the loss il appartient à l'Assuré de prouver le sinistre

lien *(voir ci-dessous)*

lien holder détenteur d'un privilège (jur.)

to have a lien on sthg avoir un privilège sur qqch., un droit de rétention sur qqch.

vendor's lien privilège du vendeur

in lieu of 077 en lieu et place de

life cycle cycle de vie

lift the embargo (to) lever l'embargo

lifting device engin de levage

light *(adj.) (voir ci-dessous)*

light material matériau léger

light-engineering industry industrie mécanique légère

light *(n.)* lumière

in the light of à la lumière de

lighten (to) alléger

lighting éclairage

lightning la foudre, la chute de la foudre

lightning arrester parafoudre

lightning conductor paratonnerre (conducteur)

lightning rod paratonnerre (tige)

like semblable *(voir ci-dessous)*

in like manner de manière semblable

any other like terms tous autres termes semblables

or the like ou autre chose du même genre

property of like quality 125 les biens de qualité équivalente

likelihood vraisemblance

likely to 165 susceptible de

likewise de même

lime chaux

limit limite, limitation

limit of indemnity limitation contractuelle

limit of liability/responsibility limite de responsabilité

within the limit of the amounts set out in the Schedule dans la limite des sommes fixées dans les Conditions particulières

limit (to) *(voir ci-dessous)*

to limit oneself to sthg se borner à qqch.

to limit the scope of the cover réduire la portée de la garantie 269

limitation limite

limitation of actions le délai de prescription des actions

limitation of actions arising out of the contract prescription des actions nées du contrat

limitation of damages prescription des dommages-intérêts

limitation of liability limite de responsabilité

limitation of the Underwriters'/Insurer's liabilities limite des engagements de l'Assureur

limitations of coverage limites de garanties

limited or unlimited amount of the indemnity montant limité ou illimité de l'indemnisation

line 050 ligne, part, tranche, plein ; alignement

line limit limitation par branche

line slip 057 pouvoir de souscription à alimenter

building line alignement d'une construction

street line alignement de voirie

to be in line with 044 aller de pair avec, être aligné sur

we will adjust the sum insured in line with the suitable indices 044 nous ajusterons la somme assurée en l'alignant sur les indices appropriés

linen linge de maison

lining paper papier d'apprêt

link (to) relier *(effectuer une liaison)*

liquidated damages dommages-intérêts fixés au contrat

liquidation of a company liquidation d'une société

liquidator liquidateur, liquidatrice

list liste ; nomenclature

litigant partie en litige

litigation litige

litigation bond 308 caution judiciaire

live *(adj.)* **animals** animaux vivants

live (to) habiter, vivre

if this building can't be lived in s'il est impossible d'habiter ce bâtiment, si ce bâtiment est inhabitable

livestock cheptel

livestock insurance assurance (mortalité du) bétail

LMBO (Leveraged Management Buyout) RES (Reprise d'Entreprise par ses Salariés)

LMXL (London Market Excess of Loss) Marché londonien des excédents de pertes

load limit limite de charge

loading *(voir ci-dessous)*

loading *(administrative costs of insurance)* chargement *(frais d'administration pris en compte pour le calcul de prime)*

loading for collection costs (ins.) chargement pour frais d'encaissement

loading for contingencies (ins.) majoration de sécurité

loading profits (ins.) bénéfices sur frais de gestion

loading risk risque de chargement

management expenses loading chargement pour frais de gestion

loan prêt, emprunt

loan for use prêt à usage

local *(adj.)* local

local authority autorité locale

local road chemin vicinal

localisation of assets localisation des actifs

located situé

the state where the property covered is located (US) l'état dans lequel le bien garanti est situé

location emplacement, localisation

location of assets localisation des actifs

location of the computers emplacement des ordinateurs

location of the risk localisation de la garantie, situation du risque

insurance location lieu de l'assurance

lock serrure

lock to a house serrure d'une maison

under lock and key sous clef

lock (to) fermer à clef

lock-up facilities installations verrouillables

locked-out workers ouvriers faisant l'objet d'un lock-out

locker consigne, casier

locker room salle de consigne (avec des casiers)

lockout lock-out

lodge (to) *(voir ci-dessous)*

to lodge a claim with sb. 255 déposer une réclamation auprès de qqn, adresser une réclamation à qqn

to lodge a document with sb. remettre un document à qqn

lodging expenses frais de découcher/d'hébergement

lodging house hôtel garni ; maison meublée

lodger locataire *(dans l'appartement de qqn)*

loft conversion aménagement des combles

long *(voir ci-dessous)*

long period of closure of the premises fermeture prolongée des locaux

long-standing practices pratiques établies depuis longtemps

long-tail *(adj.)* lent

long-tail business 051 affaires à liquidation lente (ass.)

long-tail liability risk risque de responsabilité à liquidation lente

long-tail loss sinistre à liquidation lente

long-term *(adj.)* à long terme

long-term agreement 207 convention de durée ferme

long-term care insurance assurance soins prolongés

look onto the outside (to) donner sur l'extérieur

loophole vide juridique

loose *(voir ci-dessous)*

loose earth/soil/ground terrain meuble

loose property biens meubles, objets mobiliers

looting pillage *(magasin)*

lop trees (to) élaguer, émonder des arbres

lose (to) perdre

to lose market shares to the competition perdre des parts de marché en faveur de la concurrence

to lose sight of the fact that perdre de vue le fait que

to lose to sb. perdre au bénéfice de qqn

loss 160 perte, sinistre, dommage

loss adjuster 052 expert sinistre(s)

loss and damage perte(s) et avaries

loss assessment expertise du dommage

loss assessor 053 expert sinistre (pour l'assuré)

loss/claim ratio rapport des sinistres aux primes

loss control prévention des risques

loss discovered upon taking stock perte découverte lors de l'inventaire

loss expectancy sinistralité escomptée

loss experience sinistralité

loss experience modifier facteur de sinistralité

loss graph courbe des sinistres

loss of cash perte d'espèces

loss of income perte de revenus

loss of profits insurance assurance pertes d'exploitation

loss of receipts perte de recettes

loss of rent 190 perte de loyer

loss of reputation perte de réputation

loss of trading profit perte de bénéfices

loss of turnover perte de chiffre d'affaires, baisse du chiffre d'affaires

loss of use perte de jouissance

loss on exchange (re.) perte sur change

loss payee (American Institute Clause) bénéficiaire de la police

loss prevention prévention des sinistres

loss probability sinistralité probable

loss recoverable under a contract perte recouvrable au titre d'un contrat, perte totale à la charge des assureurs

loss recovery plan plan de rétablissement après sinistre

loss reserve 055 provision pour sinistres

any loss lies where it falls toute perte éventuelle est à la charge de qui la subit

avoidance of loss clause clause de mesures préventives

it is a loss to sb. c'est une perte pour qqn

on an actual first loss basis 283 sur la base du premier risque absolu

sudden and accidental loss of steam or water from a heater, air conditioner or hot water heater perte brusque et accidentelle de vapeur ou d'eau d'un appareil de chauffage, de climatisation ou d'un chauffe-eau

losses clause clause de mesures préventives

losses occurring 054 sinistres survenus

losses to extinction basis base des pertes jusqu'à leur apurement

the loss may be higher la perte risque d'être supérieure

loss-making class branche déficitaire

lost instrument bond 309 garantie perte d'instrument financier

lot lot

if merchandise or products from one lot prepared or acquired shall cause bodily injuries si la marchandise ou les produits d'un lot préparé ou acheté causent des dommages corporels

lower than plus bas que, inférieur à

lower the level of protection (to) abaisser le niveau de protection

lowest tenderer le moins disant *(pour une offre)*

loyalty bonus bonus de fidélité

luggage *(sing.)* bagages

lumber room pièce de débarras

lump sum 323 somme forfaitaire

lump-sum amount montant forfaitaire

lump-sum cover (ins.) couverture forfaitaire

on a lump-sum basis sur une base forfaitaire

luncheon voucher ticket/titre restaurant

M

machinery machines, matériel

machinery breakdown insurance assurance bris de machines

machinery and equipment machines et équipements

magnetic flux flux magnétique

mail-order *(voir ci-dessous)*

mail-order selling vente par correspondance

mail-order business société de vente par correspondance

main *(n.)* canalisation ; câble de distribution

city main canalisation municipale

feed main conduite (électricité) ; canalisation principale

main *(adj.)* principal

main contractor entrepreneur principal

main due date 157 échéance principale

main place of business siège administratif

main wall mur de gros œuvre

mainland (France...) (France...) continentale

maintain (to) maintenir, entretenir, soutenir

to maintain an action for contribution against sb. soutenir une action en contribution contre qqn

to maintain one's efforts maintenir ses efforts

to maintain the building in good repair maintenir le bâtiment en bon état

the provisions of this extension shall be fully maintained les dispositions de la présente extension seront pleinement maintenues

maintenance 216 entretien, maintenance

maintenance and call insurance assurance maintenance-visite

maintenance bond caution de maintenance

maintenance device engin d'entretien

maintenance equipment matériel d'entretien

make (to) *(voir ci-dessous)*

to make a claim déclarer un sinistre, faire une demande d'indemnité

to make a claim against sb. exercer un recours contre qqn

to make a composition and arrangement (bankruptcy)faire un concordat (faillite)

to make a payment effectuer un paiement

to make a service of process upon sb. signifier à qqn une sommation de comparaître en justice

to make a turnover 325 réaliser un chiffre d'affaires

to make admission of sthg admettre qqch. (reconnaître)

to make an award rendre une sentence arbitrale

to make felonious entry into a building entrer de façon délictueuse dans un bâtiment

to make good a loss compenser une perte

to make out a document établir un document

to make profits réaliser/dégager des bénéfices

to make sure s'assurer (trouver des certitudes)

making of an award émission d'une sentence (arbitrale)

Mala Fides *(= bad faith)* mauvaise foi

mala fide seller vendeur de mauvaise foi

malfunction dérangement, disfonctionnement

equipment malfunction mauvais fonctionnement du matériel

malicious 218, 254 malveillant, abusif

malicious act acte abusif (pour nuire)/de malveillance

malicious attack 295 attaque avec intention malveillante

malicious damage protection protection contre les dommages malveillants

malicious mischief préjudice causé avec l'intention de nuire

person of malicious intent personne avec des intentions malveillantes

to act maliciously provoquer des dommages intentionnels

malingerer tire-au-flanc, faux malade

malpractice faute professionnelle

malpractice insurance assurance responsabilité professionnelle

to have any claim for malpractice been made against oneself avoir fait l'objet d'une demande d'indemnité pour négligence professionnelle

management gestion, direction

management of a company direction d'une entreprise

manager directeur, gérant

mandatory mandatoire, obligatoire

manifestation of a latent disease manifestation d'une maladie latente

manifold varié, divers, nombreux

manner manière

in a lawful manner de manière licite

in like manner de manière semblable

in the manner specified in the Schedule de la manière spécifiée dans les Conditions particulières

manslaughter homicide involontaire, homicide par imprudence

mantelpiece cheminée

manual *(n.)* manuel *(livre)*

manual *(adj.)* manuel

manually manuellement

manufacture (to) fabriquer

to manufacture mechanical parts usiner des pièces mécaniques

manufactured exports exportation de produits manufacturés

manuscript manuscrit

mapping mappage

desktop mapping 030 mappage assisté par ordinateur

maps and plans plans et dessins

marble marbre

margin of evaluation marge d'appréciation

marital status situation familiale

marks of forcible opening traces d'effraction

mark (to) marquer

market marché

market exploration insurance assurance prospection

market survey étude de marché

market value valeur vénale/marchande/économique

marring dommage causé à l'aspect extérieur

masonry maçonnerie

mass masse

mass of creditors masse des créanciers

mass risks risques de masse

massive (buildings of massive construction) bâtiments en dur

master *(voir ci-dessous)*

master diskette 220 disquette maîtresse

master policy assurance de première ligne, police cadre/de base (US)

in the relationship of master and servant dans la relation "employeur/employé"

matching (of) assets actifs congruents, congruence des actifs

material *(adj.) (voir ci-dessous)*

material change in the chemical composition of any product changement sensible dans la composition de tout produit

material facts 093 matérialité des faits

material facts to assess the risk les faits à prendre en considération pour l'appréciation du risque à couvrir

material risk factor matérialité du risque

change material to the risk changement dans la matérialité du risque

to be material to être essentiel à, avoir un rapport avec

materialise (to) se concrétiser

mathematical reserves réserves mathématiques

as matters stand en l'état des choses

maturity date date d'échéance

maximum maximum

maximum guarantee garantie maximum

maximum possible loss sinistre maximum possible

maximum retention maximum de conservation

mean time to repair temps moyen de dépannage

means moyens

means of access securely locked moyens d'accès bien fermés à clé

means of egress dégagement (sortie)

means of escape (fire ins.) moyens d'échapper au feu

means test 056 test des moyens

means to board up the openings moyen de condamnation des ouvertures

by forcible and violent means par utilisation de la force et de la violence

to be means-tested être soumis au test des moyens

meant to solve the problem destiné à régler le problème

in the meantime dans l'intervalle

measure of indemnity mesure d'indemnité

mechanical breakdown panne mécanique

mechanically mécaniquement

medical médical

medical expert médecin expert

medical report rapport médical

medium *(n.)* média

to find a happy medium trouver un juste milieu

meet (to) *(voir ci-dessous)*

to meet one's liabilities honorer ses dettes

to meet sb.'s requirements 280 satisfaire aux exigences de qqn

to meet the requirements répondre/se conformer aux exigences

member membre

member country 243 pays membre

member of a society membre, adhérent d'une société, sociétaire

members of a household membres d'une famille

membership qualification titre d'éligibilité pour devenir membre

memorandum *(pl.* **memoranda***)* *(policy)* annexe *(annexe explicative additionnelle)*

memorandum of remittance bordereau de remise (fonds)

memory mémoire

main/secondary memory mémoire principale/ secondaire

mental *(voir ci-dessous)*

mental injury préjudice moral

mental integrity intégrité psychique

harm done to mental integrity atteinte à l'intégrité psychique

mercantile open stock burglary insurance assurance cambriolage des marchandises exposées en vitrine

merchantable procurement fourniture d'une qualité marchande

merely simplement

merger fusion

mergers and acquisitions fusions-acquisitions

messenger messager, coursier, convoyeur (du transporteur de fonds)

messenger robbery vol sur la personne du convoyeur

metal-covered door porte blindée

metalware objets en métal

meter compteur

mild doux, clément

mildew mildiou

milestone borne *(kilométrique)* ; événement majeur

military or usurped power pouvoir militaire ou usurpé

milk tank tank à lait

minimise (to) minimiser, atténuer, diminuer

to minimise any interruption of or interference with the business 202 diminuer toute interruption ou réduction des activités

to minimise the loss 202 minimiser la perte ; atténuer l'importance du dommage

to take action to minimise the damage prendre des mesures pour atténuer l'importance des dommages

minimum sums insured montant de garantie minimale

minor *(voir ci-dessous)*

minor addition addition mineure

minor injury préjudice mineur

minor loss petit sinistre

mis-selling of policies mévente des contrats

misappropriation détournement de fonds

misappropriation of money and securities for money by the staff détournement de fonds et de valeurs par le personnel

miscellaneous risks risques divers

misconduct faute grave

professional misconduct faute professionnelle

misdelivery erreur de livraison

misdescription erreur dans la description/désignation, description inexacte

misfeasance préjudice occasionné dans l'accomplissement d'un acte licite

misfiling erreur d'archivage

misfortune of war fortune de guerre

mislead sb. (to) induire qqn en erreur

misplace sthg (to) déplacer qqch. *(le mettre au mauvais endroit)*

misplacing of information erreur de rangement de l'information

misrepresent (to) faire une fausse déclaration *(présentation erronée des faits)*

misrepresentation 095 déclaration erronée/inexacte *(des faits)*, fausse déclaration

miss (to) 172 manquer

goods missing at stocktaking marchandises manquant lors de l'inventaire

misstatement fausse déclaration

mistake sb. for sb. else (to) prendre qqn pour qqn d'autre

misuse mauvaise utilisation, mauvais usage

misuse and abuse of the product détournement du produit

mitigate (to) atténuer, alléger

to mitigate a risk 191 réduire un risque

MMC (Monopoly and Mergers Commission) *(UK)* Commission des Monopoles et des Fusions

mobile mobile

mobile salesforce force de vente mobile

mobile shop magasin mobile

models & drawings modèles & dessins

moderate modéré

modify a document (to) modifier un document

module module

moisture humidité

mold *(US)* moisissure ; moule *(m.)*

molded *(US)* moulé

molestation molestation

molten materials matières en fusion

momentarily momentanément

monetary deposit provision *(argent)*

money 290 argent, espèces

money in transit espèces en cours de transport

money order mandat postal

for money à titre onéreux

moneys/monies 332 fonds (argent)

monies due sommes dues

monitoring contrôle

monthly dues cotisations mensuelles

mop board plinthe

moral damage dommage moral

more than one *(voir ci-dessous)*

each insurer if there is more than one 123 chaque assureur en cas de pluralité d'assureurs

if more than one Assured 313 en cas de pluralité d'Assurés

in the event of more than one insurance en cas d'assurances multiples

mortality mortalité

mortgage 315 hypothèque

mortgage indemnity insurance assurance garantie d'emprunts immobiliers

mortgage insurance assurance hypothèque

mortgage loan prêt hypothécaire

Mortgage Protection Insurance assurance garantie d'une hypothèque

first mortgage hypothèque de 1er rang

mortgagee créancier hypothécaire *(prêteur hypothécaire)*

mortgagees' interest policy garantie de l'intérêt du créancier hypothécaire

mortgagor débiteur hypothécaire

moth rongeurs *(insectes)* ; mite

mould *(UK)* moule *(m.)* ; moisissure

moulded *(UK)* moulé

mount (to) monter, ériger

mounting montage

movables/moveables biens meubles

movement mouvement

building movement mouvement du bâtiment

moving percentage 336 tantième, pourcentage mobile

muddy boueux

mud flow coulée de boue

multi- *(+ adj./n.) voir ci-dessous)*

multi-disciplinary team équipe pluridisciplinaire

multi-functional team équipe pluridisciplinaire

multi-purpose polyvalent

multi-purpose use of a building mixité d'usage d'un bâtiment

multi-tenure of a warehouse pluralité de locataires avec bail d'un entrepôt

multiple dwelling immeuble collectif

municipal authority autorité municipale

muster *(voir ci-dessous)*

emergency muster and drills rassemblement pour effectuer des exercices de sécurité

mutual mutuel

by mutual agreement d'un commun accord

mutual insurance assurance mutuelle

mutual society/company mutuelle (n.)

Mutual Recognition Reconnaissance mutuelle

mutually agreed upon 036 fixé de gré à gré

N

name nom

name (another term for an underwriting member of Lloyd's) "name"

name of Insured/Assured (UK) (on the policy) nom de l'Assuré

good name of the company bonne réputation de la compagnie

first name (US) prénom

last name (US) nom de famille, nom patronymique

named person personne dénommée

namely à savoir

national *(n.)* ressortissant

national *(adj.) (voir ci-dessous)*

National Audit Office (UK) correspond à la Cour des Comptes

National Health Service (UK) correspond à la Sécurité Sociale

National Institute of Industrial Property (UK) Institut National de la Propriété Industrielle (INPI)

natural naturel

natural disaster catastrophe naturelle

natural person 161 personne physique

navvying works travaux de terrassement

near près, proche

near future proche avenir

near the limit of (to) approcher la barre de

necessitate (to) nécessiter

to necessitate immediate stoppage of a machine nécessiter l'arrêt immédiat d'une machine

necklace collier *(bijou)*

need besoin

if need be le cas échéant, en cas de besoin

when in need of assistance en cas de besoin d'assistance

need for sthg besoin de qqch.

for the needs of the department pour les besoins du service

negative (to) réfuter, rejeter

negatives and microfilms clichés et microfilms

neglect (to) négliger

negligence négligence, incurie

negligence clause clause de négligence

negligent *(voir ci-dessous)*

negligent act acte de négligence

negligent misstatement déclaration erronée par imprudence

negligible négligeable

negotiable négociable

negotiable papers effets négociables

negotiate (to) négocier

Negotiation *(Doc. Cred.)* Négociation

neighbourhood voisinage

neighbouring voisin *(adj.)*, avoisinant

neon sign enseigne au néon

net net

net line (re.) part nette

net premiums 340 primes nettes

net profit 201 bénéfice net

net trading profit 201 bénéfice net de l'exercice

network réseau, maillage

new nouveau, neuf

new business clause clause de premier exercice

new business commission commission d'acquisition

new business producer producteur d'affaires nouvelles

new for old différence du vieux au neuf

claims payable without deduction of new for old les sinistres seront réglés sans déduction pour différence du vieux au neuf

next of kin proches parents

nil néant

to be reduced to nil être réduit à néant

nipple *(apparatus)* raccord

no *(voir ci-dessous)*

no cure no pay clause clause de "pas de remède, pas d'honoraires"

no-claim(s) bonus (ins.) bonus

NCD (No-Claim(s) Discount) bonification pour absence de sinistre, ristourne pour absence de sinistre

noise-induced deafness surdité induite par le bruit

nominal nominal

nominal premium prime nominale

nominal sum somme insignifiante

nominal value valeur nominale

nominate (to) nommer

the judge may nominate a surveyor le juge peut commettre/nommer un expert

nomination of a surveyor désignation/nomination d'un expert

non- *(+ n./adj.) (voir ci-dessous)*

non-absolute responsibility responsabilité relative

non-admission of liability non-reconnaissance de responsabilité

non-appearance non comparution

non-attendance absence

non-collection of the premiums non perception des primes

non-combustible incombustible

non-completion inexécution, inachèvement

non-compliance with sthg 084, 111 non respect, inobservation de qqch.

non-contentious settlement of disputes mode de règlement non contentieux des litiges

non-denomination 189 non dénomination

non-disclosure 095, 164 réticence (de la part de l'assuré qui ne dit pas tout de la chose assurée), dissimulation

non-execs (non-executives) non cadres

non-forfeiture non déchéance

non-insured quota le découvert (= la partie du risque non couvert)

non-massive construction construction légère

non-observance of limitation non respect de la prescription (jur.)

non-occurrence of a risk non réalisation d'un risque

non-payment of the premium 105 non-paiement de la prime

non-performance of an agreement inexécution d'une convention

non-proportional reinsurance treaty traité non proportionnel de réassurance

non-renewal non renouvellement

non-returnable charges frais non remboursables

non-standard building material matériau léger

penalties for non-completion pénalités pour inexécution/inachèvement

norm norme

notary public notaire

note *(n.) (voir ci-dessous)*

bought note avis d'achat

premium debit note avis d'échéance de prime

note a protest (to) faire un protêt

notice préavis ; notification, avis

notice and proof of loss 288 notification et preuve de dommages

notice and the reasons for it avis motivé

notice entitlement droit au préavis

notice of cancellation notification de résolution/de résiliation

notice of claim avis de sinistre

notice to perform sommation d'exécuter (contrat)

premium notice avis d'échéance de prime

to give sb. written notice of aviser qqn par écrit de

to give ten days' notice 014 donner un préavis de dix jours

upon notice by... dès notification par ...

notifiable disease maladie à déclarer aux autorités

notification of loss déclaration de sinistre

notify (to) notifier ; aviser

notoriety notoriété

notwithstanding anything to the contrary nonobstant toute disposition contraire

noxious nocif

nozzle delivery rate débit des lances

nuclear nucléaire

nuclear fuel combustible nucléaire

nuclear power station centrale nucléaire

nuclear waste déchets nucléaires

nuisance gêne *(bruit, odeur)*, nuisance, désordre

null and void nul et de nul effet, nul et non avenu

nullify (to) annuler

number (to) numéroter

numerical control commande numérique

numismatic numismatique

O

oath serment

on/upon/under oath sous serment

object objet

to be the object of capture être l'objet de capture

with the object of (+ V + ing) dans le but de

obligate sb. to do sthg (to) imposer à qqn de faire qqch. *(jur.)*

obligation obligation

obligation to disclose obligation de déclarer (pour l'assuré)

obligation to do sthg obligation de faire qqch.

obligation to indemnify obligation d'indemniser

to be under an/no obligation to do sthg (ne pas) être dans l'obligation de faire qqch.

obligatory obligatoire

obligatory insurance assurance obligatoire

obligatory treaty 341 traité obligatoire

oblige line *(ins.)* risque accepté à titre commercial

obligee 311, 326, 327 bénéficiaire *(d'un cautionnement)*

observance observation, respect

obstruct justice (to) entraver le cours de la justice

obstruction obstruction, blocage

obtainable que l'on peut se procurer

obviate sthg (to) pallier qqch., trouver un palliatif à qqch.

occasional job emploi occasionnel

occasioned by occasionné par

on all occasions en toutes occasions

occupation occupation ; profession

occupation of building or land occupation du bâtiment ou du terrain

occupation-related cover garantie liée à l'exercice d'une profession

occupation-related disease maladie liée à une profession

occupational *(voir ci-dessous)*

occupational accident accident du travail

occupational disease maladie professionnelle

occupier occupant

building with more than one occupier immeubleà occupants multiples

owner or occupier of the Building le propriétaire ou l'occupant du Bâtiment

occupy (to) occuper *(habiter dans)*

occur (to) 178 survenir, prendre naissance

occurrence 031, 240 survenance

occurrence of a claim survenance, réalisation d'un sinistre

any one occurrence or all occurrences of a series arising out of the original cause chaque survenance ou toutes les survenances d'une série provenant de la cause originale

cover on an occurrence basis garantie basée sur la survenance

OCR (Optical Character Recognition) reconnaissance de caractères optiques

odd time période d'assurance préalable ou postérieure à l'échéance

odd time not exceeding 12 months dépassement n'excédant pas 12 mois (échéance d'une police)

oddment article de fin de série

ODETTE (Organisation for Data Exchange through Teletransmission in Europe) ODETTE (Organisation de Données Échangées par Télétransmission en Europe)

off white blanc cassé

off-duty employee employé qui n'est pas de service

off-peak hours heures creuses

offence offense ; acte délictueux, faute

offender délinquant

second time offender récidiviste

office equipment matériel de bureau

offset sthg (to) compenser qqch.

oil pétrole

oil rig plate-forme pétrolière

oil spill marée noire

oleaginous oléagineux

ombudsman ombudsman

Insurance ombudsman médiateur des Assurances

omission omission

omission or inaccuracy when making a claim omission ou inexactitude dans la déclaration du risque

omit (to) omettre

on *(voir ci-dessous)*

on and after à partir de (une date)

on inspection lors de la vérification

on offer en vente

on or before au plus tard

on receiving dès réception

on/upon notification dès notification

on taking out the contract of insurance 164 lors de la souscription du contrat d'assurance

on-demand *(voir ci-dessous)*

on-demand bond caution appel à 1ère demande

on-demand service service à la demande

on-line system *(comp.)* système en circuit

on-the-site verification vérification sur place, sur le chantier

one or more insured(s) unicité ou pluralité d'assurés

one-family dwelling/house logement/maison individuel(le)

one-time event événement exceptionnel

onerous onéreux

onus of proof la charge de la preuve

ooze out of (to) sourdre de

open *(voir ci-dessous)*

open amount somme illimitée

open boarding voligeage non jointif

open cover 342 traité ouvert semi-obligatoire (ré.)

open market 057 marché général

open policy police sans évaluation

open space exposed to bad weather terre-plein exposé aux intempéries

open space for stocking aire de stockage à l'air libre

open space planning agencement paysager

open year 058 exercice ouvert

in the open en plein air, à ciel ouvert

property in any open space les biens dans tout endroit découvert

when the premises are open for business pendant les heures de travail

opening price prix d'ouverture

opening stock stock au début de l'exercice

operate (to) 276, 277, 279 fonctionner ; jouer, opérer

for the provisions to operate 276 pour l'application des dispositions

the policy cover will continue to operate 106, 162, 255 la garantie restera acquise

this cover operates by day and night cette garantie s'exerce de jour et de nuit

operating costs coûts d'exploitation

operating income revenu d'exploitation

operating software 220 logiciel d'exploitation

operating system (comp.) 223 système d'exploitation

operation *(voir ci-dessous)*

operation backed by a one-year credit opération assortie d'un crédit d'un an

operation of a risk effet(s) d'un risque

the burglar alarm is put into full and effective operation 273, 284 le système d'alarme est branché de façon totale et effective

operational *(voir ci-dessous)*

operational expenditure dépenses de fonctionnement

operational risk risque d'exploitation

operative opérant

operative endorsement avenant en vigueur

clause 1 is operative la clause 3 produit ses effets/est en vigueur

to remain operative continuer à jouer

oppose (to) faire opposition

opposing *(voir ci-dessous)*

opposing party (of an accident) adversaire (d'un accident)

opposing party's offers during a trial offres adverses au cours d'un procès

opposition opposition

option option, faculté

to have the option to pay or to indemnify avoir la faculté de payer ou d'indemniser

to have the option to settle the claim avoir le choix de régler le sinistre

optional facultatif

optional cover 186 garantie facultative

it shall be optional with the Underwriters to... 069, 125 l'Assureur aura le choix/la faculté de ...

orchard verger

order commande

order of payment of the claims ordre de paiement des sinistres

in good working order en bon état de marche

ordinance ordonnance

ordinance or law regulating construction or repair ordonnance ou loi réglementant la construction ou la réparation

ordinary *(voir ci-dessous)*

ordinary franchise franchise simple

during the ordinary course of trading au cours des activités commerciales habituelles

organic analysis analyse organique

origin *(voir ci-dessous)*

to be at the origin of être à l'origine de

doubtful origin of a claim origine douteuse d'un sinistre

original *(voir ci-dessous)*

original cause cause première

original copy of a document l'original d'un document

original insurer 341 assureur d'origine (ré.)

original record (computer) original

ornament ornement

ornament (to) orner, décorer

ornamentation ornementation

OSHA (Occupational Safety and Health Administration) *(US)* Loi sur les conditions d'hygiène et de sécurité au travail

other *(voir ci-dessous)*

other insurance 126, 163 autre assurance, assurances cumulatives

other than autre que

otherwise autrement, sinon

out-of-court settlement règlement à l'amiable

out-of-pocket expenses les débours

outage *(US)* dérangement

outage insurance (US) assurance des frais accessoires/supplémentaires

outbreak *(voir ci-dessous)*

outbreak of a disease premières manifestations/début d'une maladie

outbreak of war ouverture des hostilités

outbuildings dépendances *(bâtiments)*

outcome of the negotiation issue de la négociation

outcry over sthg tollé à propos de

outdoor buildings les dépendances

outfit organisation *(société, plutôt US)* ; équipement

outgoings les débours, les sorties

outhouses dépendances *(bâtiments)* ; lieux d'aisance

outlay 201 débours ; mise de fonds

outlive sb. (to) survivre à qqn

outlook perspective

outperform sb. (to) surpasser qqn, faire mieux que qqn

outright *(adj. & adv.)* complet, entier ; complètement, entièrement

to buy sthg outright acheter qqch. à un prix forfaitaire/d'un seul coup

to own the entire property outright posséder entièrement l'ensemble des biens

outstanding *(adj.)* 262 remarquable ; en circulation *(effets)* ; échu ; arriéré

outstanding losses or claims 059 sinistres en cours

outstanding premium prime arriérée, à recouvrer

outstandings *(n.)* arriérés, les encours *(paiement)*

outwards reinsurance réassurance cédée

outweigh (to) peser plus que, dépasser en poids

over and above en sus de

over and above the amount required by the legislation on compulsory insurance au-delà du montant exigé par la législation relative à l'assurance obligatoire

over-insurance excédents d'assurances

over-value (to) surévaluer

overall *(voir ci-dessous)*

an overall annual aggregate of £1,000 un total annuel global de £1 000

overcapacity surcapacité

overcharge trop-perçu *(n.)*

overdraft 210 découvert *(n.)*

overdue impayé, arriéré

it shall only be taken account of the due and overdue payments les termes échus et impayés sont seuls retenus

overdue premium prime arriérée

overestimate sthg (to) surestimer qqch.

overflow déversoir, trop-plein *(n.)*

overflowing of springs débordement des sources

overhaul *(n.)* révision

overhaul (to) réviser *(un véhicule)*

overheads, overhead expenditure frais généraux

overheating surchauffe, coup de chaleur

overindebtedness of households surendettement des ménages

overinsurance surassurance

overinsurances 196 excédents d'assurances

overinsure (to) surassurer

overlap (to) recouvrir partiellement ; (se) chevaucher, déborder sur

overlapping chevauchement, recouvrement

overlapping of benefits cumul des indemnités/des prestations

overlapping period période qui déborde sur une autre

overleaf au dos, au verso

continued overleaf suite au verso

overpayment trop-perçu

overpayment will be refunded le trop-perçu sera remboursé

override sthg (to) 090 primer ; avoir le pas sur ; annuler *(car plus important)*

overriding commission 343 supercommission

this clause overrides the others 090 cette clause annule les autres

overrule (to) annuler ; prévaloir sur ; rendre caduc

overrunning *(electricity)* survoltage

oversee sb. (to) surveiller, superviser qqn

oversight oubli *(négligence)*

overstaffing sureffectif

overstocking approvisionnement excessif *(stocks excédentaires)*

overt 290 manifeste, évident, patent

overtake sb. (to) passer devant qqn *(dépasser)*

overtime payment paiement des heures supplémentaires

overvalue (to) surévaluer

overwhelm sb. with work (to) submerger qqn de travail

overwhelming majority majorité écrasante

owing to en raison de, du fait de

own-site clean up nettoiement de son propre site

owner 327 maître d'ouvrage *(const.)*, propriétaire

oxidation oxydation

P

PAC (Prospective Aggregate Cover) traité avec transfert du risque à l'échéance

packaging conditionnement

packing emballage

paid *(adj.) (voir ci-dessous)*

paid losses or claims 060 total des sinistres payés

paid premium prime acquittée

to get paid for one's efforts être payé en retour

the creditors that have not been paid off les créanciers qui n'ont pas été désintéressés

paid-up capital capital libéré

pain and suffering pretium doloris

pain and suffering and other moral distress pretium doloris et autres dommages moraux

painting tableau, peinture

palliative to sthg palliatif à qqch.

pan casserole

lavatory pan cuvette des toilettes

pane *(window pane)* vitre

panelled lambrissé

panelled ceiling plafond à caissons

panelling(s) lambris, panneaux, boiseries

panic panique

pantry office (dans un appartement)

parafiscal charges taxes parafiscales

paramedical paramédical

parameter paramètre

paramount *(voir ci-dessous)*

paramount clause clause summitale

to be paramount l'emporter ; être souverain

parapet parapet

parcel post service des colis postaux, les colis postaux

pare profit margins to the bone (to) rogner les marges bénéficiaires jusqu'à l'os

parent establishment/company/ undertaking société mère

part *(n.)* part ; partie ; pièce

part requiring regular replacement 216 pièce usuelle

on the part of the Assured de la part de l'Assuré

to be part and parcel of faire partie intégrante de

part (to) *(voir ci-dessous)*

part with one's interest in sthg (to) se dessaisir de qqch. (aliéner son intérêt dans qqch.)

part-time job emploi à temps partiel

partial partiel

partial benefit period période de carence

partial loss perte partielle

participant participant (n)

participate in (to) participer à

in particular en particulier

particulars *(individual facts, details)* 266 détails spécifiques, mention

particulars of an accident détails d'un accident

in the event of absence of particulars, the cover shall be deemed not effected en cas d'absence de mention, la garantie sera réputée non souscrite

partition cloison

partition wall mur de séparation

bearing partition cloison porteuse

fire partition cloison coupe-feu

sliding partition cloison mobile

solid partition cloison pleine

trellis partition cloison grillagée

partly en partie, partiellement

partly or wholly partiellement ou entièrement, pour tout ou partie

partnership société de personnes, association

party *(voir ci-dessous)*

party to a contract partie contractante

party wall mur mitoyen

pass sthg to sb. (to) passer qqch. à qqn

passing off délit de concurrence déloyale

passive smoking tabagisme passif

password mot de passe

past *(voir ci-dessous)*

past loss experience statistique du risque

the past insurance year l'année d'assurance écoulée

patch of ice plaque de verglas

patio patio

patio door porte coulissante

pattern patron *(modèle)*

pave the way to (to) préparer la voie pour

pavement 182 trottoir ; pavage ; dallage

paving pavage

pay (to) payer

to pay a claim on a policy payer/régler un sinistre au titre d'une police

to pay back rembourser

to pay the indemnity by instalments 263 se libérer par acomptes

we shall pay to you or on your behalf nous vous paierons ou paierons pour votre compte

pay as may be paid paiement suivant règlement original

pay slip feuille de paie

payable payable ; exigible

the returns will be payable to the assured les ristournes seront acquises à l'assuré

to be payable by être à la charge de (frais)

to become payable devenir exigible

payee bénéficiaire *(effet de commerce)*

payment paiement

payment on account acompte ; paiement à compte

payment facilities facilités de paiement

payment receipt reçu de paiement

on payment lors du paiement

payments 314 paiements, décaissements

it shall only be taken account of the payments due and overdue les termes échus et impayés sont seuls retenus

payroll masse salariale

payroll file 219 programme de paie

total payroll montant de la masse salariale

peak hours heures de pointe

pecuniary pécuniaire

pecuniary consequences of the following liabilities conséquences pécuniaires des responsabilités suivantes/des engagements suivants

pecuniary prejudice préjudice pécuniaire

pedestal washbasin lavabo sur pied

pedestrian traffic circulation des piétons

pedestrian-controlled gardening implement outil de jardin à conducteur accompagnant

peeling of paint écaillage de la peinture

PEFCO (Private Export Funding Corporation) *(US)* Société privée de financement des exportations

peg (to) *(voir ci-dessous)*

to peg the price of sthg to sthg else indexer le prix de qqch. sur qqch. d'autre

penalty sanction, pénalité

penalty for bad loss malus

under penalty of sous peine de

penalties for delay pénalités de retard

pending en suspens

pending actions actions pendantes

pending loss sinistre en suspens

pending settlement en attendant le règlement

pending subsequent harmonisation dans l'attente d'une harmonisation ultérieure

judgement pending appeal jugement en instance d'appel

pension scheme plan de retraite *(régime de retraite)*

per annum, per year par an

Per Pro (pp.) par procuration

per se en soi

defect per se un défaut en soi

percentage pourcentage ; tantième

percentage deductible franchise proportionnelle

percentage of depreciation réfaction

performance *(voir ci-dessous)*

performance bond caution de bonne fin/de bonne exécution

performance cover assurance pertes de recettes

performance guarantees garanties de rendement

peril péril, risque

additional perils risques supplémentaires

peril-named *(voir ci-dessous)*

policy written on a peril-named basis garantie souscrite sur la base du risque nommé

period *(voir ci-dessous)*

period of cover durée des risques

period of indemnity 201, 257 période d'indemnisation (PI)

period of insurance 006 période d'assurance/de garantie/d'exécution de la police

period of interruption période d'interruption

period of limitation prescription

period of risk (the period during which the insurer can incur liability under the terms of the policy) période de risque (la période pendant laquelle la responsabilité de l'assureur peut être engagée)

period of time délai

during any one period of insurance 006 par période d'assurance

for the period the policy has been in force pour la période garantie

periodical périodique

peripherals 209 matériels d'environnement, périphériques

perishable goods denrées périssables

perk avantage hors salaire, périphérique légal

permanent *(voir ci-dessous)*

permanent incapacity benefits indemnités pour incapacité permanente

permanent installations (acquired along with the residence) installations fixes (acquises avec la résidence)

permanent or additional fittings and fixtures 281 biens immobiliers par nature ou destination

permanent partial inability incapacité permanente partielle

permanent staff effectif permanent

permanent total inability to undertake any occupationincapacité permanente totale d'exercer toute profession

permission permission

perpetrator auteur *(d'un crime)*

person *(voir ci-dessous)*

person of malicious intent personne avec des intentions malveillantes

you must keep the money on your person vous devez garder l'argent sur vous

personal personnel

personal effects effets personnels

personal injuries dommages corporels, atteinte aux personnes

personal line of an insurance company branche risques des particuliers d'une compagnie d'assurances

Personal Accident Benefits indemnités pour accident personnel

pertain to (to) 133 appartenir à, se rapporter à

all books of accounts, bills, invoices and vouchersand any and all documents pertaining to the interest tous les livres de comptes, factures, pièces justificatives et tous les autres documents en rapport avec le sinistre

careful perusal lecture attentive *(d'un document)*

pesticide pesticide

pest insecte nuisible

pet animal de compagnie

pewterware objets en étain

phase 270 phase

phenomenal phénoménal

phenomenon *(pl.* **phenomena***)* phénomène

philatelic philatélique

phone *(n.) (voir ci-dessous)*

to buy home insurance by phone acheter son assurance habitation par téléphone

physical damage dommage(s) matériel(s) ; risque direct

physically physiquement

phyto-sanitary check contrôle phytosanitaire

pick up (to) *(voir ci-dessous)*

activity has picked up l'activité a redémarré

picklock crocheteur de serrure ; rossignol de cambrioleur

pie chart camembert *(graphique)*

PII (Professional Indemnity Insurance) *(UK)* Assurance responsabilité civile professionnelle *(couvre les assurés contre les conséquences des plaintes pour négligence)*

pilferage menu vol, chapardage, fauche *(dans une société)*

pinpoint (to) mettre en évidence

pipe tuyau

pipes tuyauteries

piped water supply adduction d'eau

pipeline oléoduc

pipeline premiums (the amount due to the insurer in respect of risks written and incepted but not closed) 061 primes "pipeline"

pirated software 220 logiciel piraté

place *(n.) (voir ci-dessous)*

place of issue lieu d'émission

place of residence lieu de résidence, domicile

place of signature lieu de souscription (ass.)

place (to) placer

to place an order with sb. passer une commande à qqn

to place a risk placer un risque

to place in a bouquet of treaties (re.) placement "en bouquet" (incluant la totalité du programme)

employment agencies which place clerical staff des agences pour l'emploi qui placent des employés de bureau

placement placement

placement expenses (re.) frais de placements

placement of a risk placement d'un risque

placer *(US)* "placier"

placing of a risk placement d'un risque

placing at disposal mise à disposition

plague fléau

plain text texte en clair *(inf.)*

plaintiff plaignant, demandeur

planning planification

planning permission (UK) permis de construire (urbanisme)

plant établissement industriel, usine ; machines et équipements, appareillage *(équipements)*

plant, machinery and equipment listed on the inventory shown in the Schedule machines, matériel ou installations figurant à l'inventaire prévu aux Conditions particulières

plastic foam mousse de plastique

plate glass insurance assurance bris de glaces *(magasins)*

pledge *(n.)* gage, engagement

pledge (to) gager, engager

plug fiche/prise électrique

wall-/floor-plug prise électrique murale/au sol

plumbing fixtures installations de plomberie, la plomberie

plummet (to) s'effondrer *(prix)*

pluvius insurance assurance contre la pluie

plywood le contreplaqué

poach sb.'s clients (to) détourner les clients de qqn

food poisoning intoxication alimentaire

police record casier judiciaire

policy police *(ass.)* ; politique

policy adjustment régularisation de la prime

policy for a specific amount police à forfait

policy proof of interest police preuve d'intérêt

policy to a named person police à bénéficiaire désigné

policy to bearer police au porteur

policy to order police à ordre

policy year année de la police

policyholder 062, 161 souscripteur, preneur d'assurance *(dans les textes plutôt juridiques)*

political risk risque politique

pollutant un polluant

polluting waste déchets polluants

pollution hazard risque de pollution

polystyrene polystyrène

pool the risks (to) partager *(mettre en commun)* les risques

pooling of risks mise en commun des risques

poor médiocre

poor state of repair 171 état médiocre d'entretien

porcelain porcelaine

portable portable, portatif

porter portier, concierge

portfolio portefeuille

portfolio assumed (ins.) portefeuille repris

portfolio ceded portefeuille cédé

portfolio premium prime de portefeuille

portfolio reinsurance réassurance de portefeuille

portfolio transfer transfert de portefeuille

portion partie, fraction

portion of risk fraction du risque

portion of tax 195 fraction de taxe

portion of the property une partie des biens/de la chose

POS (Point of Sale) point de vente

pose a problem (to) poser un problème

position *(voir ci-dessous)*

financial position of a company situation financière d'une société

to be in a position to être en mesure de

positioning positionnement

possession *(voir ci-dessous)*

disturbance of possession (fire) trouble de jouissance

post *(voir ci-dessous)*

postcode (UK) code postal

postcode directory répertoire de toutes les communes

by registered post 014 par courrier recommandé

postage stamp timbre postal

postmark cachet de la poste

postpone (to) retarder, remettre à plus tard

to postpone a delivery by a week retarder une livraison d'une semaine

poultry volaille

power *(voir ci-dessous)*

power interruption insurance assurance contre les coupures de courant

power mains/feeder distribution de force

power of attorney pouvoir, procuration

to be given power of attorney by sb. 169 avoir mandat de qqn

to give sb. power of attorney mandater qqn

power-fail recovery *(comp.)* reprise après coupure de l'alimentation

practicable 110 faisable, praticable

all things practicable toutes choses faisables

where practicable lorsque cela est faisable

practice *(voir ci-dessous)*

according to good practice selon les règles de l'art

customary practices les usages

it is common practice il est de pratique courante

recognised trade practice les usages reconnus de commerce

practitioner praticien

paramedical practitioner praticien paramédical

prairie la prairie *(steppe)*

praise sthg (to) louer, faire l'éloge de qqch.

pre-emption préemption

pre-packaged préemballé

preamble to a contract préambule d'un contrat

precancelled postage stamp timbre-poste pré-oblitéré

precarious précaire

precaution précaution

all reasonable precautions toutes les précautions raisonnables

installation of additional precautions installation de dispositifs de prévention supplémentaires

to take all the necessary precautions to safeguard the property prendre toutes les précautions nécessaires pour sauvegarder les biens

precautionary repairs réparations effectuées par mesure de précaution

precedence *(voir ci-dessous)*

to take precedence over sthg prendre le pas sur qqch.

precedent *(voir ci-dessous)*

it shall be a condition precedent to any right of action against the Insurer 108 ce sera la condition préalable à tout droit de poursuivre l'assureur

preceding antérieur, précédent

preceding section section précédente

year preceding the occurrence 267 exercice précédantla survenance

precinct enceinte *(enclos)*

apparatus within the precinct of the risks specified in the Policy appareil se trouvant dans l'enceinte des risques spécifiés dans la police

precious stone pierre précieuse

precise information on underwriting informations sur les conditions précises de souscription (pour l'assuré)

preclude sthg (to) empêcher, écarter qqch.

to be precluded from doing sthg être dans l'impossibilité de faire qqch.

precondition préalable *(n.)*

predator prédateur

predecessor prédécesseur

predictability of loss prévisibilité de dommage *(perte)*

prefabricated préfabriqué

preferential tariff tarif de faveur

prejudice préjudice ; préjugé

to the prejudice of au préjudice de

without prejudice to sb. sans reconnaissance de responsabilité pour qqn.

prejudice sb. (to) porter préjudice à qqn

prejudicial préjudiciable

preliminary préliminaire

premises 290 locaux ; intitulés d'un acte juridique

off premises en dehors des locaux

on the premises sur les lieux

premium *(the consideration paid for a contract of insurance)* prime *(contrepartie payée pour un contrat d'assurance)*

premium adjustment clause clause d'ajustabilité de la prime

premium bordereau (re.) bordereau de prime

premium deposit (re.) dépôt de prime

premium due prime à échoir

premium income encaissement des primes (les revenus générés par les primes)

premium instalment fraction de prime

premium instalment terms conditions d'échelonnement de la prime

premium paid in advance 063 prime payée d'avance

premium refund 070 remboursement de prime

premium when due ressortie de la prime

premiums collected primes perçues

premiums written gross/net primes brutes/nettes souscrites

prepaid port payé

preparation of the subject-matter préparation de l'objet assuré

prerequisite *(n.)* préalable, condition préalable

prescribed time délai réglementaire

in the prescribed time pendant le laps de temps prescrit

present (to) présenter

to present one's properly documented claim présenter sa demande d'indemnité dûment accompagnée des pièces justificatives nécessaires

presentation présentation

Late Presentation (Doc. Cred.) Présentation Tardive

preservation préservation ; conservation

preservation from the peril insured against garantie contre le danger assuré

preserve *(n.)* domaine exclusif

to remain the preserve of sb. rester le domaine exclusif de qqn

preserve (to) préserver ; conserver

pressure pression

pressure tank bac de pression

to be under pressure être sous pression

presume (to) 230 présumer

presumed total loss perte totale présumée

presumption of innocence présomption d'innocence

pretence prétexte

under the pretence that sous prétexte que

pretend (to) prétendre

pretext prétexte

pretium doloris pretium doloris

pretium doloris and other moral distress pretium doloris et autres dommages moraux

prevail over sthg (to) prendre le pas sur qqch.

prevent sthg (to) empêcher/prévenir/obvier qqch.

to prevent a defect prévenir un défaut

to prevent the spread of the fire empêcher la propagation du feu

to act to prevent or mitigate a pollution hazard agir pour prévenir ou réduire un risque de pollution

preventable incident incident évitable

prevention *(voir ci-dessous)*

prevention of access to the premises 268 impossibilité ou interdiction d'accès aux locaux

prevention is better than cure mieux vaut prévenir que guérir

preventive *(voir ci-dessous)*

preventive maintenance maintenance préventive

preventive measures actions/mesures préventives

previous précédent, préalable

previous experience les antécédents

previous insurance assurance antérieure

previous loss sinistre précédent

Price Index Numbers of Output *(UK) (issued by the Department of Industry)* chiffres d'indice du prix de la production *(publiés par le Département de l'Industrie)*

priced out of a market (to be) perdre un marché en vendant trop cher

pride oneself on sthg (to) s'enorgueillir de qqch.

prima facie *(voir ci-dessous)*

to be prima facie evidence faire foi jusqu'à preuve du contraire

primary insurance/cover 252 assurance/garantie principale

prime premier

to be of prime importance être de première importance

principal 311, 327 commettant, donneur d'ordre, maître d'ouvrage

the principal and the interests accrued le principal et les intérêts courus

principle principe

principle of indemnity 043 principe d'indemnisation

in principle en principe

print *(n.) (voir ci-dessous)*

in small print en petits caractères

in very clear print en caractères très apparents

prior *(voir ci-dessous)*

prior agreement of/from sb. accord préalable de qqn

prior approval rating tarification sous réserve d'accord préalable

prior notice 138 notification préalable

prior to 101 préalable(ment) à ; antérieur(ement) à

privacy protection *(comp.)* protection de la confidentialité

private personnel, privé, particulier

private buyer acheteur privé

private contract/agreement acte sous seing-privé

private dwelling house maison à usage d'habitation privée, maison individuelle

PEFCO (Private Export Funding Corporation) (US) Société privée de financement des exportations

private person particulier

by private treaty de gré à gré

privity *(voir ci-dessous)*

privity to a plan connaissance d'un plan (être dans le secret de)

to have privity of sthg avoir connaissance de qqch.

with the privity of sb. au su de qqn

to be privy to sthg avoir connaissance de qqch. *(être dans le secret)*

pro rata au prorata, proportionnellement

pro rata to proportionnel à

pro-rata liability responsabilité proportionnelle

probable probable

probable fire loss coup de feu probable

probable maximum loss sinistre raisonnablement escomptable, sinistre maximum probable

procedure procédure

proceed (to) poursuivre *(continuer)*, se rendre à

proceeded against poursuivi en justice

proceedings *(pl.)* poursuites *(en justice)*

criminal proceedings poursuites pénales

proceeds *(pl.)* 073 produit de la vente, les recettes

process procédé ; processus ; sommation de comparaître *(tribunaux)*

by legal process par voie judiciaire

in process of settlement en cours de règlement

products in process produits semi-fabriqués, produits en cours de fabrication

process (to) traiter *(inf.)* ; transformer ; poursuivre *(jur.)*

to process claims traiter des sinistres

to process sb. poursuivre qqn en justice

processed products produits transformés

processing traitement

processing of agricultural products/of produce transformation des produits agricoles

processing of files traitement de dossiers

processing of personal data traitement de données à caractère personnel

processing unit unité centrale

further processing ouvraison

information processing equipment matériel de traitement de l'information

by procuration par procuration

procure (to) procurer

to procure a draft in a face-to-face transaction procurer une traite dans une transaction directe (face à face)

produce (to) produire, présenter

to produce for examination all books of accounts produire/présenter tous les livres de comptes en vue d'un examen

product produit

product liability responsabilité du fait du produit

product recall rappel de produits

product recapture (US) rappel de produits

product liability insurance l'assurance de la responsabilité civile des produits fabriqués

production production

'production' data processing informatique de "production"

production of one's business books to evidence a loss production de ses écritures commerciales pour justifier une perte

professional professionnel

professional business (e.g. lawyers, accountants) activité de professions libérales (exemple : avocats, comptables)

professional misconduct faute professionnelle

PI (Professional Indemnity) RC professionnelle

PII (Professional Indemnity Insurance) (UK) Assurance responsabilité civile professionnelle (couvre les assurés contre les conséquences des plaintes pour négligence)

PIIP (Professional Indemnity Insurance Policy) police/contrat d'assurance professionnelle

profit 201 bénéfice

profit centre centre de profit

profit commission (re.) commission sur bénéfice réalisé, participation aux bénéfices

profit margin marge bénéficiaire

profit missed manque à gagner

profit on exchange plus-value de change

gross profit bénéfice brut, marge brute

net profit 201 bénéfice net

programme design conception du programme

programmer 219 programmeur

programming programmation

progress *(voir ci-dessous)*

progress of the works avancement des travaux

work in progress travaux en cours, les en cours

progress reports les comptes rendus d'activité

prohibit (to) prohiber

project *(voir ci-dessous)*

Project Group of ECGD (located in London - handles exports of projects for capital goods on medium-term credit) groupe de projet du ECGD (situé à Londres - traite les projets à l'exportation pour les biens d'investissement assortis de crédit à moyen terme)

project manager maître d'œuvre

project-related feasibility insurance assurance faisabilité d'un projet

projector projecteur

proliferate (to) proliférer

prolong (to) prolonger

promissory note billet à ordre

prompt notice prompte notification

prone to enclin/porté à

proof preuve, justification

proof of claim justification des prétentions à l'indemnité

proof of interest policy 064 police preuve d'intérêt

proof of loss 065 preuve de la perte/du dommage

prop (to) soutenir, étayer

propagate heat (to) propager la chaleur

propel (to) propulser

properly comme il convient, dûment

property 011 bien(s), chose, propriété

property damage dégât(s) aux biens, dégât(s) matériel(s)

property insurance assurance de choses

property insured chose/objet/bien(s) assuré(s)

property line wall (US) mur de clôture

properties of a nuclear component propriétés d'un composant nucléaire

propitious to propice à

propitious conditions conditions propices

proportion proportion

proportion covered quotité garantie

in proportion to 151 au prorata de, proportionnellement à ; en fonction de

in the proportion the premiums paid bear to the premiums that would have been due 164 en proportion des primes payées par rapport aux primes qui auraient été dues

to be in proportion to être proportionnel à

to be out of proportion to sthg être hors de proportion avec qqch., être disproportionné par rapport à qqch.

proportional treaty reinsurance traité proportionnel de réassurance

proportionality proportionnalité

proportionate to proportionnel à

proportionately proportionnellement

proposal *(voir ci-dessous)*

proposal and declaration (filled in by the insured when applying for insurance) la proposition (formulaire rempli par l'assuré lorsqu'il sollicite une garantie)

proposal form 025 la proposition

Proposer 100 le proposant

proprietary rights droits de propriété

prorata to proportionnel à

prorata premium (additional premium calculated at prorata of the rate shown in the Schedule) surprime proportionnelle (calculée au prorata temporis du taux de base apparaissant aux Conditions Particulières)

prosaic prosaïque

proscribed association association interdite *(légal)*

prosecute sb. (to) 237 poursuivre qqn *(en justice)*

to be prosecuted être poursuivi en justice

prosecution poursuite *(en justice)*

prosecution before a tribunal action en justice devant un tribunal

prospective *(voir ci-dessous)*

Prospective Aggregate Cover (PAC) traité avec transfert du risque à l'échéance

prospective client (client) prospect

prospects of success perspectives de succès

prosthesis *(pl.* **prostheses**) appareil de prothèse

protection protection

protection of the buildings protection des bâtiments

protections are in full and effective operation 273 les protections sont en place et opérantes

protective measures mesures conservatoires

protest protêt

to note a protest faire un protêt

protocol protocole

prove (to) prouver

proven damage dommage(s) justifié(s), préjudice(s) justifié(s)

burden of proving the loss or damage does not fall within Exclusion 1 above set out shall be upon the Insured il appartient à l'Assuré de prouver que la perte ou le dommage ne fait pas partie de l'Exclusion 1 spécifiée ci-dessus

provide (to) fournir

provide for sthg (to) (legal) prévoir qqch.

provide sb. with sthg (to) fournir qqch. à qqn

provided that 322 pourvu que

providing pourvu que

the terms provided for 069 les modalités prévues

provident fund caisse de prévoyance

Provision *(voir ci-dessous)*

Active/Passive Provision of Services LPS active/passive

provision 017 disposition *(clause)* ; provision *(fonds)*

provision of services with regard to the cover of aggravated risks prestations de services en matière de couverture des risques aggravés

provisional provisoire ; provisionnel

provisional acceptance réception provisoire

provisional premium prime provisionnelle

proviso clause conditionnelle *(contrat)*

material damage proviso waiver renonciation à la clause conditionnelle de dommages aux biens

proximate cause 066, 192 cause immédiate

proximately *(proximate)* directement

proximity to sthg la proximité de qqch.

proxy procuration, délégation *(voix, signature)* ; fondé de pouvoir

prudential control contrôle prudentiel

prune (to) élaguer, émonder

public public

public buyer acheteur public

public domain domaine public

public entrance entrée du public

public day/holiday jour chômé

public store (US) entrepôt public de douane

public weight master peseur juré

public works travaux publics

Public Liability (PL) responsabilité civile envers les tiers

publicise (to) annoncer *(journaux officiels)*

pumping station station de pompage

punctual ponctuel

punctuality ponctualité

punitive *(voir ci-dessous)*

punitive damages dommages-intérêts à valeur répressive

punitive taxation redressement fiscal

purchase from a supplier achat à un fournisseur

pure *(voir ci-dessous)*

pure quota share treaty (re.) traité en participation

pure reinsurer 344 assureur exclusivement réassureur, pur réassureur

purport *(n.)* teneur *(d'un document)* ; but

purport (to) avoir l'intention de

purpose 212 but, fin, finalité, destination

building for dwelling purposes only bâtiment uniquement à usage d'habitation

for domestic purposes 299 à usage domestique

for the purposes of one's business pour les besoins de son activité

for the purposes of sthg 232 aux fins de qqch.

pursuance of a duty (in) dans l'accomplissement/l'exécution d'une obligation

pursuant to 317 au titre de ; conformément à *(loi, contrat)*, en vertu de

put (to) *(voir ci-dessous)*

to put a ban on imposer un embargo sur

to put an alarm into operation 284 mettre en service/brancher un système d'alarme

to put an end to sthg mettre un terme/fin à qqch.

to put in an objection faire opposition

to put out a fire éteindre un incendie

to put sb. at risk exposer qqn à un risque

to put sb. in fear inspirer de la peur à qqn

to put sb. in fear of violence inspirer à qqn la peur de la violence

to put sb.'s life in danger mettre la vie de qqn en danger

put forward by invoqué par, avancé par

putting into service of a heating apparatus mise en fonctionnement d'un appareil de chauffage

pyromaniac pyromane

Q

qualification réserve *(sur un document)* ; qualification

membership qualification titre d'éligibilité pour devenir membre

qualified qualifié

qualified acceptance acceptation sous réserve

qualify (to) *(voir ci-dessous)*

to qualify a document apporter des réserves sur un document

to qualify for insurance être assurable, remplir les conditions d'assurance

qualifying holding participation qualifiée

qualifying period période de carence

quantify (to) quantifier

quantum of the claim 053 quantum de l'indemnité

quarantine *(n.)* quarantaine

quarantine (to) mettre en quarantaine

quarrel *(n.)* **over sthg** querelle à propos de qqch.

quarry carrière *(pierres)*

quarry stone moellon

quarter trimestre

quarterly 329 trimestriel

Queen *(voir ci-dessous)*

QC (Queen's Counsel) (UK) titre accordé par la Reine à des membres éminents du Barreau

Queen's warehouse (UK) entrepôt public de douane

query *(n.)* question, interrogation

query (to) *(voir ci-dessous)*

to query the relevance of sthg contester la pertinence de qqch.

question (to) mettre en question

questionable discutable

questionnaire questionnaire

quota *(voir ci-dessous)*

quota cession (re.) part/quotité cédée

quota share (re.) quote-part

quota share reinsurance 345 réassurance en participation

quota share treaty (re.) traité en participation

on a pure quota share basis en participation pure

quotation cotation

the amount applicable to you will be advised with our quotation le montant qui vous sera applicable vous sera communiqué avec notre prix proposé

R

rabies rage *(maladie)*

radiation radiation

radioactive radioactif

radioactivity radioactivité

radius of the search rayon de recherche

rainfall précipitations

average annual rainfall précipitations annuelles moyennes

rainwater damage dommage d'eau de pluie

raise (to) *(voir ci-dessous)*

to raise a problem soulever un problème, poser un problème

to raise money réunir/se procurer des fonds

to raise the rate of premium augmenter le taux de prime

raised surélevé

ramp rampe

random hasard

random sample échantillon aléatoire

at random au hasard

range éventail, gamme

wide range large éventail

rank first (to) (se) placer premier

rare metal 297 métal rare

rat(e)able contributions contributions proportionnelles

rate (to) tarifer

to rate up surtarifer

rate(s) taux, barème, tarif ; impôts locaux *(UK)*

rate of a currency cours d'une devise

Rate On Line (ROL) (re.) taux de prime exprimé en pourcentage de la garantie

rates and taxes contributions et impôts

ratify (to) ratifier

rating mesure de risque ; tarification

rating agreement convention tarifaire

rating bureau bureau de tarification

rating standards normes tarifaires

ratio rapport, coefficient

ratio of computer impact 214 ratio d'impact informatique

raw materials matières premières

re-engagement of an employee réengagement d'un employé

re-engineer (to) reconfigurer *(une société)*

re-engineering reconfiguration *(d'une société)*

re-format (to) reformater

reach a climax (to) atteindre son apogée

reachable accessible

reactive measure mesure de réaction

read-only *(computer)* lecture uniquement

read-only data files 220 fichiers de données non-modifiables/uniquement lus

Read-Only Memory (ROM) mémoire non modifiable, lecture uniquement

readable lisible

reading head tête de lecture

ready-to-assemble furniture mobilier en kit

Real Estate Register *(US)* cadastre

real estate biens immobiliers

real estate agent agent immobilier

real or personal property biens meubles ou immobiliers

reason raison

reason for sthg raison de qqch.

an answer and the reasons for it une réponse motivée

by reason of en raison de, à cause de

reasonable possibility of a significant loss éventualité raisonnable d'une perte importante

rebate bonification, ristourne, rabais

rebellion rébellion

rebuilding reconstruction

rebuilding of the premises reconstruction des locaux

recall rappel

product recall rappel de produit

recapitulative statement état récapitulatif

receipt *(n.)* quittance, récépissé, reçu ; décharge ; réception

receipt is a full and final discharge to the Company le reçu est une décharge définitive et libératoire pour la Compagnie

receipt counterfoil talon de reçu

receipt expenses frais de quittance

receipt of premium quittance de prime

receipt of settlement quittance de règlement

receipt stamp timbre de quittance

receipts and other supporting documents reçus et autres justificatifs

after receipt of advices après réception des avis

upon/on receipt of dès réception de

receipt a document (to) acquitter un document *(reconnaître le paiement)*

receivable *(adj.)* recevable

receivables *(n.)* compte clients

receiver *(bankruptcy)* 306 administrateur judiciaire *(faillite)*

receiver (official) 069 juge commissaire

receivership mise en règlement judiciaire *(faillite)*

to go into receivership se mettre en règlement judiciaire

receiving order ordonnance de mise sous séquestre

recharge a battery (to) recharger une batterie

recipient destinataire, personne qui reçoit *(don)* ; receveur

identification of recipient identification du destinataire

reciprocal réciproque

reciprocal exchange (re.) échange réciproque

reciprocity réciprocité

reclaimed land terrain repris sur la mer

reclamation *(voir ci-dessous)*

reclamation of land from the sea récupération de terre sur la mer

reclamation of marshes assèchement des marais

recognition reconnaissance

bar code recognition reconnaissance des codes barres

recommend (to) recommander

reconciliation of accounts apurement des comptes

reconstitute (to) reconstituer

reconstitution reconstitution

reconstitution of documents 215 reconstitution de documents

reconversion *(comp.)* reconversion

record *(n.) (voir ci-dessous)*

record department service des archives

record of previous diseases antécédents pathologiques

sb.'s medical record dossier médical de qqn

record (to) *(voir ci-dessous)*

to record an increase in the premiums enregistrer une hausse des primes

recorded delivery post/mail courrier recommandé avec accusé de réception

recorded round/watch ronde pointée

recording *(comp.)* écriture

recording of the claim enregistrement du sinistre

records archives

recoup (to) dédommager, indemniser ; récupérer

recourse recours

recourse against sb. recours contre qqn

recourse of neighbours and third parties recours des voisins et des tiers

to have recourse to the Insurance ombudsman for an independent assessment avoir recours à l'ombudsman d'Assurance pour une évaluation indépendante

recover (to) récupérer, recouvrer ; reprendre *(économie)*

to recover debts recouvrer des dettes, des créances

to recover under an insurance policy prétendre au bénéfice d'une police d'assurance, être indemnisé au titre d'une police d'assurance

recoverable 123 recouvrable, indemnisable, récupérable

the sum recoverable under this contract la somme recouvrable au titre du présent contrat

recovery recouvrement ; reprise *(économique)* ; récupération

recovery of stolen property récupération des biens volés

recovery to normal business 270 reprise des activités normales

recovery log fichier de récupération

rectify a defect (to) corriger un défaut

to rectify a defect in design corriger un défaut de conception

rectors and officers liability coverage couverture responsabilité pour les directeurs

recurring récurrent

recurring losses sinistres sériels

redemption date date de rachat *(effets commerciaux)*

reduce (to) *(voir ci-dessous)*

to reduce the consequences of the discrepancies atténuer les conséquences des écarts

reduction réduction

reduction in turnover réduction du chiffre d'affaires

reduction in the results (B/I) altération des résultats

redundancy redondance

redundancy payment prime de licenciement

reel dévidoir

hose reel dévidoir à tuyau

refer (to) *(voir ci-dessous)*

to refer to sb. s'en référer à qqn, s'en remettre à qqn

to refer to sthg se rapporter à qqch., avoir trait à qqch., faire référence à qqch.

please refer to the policy for details veuillez vous reporter à la police pour les détails

referred to 094 visé

the claims referred to in Article 1 les recours visés dans l'Article 1

the difference shall be referred to an arbitrator le différend sera soumis à un arbitre

the differences referred to les différences dont il est fait état, les différends auxquels il est fait référence

reference référence

we shall not be liable unless you obtain written references covering the previous three years before engaging any employee other than school leavers and those not responsible for money nous ne serons pas responsables sauf si vous obtenez des références écrites concernant les trois années précédant l'embauche de tout employé à l'exception des jeunes quittant l'école ou des employés n'ayant pas de responsabilité pécuniaire

refractory materials matériaux réfractaires

refrain from (to) s'abstenir de

to refrain from proceeding to repair s'abstenir de procéder à des réparations

refrigerant fumes vapeurs réfrigérantes

refund sb. for sthg (to) rembourser qqn de qqch.

to refund the unearned premium ristourner la prime non acquise

refusal to deal refus de vente

refuse (to) refuser

to refuse (to do) sthg refuser (de faire) qqch.

refute an allegation (to) réfuter une allégation

having/with regard to sthg compte tenu de qqch., en ce qui concerne qqch.

regardless of indépendamment de

regional controller contrôleur régional

register *(n.)* registre

register (to) enregistrer ; immatriculer ; recommander

registered letter with notice of delivery lettre recommandée avec accusé de réception

by registered post 014 par courrier recommandé

registration enregistrement ; immatriculation

regular régulier ; habituel ; fixe

regular liability coverage garantie responsabilité civile normale

regulated market marché réglementé

regulation réglementation

fire regulations consignes d'incendie

regulatory committee comité de réglementation

reimburse (to) rembourser

reinforcement renforcement

reinstate (to) remettre en état ; reconstituer ; réintégrer

to reinstate a policy rétablir une police

to reinstate sb. réintégrer qqn (dans ses fonctions)

the sums insured are reinstated automatically les sommes assurées se reconstituent automatiquement

reinstatement 011, 067, 291, 346 remplacement, remise en état, reconstitution *(fonds)* ; réengagement, réintégration

reinstatement as before reconstitution dans l'état antérieur

reinstatement of an employee réengagement d'un employé

reinstatement of the cover remise en vigueur de la garantie

reinstatement of the property to a condition equal to but not better than its condition when new remise en état des biens dans un état égal mais pas supérieur à celui qu'ils avaient à l'état neuf

reinstatement value valeur de reconstitution/de remise en état, valeur à neuf

automatic reinstatement of the sum insured 174 reconstitution automatique de la somme assurée

reinstating reconstitution

reinstating of records reconstitution d'archives

reinstating the media reconstitution des médias

cost of reinstating the media 215 frais de reconstitution des médias

reinsurance réassurance

reinsurance consultant consultant en réassurance

reinsurance scheme 343 régime de réassurance

reinsurance treaty 347 traité de réassurance

reinsurer réassureur

relate to (to) se rapporter à, avoir trait à

war, strikes and related exclusions guerre, grèves et exclusions afférentes

to be related to sb. by blood, marriage or adoption être apparenté à qqn par les liens du sang, du mariage ou de l'adoption

relating to 018, 063, 137 relatif à, afférent à, concernant

relationship relation

in the relationship of master and servant dans la relation "employeur/employé"

relative to au sujet de

relaxation in the rule assouplissement de la règle

release *(voir ci-dessous)*

release of a bond mainlevée d'une caution

release of reservations levée des réserves

release (to) libérer, décharger

to release sb. from obligations libérer/décharger qqn de responsabilités

to release sthg 322 libérer qqch.

released *(voir ci-dessous)*

land released for development terrain constructible

relevance bien-fondé, pertinence

relevant 236 pertinent, approprié

relevant period of time période afférente, délai afférent

all relevant documents toutes les pièces justificatives

reliability fiabilité

reliable sûr, digne de foi, fiable

relief soulagement ; réparation *(jur.)*

tax relief abattement fiscal

relieved from liability dégagé/exonéré de responsabilité

relinquish (to) abandonner, renoncer à

to relinquish a right 026 renoncer à un droit

relocation *(voir ci-dessous)*

relocation assistance assistance délocalisation

relocation expenses frais de relogement

reluctant réticent

remain (to) rester

to remain effective/in force 105 rester en vigueur

to remain in full force and effect rester en vigueur et produire tous ses effets

to remain operative continuer à jouer

this Section remains operative la présente Section continue à jouer/reste opérante

it remains to be seen if reste à savoir si

remainder of Europe le reste de l'Europe

remedial maintenance maintenance corrective

remedy *(n.)* 246 réparation *(compensation)* ; remède

remedy sthg (to) remédier à qqch. ; réparer qqch. (apporter un dédommagement)

reminder 210 relance

remit money (to) verser/remettre de l'argent

to remit sthg for collection mettre qqch. en recouvrement

remittance versement *(d'argent)*

remittance for collection mise en recouvrement

remittance of a deposit versement d'un dépôt

remodelling remodelage

remote indirect

remote batch processing télétraitement par lots

remote cause cause première

remotely indirectement

remotely arising out of découlant indirectement de

removal enlèvement, dépose ; déménagement

removal of debris 191 enlèvement des déblais

removal of furniture enlèvement des meubles

removal of insured property 162 transfert des biens assurés

removal of obstructions enlèvement des obstructions (concrètes)

removal of the safe 278 enlèvement du coffre-fort

removal to and from temporary premises déplacement des biens dans des locaux provisoires et réinstallation

remove (to) enlever, retirer, déposer, détacher

to remove an apparatus déposer un appareil

to remove the waste 243 transférer les déchets

cost of removing and replacing frais de déplacement et de replacement

property removed from a residence les biens retirés d'une résidence

render (to) rendre

to render a document to sb. 107, 166 remettre un document a qqn

to render a policy voidable rendre une police annulable

to render a service rendre un service (prestataire)

to render all assistance in one's power apporter toute l'assistance en son pouvoir

to render sb. unconscious faire perdre connaissance à qqn

to render sb. responsible for sthg rendre qqn responsable de qqch.

to render sthg damageable 181 rendre qqch. dommageable

rendering of a text interprétation d'un texte

rendering of one's opinion expression de son opinion

rendering of the final statement of losses 166 remise de l'état définitif des pertes

services rendered prestation de services, services rendus

renew (to) *(voir ci-dessous)*

to renew a contract tacitly 099 reconduire un contrat tacitement

to renew an existing policy renouveler une police existante

renewal renouvellement, reconduction

renewal date date de renouvellement

renewal premium 048 prime de renouvellement (de la police)

to increase the premium on renewal augmenter la prime lors du renouvellement

renounce sthg (to) renoncer à qqch.

renovation rénovation

rent *(n.)* loyer

rent out (to) *(owner) (US)* louer

rental location

rental value valeur locative

repair *(n.)* réparation

repair shop atelier de réparation

to keep the building in good repair conserver le bâtiment en bon état

to be under repair être en réparation, faire l'objet de réparation

repair (to) réparer

repairable réparable

repairer, repairman réparateur

repatriate (to) rapatrier

repatriation rapatriement

repeal *(n.)* abrogation

repeal (to) abroger

replace sthg with sthg else (to) remplacer qqch. par qqch. d'autre

replacement 291 remplacement

'replacement as new' insurance assurance en valeur à neuf

replacement cost of the property coût de remplacement des biens

replacement in kind remplacement en effet

replacement value 068 valeur de remplacement

replacement value less an allowance for wear and tear valeur de reconstitution vétusté déduite

replenish (to) *(voir ci-dessous)*

to replenish one's stocks (UK)/ **inventory** (US) réapprovisionner ses stocks

replevin mainlevée d'une saisie

report of an accident constat d'un accident

reporting *(voir ci-dessous)*

reporting of the loss 172 compte rendu de la perte/du (des) dommage(s)

reporting to the police 172 déclaration (constat) à la police

repossession reprise de possession

represent (to) représenter ; déclarer *(de la part de l'assuré)*

all documents representing money tous les documents ayant valeur d'argent

representation *(contract)* *(ϖ misrepresentation/false representation)* déclaration *(exposé des faits, dans le contexte d'un contrat)* *(ϖ fausse déclaration)*

representative *(voir ci-dessous)*

legal personal representative ayant droit *(n.)*

reprisals représailles

repudiate a contract (to) refuser d'honorer un contrat

repugnance to incompatibilité avec

repugnant to sthg incompatible avec qqch., en contradiction avec qqch.

reputation réputation

repute (bonne) réputation

appraiser of repute expert de bonne réputation

request *(voir ci-dessous)*

at sb.'s request, at the request of sb. 135 à la demande de qqn

on request 097 sur demande

require (to) exiger

if required 208 s'il y a lieu, le cas échéant

this document requires endorsement ce document doit être endossé

requirements contract contrat d'approvisionnement

requisite requis, nécessaire

requisition for title or use réquisition en vue d'appropriation ou d'utilisation

reschedule a debt (to) rééchelonner une dette

rescind (to) annuler

rescindable annulable

rescue sauvetage

rescue equipment matériel de sauvetage

rescue team équipe de sauvetage

reservation réservation ; réserve

reservations and the grounds for them réserves motivées

without any reservation 189 sans réserve

reserve *(n.)* provision

reserve for incurred but not reported claims provision pour sinistres survenus mais non déclarés

reserve for pending claims provision pour sinistres à régler

reserve for unearned premiums provision pour primes non acquises

reserve for unexpired risks provision pour risques en cours

reserve fund fonds de réserve

reserve premium 348 réserve de primes

reserve the right to (to) se réserver le droit de

reservoir réservoir

reside (to) 300 résider

to reside with sb. résider avec qqn

to reside with sb. to do sthg appartenir à qqn de faire qqch.

residence résidence

residential real estate immobilier résidentiel

residual résiduel

residual value valeur résiduelle, valeur du bien après sinistre

residues les résidus

resignation démission *(profession)*

resist sthg (to) résister à qqch.

resort to (to) recourir à

respect (to) respecter

to respect one's undertakings respecter ses engagements

respect *(voir ci-dessous)*

in all respects à tous égards

in any respect à quelque égard

in respect of 170 au compte de, à l'égard/en matière de

in this respect à cet égard

with respect to concernant

responsibility exemption exonération de responsabilité

responsible *(voir ci-dessous)*

to be responsible for sthg être responsable de qqch., répondre de qqch.

to be responsible for sthg to sb. être responsable de qqch. vis-à-vis de qqn

responsive *(voir ci-dessous)*

to be responsive to sthg être sensible à qqch.

responsiveness to sthg sensibilité à qqch.

rest with sb. to do sthg (to) 193, 274 incomber à qqn de faire qqch., appartenir à qqn de faire qqch.

the burden of proof rests with the Insured 274 la preuve est à la charge de l'Assuré

restitutio in integrum retour à la position avant contrat

restoration restauration, réfection

restore a painting (to) restaurer un tableau

restrict (to) 259 restreindre, réglementer, limiter

restricted products produits réglementés

restriction restriction, réglementation, limitation

restriction on sthg restriction de qqch.

date when the restrictions on premises are applied date à laquelle s'appliquent les réglementations concernant les locaux

restructuring restructuration

as a result of 048 en conséquence de

result from (to) 110 résulter/être le résultat/découler de

resulting from 183 imputable à

result in (to) résulter en, avoir pour conséquence, aboutir à

to result in a claim under the insurance (to) résulter en une indemnité au titre de l'assurance

resumption of work reprise du travail

resurvey contre-expertise

retain (to) *(voir ci-dessous)*

retain part of the premium (to) retenir une partie de la prime

retained premium réserve de primes

retained risk risque conservé

retaining wall mur de soutènement

retention 336, 349, 352 conservation, plein, rétention

retention limit plein de conservation

retention money bond 304 caution de retenue de garantie

retention of risk conservation du risque

retire (to) *(voir ci-dessous)*

to retire a security rembourser un titre/une valeur

to retire from business se retirer des affaires

retirement *(voir ci-dessous)*

retirement retraite professionnelle

retirement of a security remboursement d'une valeur /d'un titre

retouch a painting (to) retoucher un tableau

retrieval *(comp.)* recherche, récupération *(de documents)*

retrieve (to) recouvrer, récupérer

retroactive rétroactif

retrocede (to) rétrocéder

retroceding company compagnie rétrocédante

retrocession *(reinsurance of indirect business)* rétrocession *(réassurance d'affaires indirectes)*

retrocessionnaire rétrocessionnaire

retrospective *(adj.)* rétroactif

retrospective to the date of the commencement of the Insurers' liability rétroactif à la date du début de la responsabilité de l'assureur

return *(n.)* relevé, déclaration

by return of post par retour du courrier

in return for sthg en contrepartie de qqch.

return commission commission ristournée

return for non attachment ristourne pour non prise d'effet

return of income déclaration de revenus

return of premium 005 ristourne de prime

return premium 013, 070 prime ristournée

return sthg (to) faire un rendu, retourner qqch.

returnable restituable, remboursable, ristournable

the premium is returnable il est fait ristourne de la prime

revaluation revalorisation

revenue stamp timbre fiscal

reverse *(adj.) (voir ci-dessous)*

on the reverse side of the document au dos, au verso du document

reverse a trend (to) renverser une tendance

reversible réversible

review (to) *(in order to amend or for an exam)* revoir *(pour amender ou pour un examen)*

revise (to) réviser

revision *(for a more up-to-date version)* révision *(pour une version plus actualisée)*

the price revision formula la formule de révision des prix

revoke (to) révoquer

to revoke the limit of responsibility annuler la limite de responsabilité

reward (for) à titre onéreux

R/I *(re.)* réassurance

Richter scale échelle de Richter

rider allonge *(à un document)*

rider to a policy avenant à une police

right droit

right of cancellation droit de résiliation, faculté de résiliation

right of establishment droit/liberté d'établissement

right of recovery/recourse droit de recours

rights accrued under the contract droits acquis au titre/en vertu du contrat

to have a right to sthg avoir droit à qqch.

right-size sthg (to) donner la bonne taille à qqch.

riot émeute

ripped déchiré

give rise to (to) donner lieu à

risk risque, aliment, aléa

risk actually incurred risque effectivement couru

risk after completion of works risque après travaux

risk after delivery risque après livraison

risk and insurance manager gestionnaire de risques et d'assurances

risk assumption 071 conservation du risque

risk for own account risque pour compte

risk funding financement des risques

risk identification identification du risque

risk index fiche d'accumulation des risques

risk management gestion de risques

risk of pollution risque de pollution

risk retention group groupement de conservation de risques (responsabilité du fait du produit) (US)

risks in the running of the enterprise aléas de l'exploitation de l'entreprise

at the risk of sb. aux risques et périls de qqn

in any one risk par risque

RIMS (Risk and Insurance Management Society) (US) Société de la gestion des risques et d'assurances

to be at risk of accidents être exposé à des risques d'accidents

road police police de la voirie

roadway chaussée

rob sb. of sthg (to) voler qqch. à qqn

robbery 290 vol qualifié

rock-bottom prices prix imbattables

rodent rongeur

ROL (Rate On Line) *(re.)* taux de prime exprimé en pourcentage de la garantie

roll stationery *(comp.)* papier en rouleau

roll-up door rideau métallique à lames

rolling *(voir ci-dessous)*

rolling grille door rideau métallique à grille

rolling mill laminoir

rolling shutter door rideau métallique à lame

ROM (Read-Only Memory) mémoire non modifiable, lecture uniquement

roof toit

roof eaves bords de toit

roof gutter gouttière

roof vent exutoire de toiture

slate roof toit d'ardoises

thatched roof toit de chaume

tile roof toit de tuiles

roof timber charpente de toit

damaged roof toiture endommagée

roofed with avec une couverture de/un toit de

building roofed with tiles bâtiment avec un toit de tuiles

roofing toiture, couverture

roofing-in mise hors eau *(const.)*

roomer locataire *(d'une chambre)*

dry/wet rot pourriture sèche/humide

rotary rotatif

rotate (to) tourner, effectuer une rotation

rotation assolement

rotation endorsement (hail) avenant d'assolement

rough *(voir ci-dessous)*

rough estimate of the premium rates ordre de grandeur des taux de prime

rough timber *(UK)*/**lumber** *(US)* bois en/de grume

roughcoat crépi

round tournée, ronde

row rangée

rubbish détritus, ordures

rubble éboulis ; moellon

rule règle, règlement

as a rule en règle générale

rule of court décision du tribunal, règlement judiciaire

ruled by régi par

ruling (administrative) arrêté

run (to) courir

to run counter to sthg aller à l'encontre de qqch.

to run into difficulties se heurter à des difficultés

a policy runs from... une police d'assurance court à partir de ...

a lien runs off un privilège s'éteint

run-off of claims 072 liquidation des sinistres

run-of-the-mill claim sinistre courant/ordinaire

running courant ; consécutif

10 running days/r.d. 10 jours consécutifs

running expenses dépenses courantes

running fire feu courant

running-off *(re.)* queue de portefeuille

rust rouille

rust-inhibiting antirouille

rust-proof antirouille

rust-resistant antirouille

rustless inoxydable

R

sabotage sabotage

SAD (Single Administrative Document) *(within the EU)* DAU (Document Administratif Unique) *(à l'intérieur de l'UE)*

safe *(n.)* *(pl.* **safes)** 290 coffre-fort

approved safe coffre-fort agréé

blow-pipe resisting safe coffre-fort anti-chalumeau

explosion resisting safe coffre-fort anti-explosion

fixed safe coffre-fort scellé

safe *(adj.)* sûr

to deposit securities in safe custody déposer des titres en garde

safeguard sthg from (to) sauvegarder/préserver qqch. de

safety sécurité

safety apparatus appareil de sécurité

safety glazing vitrage de sécurité

safety net filet de sécurité

safety norm norme de sécurité

sag (to) fléchir *(prix)*

sagging of the arch affaissement de la voûte

the said 127, 129, 248 ledit, ladite, etc.

salary bracket tranche de salaire

sale vente

sale article un solde (article)

sales representative voyageur-représentant-placier (VRP)

for sale en vente

salvage *(n.)* 073 sauvetage

salvage-appraisal expertise-sauvetage

salvage costs coûts de sauvetage

salvage sale clause clause de la vente du sauvetage

we have a right to the salvage of any insured property nous avons droit au sauvetage de tout bien assuré

salvage value valeur de sauvetage

salvage (to) 165 sauver

same *(voir ci-dessous)*

same day quotation tarif sous 24h/le jour même

one and the same risk un seul et même risque

sample échantillon

by sample sur échantillon

to be up to sample être conforme à l'échantillon

sanction sanction

sanctions in the event of non-compliance with the obligation of disclosure and representation 164 sanctions en cas d'inobservation des obligations de déclaration

sandpaper papier de verre

sandstone grès

sanitary sanitaire

sanitary equipment/fittings équipement sanitaire

sanitary facilities 259 installations sanitaires

sanitary measures mesures sanitaires

sanitary arrangements aménagements sanitaires ; installations sanitaires

sanitaryware 154 installations sanitaires

satchel sacoche

satellite satellite

satisfaction satisfaction

satisfaction of the outstanding debt acquittement/paiement de la dette à recouvrer

to the satisfaction of à la satisfaction de

satisfied with satisfait de

satisfy (to) satisfaire ; payer

to satisfy sb. that 230 convaincre qqn que

if we are satisfied that disability under benefit E is permanent, benefit D shall become payable when benefit E is exhausted si nous sommes convaincus que l'incapacité au titre de l'indemnité E est permanente, l'indemnité D deviendra payable lorsque l'indemnité E sera épuisée

the creditors that have not been satisfied les créanciers qui n'ont pas été désintéressés

save (to) sauver

to save (comp.) sauvegarder

to save and preserve the property 165 sauver et préserver les biens

saving of the media sauvegarde des médias

savings account compte de caisse d'épargne

savvy investor investisseur avisé

scaffolding échafaudage

scalable que l'on peut escalader *(mur)*, franchissable

scale barème, tarif ; tartre

sliding scale barème mobile

scarcity pénurie

scene of the accident (at the) sur le lieu de l'accident

schedule calendrier, horaire ; annexe *(document)* ; barème, table ; bordereau, note explicative, tableau

Schedule 099 Conditions particulières

schedule of contributions (ins.) table des contributions

schedule of delivery calendrier des livraisons

schedule of premiums barème des primes

schedule of remaining instalments (US) calendrier des fractions de prime restant à payer

schedule of payment cadence de paiement

Schedule to a document annexe à un document

on schedule selon l'horaire, à l'heure

scheduled *(voir ci-dessous)*

scheduled and preventive maintenance entretien périodique et préventif

scheduled maintenance 216 maintenance périodique, systématique

scheduled policy police par article

scheme plan

scheme of arrangement (bankruptcy) concordat (faillite)

scheme of operations programme des activités à accomplir

financial scheme 040 plan financier

scope *(voir ci-dessous)*

scope of the policy champ d'application de la police

to act within the scope of one's employment agir dans le cadre de ses fonctions

to limit the scope of cover réduire la portée de la couverture

scorching roussissement

scour/scouring out affouillement

scrap iron ferraille

scratch rayure, éraflure

screen écran

SDRs (Special Drawing Rights) DTS (Droits de Tirage Spéciaux)

seal *(n.)* sceau ; cachet

to bear the seal of porter le cachet de

under seal and tape sous scellement douanier

seal (to) sceller ; plomber *(un véhicule)*

seamless forecast system système du lissage des prévisions

seaquake séisme sous-marin

search the premises (to) fouiller les locaux

searchlight projecteur

seasonal increase augmentation saisonnière

second-hand spare parts pièces détachées de 2e main

second notice rappel d'échéance

secure place endroit sûr

secure (to) assurer *(veiller à)*

secured creditor créancier nanti/garanti

to be a secured creditor 319 avoir la sécurité de sa créance

securely covered garanti/couvert en toute sécurité

securities *(pl.)* 290 titres, valeurs

SEC (Securities Exchange Commission) (US) correspond à la COB

Securities and Investment Board (UK) correspond à la COB

securities house maison de titres

any and all securities for money 276 tous articles ayant valeur d'argent

securitisation titrisation

security 284, 315 garantie *(emprunt)* ; titre ; valeur ; sûreté ; gardiennage

security evaluation évaluation de la sécurité

security guard agent de sécurité

security risk risque de sécurité

see (to) *(voir ci-dessous)*

to see for oneself voir par soi-même

to see to it that veiller à ce que

to see to doing sthg veiller à faire qqch.

to see to sthg veiller à qqch.

seed semence

seek (to) chercher

to seek advice from sb. chercher conseil auprès de qqn

to seek authorisation from sb. solliciter un agrément/une autorisation auprès de qqn

to seek cover abroad (ins.) rechercher une couverture à l'étranger

seep (to) s'infiltrer

seepage infiltration

seepage water eau d'infiltration

seismic/seismatic fire incendie sismique

seizure under legal process saisie par voie judiciaire

self- *(+ n./adj.) (voir ci-dessous)*

self-employed people travailleurs indépendants

self-employment travail indépendant

self-ignition allumage/inflammation spontané(e)

self-operating fire door porte coupe-feu automatique

Seller's interest and contingency insurance intérêt du vendeur et assurance des aléas

selling your buildings 175 vente de vos bâtiments

semi-precious stone pierre semi-précieuse

seminar séminaire

sender *(voir ci-dessous)*

sender identification identification de l'émetteur

senders registry receipt (US) reçu de recommandation de l'expéditeur

seniority of the staff ancienneté du personnel

sense sens

in a broad sense au sens large

sensitive information information sensible

sentence *(voir ci-dessous)*

prison sentence peine de prison

sentence to pay a higher amount condamnation à un montant supérieur

separate *(voir ci-dessous)*

under separate cover sous pli séparé

septic tank fosse septique

sequence of suite de, séquence de

sequence of procedures 212 déroulement des procédures

sequestration séquestration, mise sous séquestre

serial number numéro de série

series *(pl.* **series***)* série

series of losses série/séquence de pertes, dommages en série

serious offence faute dolosive

seriousness of a problem gravité d'un problème

servant préposé, employé

serve (to) servir, desservir

to serve a notice upon sb. 114 signifier un avis à qqn

to serve a process (up) on sb.130 intenter un procès à qqn

to serve a writ signifier une assignation (tribunal)

telephone exchange serving the premises le central téléphonique desservant les locaux

service *(n.) (voir ci-dessous)*

service engineering ingénierie de service

service hirer-out prestataire de services

service of process 129 signification de sommation de comparaître

service provider prestataire de services

service road voie de desserte

services country pays de la prestation (de services)

service (to) *(voir ci-dessous)*

any Intruder Alarm serviced by a maintenance contract toute alarme d'intrusion faisant l'objet d'un contrat de maintenance

underground cables servicing the building les câbles enterrés desservant le bâtiment

servicing 216 entretien, révision

service-oriented company société orientée/tournée vers les services

set (to) *(voir ci-dessous)*

to set aside mettre de côté

to set fire to sthg mettre le feu à qqch.

to set forth 090, 119, 235 énoncer, spécifier (contrat) ; avancer (un argument)

to set off compenser

to set one's hand apposer sa signature

to set out 065 mentionner, spécifier ; se mettre en route

to set sthg on fire incendier qqch.

to set up a claim file 018, 141 ouvrir un dossier de sinistre

to set up fonder, établir, constituer, créer

the Intruder Alarm is set whenever the alarmed portion of the premises is closed for business to customers or callers l'alarme d'intrusion est branchée à chaque fois que la portion des locaux équipée d'alarme est fermée aux clients ou aux visiteurs

set-off compensation

by way of counterclaim or set-off sous forme de demande reconventionnelle ou d'exception

setback recul

settle (to) régler

to settle a claim régler un sinistre

to settle a dispute régler un litige

settling agent (ins.) agent payeur

settling claims 166, 171 règlement des sinistres

settlement règlement ; tassement

settlement of a claim règlement d'une indemnité, liquidation d'un sinistre

settlement of a structure tassement d'une structure

settlement of ground tassement de terrain

sever (to) séparer, couper

severability clause *(US)* clause de pluralité d'assurés

severally *(voir ci-dessous)*

jointly and severally responsible conjointement et solidairement responsable

severance séparation, coupure

severance payment prime/indemnité de licenciement

sewage égouts *(le réseau)*

sewer égout

sextuple sextuple

sexual offence délit sexuel

SFP (Standard Fire Policy) *(US)* police d'assurance Incendie type

shackle entrave

shaded box case ombrée *(sur un document)*

shallow peu profond

shallow foundations fondations peu profondes

share quote-part

share (to) répartir, partager

the costs are shared between the insurers 023 les frais sont répartis (partagés) entre les assureurs

the risks are shared 023, 345 les risques sont répartis

shareholders actionnariat

shareholding prise de participation

shed *(n.)* appentis

shelf rayon *(rayonnage)*

shelving space espace pour les rayonnages

shield (to) protéger

shift (to) déplacer ; changer

land shock, waves or tremors choc, vagues ou secousses sismiques

shop around (to) comparer les prix avant d'acheter

shopfront devanture de magasin, façade d'une boutique

shop-soiled items articles exposés et défraîchis

shoplifting vol à l'étalage

shop window vitrine, devanture

shore up (to) étayer, consolider

short(-) *(voir ci-dessous)*

short title intitulé abrégé

short-circuit court-circuit

short-period rates taux pratiqués pour le court terme

short-sighted approach approche à courte vue

short-tail business 074 liquidations de courte durée

shortage manque, manquant

inventory shortage (US) articles manquant à l'inventaire

shortcut un raccourci

shorten the bracket (to) resserrer la fourchette

shortening raccourcissement

shoulder responsibility (to) endosser la responsabilité

show (to) 145 indiquer, montrer, faire ressortir

to be shown 090, 124 être ressorti (prime) ; figurer

the amount shown in the Schedule le montant figurant dans les Conditions particulières

whose name is shown in the Schedule 021 dont le nom figure dans les Conditions particulières

show-case vitrine *(meuble)*

showroom salle d'exposition

show-window vitrine de devanture

show-window not opening directly into the interior

of the premises vitrine de devanture n'ouvrant pas directement dans les locaux

shrinkage contraction, rétrécissement, réduction ; lacunes

shrub buisson

shut off the water supply (to) couper l'arrivée d'eau

shutter volet

shutters will be kept closed except during working hours les volets seront tenus fermés sauf pendant les heures de travail

sick leave congé maladie

to be on sick leave être en congé maladie

sickness-prone prédisposé aux maladies

side effect effet secondaire

sidewalk *(US)* trottoir

sight vue

sign, signboard signe, enseigne

external signs of a shop enseignes extérieures d'une boutique

sign a document (to) émarger, signer un document

before the contract is signed avant la signature du contrat

on/upon signing the document à la signature du document

signing down (the prorata reduction of written lines applied where a slip has been more than 100% subscribed, Lloyd's) 075 réduction d'engagement (la réduction proportionnelle du plein souscrit qui s'applique lorsque le risque porté sur la fiche de souscription a été souscrit à plus de 100 %)

signal signal

automatic external alarm signal signal automatique d'alarme extérieure

signatory to a contract signataire d'un contrat

silver-plated ware objets en métal argenté

silvering étamage, tain

silverware argenterie

similar to semblable à

simple majority majorité simple

simultaneous simultané

simultaneously simultanément

single seul, unique

single licence agrément/licence unique

single tenure of a warehouse entrepôt loué avec bail à un seul locataire

Single Market Marché unique

Single Administrative Document (SAD) (within the EU) Document Administratif Unique (DAU) (à l'intérieur de l'UE)

single-occupant household foyer comprenant une seule personne

sink évier

sinking fund fonds d'amortissement ; capitalisation *(ass.)*

siren avertisseur sonore, sirène

site site ; chantier *(lieu)*

site development aménagement du terrain

siting *(of a building)* emplacement

SITPRO Board (Simplification of International Trade Procedures) SITPRO *(simplification des procédures internationales de commerce)*

situated situé

the Member State where the risk is situated le Pays Membre où le risque est situé

situation of risk lieu du risque

sizeable de bonne taille

skeleton keys fausses clés

skill talent

skylight *(attic)* lucarne

slab dalle

slackening of business ralentissement des courants d'affaires

slander diffamation verbale

slate ardoise

slaughter house abattoir

slaughtering of animals abattage des animaux

sleet neige fondue *(qui tombe)*

slewing structure structure pivotante

sliding coulissant

sliding partition cloison mobile

sliding roof toit coulissant

sliding wall paroi coulissante

slip 076 papillon *(document)* ; bordereau ; "slip" du Lloyd's, fiche de souscription

slip policy 077 fiche valant police

slope pente

slope of the roof inclinaison de la toiture

slot machine distributeur *(machine)*

small print petits caractères *(imprimerie)*

smell odeur

SMEs (Small and Medium-Sized *(UK)*/**Mid-Size** *(US)* **enterprises)** 140 PME (Petites et Moyennes Entreprises)

smoke fumée

smoke alarm avertisseur/alarme de fumée

smoke damage dommage de fumée

smokestack *(US)* cheminée *(extérieure)*

smudge fumée épaisse *(de protection contre les moustiques, par exemple)* ; fumigène

smuggling contrebande

snap (to) (se) casser net

snap policy police carnets/à souches

snatching vol à l'arrachée

sneak theft vol à l'étalage

snow which collects on a building neige qui s'accumule sur un bâtiment

snowball effect effet de boule de neige

so as to de façon à

social social

social insurance benefits prestations sociales

social worker assistant(e) social(e)

socket douille, fiche de connexion femelle

SOFA (Society of Financial Advisers) *(UK, launched in 1991)* Société des conseillers financiers

software logiciel

software package progiciel

operating software 220 logiciel d'exploitation

soil *(n.)* sol, terrain

soiled souillé

soiling salissure

sole unique, seul, exclusif

sole arbitrator seul arbitre, arbitre unique

sole clause clause unique

to have the sole conduct of all claims avoir l'entière conduite de tous les recours

solely uniquement

solicitor conseiller juridique *(en Angleterre, c'est aussi un avocat qui plaide devant certaines cours)*, avoué, notaire

solid solide

solid building bâtiment en dur

solid gold or massif

solidification of materials solidification des matériaux

solvency margin 004 marge de solvabilité: correspond au patrimoine de l'entreprise, libre de tout engagement prévisible, déduction faite des éléments incorporels

solvent solvable

soot suie

sort (to) trier

sorting machine trieuse

sound value 007 valeur saine

sounding cost to detect water seepage frais de sondage pour détecter une infiltration d'eau

soundly-based project projet reposant sur des bases saines

soundness of a debt le bien-fondé d'une dette

source of fire foyer de l'incendie

spare parts pièces détachées

spark off (to) déclencher

spate crue

a spate of disasters une avalanche de catastrophes

torrent in spate torrent en crue

SDR (Special Drawing Right) DTS (Droit de Tirage Spécial)

specie 297 numéraire, espèces monnayées

in specie en espèces (quelquefois "en nature")

to pay in specie payer en espèces

species *(pl.* **species***)* espèce, sorte

specific amount montant déterminé

policy for a specific amount police à forfait

specifically excluded causes causes spécifiquement exclues

Specification *(policy)* intercalaire de police

specifications cahier des charges

specified spécifié

as specified in the Schedule selon la mention aux Conditions particulières

specify the grounds for the reservations (to) motiver les réserves

speed up (to) accélérer

spend money on sthg (to) dépenser de l'argent pour qqch.

spilling déversement

oil spilling déversement d'hydrocarbures

split (to) *(voir ci-dessous)*

to split down into fractionner, décomposer en

to split up the tasks between several people répartir les tâches entre plusieurs personnes

split processing 224 traitement en éclaté

sponsorship sponsoring

spontaneous combustion combustion spontanée

spoofing *(comp.)* tromperie

sporting event événement sportif

spot check contrôle par sondage

spouse conjoint *(n.)*

spray *(whether or not driven by wind)* embruns *(poussés ou non par le vent)*

sprayer diffuseur

spraying pulvérisation, vaporisation

spread *(n.)* *(voir ci-dessous)*

Spread Loss reinsurance réassurance en répartition de pertes

Spread Loss Treaty traité d'étalement de la sinistralité (ré.)

spread of a company couverture géographique d'une société

spread of a disease propagation d'une maladie

spread of fire propagation du feu

to prevent the spread of fire empêcher la propagation de l'incendie

spread (to) *(voir ci-dessous)*

to spread over a period of 148, 224 échelonner sur une période de

to spread the risks répartir les risques

to be unevenly spread être inégalement réparti

spreadover of the credit échelonnement du crédit

spreadsheet tabulateur

spring ressort ; source *(eau)*

sprinkler *(n.)* sprinkler, extincteur automatique à eau

sprinkler head tête de sprinkler

early suppression fast response sprinkler sprinkler à déclenchement rapide

extended coverage sprinkler sprinkler à grande surface de protection

fire-sprinkler installation système d'extinction d'incendie

large drop sprinkler sprinkler à grosses gouttes

on-off sprinkler sprinkler à ouverture-fermeture automatique

quick-response sprinkler sprinkler à temps de réponse bref

recessed sprinkler sprinkler encastré

residential sprinkler sprinkler d'habitation

spray sprinkler head tête de sprinkler à haut pouvoir de diffusion

sprinklered sprinklé

the large warehouses shall be sprinklered les grands entrepôts devront être sprinklés

sprinkling arrosage, aspersion

automatic sprinkling systems 180 installations d'extincteurs automatiques à eau

stability clause 350 clause d'ajustabilité

stabilise (to) stabiliser

stack *(chimney)* cheminée *(conduit)*

apparatus connected to a stack appareil relié à une cheminée

staff effectif, personnel

staff turnover rotation du personnel

permanent staff personnel permanent

stagger the shipments (to) fractionner/échelonner les envois

stained-glass window vitrail

stainless inoxydable

stair skylight lanterneau

staircase cage d'escalier

stairways escaliers

stake enjeu ; participation *(dans une société)*

staking out bornage

stamp *(n.)* timbre ; visa *(marchandises)* ; tampon, cachet

stamp (to) timbrer, estampiller, apposer un cachet

stand *(n.)* bâti *(m.)*

stand (to) *(voir ci-dessous)*

as matters stand en l'état des choses

stand base 182 surface d'appui

standard *(n.)* norme *(technique)*

Standard of skill and care norme de talent et de soin

standard *(adj.)* type, de référence

standard policy police type

standard endorsement avenant type

standard turnover chiffre d'affaires de référence

standard wage salaire de référence

Standard Fire Policy (US) police d'assurance Incendie type

standing *(voir ci-dessous)*

standing charges cover garantie de frais généraux permanents

all standing expenses/charges 201, 248, 249 tous les frais généraux fixes

start the clock again (to) faire courir la prescription à nouveau

statement 025,113 déclaration, état, relevé

statement containing evidence of the commission of a burglary déclaration contenant la preuve de la perpétration d'un cambriolage

statement in detail of the damage état détaillé des dommages

statement of a claim déclaration d'un sinistre

statement of the Assured's actual gross receipts relevé des recettes réelles brutes de l'Assuré

statement of account relevé de compte

statement of cash flow tableau de trésorerie

bank statement relevé de banque

to file one's statement of affairs déposer son bilan

static electricity électricité statique

stationary *(adj.)* stationnaire ; en stationnement *(véhicule)*

stationery *(n.)* papeterie *(fourniture de bureau)*

not including the cost of stationery and other materials à l'exclusion du coût du papier et autres fournitures

business books for their value as stationery registres commerciaux pour leur valeur en tant que papier

statistical analysis of claims analyse statistique des sinistres

statistics statistique

statue statue

statute loi *(texte d'origine législative)*

statute barred caduc, prescrit

statutory statutaire, prévu par la loi

statutory obligation obligation statutaire

statutory minimum level of cover niveau minimum de garantie prévue par la loi

stay (to) rester

by illegally staying in the premises par maintien clandestin dans les locaux

stead *(voir ci-dessous)*

in sb.'s stead 326 au lieu et place de qqn

steal sthg from sb. (to) voler, dérober qqch. à qqn

steam escaping from an appliance vapeur s'échappant d'un appareil

steam-blast jet de vapeur

steel acier

steel plate tôle d'acier

steel plating blindage

stem (to) contenir, endiguer

to stem from provenir de, résulter de, découler de

step mesure

steps to avoid or mitigate the risk mesures conservatoires

to take the necessary steps to 191 prendre les mesures propres à

stepladder escabeau, échelle double

stile battant de porte

stilt *(n.)* trépied

stilt (to) surélever, rehausser

stipulate (to) stipuler

stipulation stipulation

stock *(voir ci-dessous)*

stock farming élevage

stock option scheme plan d'option sur actions

stock shortage rupture de stock

stock turnover rotation des stocks

stock-in-hand stock disponible

stocking area aire de stockage

stocktaking *(UK)* inventaire

goods missing at stocktaking marchandises manquant lors de l'inventaire

stop *(voir ci-dessous)*

long stop (construction) "longue période"

short stop "courte période"

stop a cheque (to) faire opposition à un chèque

stop loss 351 excédent de petits et moyens sinistres

stop loss policy police "stop loss", excédent de perte annuelle

stop loss treaty traité de l'excédent de sinistres annuels, traité "stop loss"

stoppage of work arrêt du travail

storage stockage

main storage (computer) 217 mémoire centrale

store (to) stocker, entreposer

do not store in damp place garder en lieu sec, craint l'humidité

information stored in a home computer informations stockées dans un ordinateur personnel

stored in a safe and secure place entreposé dans un lieu sûr et protégé

storing in warehouse mise en entrepôt

storey étage

a one-storey warehouse un entrepôt à un étage

storied *(voir ci-dessous)*

storied risk risque à étage

additional premium for storied risk surprime pour étage

storm tempête

storm and tempest insurance assurance tempête

straddle several things (to) être à cheval sur plusieurs choses

straight deductible franchise absolue

straight-line depreciation amortissement linéaire

straighten up a situation (to) redresser une situation

straightening up of a financial position rétablissement d'une situation financière

strain déformation *(construction)*

straw paille

street card fiche de situation du risque

street line alignement de voirie

strength force, résistance

on the strength of sthg sur la foi de qqch. ; en s'appuyant sur qqch.

strengthening of the market affermissement du marché

stress tension, effort ; contrainte

a machine undergoing abnormal stress or intentional overloading machine supportant une tension anormale ou une surcharge intentionnelle

applied stress (const.) contrainte appliquée

compelled by stress of weather contraint par le gros temps

through stress of weather par gros temps

stretch from... to (to) s'étendre de ... à

strict liability responsabilité civile absolue ; entière responsabilité civile

strike *(n.)* grève

SR and CC clause (strikes, riots and civil commotion clause) clause de grèves, émeutes et mouvements populaires

strike a balance (to) trouver un équilibre

striking of a deal conclusion d'un marché

stroke of lightning chute de foudre

damage arising from a stroke of lightning dommages résultant de la chute de la foudre

strong room 294 chambre forte

structural *(voir ci-dessous)*

structural alteration modification de la structure de l'édifice

Structural Guarantee Period (UK) : **it covers the new house from the third year to the tenth year after construction** Période de garantie de la structure : elle couvre la maison neuve de la troisième année à la dixième année suivant la construction

structure structure

structure of insured property structure des biens assurés

stub (of a check) *(US)* talon (d'un chèque)

study étude

to be under study être à l'étude

sub-agency sous agence

sub-agent sous agent

sub-standard risk risque anormal

sub-tenant sous-locataire

subcontract (to) sous-traiter

subcontracted work le sous traité (n.)

subcontracting bond caution de sous-traitance

subcontractor sous-traitant

subdivide sthg into (to) sous diviser qqch. en

subdivision *(US)* lotissement

subject *(voir ci-dessous)*

subject to 252 soumis/subordonné/ assujetti à, régi par

subject to the provisions of this contract 005 sous réserve des dispositions du présent contrat

to be the subject of faire l'objet de

subject-matter insured 032 objet assuré, chose assurée

sublet (to) sous-louer

submit (to) soumettre

to submit to physical examinations (se) soumettre à des examens médicaux

submitted to sb.'s approval soumis à qqn pour approbation

subordinated loans emprunts subordonnés

subrogate (to) subroger

to be subrogated to all rights and remedies of sb. against sb. else 321 être subrogé dans tous les droits et recours de qqn contre qqn d'autre

subrogation clause 078, 079, 236 clause subrogatoire

subrogee subrogataire *(n.)*

subscribe one's name (to) *(on the part of the insurer)* souscrire une police

subsequent to ultérieur/postérieur à

subsequently 230 ultérieurement

subside (to) s'affaisser

subsidence 206 affaissement

subsidence activities activités d'affaissement

subsidence claims sinistres d'affaissement

subsidiarity subsidiarité

subsidiary *(n.)* filiale

subsidiary *(adj.)* **charges** frais accessoires

subsidise (to) subventionner

subsidy subvention

subsistence subsistance

subsistence of a policy période de validité d'une police

travelling expenses or subsistence allowances frais de déplacement ou de séjour

substandard risk risque aggravé

substantially fortement, en substance

a condition substantially the same as... un état en substance le même que ...

substantiate a claim (to) *(US)* établir l'existence d'un sinistre

substitute (n. & adj.) succédané

substitute financial instrument 309 instrument financier de substitution

substitute for sb. remplaçant de qqn

substitute sthg by/for sthg else (to) remplacer/substituer qqch. par/à qqch. d'autre

subterranean fire incendie souterrain, feu souterrain

subtract sthg from sthg else (to) retrancher qqch. de qqch. d'autre

succeed sb. (to) succéder à/hériter de qqn

successive successif

successive owners propriétaires successifs

such Special Conditions 106,167 lesdites/ces (mêmes) Conditions Spéciales

suction pipe tuyau/conduite d'aspiration

sudden pollution brusque pollution

sue (to) *(voir ci-dessous)*

to sue on a contract agir (en justice) en se prévalant d'un contrat

to sue sb. on a policy se prévaloir d'une police pour poursuivre qqn en justice

suffer from a infirmity (to) être atteint d'une infirmité

sugar beet betterave sucrière

suit (to) *(voir ci-dessous)*

to suit sb.'s requirements se conformer aux exigences de qqn

suitable convenable, approprié

a suitable additional premium une surprime appropriée

sum *(voir ci-dessous)*

sum insured 128 capital assuré

sum recoverable under this insurance somme recouvrable au titre de la présente police

to pay a sum certain in money payer une certaine somme d'argent

summary *(n.)* bordereau récapitulatif

summary *(adj.) (voir ci-dessous)*

summary report rapport de synthèse

summary tribunal tribunal des référés

summon sb. (to) *(legal)* requérir qqn

summoned to appear before a court of criminal jurisdiction cité devant les juridictions pénales

summons *(pl.* **summonses)** assignation *(tribunaux)*

sundry divers

sunflower tournesol

superintendent contrôleur, directeur, chef d'atelier

superior to supérieur à

supersede (to) supplanter/détrôner/ remplacer *(en annulant)* /rendre caduc

superseded suretyship rider (US) avenant de reprise du passé

supersonic supersonique

supervision supervision

under the supervision of Lloyd's sous le contrôle du Lloyd's

supervisory *(voir ci-dessous)*

supervisory authority autorité de contrôle

supervisory staff personnel d'encadrement

supervisory systems régimes de contrôle

supplementary supplémentaire

supplementary charges frais accessoires/additionnels

suppliers and subcontractors' extension extension carence des fournisseurs

supply alimentation, distribution, approvisionnement

cold water supply distribution d'eau froide, alimentation en eau froide

supplies approvisionnements

supply sb. with sthg (to) fournir qqch. à qqn

support a proposal by vouchers (to) appuyer une proposition par des pièces justificatives

supported by precise reasons motivé de façon précise

supporting documents pièces justificatives

receipts and any other supporting documents reçus et autres pièces justificatives

supposed to do sthg censé faire qqch.

surety 311, 320, 327 caution *(personne)* ; garant, répondant *(d'une caution)*

surety bond 310 assurance cautionnement

surety in solidum caution in solidum

surety insurance 310 assurance cautionnement

the liability of the surety la responsabilité de la caution

to become surety for an obligation 316 se rendre/se porter caution d'une obligation

to become surety for sb. se porter garant de qqn

suretyship caution, cautionnement

surface *(voir ci-dessous)*

surface coating revêtement de surface

surface water eau de surface

surname *(UK)* nom patronymique, nom de famille

surplus excédent

surplus reinsurance réassurance en excédent de plein

surplus treaty 352 traité en excédent de plein

surrender (to) *(voir ci-dessous)*

to surrender a document restituer un document (retourner un document lorsqu'il n'a plus de valeur)

to surrender a right abandonner un droit

surrender *(n.)* restitution, rachat

on surrender of the certificate of insurance à la restitution du certificat d'assurance (de la part de l'assuré lors de la résiliation du contrat en dehors de l'échéance normale ou en cas de transfert de propriété)

surrender value of a leased product valeur de rachat d'un produit loué

surroundings environs

surveillance of the premises 284 surveillance des locaux

survey expertise

survey charges frais d'expertise

survey report rapport d'expertise

surveyor inspecteur-vérificateur, expert *(de l'assureur)*

survival survie

survive sthg (to) 026 survivre à qqch.

suspend a policy (to) suspendre une police

suspended ceiling faux plafond

suspension of a policy suspension d'une police

suspensive condition condition suspensive

sustain (to) *(voir ci-dessous)*

to sustain a damage/loss subir un(e)/des dommage(s)/perte(s)

swamp (to) inonder, submerger

swap sthg for sthg else (to) échanger qqch. contre qqch. d'autre

swear to sthg (to) attester qqch. *(sous serment)*

a proof of loss sworn to by the Assured 107 une preuve de perte attestée sous serment par l'Assuré

to swear under oath jurer sous serment

swearing assermentation

sweat, sweating suintement

sweating damage dommage de mouille

sweating of a wall suintement d'un mur

swelling gonflement

swindle escroquerie

swindler escroc

swindling escroquerie

swing doors portes battantes

switch commutateur, interrupteur

the electrical switch is turned off l'interrupteur électrique est fermé

switchboard operator standardiste

swoon perte de connaissance

sworn assermenté *(juré)*

sworn statement 065 déclaration sous serment

sworn to 107 attesté sous serment

syndicate of underwriters *(Lloyd's)* syndicat de membres souscripteurs du Lloyd's

synonymous with synonyme de

systematic systématique

T

table tableau, barème

Table of Benefits barème d'indemnisation/des indemnités

table of limits tableau des pleins

change in the water table level changement de niveau de la nappe phréatique

tacit tacite

renewal by tacit agreement tacite reconduction

tacitly tacitement

tag étiquette

tailor-made fait sur mesure/à façon

tailor-make a programme (to) faire un programme sur mesure

tailored sur mesure

take (to) prendre

to take away sthg from sthg else retrancher qqch. de qqch. d'autre

to take delivery of prendre livraison de/réceptionner

to take into account tenir compte de/prendre en compte

to take into consideration prendre en considération

to take off from déduire de (décompter)

to take out an insurance policy with sb. souscrire une police d'assurance auprès de qqn

to take over reprendre ; prendre à son compte ; prendre en charge

to take over from sb. reprendre après qqn

to take part in sthg prendre part à qqch.

to take possession of premises prendre possession des lieux

to take precedence over prendre le pas sur

to take proceedings against 078 introduire des poursuites contre

to take sthg down descendre qqch.

to take stock faire l'inventaire

to take the form of 312 se matérialiser

to take up one's abode élire domicile

loss discovered upon taking stock perte découverte lors de l'inventaire

on taking out 164 à la souscription

on taking over the goods lors de la prise en charge des marchandises

take note *(re.)* note d'acceptation

take-over of a company reprise d'une société

tamper with documents (to) falsifier des documents

tangible tangible

tank citerne, cuve

tap robinet

tape library bibliothèque de bandes

ATL (**Automated Tape Library**) BBA (Bibliothèque de Bandes Automatisée)

tapering rate taux dégressif

tapestry tapisserie

tariff tarif

tariff agreement accord tarifaire

tariff amendment aménagement de tarif

tariff clerk tarificateur

tariff regulations dispositions tarifaires

tarpaper papier goudronné

tarpaulin bâche goudronnée

tarpaulin sheet bâche imperméabilisée

task *(n.)* tâche

tasked with doing sthg (to be) se voir confier la tâche de faire qqch.

tax taxe, impôt

tax credit avoir fiscal

tax exemption exonération d'impôts

tax incentive incitant fiscal

tax relief abattement fiscal

tax stamp timbre fiscal

taxation chargeable on profits taxation sur les bénéfices

TDCC (Trade Data Co-ordinating Committee) CCDC (Comité de coordination de données commerciales)

tear *(n.)* accroc ; déchirure

tear out (to) arracher

technical reserves 080 provisions techniques

technique technique *(n.)*

tele-processing traitement en accès direct

telephone téléphone

telephone exchange central téléphonique

telephone exchange serving the premises central téléphonique desservant les locaux

telephone installation installation téléphonique

to buy over the telephone acheter par téléphone

telephony téléphonie

computer/telephony integration intégration ordinateur/téléphonie

telesurveillance télésurveillance

teller *(voir ci-dessous)*

automated teller machines (ATMs) distributeurs de billets de banque (DAB)

temperature-dependent goods marchandises sous température contrôlée

tempered safety glass verre trempé

tempest tempête

temporarily temporairement

temporary temporaire

temporary admission bond 318 garantie d'admission temporaire

temporary inability incapacité temporaire

temporary staff personnel intérimaire

temporary structures structures temporaires

temporary total inability to attend to usual occupation incapacité totale temporaire d'exercer son activité habituelle

temporisation attentisme

ten-year liability responsabilité décennale

tenancy location *(locaux)*

tenancy agreement convention de location

tenant locataire

tenant-controlled central heating chauffage central individuel

tenant's liability responsabilité locative

tenant's property: we do not cover anything owned by a roomer, boarder or tenant not related to the insured person biens du locataire : nous ne couvrons rien de ce qui appartient à un pensionnaire ou un locataire sans lien avec l'assuré

tenant's risk/liability risque locatif

tenants' right of recovery recours des locataires

in the event of more than one tenant en cas de pluralité de locataires

tendency tendance

tender offre ; soumission

tender cost insurance assurance offre

tender of the unearned premium offre de la prime non acquise

by tender par voie d'adjudication

tender (to) *(voir ci-dessous)*

to tender documents remettre des documents

to tender one's resignation présenter/donner sa démission

to tender one's services offrir ses services

tenderer soumissionnaire

tenement *(in poor districts)* immeuble collectif

term *(n.) (voir ci-dessous)*

term of a policy durée d'une police

term of the contract 168 durée du contrat

term (to) nommer, dénommer

hereinafter termed damage ci-dessous dénommé(s) dommage(s)

terminable résiliable

terminally-ill people malades au stade terminal

terminate (to) prendre fin

to terminate a contract résilier un contrat, mettre fin à un contrat

the policy shall terminate 116 la police sera dénoncée

termination 013 fin, cessation, résiliation, résolution

termination of a contract résolution d'un contrat

termination of a policy fin du (des) risque(s) d'une police

termination of risk fin du risque

termination of the cover cessation de la garantie

terms termes, conditions, modalités

terms of an insurance policy clauses d'une police d'assurance

terms of Section C les modalités de la Section C

in the terms and conditions of Article... 338 selon les modalités de l'Article ...

terrace terrasse

territorial limits territorialité

terrorism terrorisme

act of terrorism acte de terrorisme

testify under oath (to) témoigner sous serment

testimony témoignage

to give testimony donner témoignage (tribunal)

thatch chaume

thaw (to) dégeler, fondre *(glace, neige)*

thawing dégel

theft vol

theft from parked vehicle vol à la roulotte

theft insurance assurance vol

theft or attempted theft by forcible and violent means vol ou tentative de vol avec usage de la force ou de la violence

theft prevention prévention vol

theft-deterrent system antivol *(n.)*

or thereabouts ou environ

thereat *(= at that) (contract)* à/dans celui-là

theft or any attempt thereat vol ou tentative de vol

thereby *(= by that) (contract)* par celui-là/celle-là, par ceux-là/celles-là ; par là

therefor *(= or that) (contract)* 291 pour celui-là/celle-là, pour ceux-là/celles-là

the expiry date or such other date as may be substituted therefor by endorsement date d'expiration ou tout autre date qui peut lui être substituée par avenant

therefore donc, c'est pourquoi

therefrom *(= from that) (contract)* 179 de celui-là/de celle-là, de ceux-là/de celles-là

therein *(= in that) (contract)* 285 dans celui-là/celle-là, dans ceux-là/celles-là

thereof *(= of that) (contract)* 084 de celui-là/de celle-là, de ceux-là/de celles-là

to reinstate or replace such property or part thereof 072 remettre en état ou remplacer ces biens ou partie de ceux-ci

thereon *(= on that) (contract)* 091 sur cela ; sur celui-là/celle-là, sur ceux-là/celles-là

thereto *(= to that) (contract)* 094 jusqu'à celui-là/celle-là, jusqu'à ceux-là/celles-là

thereunder *(= under that) (contract)* sous celui-là/celle-là ; dans le cadre de celui-là/celle-là *(ou pluriel)*

thereupon sur ce, cela fait, dès lors

therewith *(= with that) (contract)* 111 avec celui-là/celle-là, avec ceux-là/celles-là

thief *(pl.* **thieves)** voleur

think (to) *(voir ci-dessous)*

to think expedient (to) juger à propos de

to think fit (to) juger bon de

third tiers

third arbitrator tiers arbitre

third country company entreprise de pays tiers

third party tierce personne, tiers, autrui

third party aggrieved/injured le tiers lésé

third party insurance assurance tiers, assurance RC

third party maintenance maintenance tierce

third party not belonging to the staff tiers étranger au personnel

third parties claims recours de tiers

this policy la présente police

thither là *(avec mouvement)*, jusque là

thorny épineux

thoroughfare artère *(rue)*

threat *(n.)* **to sb.** menace pour qqn

threaten sb. into doing sthg (to) faire faire qqch. à qqn par la menace

three-bedroomed house maison de trois pièces

threshold seuil

through par l'intermédiaire/le biais de, au travers de

through invitation to tender/for tenders par voie d'adjudication

the subsidiary through which the insurance was taken out la filiale par l'intermédiaire de laquelle l'assurance a été contractée

throughout the currency of the policy 273 pendant toute la durée de validité de la police

throughput production *(quantité produite)* ; capacité de traitement *(inf.)*

thunderbolt coup de foudre

thunderstorm orage

tick (to) cocher

to tick the shaded boxes cocher les cases ombrées

tidal wave raz-de-marée

tide marée

tie *(n.)* lien

tied agent agent exclusif

tied-up capital capital immobilisé

tier étage, gradin, niveau *(de rayonnage)*

two-tier system système à deux étages/à deux vitesses

tight serré, étroit

tightly linked to étroitement lié à

tightly-knit team équipe bien soudée

tile tuile, carreau *(carrelage)*

acoustic(al) tile carreau insonore

bathroom tile carreau pour salles de bains

tiling carrelage

till tiroir-caisse

timber-framed building bâtiment à ossature en bois

timbering of a house charpente d'une maison

timberwork of a roof charpente de toiture

time *(voir ci-dessous)*

Time & Distance Treaty (re.) 353 traité à règlements structurés

time deductible franchise en temps

time limit date butoir

time necessary to replace computer equipment délai de remplacement du matériel informatique

time of delivery délai de livraison

time of signing 151 moment de la signature

time trigger 219 déclenchement différé

time zone fuseau horaire

at any one time à chaque fois

a house left unoccupied two months at a time une maison laissée inoccupée deux mois d'affilée

time-consuming task tâche qui prend du temps

time-lag (an interval of time between two related phenomena, for example a cause and its effect) décalage (l'intervalle de temps entre deux phénomènes liés, par exemple une cause et son effet)

timely opportun

tin plated en fer blanc

tired of las de

title titre

title insurance (real estate) assurance titres de propriété imparfaits

title search recherche de titres (propriété)

title to/in the goods titre de propriété des marchandises

to date à ce jour

token jeton ; bon

in token of acceptance of sthg en signe d'acceptation/comme preuve d'acceptation de qqch.

gift token un bon (de) cadeau

toll péage

toll-free number numéro vert

tool outil

top *(n. & adj.) (voir ci-dessous)*

top limit (re.) engagement maximum

top range haut de gamme

glass top dessus en verre

topple (to) culbuter

tornado tornade

tort 081 acte dommageable extra contractuel, entraînant la responsabilité civile de l'auteur *(correspondant au "délit" et "quasi délit" du droit français)*

tort of nuisance 247 délit de trouble

tortfeasor 280 auteur d'un délit, malfaiteur

tortious délictueux

total value at risk valeur totale en risque

tough strict, sévère

tough standards normes strictes

toxic toxique

trace and collect money owed to sb. (to) trouver trace des sommes dues à qqn et les recouvrer

track *(n.)* chemin de terre

track stolen works of art (to) retrouver la trace d'oeuvres d'art volées

trade commerce

trade circle milieu du commerce

trade contents 295 effets et objets immobiliers professionnels

trade name raison commerciale, nom commercial

trade premises locaux commerciaux

trade sample échantillon professionnel

trading *(voir ci-dessous)*

trading account compte d'exploitation

trading loss insurance assurance pertes d'exploitation

trading manager chef d'exploitation

trading operations opérations commerciales

trading profit bénéfice d'exploitation

trading year account compte annuel

net trading profit 201 bénéfice net de l'exercice

trainee stagiaire

traineeship stage

trajectory trajectoire

transaction transaction *(maintenant remplacée par "accord ou entente sur le montant de l'indemnisation")*

transfer *(n.)* transfert, cession ; changement *(transp.)*

transfer of liability transfert de responsabilité

transfer of portfolio transfert de portefeuille

transfer (to) transférer

to transfer the over-insurances on to sthg else reporter les excédents d'assurance sur qqch. d'autre

transferred on to 196 reporté sur

transferable transférable, transmissible, cessible

transferee cessionnaire

transformer transformateur

transient éphémère

Transitional Period Période transitoire

transitionally transitoirement

transmission of interest mutation d'intérêt

transmit funds (to) transmettre des fonds

transparency transparence

transparent transparent

trash chute *(US)* vide-ordures

trauma traumatisme

traumatic traumatisant

travelling expenses frais de déplacement

travelling expenses and subsistence allowances frais de déplacement et de séjour

treasury cycle of a company cycle de trésorerie d'une entreprise

tree-lined street rue bordée d'arbres

trellis partition cloison grillagée

tremor secousse

earth tremor secousse sismique

trend tendance

trespasser 285 intrus *(violateur de propriété)*

to be in a place as a trespasser 285 se trouver dans un lieu en infraction

trestle tréteau

trial essai ; jugement *(tribunal)*

trickle (to) suinter, couler goutte-à-goutte

water that trickles down a wall eau qui suinte le long d'un mur

triennial triennal

triennial period période triennale

triennially tous les trois ans

trigger *(n.) (voir ci-dessous)*

policy trigger déclencheur de la police

time trigger 219 déclenchement différé

trigger (to) déclencher, mettre en jeu, entraîner

event that triggers the underlying cover événement qui met en jeu la garantie de base

trim the profit margin (to) rogner la marge bénéficiaire

trip voyage

to go on a business trip partir en voyage d'affaires/en déplacement professionnel

trivialise sthg (to) banaliser qqch.

true copy copie conforme

trust confiance

breach of trust abus de confiance

to hold sthg in trust être le dépositaire de qqch.

trustee consignataire ; syndic de faillite

try (to) *(legal)* juger

to be tried être jugé

tube tube

tunnel tunnel

turn (to) *(voir ci-dessous)*

to turn sthg down refuser qqch.

to turn off éteindre, fermer

the electrical switch is turned off le commutateur est fermé

to turn out to be lower than the advance granted s'avérer inférieur à l'avance accordée

turn-key contract contrat clé en main

turnover chiffre d'affaires

turntable plaque tournante

two-year limitation prescription biennale

type of construction type de construction

typhoon typhon

U

uberrimae Fidei *(= of the utmost good faith)* de la bonne foi la plus absolue

UCS (Uniform Communication Standard) NUC (Norme Uniforme de Communication)

ultimate consumer consommateur final

umbrella responsibility responsabilité civile complémentaire et excédentaire

umpire 007 surarbitre/tiers-arbitre *(désigné par les arbitres choisis par les parties)*

unacceptableness irrecevabilité *(de la réclamation)*

unattached structure structure séparée

unattended sans surveillance

to leave the premises unattended 273 laisser les locaux sans surveillance/à l'abandon

unavailable indisponible

unavailability indisponibilité

unavoidable inévitable

unawares *(voir ci-dessous)*

to be caught unawares être pris par surprise

uncancelled postage stamp timbre postal non oblitéré

uncertain incertain

uncertainty over sthg incertitude à propos de qqch.

uncommenced month un mois pas commencé

unconditionally sans condition

unconscious inconscient

to render sb. unconscious faire perdre connaissance à qqn

under sous ; dans le cadre de, au titre de

under this contract 334 au titre du présent contrat

under-rate (to) sous tarifer

under-rating sous tarification

undercharge le moins-perçu

undergo (to) subir

a machine undergoing abnormal stress or intentional overload une machine supportant une tension anormale ou une surcharge intentionnelle

property undergoing a process of being cleaned, repaired or restored les biens en cours de nettoyage, de réparation ou de restauration

underground *(voir ci-dessous)*

underground cable câble enterré

underground water eau souterraine

underground work(s) travaux souterrains

underinsurance insuffisance d'assurance ; sous assurance

underinsure (to) 196 sous assurer

underinsured insuffisamment assuré

underlying sous-jacent

underlying policy police de base, assurance de première ligne

underlying premium 147, 330 prime de base

undermine (to) affouiller

understand (to) *(voir ci-dessous)*

it being understood and acknowledged that... étant entendu et admis que ...

computer equipment is taken to understand 217 on entend par matériel informatique

understanding *(n.) (voir ci-dessous)*

to come to an understanding with sb. 198 transiger avec qqn

undertake to do sthg (to) *(legal)* s'engager à faire qqch.

to undertake not to s'interdire de

the Insured shall not be entitled to indemnity in the event of loss, unless he undertakes not to l'Assuré ne pourra prétendre à l'indemnité à moins qu'il s'interdise de ; sous peine de non garantie en cas de sinistre, l'Assuré s'interdit de

undertaking 100, 324 entreprise ; engagement

in consideration of the Insured undertaking to... moyennant l'engagement de l'Assuré de ...

reciprocal undertaking 100 engagement réciproque

to give a written undertaking to sb. donner un engagement écrit à qqn

underwrite (to) 331 souscrire *(de la part de l'assureur)*

underwriting agent (ins.) agent souscripteur

underwriting in the red souscription déficitaire

underwriting limit plein de souscription

underwriting loss perte de souscription

underwriting member 056 membre souscripteur

underwriting period (re.) période de souscription

underwriting risk risque de souscription

underwriting year claim (re.) sinistre par année de compétence

underwritten risk risque accepté

underwriter assureur

underwriter limit plein de souscription

underwriter of Lloyd's membre souscripteur du Lloyd's

undisputable incontestable

undisputableness incontestabilité

unearned premium *(that proportion of a premium which relates to the portion of a risk which has not yet expired)* 082, 116 prime non acquise *(la proportion de prime qui correspond à la portion de risque non couru)*

unearth sthg (to) déterrer qqch.

unenforceable dont l'exécution ne peut être invoquée en justice

unevenly inégalement

unexpected inattendu

unexpired 014 *(voir ci-dessous)*

unexpired portion of the Period of insurance portion de la période d'assurance non courue

unexpired premium prime non courue

unexpired risk risque non couru, risque en cours

unexplained shortage or disappearance manque ou disparition inexpliquée

unfair injuste

unfair competition concurrence déloyale

unfit for occupation *(building)* inapproprié à l'occupation

unforeseeable imprévisible

unforeseen and unforeseeable disbursements are for the account of the goods les débours imprévus et imprévisibles grèvent les marchandises

unidentifiable non identifiable

Uniform Customs and Practice for Documentary Credits Règles et Usances Uniformes relatives aux Crédits Documentaires

unilateral unilatéral

unimpeded libre, sans entrave

unimpeded exercise of a right 247 exercice sans entrave d'un droit

uninflammable ininflammable

uninhabitable inhabitable

to be made uninhabitable être rendu inhabitable

uninsurability inassurabilité

uninsurable inassurable

unintended 242 non voulu, non prémédité

unit *(voir ci-dessous)*

unit of account (acc.) unité de compte

unit value valeur unitaire

United States laws and usage lois et usages des Etats-Unis

unjustified injustifié

unknown to sb. inconnu de qqn

unlawful 285 illégal, illicite

unlawful occupancy of the premises occupation illicite des locaux

unless *(voir ci-dessous)*

unless agreed to the contrary in the Schedule 182 sauf convention contraire aux Conditions particulières

unless countermanded sauf note/avis contraire

unless otherwise agreed sauf convention contraire

unless otherwise stipulated 099 sauf stipulation/indication contraire

unless we hear from you to the contrary (correspondence) sauf avis contraire de votre part

unless you send us a notice to the contrary à moins que vous nous envoyiez une notification contraire

unlike sthg contrairement à qqch.

unlikely *(adj.)* improbable

unlimited cover garantie sans limitation de somme

unliquidated damages dommages-intérêts à évaluer par décision judiciaire

unobtainable que l'on ne peut pas obtenir

unoccupancy *(but furnished)* inhabitation *(mais meublé)*

unoccupied building bâtiment inoccupé

unpredictable imprévisible

unquestionable indiscutable

unrecoverable taxes taxes non récupérables

unrecovered non recouvré

unremitting care and attention un soin et une attention soutenus

unsatisfied court judgement jugement judiciaire non exécuté

unsecured creditors créanciers sans garantie/chirographaires

unsound company société malade

unsuccessful in proceedings (to be) échouer/être malheureux dans des poursuites judiciaires

untenantable inhabitable *(que l'on ne peut pas louer)*

untimely inopportun

unusable inutilisable

unvalued policy police à découvert

unveil (to) dévoiler

unwieldy company structure structure peu maniable d'une entreprise

up to 119 à concurrence de/à hauteur de

up to sample conforme à l'échantillon

up-to-date actualisé

update (to) actualiser, mettre à jour

updating mise à jour

uphold a declaration (to) maintenir une déclaration

upkeep entretien

upmarket haut de gamme

upon *(voir ci-dessous)*

upon learning of any circumstances, you... 174 dès que vous aurez connaissance de toutes circonstances, vous ...

upon receipt 114 dès réception

upon notification of a claim 122 dès réception d'une déclaration de sinistre

the burden of proof shall be upon the Insured 112 la charge de la preuve incombera à l'Assuré

upper middle range moyenne gamme supérieure

keep upright "ne pas renverser"

upstream decision décision en amont

uptime of a system temps de fonctionnement d'un système

adjust upwards (to) ajuster à la hausse

usage *(voir ci-dessous)*

by usage of trade par usage de commerce

use 259 usage, jouissance

loss of use perte d'usage, perte de jouissance

for domestic use only à usage domestique seulement

use due diligence (to) 202 faire preuve de diligence raisonnable

user-friendly apparatus appareil convivial

usual usuel, habituel

usurer usurier

usurious rates des taux usuraires

usury usure *(usurier)*

utensil ustensile

utilities *(voir ci-dessous)*

public utilities entreprises de service public

utmost *(voir ci-dessous)*

utmost good faith la bonne foi la plus absolue

at the utmost au plus

to be of the utmost importance être de la plus grande importance

V

vacancy *(the house is empty)* inhabitation *(non meublé)*

vacant vacant, vide

vacant land (other than farmland) terrain vacant (autre que terrains fermiers)

premises which are vacant or unoccupied locaux qui sont vides ou inoccupés

vacate the premises (to) vider les lieux

valid valable, valide, recevable

a valid claim under Section 1 une demande d'indemnité recevable au titre de la Section1

validate (to) 212 valider

validity period of the contract période de vigueur du contrat

for valuable consideration à titre onéreux

valuables objets de valeur

valuation évaluation

house contents valuation évaluation du contenu de la maison

value *(n.)* valeur

value added tax taxe à la valeur ajoutée

value after damage valeur du bien après sinistre

value as new valeur à neuf

value before loss valeur avant sinistre

value in exchange contre-valeur

value of use valeur d'usage

values at risk valeurs en risques

declared value insurance assurance en valeur déclarée

on a full value basis 209 sur la base de la valeur totale

valued policy police en valeur agréée/avec évaluation

valuer expert *(art, biens)*

vandal vandale

vandalism vandalisme

variable variable

variable working expenses charges variables d'exploitation

variant variante

varnish vernis *(m.)*

vault chambre forte

veneer feuille de contreplaqué *(bois)*

vent exutoire

roof vent exutoire de toiture

vent pipe conduit d'aération

ventilation ventilation

venue lieu de jugement *(compétence)*, lieu de rassemblement

venue of a seminar lieu du séminaire

verandah véranda

verbal notice of claim avis verbal de sinistre

verbatim textuellement

to be incorporated verbatim in a document être incorporé textuellement dans un document

verification vérification

vermin vermine

versatile adaptable, souple

versatility adaptabilité, souplesse

vertically verticalement

vessel *(hollow or concave utensil, e.g. kettle)* récipient *(ustensile creux ou concave : bouilloire, ...)*

vested in sb. dévolu à qqn ; échu à qqn

claims vested in the Company recours exercés par la Compagnie

veterinary vétérinaire

veto veto

right of veto droit de veto

VHF (Very High Frequency) THF (Très Haute Fréquence)

viable viable

vibration vibration

vicarious responsibility responsabilité du fait d'autrui

vicinity proximité, voisinage

in the vicinity of 268 à proximité de

vicinity of the building abords du bâtiment

victim victime

vie with sb. (to) rivaliser avec qqn

view *(voir ci-dessous)*

with a view to sthg 326 en vue de qqch.

with a view to/of (+ V + ing) dans le dessein de

violation violation

in violation of the law as to en contravention avec la loi quant à

violator violateur

violence or threat thereof violence ou menace de violence

violent violent

violent offence délit avec utilisation de la violence

violent theft vol avec violence

virtue *(voir ci-dessous)*

by virtue of au titre de

vis-a-vis vis-à-vis

to represent the undertaking vis-à-vis the competent authorities représenter l'entreprise devant les autorités compétentes

visa visa

visible marks made by tools, explosives, chemicals or electricity marques visibles faites par des outils, des explosifs, des produits chimiques ou l'électricité

vitiate a contract of insurance (to) vicier un contrat d'assurance *(rendre nul)*

vocational *(voir ci-dessous)*

vocational injury accident du travail

vocational training formation continue

void *(n.)* vide

void *(adj.)* nul, sans effet

this Policy shall be void in its entirety and of no effect whatsoever le présent contrat sera nul et de nul effet quel qu'il soit

voidable annulable

to render a policy voidable rendre une police annulable

volatility of the market volatilité du marché

volcanic eruption éruption volcanique

voltage voltage

high voltage haute tension

high voltage transmission line ligne à haute tension

voluntarily volontairement

voluntary *(adj.)* bénévole, volontaire

voluntary collaborator collaborateur bénévole

voluntary or otherwise volontaire ou autrement

voluntary redundancy départ volontaire (d'une société)

voucher 133 pièce justificative

credit card sales vouchers 276 facturettes de ventes de carte de crédit

vulnerability vulnérabilité

W

wage(s) salaire

basic wage(s) salaire de base

standard wage(s) salaire de référence

wager (to) parier, gager

wainscot lambris

wait for sthg (to) attendre qqch.

waiting list liste d'attente

waiting period période de carence, période d'attente

waive sthg (to) renoncer à qqch.

to waive a forfeiture (ins.) lever une annulation

to waive right of recovery against 197 renoncer à exercer des recours contre

waiver désistement, renonciation

waiver of recourse renonciation à un recours

waiver of subrogation 227 renonciation de subrogation

material damage proviso waiver renonciation à la clause conventionnelle de dommages matériels

wake of (in the) dans le sillage de

walk-up *(an apartment above the ground floor in a building with no elevator)* appartement situé en étage dans un immeuble sans ascenseur

walking *(voir ci-dessous)*

within walking distance où l'on peut se rendre à pied

wall *(voir ci-dessous)*

enclosure wall mur de clôture

wallpapers and the like tapisseries *(papiers peints)* et assimilés

walled-in garden jardin clos de mur

wallet portefeuille *(bourse)*

wane (on the) sur le déclin

want of manque de

wanton act acte gratuit

war guerre

war and warlike operations guerre et opérations assimilées

war perils risques de guerre

war risk insurance assurance contre les risques de guerre

warehouse entrepôt, magasin *(transp., ass. transp.)*

warehouse receipt 309 reçu d'entrepôt

warn against (to) mettre en garde contre

warning avertissement, mise en garde

EWS (Early Warning System) système d'alarme précoce

warped gauchi

warrant *(n.)* **of execution** mandat de saisie exécution

warrant (to) garantir

warranted free of all claim for losses not discovered within the period of this Bond garanti libre de toute demande d'indemnité pour les dommages non découverts pendant la période du présent cautionnement

warranty *(a statement made by the insured as true; also a very strict condition in a policy)* 084, 085 engagement, obligation ; garantie

warranty clause clause de garantie

wash away (to) affouiller

washbasin lavabo

washing machine lave-linge

waste déchets

waste water eaux usées

nuclear waste déchets nucléaires

watchman gardien

watchman clause clause de gardiennage

watchroom poste de gardiennage

water *(voir ci-dessous)*

water bucket seau-pompe

water curtain rideau d'eau

water damage dégât(s) des eaux

water deluge rideau d'eau

water flow débit d'eau

water inlet arrivée d'eau

water point poste d'eau

water pressure damage dommage de pression d'eau

water supply approvisionnement en eau, point d'eau, fourniture d'eau

water table 206 nappe phréatique

change in the water table level changement du niveau de la nappe phréatique

well water eau de puits

water-resistant étanche

watering abreuvement ; arrosage

waterproof étanche

waterspout trombe d'eau marine ; tuyau de descente des eaux, gouttière

watertight imperméable, étanche

to make watertight imperméabiliser

watertightness étanchéité

waterworks centrale hydraulique

wave vague, onde

the pressure wave of aircraft at supersonic speed 193 l'onde de pression d'un avion à vitesse supersonique

way chemin

by way of à titre de, en guise de

by way of supplementary proof à titre de complément de preuve

to be under way être en cours

the premises and all ways les locaux et tous les chemins

wear and tear usure, détérioration lente/graduelle ; vétusté

allowance for wear and tear abattement pour vétusté

wearing out 028 usure

weekend home résidence secondaire

weight of water or snow which collects on the roof poids de l'eau ou de la neige accumulée sur la toiture

weigh (to) peser

weighted average moyenne pondérée

weighting coefficient coefficient de pondération

weld *(n.)* soudure

weld (to) souder

welding soudage, soudure

"welding and cutting permit" "permis de feu"

welding and flame cutting work 199 travail par point chaud

"well"/"in good safety" "en bon état"/"en sûreté"

to be warranted "well"/"in good safety" être garanti "en bon état" ou "en sûreté"

well water eau de puits

well-advised bien avisé

wet humide

wet pipe installation installation sous eau

wet rot pourriture humide

wetting mouille

deterioration through wetting 178 dommages de mouille

whatsoever quoi que ce soit, quel que soit

any liability whatsoever toute responsabilité quelle qu'elle soit

whensoever à quelque moment que ce soit

whereas *(contract)* attendu que, considérant que, alors que

whereby *(= by which) (contract)* 330 par lequel

whereof *(= of which)* de quoi, duquel, desquels

in witness whereof en foi de quoi

wheresoever où que ce soit

wherever où que

which case (in) auquel cas

whichever shall occur first suivant celui qui surviendra en premier

whilst *(while)* pendant que, tandis que

whilst (+ V + ing) tout en (+ participe présent)

white-collar thief voleur en col blanc

whole entier

the whole or any part of tout ou partie de

wholesaling vente en gros

wholly or partly/or in part pour tout ou partie

wicker osier

wide-ranging de grande ampleur

wide-ranging consequences des conséquences de grande ampleur

width largeur

crack width ouverture de la fissure

wilful *(voir ci-dessous)*

wilful act 203 acte grave et délibéré

wilful destruction of hardware (comp.) destruction volontaire du matériel

wilful injury blessure intentionnelle

wilful misconduct dol, faute grave et délibérée

wilful misconduct or gross negligence faute intentionnelle ou faute inexcusable

wilful non-compliance with inobservation délibérée de

wilful use 222 utilisation délibérée

wilfully volontairement, délibérément

will *(n.)* testament

wind speed vitesse du vent

wind up (to) remonter *(horlogerie)* ; liquider *(entreprise)*

winding up by decision of court liquidation judiciaire

the voluntary winding up of a company liquidation volontaire d'une société

wind uplift soulèvement par le vent

window *(voir ci-dessous)*

- **window bar** barreau de fenêtre
- **window pane** vitre
- **window smashing** bris de fenêtre, de vitrine
- **awning window** fenêtre à l'italienne
- **casement window** fenêtre à battants
- **compass window** fenêtre cintrée
- **double-glazed window** fenêtre à double vitrage
- **sash window** fenêtre à guillotine
- **top projected window** fenêtre à l'italienne

wipe off (to) *(voir ci-dessous)*

- **to wipe off a debit balance** apurer un solde débiteur

wiring la pose de fils électriques

wise *(voir ci-dessous)*

- **in any other wise** de toute autre manière

withdraw from (to) 273 (se) retirer de

withdrawal retrait

- **withdrawal of authorisation** retrait d'agrément
- **withdrawal of an opposition** (on the part of a creditor) la mainlevée d'une opposition (de la part d'un créancier)
- **withdrawal of portfolio** (re.) sortie de portefeuille

withhold (to) retenir ; taire, dissimuler

- **to withhold the supply of water** ne pas assurer/couper l'alimentation en eau

within the time limit dans les délais requis

without *(voir ci-dessous)*

- **without any responsibility to each other** 169 sans solidarité entre eux
- **without impairing mortgagee's right to sue** (Am. cl.) sans préjudice du droit du créancier hypothécaire d'intenter une poursuite en justice
- **without prejudice to sthg** sans préjudice de qqch.
- **without sb. knowing it** à l'insu de qqn

withstand sthg (to) résister à qqch.

witness *(n.)* témoin

- **in witness whereof** en foi de quoi

witness (to) *(voir ci-dessous)*

- **the policy witnesseth that** la police atteste que

wood flooring parquet

word *(n.)* *(voir ci-dessous)*

- **by word of mouth** verbalement, de vive voix
- **in words** en lettres

word (to) libeller

wording of a policy le libellé/les termes d'une police

work *(n.)* travail, profession ; ouvrage ; travaux

- **work by contract agreement** louage d'ouvrage
- **work experience** expérience professionnelle
- **work in progress** travaux en cours
- **work loss benefits** indemnités pour perte de travail
- **work of art** oeuvre d'art

work permit permis de travail

work to custom travail à façon

works travaux

works council comité d'entreprise

works of art insurance assurance des objets d'art

damage to works insurance assurance dommages-ouvrages

legal liability after completion of work(s) RC travaux exécutés

work (to) travailler

to work to full capacity travailler à plein rendement

worked day jour ouvré

workers' compensation benefits prestations des accidents du travail

working *(voir ci-dessous)*

working capital fonds de roulement

working day jour ouvrable

working expenses frais d'exploitation

working life of a machine durée de vie d'une machine

in good working order en bon état de marche (machine)

under working conditions en régime de marche (machine)

workload charge de travail

workmanlike *(voir ci-dessous)*

to work in a proper and workmanlike fashion and with proper materials travailler de manière appropriée et professionnelle, et en utilisant des matériaux appropriés

workmanship exécution, fini d'un travail, façon, métier, maîtrise

workmen's compensation insurance assurance accidents du travail

workpiece pièce usinée

workplace hazards dangers du lieu de travail

workshop atelier

worm ver *(parasites)*

worsening economic situation aggravation conjoncturelle

writ citation *(devant les tribunaux)*, mandat

write (to) écrire

to write insurance (on the part of the insurer) 088 souscrire des opérations d'assurances, exercer des activités d'assurances

to write off loans amortir des prêts

to write off the amount of embezzlement amortir le montant du détournement de fonds

on the written demand of sb. à la demande écrite de qqn

written insurance assurance acceptée

written line: the maximum proportion of a risk which an insurer is prepared to accept and which is recorded on the slip. This may subsequently be signed down 086 plein de souscription : proportion maximum d'un risque qu'un assureur est prêt à accepter et qui est consignée sur le "slip". Elle peut être réduite ultérieurement

written undertaking to sb. engagement écrit vis-à-vis de qqn

write-offs of loans amortissements des prêts

writing 220 écriture
  in writing 107 par écrit

wrongdoer 280 malfaiteur

wrongful préjudiciable, dommageable

wrongful act acte illicite, préjudiciable

wrongful arrest arrestation illégale

wrongful dismissal 239 licenciement abusif

Y

yard cour

yardstick 040 mesure de référence

yawning gap déficit béant

year of occurrence exercice de survenance

yearly annuel

yield *(n.)* rendement, rapport

yield (to) rapporter *(agriculture, argent)*
  to yield a low interest rapporter un faible intérêt

Z

zero-stock method méthode des flux tendus

zip code code postal

zone rating tarification par zone

zoning *(for the construction of buildings)* zonage

INSURANCE CLAUSES

CLAUSES D'ASSURANCE

A. General: definitions

001 **accrual basis:** the method of keeping accounts that recognises income when earned and expenses when incurred regardless of when cash is received or disbursed.

méthode de la ***comptabilité d'exercice*** *: méthode comptable qui reconnaît les revenus quand ils sont acquis et les dépenses quand elles sont engagées indépendamment du moment où l'argent est encaissé ou déboursé.*

002 **acquisition costs:** expenses incurred by an insurer in the course of obtaining business and issuing policies. Commission paid to brokers and other intermediaries is normally a significant element of such costs.

coûts d'acquisition *: dépenses engagées par un assureur au cours de ses activités pour obtenir des affaires et délivrer des polices. La commission payée aux courtiers et autres intermédiaires représente normalement un élément important de ces coûts.*

003 **actuarial valuation:** a **valuation** by an actuary of the present value of future **liabilities** probably using tables and other statistical techniques to evaluate the long-term business liabilities.

évaluation actuarielle : évaluation *par un actuaire de la valeur actuelle d'****engagements*** *à venir en utilisant probablement des tableaux et autres techniques statistiques pour évaluer les engagements sur les affaires de durée ferme.*

004 **admissible asset:** an asset which, under the Insurance Companies Regulations 1981, may be **brought into account** in determining an insurance company's net assets to be compared with its required **solvency margin** (UK).

actif acceptable *: élément d'actif qui, dans le cadre des Réglementations des Sociétés d'Assurances 1981, peut être* ***pris en compte*** *lorsque l'on détermine les actifs nets d'une société d'assurances par rapport à sa* ***marge de solvabilité*** *exigée.*

005 ***ajustement*** *: si la prime définitive de l'année d'assurance considérée est inférieure à la prime prévisionnelle* ***perçue*** *pour cette année, la différence est ristournée par l'Assureur au Souscripteur, sans toutefois*

*que le montant de cette **ristourne** ne puisse excéder 50 % de la prime prévisionnelle perçue, **sous réserve** des dispositions relatives à la prime minimum irréductible éventuellement prévue aux Conditions particulières.*

adjustment: should the definitive premium of the year of insurance be lower than the provisional premium **collected** for such year, the Insurers shall return the difference to the Policyholder provided, however, that the amount of this **return** shall not exceed 50% of the premium collected, **subject to** provisions relating to the irreducible minimum premium that may be provided for in the Schedule.

006 ***année d'assurance** : La période comprise entre deux échéances principales.*

period of insurance: The period that runs between two main due dates.

007 **appraisal** as to amount: if the Assured and the Underwriters shall fail to agree as to the amount of loss or damage, they shall each nominate a competent and **disinterested** appraiser and the two so chosen shall first select a competent and disinterested **umpire**; the appraisers together shall then estimate and appraise the loss or damage, stating separately the **sound** values and damage and, **failing to agree**, shall submit their differences to the umpire, and the **award** in writing of any two shall determine the amount of the loss or damage. The parties hereto shall pay the appraisers respectively selected by them, and shall bear equally the expense of the appraisal and of the umpire.

***évaluation** du montant : si l'Assuré et les Assureurs ne s'accordent pas sur le montant de la perte ou du dommage, chacun nommera un expert compétent et **impartial** et les deux ainsi choisis choisiront d'abord un **tiers arbitre** compétent et impartial ; ensemble les experts apprécieront la perte ou le dommage, déclarant séparément les valeurs à l'**état sain** et le dommage, et **faute d'accord**, ils soumettront leurs différends au tiers arbitre ; la **sentence arbitrale** de deux d'entre eux par écrit déterminera le montant de la perte ou du dommage. Les parties contractantes paieront les experts respectivement choisis par eux et supporteront de façon égale le coût de l'évaluation et les honoraires du tiers arbitre.*

008 ***assuré** : Le souscripteur ou toute autre personne désignée sous ce nom aux Conditions particulières.*

insured: the policyholder or any other person nominated under such name in the Schedule.

009 ***assureur** : La Société (ou en cas de coassurance, les Sociétés) auprès de laquelle (ou desquelles) est souscrit le contrat.*

insurer: The Company (or in the event of coinsurance, the Companies) with which the insurance policy is taken out.

010 **average**: when there is **application of average**, it is said that the insured is his own insurer for the difference between the sum insured and the **actual** value of the subject-matter insured.

*Lorsqu'il y a **application de la règle proportionnelle**, on dit que l'assuré est son propre assureur pour la différence entre la somme assurée et la valeur **réelle** de la chose assurée.*

011 **betterment**: the improvement in **property** insured under a contract of indemnity resulting from its **reinstatement** or repair.

***plus-value** : amélioration apportée au **bien** assuré par un contrat d'indemnité, à la suite de son **remplacement** ou de sa réparation.*

012 **burglary**: once a **house-breaking** by night, but the law was entirely changed by the Theft Act 1968, which eliminated the distinction between a night-time and a **daytime** offence. (UK)

cambriolage *:* autrefois un ***vol avec effraction*** commis la nuit, mais la loi a été entièrement changée par le «Theft Act» 1968 (loi sur le vol), qui a éliminé la distinction entre un délit nocturne et un délit ***diurne***.

013 **cancellation**: **termination** of a policy before it is due to expire. In most cases this will result in a **return premium** being paid by the insurer to the insured.

résiliation : cessation d'une police avant sa date normale d'expiration. Dans la plupart des cas cela entraîne une ***ristourne de prime*** par l'assureur à l'assuré.

014 **cancellation**: The Insurers may cancel this Policy at any time by sending fourteen days' **notice** by **registered post** to the Insured at the Insured's **last known address** and in such event the Insured shall become **entitled** to a return of premium in respect of the **unexpired** portion of the Period of Insurance.

résiliation *:* L'Assureur peut résilier la présente police à tout moment en envoyant un ***préavis*** de quatorze jours par ***courrier recommandé*** à l'Assuré à son ***dernier domicile connu*** et dans ce cas l'Assuré pourra ***prétendre*** à une ristourne de prime afférente à la portion de la Période d'assurance ***non courue*** (Période d'assurance postérieure à la résiliation).

015 *Lorsque la **résiliation prend effet** en cours de période d'assurance, la Société n'a pas droit à la portion de cotisation afférente à la période postérieure à la résiliation, et doit la rembourser si elle a été perçue d'avance.*

When the cancellation becomes effective during the period of insurance, the Company is not entitled to the portion of premium relating to the period subsequent to such cancellation, and must return such portion if it was paid in advance.

016 captive: Companies are forming «captive» insurance subsidiaries which are dedicated to insuring their own risks and allowing direct access to the reinsurance market.

***captive** : Les sociétés forment des filiales d'assurances «captives» **vouées** à assurer leurs propres risques et à leur permettre l'accès au marché de la réassurance.*

017 case reserve: a provision made by an insurer where it is considered that liability could or will arise on a notified loss. This may be a known amount or an estimated amount depending upon the facts available at the time.

***provision en cas de : provision** qu'un assureur fait lorsqu'il considère qu'un engagement pourrait exister ou existera dans un sinistre déclaré. Ce peut être un montant connu ou estimé selon les faits disponibles à ce moment là.*

018 claim file: a file set up by an insurer to contain all details and correspondence relating to a claim and the negotiation of its settlement.

***dossier de sinistre** : dossier **ouvert** par un assureur qui contient tous les détails et la correspondance **relatifs à** un sinistre ainsi que les négociations en vue de son règlement.*

019 claims expenses: expenses relating directly to the settlement of claims (loss adjuster's fees, court fees...).

***dépenses sinistres** : dépenses directement afférentes au règlement des sinistres (honoraires de l'expert sinistres, frais de justice...).*

020 claims handling expenses: expenses incurred in the settlement of claims which cannot be related to specific claims. These include such items as salaries and overhead expenditure incurred in relation to a claims department.

***dépenses traitement des sinistres** : dépenses engagées lors du règlement des sinistres qui ne sont pas directement afférentes à un sinistre en particulier, telles que salaires et frais généraux du **service des sinistres**.*

021 ***coassurance** : il y a coassurance lorsque les risques dont la garantie est prévue aux Conditions particulières sont assurés par plusieurs sociétés d'assurances, les Coassureurs, dont le nom **figure** aux Conditions particulières.*

co-insurance exists where the perils whose cover is provided for in the Schedule, are insured by several insurance companies, the Coinsurers, whose names are **shown** in the Schedule.

022 The contract of insurance only covers **contingencies**. Where there is a **clean** and unavoidable risk, there is no contingency and damage arising **therefrom** may not be covered.

*Le contrat d'assurance ne garantit que les **aléas**. Là où il existe un risque **manifeste** et inévitable, il n'y a pas d'aléa et il est impossible de garantir les dommages qui **en** résultent.*

023 **contribution**: the principle or policy clause governing the manner in which costs of claims arising on risks covered by two or more policies are **shared** between the insurers concerned.

***quote-part** : le principe ou la clause de contrat spécifiant la façon dont les coûts de sinistres afférents à des risques couverts par au moins deux polices sont **répartis** entre les assureurs concernés.*

024 ***déchéance** : la perte du droit à la garantie, pour le sinistre en cause.*

forfeiture: loss of entitlement to cover for the claim in question.

025 **declaration**: a **statement** by the insured giving full details of the risks required to be covered. This may be incorporated within the **proposal form** or made later. If made later, the policy will be issued subject to declaration and will be **endorsed** with the details of the declaration.

***déclaration** : **état** rédigé par l'assuré donnant tous les détails des risques pour lesquels il sollicite une couverture. Ce document peut être incorporé dans la **proposition** ou rédigé plus tard. Dans le deuxième cas, la police sera établie selon la déclaration et les détails de celle-ci feront **l'objet d'un avenant**.*

026 ***délaissement*** *: il y a délaissement, lorsque l'assuré* ***renonce, au profit des*** *assureurs, à la propriété de ce qui a* ***survécu au*** *sinistre, et exige le paiement de la valeur entière de la chose assurée, comme s'il y avait eu perte totale.*

abandonment: it is said there is abandonment when the insured **relinquish, to the benefit of** the insurers, the ownership of what has **survived** the loss or damage, and requires the payment of the full value of the subject matter insured, as would have been the case in the event of a total loss.

027 **deposit premium**: a premium paid on the **inception** of a contract of insurance which is subject to adjustment at a later date. A **deposit premium** may represent the minimum amount payable.

prime provisionnelle *: prime payée lors de la* ***prise d'effet*** *d'un contrat d'assurance et soumise à un réajustement ultérieur. Une* ***prime provisionnelle*** *peut représenter le minimum à payer.*

028 **depreciation**: is a measure of the **wearing out** or other loss of value of a fixed asset, whether arising from use, passing of time or obsolescence through technology or market changes.

dépréciation/moins-value *: mesure de l'****usure*** *ou autre perte de valeur d'un actif immobilisé, que cela provienne de l'utilisation, du temps qui passe ou de la désuétude due à la technologie ou aux changements dans le marché.*

029 **depreciation insurance**: insurance that is added to a fire insurance by endorsement and that covers the difference between the **actual cash value** and the replacement cost of the insured property.

assurance dépréciation *: assurance que l'on ajoute à une assurance incendie par avenant et qui couvre la différence entre la* ***valeur vénale réelle*** *et le coût de remplacement du bien assuré.*

030 **desktop mapping**: the process of **correlating** data from disparate sources using maps and geographical data to create a picture of the sales, operations or any other aspect of an insurance company.

mappage assisté par ordinateur *: procédé qui permet de* ***mettre en corrélation*** *des données de sources différentes en utilisant des cartes et autres données géographiques pour créer un tableau des ventes, des opérations ou tout autre aspect d'une société d'assurance.*

031 **disaster**: any unplanned **occurrence** which seriously affects an organisation's ability to trade.

catastrophe *: toute* ***survenance*** *non projetée qui affecte gravement la capacité qu'a une organisation à faire du commerce.*

032 **disclosure and representation**: on the part of the insured when taking out the insurance policy or later on to describe the **subject-matter** and the circumstances.

déclaration d'assurance *: de la part de l'assuré lors de la souscription ou ultérieurement, pour décrire l'****objet assuré*** *et les circontances.*

033 **endorsement**: **documentary evidence** of a change in the wording of or cover offered by an existing policy.

avenant *:* ***document apportant la preuve*** *d'un changement dans les termes d'une police existante ou dans la couverture offerte en vertu de cette police.*

034 **endorsement of premiums due**: on which are worked out the amounts the insured must pay to the insurer for the declaration of risks under the policy.

avenant de ressortie de prime *: sur lequel sont décomptées les sommes que l'assuré doit à l'assureur pour les applications d'aliments faites à la police.*

035 **ex-gratia payment**: a payment made by an insurer to a policyholder where there is no legal liability so to pay, or without proof of legal liability (except for life assurance).

versement d'une indemnité à titre gracieux *: paiement effectué par l'assureur en faveur du souscripteur alors qu'il n'existe aucune responsabilité légale d'agir ainsi, ou sans preuve de responsabilité légale (sauf pour l'assurance vie).*

036 ***expertise-sauvetage*** *: Si l'évaluation des dommages ou du sauvetage n'est pas* ***fixée de gré à gré****, une* ***expertise amiable contradictoire*** *est toujours obligatoire, sous réserve des droits respectifs des parties.*

appraisal-salvage: Failing an appraisal of the damage or salvage **mutually agreed upon**, an **amicable control survey** is always mandatory, subject to the respective rights of the parties thereto.

037 **for declaration only**: the issue of a policy with no charge being made or specific insurances stated. Subsequent declarations are then made and premiums assessed within the general framework of the policy.

pour déclaration seulement : *délivrance d'une police qui ne mentionne ni frais à percevoir ni couverture spécifique. Des déclarations ultérieures sont alors faites et les primes sont calculées dans le cadre général de la police.*

038 **fraudulent claim**: if the Assured shall make any claim for indemnity knowing the same to be false or fraudulent, as regards amount or otherwise, this Insurance shall become void and all claims hereunder shall be **forfeited**.

demande d'indemnité frauduleuse : *si l'Assuré fait une demande d'indemnité sachant que celle-ci est fausse ou frauduleuse, pour ce qui concerne le montant ou autre chose, cela entraînera la nullité de la présente police et la* **déchéance** *du droit aux indemnités au titre de cette assurance.*

039 **fronting insurance**: the acceptance of insurance or reinsurance business with the intention of passing it on largely or wholly to another insurer or reinsurer.

assurance prête-nom : *acceptation d'affaires d'assurance ou de réassurance avec l'intention de les passer en grande partie ou dans leur globalité à un autre assureur ou réassureur.*

040 **guarantee fund**: a solvency **yardstick**, defined as one-third of the required margin of solvency. If a company's net assets fall below the guarantee fund, it must submit a short-term **financial scheme** to the Department of Trade and Industry. (UK)

cote d'alerte : ***proportion référence*** *de la marge de solvabilité, égale au tiers de la marge de solvabilité imposée. Si les actifs nets d'une société tombent en-dessous du fonds de garantie, elle doit soumettre un* ***plan financier*** *à court terme au «Department of Trade and Industry» (Ministère du Commerce et de l'Industrie).*

041 **increase in the risk**: the period of time provided to declare any increase in the risk or any new risks, if any.

augmentation du risque : *délai de déclaration en cas d'aggravation du risque ou le cas échéant, en cas de risques nouveaux.*

042 **incurred but not reported claims or losses**: a term used for claims arising from accidents or events which have occurred but of which the insurer has not been advised. Commonly known as IBNR.

sinistres survenus mais non déclarés *: terme utilisé pour des demandes d'indemnités afférentes à des accidents ou des événements qui se sont produits mais dont l'assureur n'a pas été avisé.*

043 **indemnity principle**: it states that one may not collect for more than the actual loss should any insured-against event occur.

principe d'indemnisation *: il stipule qu'il est impossible de recevoir plus que la valeur réelle du dommage en cas de survenance de tout événement garanti.*

044 **index-linking**: We will automatically adjust the sum insured ***in line with*** changes in suitable indices of cost to help counter the effects of inflation.

indexation *: Nous ajusterons automatiquement la somme assurée en l'****alignant sur*** *les changements des indices de coûts appropriés pour aider à contrecarrer les effets de l'inflation.*

045 **instalment premium default**: Reference to the payment of premium includes payment by monthly **instalments**. If the Insured pays by this method the policy remains an annual contract and the date of payment and the amount of instalments are governed by the terms of the credit agreement. If an instalment is not received by the due date then subject to the Consumer Credit Act 1974 (if applicable) the credit agreement and the policy will be cancelled immediately. (UK)

défaut de paiement de prime fractionnée *: la prime peut être payée par* ***fractions*** *mensuelles. Si l'Assuré paie de cette manière, la police reste un contrat annuel et la date de paiement ainsi que le montant des versements mensuels sont régis par les modalités de la convention de crédit. Si un versement n'est pas reçu à la date d'échéance soumise alors à la «Consumer Credit Act», 1974 (Loi de crédit aux consommateurs) (si elle s'applique), la convention de crédit et la police seront immédiatement résiliées.*

046 **insurable interest**: it requires that the insured be exposed to a personal loss if the peril insured against should occur.

intérêt assurable *: il exige que l'assuré soit exposé à un danger personnel en cas de survenance du péril garanti.*

047 **insured**: the person whose property is insured or in whose favour the policy is issued.

l'assuré *: la personne dont les biens sont assurés ou en faveur de laquelle la police est établie.*

048 **lapse of a policy**: the cancellation of a policy at renewal date **as a result of** non-payment of the **renewal premium**.

déchéance d'une police *: la résiliation d'une police à la date de renouvellement* ***en conséquence du*** *non-paiement de la* ***prime de renouvellement****.*

049 **legal indemnity**: insures those buying property against defects in property documentation which cannot be sorted out legally.

garantie judiciaire *: assure ceux qui achètent des biens contre les vices de documents de propriété qui ne peuvent se régler en justice.*

050 **line**: the proportion of a risk accepted by an insurer. Also used to refer to the amount which an insurer has fixed as his maximum exposure for any one risk.

ligne/tranche/plein *: la proportion d'un risque acceptée par un assureur. Également utilisé pour faire référence au montant qu'un assureur a fixé comme son exposition maximum par risque.*

051 **long tail business**: a term used to describe insurance business (e.g. employer's or public liability) where it is known from experience that notification and settlement of claims will take many years.

affaires à liquidation lente *: terme utilisé pour décrire les affaires d'assurance (par exemple responsabilité employeurs ou responsabilité civile) pour lesquelles on sait par expérience que la déclaration et le règlement des sinistres demanderont beaucoup d'années.*

052 **loss adjuster**: an independent and highly trained claims expert, who acts as a consultant to insurers in assessing the true extent and value of any loss which has resulted in a claim being made against them. Although paid a fee by the insurer, a member of the Chartered Institute of Loss Adjusters is required to act with the claimant's legitimate interests in mind.

expert sinistres *: un expert sinistres indépendant et très qualifié, qui agit en tant que consultant auprès des assureurs en évaluant la véritable ampleur et valeur de tout sinistre qui a entraîné une demande* *d'indemnité à leur encontre. Bien qu'il reçoive des honoraires de l'assureur, un membre de l'Institut d'experts sinistres agréé doit agir en gardant à l'esprit les intérêts légitimes du demandeur.*

053 **loss assessor**: a person who, in return for a fee (usually a percentage of the amount claimed), acts for the claimant in negotiating the **quantum** of the claim.

expert sinistre *(pour l'assuré) : personne qui, en contrepartie d'honoraires (habituellement un pourcentage du montant réclamé) agit pour le réclamant dans la négociation du* **quantum** *de l'indemnité.*

054 **losses occurring**: the total of paid and outstanding claims (sometimes including IBNR) arising in a policy period.

sinistres survenus *: total des sinistres payés et en cours (comprenant parfois les sinistres survenus mais non déclarés) qui surviennent dans une période d'assurance.*

055 **loss reserve**: an amount set aside to provide for outstanding claims, both reported and not reported.

provision pour sinistres *: somme d'argent mise de côté pour faire face aux sinistres en cours, qu'ils soient déclarés ou non.*

056 **means test**: the demonstration of sufficient personal wealth to meet the Council of Lloyd's requirements for admission as an **underwriting member**.

test des moyens *: preuve d'une fortune personnelle suffisante pour répondre aux exigences du Conseil du Lloyd's afin d'être admis en tant que* **membre souscripteur**.

057 **open market**: used to refer to a risk that is individually placed in the market as opposed to one that is covered under a **binding authority**, **line slip** or treaty (Lloyd's).

marché général *: utilisé pour faire référence à un risque qui est placé individuellement sur le marché contrairement à un autre qui est couvert en vertu d'un* **mandat**, *d'un* **pouvoir de souscription** *à alimenter ou d'un traité.*

058 **open year**: where a two-year or longer basis of accounting is adopted, an open year is a year for which adjustments are still being made, no profit having been **ascertained**.

***exercice ouvert** : lorsque l'on adopte une base comptable de deux ans ou plus, un exercice ouvert est un exercice pour lequel les ajustements sont en cours, nul bénéfice n'ayant été **déterminé**.*

059 **outstanding losses or claims**: the total of losses or claims which have been advised but at a given time are still outstanding and as such are only estimated amounts.

***sinistres en cours** : le total des sinistres qui ont été déclarés mais qui, à un moment donné, sont toujours en cours et en tant que tels représentent seulement des montants estimés.*

060 **paid losses or claims**: the total of losses or claims which have been settled during a given period (i.e. before adjustment for outstandings).

***total des sinistres payés** : le total des pertes et sinistres qui ont été réglés au cours d'une période donnée (par exemple avant ajustement pour sinistres en cours).*

061 **pipeline premiums**: the amount due to the insurer in respect of risks written and incepted but not closed.

***primes «pipeline»** : le montant dû à l'assureur concernant les risques souscrits et commencés mais non courus.*

062 **policyholder**: the person in whose name the policy is issued.

***souscripteur** : la personne au nom de laquelle la police est établie.*

063 ***prime payée d'avance** : Dans les cas où la résiliation intervient au cours d'une période d'assurance, l'Assureur rembourse au Souscripteur la portion de prime **afférente à** la période pendant laquelle les risques ne sont plus garantis.*

premium paid in advance : In the event of cancellation occurring during a period of insurance, the Insurer shall return to the Insured the portion of premium **relating to** the period during which the perils/risks are no longer covered.

064 **proof of interest policy**: a policy under which the insurer agrees to pay the policyholder's claims whether or not the latter has a proved insurable interest.

***police preuve d'intérêt** : une police au titre de laquelle l'assureur accepte de payer les sinistres du souscripteur que ce dernier ait ou non un intérêt assurable prouvé.*

065 **proof of loss**: a **sworn statement** given by the insured to the insurer **setting out** the date and description of the occurrence **giving rise** to the claim and the amount of loss or damage incurred.

preuve de la perte ou du dommage* : *déclaration sous serment *donnée par l'assuré à l'assureur* ***spécifiant*** *la date et la description de la survenance qui a* ***donné lieu*** *à la demande d'indemnité ainsi que le montant de la perte ou du dommage subi.*

066 **proximate cause**: the immediate or effective cause of an event, not necessarily the one closest in time to the loss.

cause immédiate *: la cause immédiate ou effective d'un événement, mais pas nécessairement la plus proche du sinistre dans le temps.*

067 **reinstatement**: an **entitlement**, **in consideration of** the payment of an additional premium, to continue a policy for a further period of indemnity after a claim has occurred. The calculation of the additional premium will be **laid down** in the policy and may be limited to one or more reinstatements. Policies with reinstatement clauses are found in marine and property insurance business, particularly in connection with excess loss reinsurance.

reconstitution de la garantie *: un* ***droit, moyennant*** *le paiement d'une surprime, de continuer une police pour une autre période d'indemnisation après la survenance d'un sinistre. Le calcul de la surprime sera* ***spécifié*** *dans la police et peut être limité à une ou plusieurs reconstitutions de la garantie. On trouve des polices avec des clauses de reconstitution de la garantie dans les branches transport et dommages aux biens, en particulier en relation avec la réassurance en excédent de sinistres.*

068 **replacement value** shall mean the cost which, in the event of the total destruction of any property, would be incurred in rebuilding or replacing such destroyed property on the existing site in a condition equal to but not superior to or more extensive than its condition when new.

valeur de remplacement *signifie le coût qui, en cas de destruction totale de tout bien, serait exposé pour reconstruire ou remplacer ce bien détruit sur le site existant dans un état équivalent à celui qu'il avait à l'état neuf tant sur le plan de la valeur que de la taille.*

069 ***résiliation*** *: lorsque le Souscripteur, l'héritier, l'acquéreur, l'administrateur, le débiteur autorisé par le* ***juge commissaire*** *ou le liquidateur,* ***a la faculté*** *de résilier le contrat, il peut le faire selon les modalités* ***prévues*** *à l'article 17.*

cancellation: when ***it is optional with*** the Policyholder, the heir, the buyer, the trustee, the debtor authorized by the **receiver** or the liquidator to cancel this contract, he may do so subject to the terms ***provided for*** in Article 17. (When the Policyholder ... has leave to cancel this contract.)

070 **return premium**: a **premium refund** payable to the insured as a result of the cancellation or endorsement of a policy.

ristourne de prime* : *remboursement de prime *payable à l'assuré par suite de la résiliation d'une police ou d'un avenant à celle-ci.*

071 **risk assumption**: the plaintiff may not recover for an injury, since he knew about the danger.

conservation du risque (risque certain) *: le demandeur ne peut prétendre à une indemnité pour un préjudice subi, car il savait que le risque était inéluctable.*

072 **run/running off**: a term used to describe the settlement of a year of account (or part **thereof**) over a period of years. The settlement pattern provides a statistical basis for insurers to use when assessing the estimated liabilities on open years.

liquidation de sinistres *: terme utilisé pour décrire le règlement d'un exercice comptable (ou une partie* ***de celui-ci****) sur un certain nombre d'années. Le modèle de règlement fournit une base statistique utilisée par les assureurs pour évaluer les engagements estimés pour les années en cours d'ajustement.*

073 **salvage**: a recovery of all or part of the value of an insured item on which a claim has been paid. The insurer will normally dispose of the item and apply the **proceeds** to reduce the cost of the claim.

sauvetage *: recouvrement de tout ou partie de la valeur d'un article assuré qui a fait l'objet du paiement d'une indemnité. Normalement l'assureur vendra l'article et utilisera le* ***produit de la vente*** *pour réduire le coût du sinistre.*

074 **short tail business**: a term used to describe business where it is known that claims will usually be notified and settled quickly (ct, Lloyd's).

liquidations de courte durée *: terme utilisé pour décrire les affaires pour lesquelles on sait que les sinistres seront habituellement déclarés et réglés rapidement.*

075 **signing down**: the pro rata reduction of written lines applied where a slip has been more than 100% subscribed (Lloyd's).

réduction d'engagement: *réduction proportionnelle des pleins de souscription qui s'applique lorsqu'une fiche de souscription a été souscrite à plus de 100 %.*

076 **slip** (ins.): the document used by a broker to set out details of a risk. If an underwriter agrees to accept the risk or part of it, the slip is initialled and marked with the proportion of the risk written. The share may ultimately be signed down by the broker, although it cannot be increased without the insurer's agreement (ct, Lloyd's).

fiche de souscription/«slip» *: document utilisé par un courtier pour spécifier les détails d'un risque. Si un assureur consent à accepter le risque ou une partie de celui-ci, le «slip» est paraphé et porte la proportion du risque souscrit. La quote-part peut être finalement réduite par le courtier, bien qu'elle ne puisse être augmentée sans l'accord de l'assureur.*

077 **slip policy**: a slip that is treated as evidence of a contract of insurance **in lieu of** a policy.

fiche valant police *: fiche qui est considérée comme preuve d'un contrat d'assurance* ***au lieu et place d'****une police.*

078 **subrogation**: the right which one person has to stand in the place of another and **avail himself of** all the rights and remedies of that other. It is usual for the insurers to require the insured to sign «letters of subrogation» agreeing to **take proceedings**, if required, on behalf of the insurers but in the name of the insured.

subrogation *: le droit qu'a une personne de prendre la place d'une autre et de* ***se prévaloir de*** *tous les droits et indemnités de cette autre personne. Les assureurs exigent habituellement que les assurés signent des «lettres de subrogation» acceptant, le cas échéant, d'****introduire des poursuites en justice*** *pour le compte des assureurs mais au nom des assurés.*

079 **subrogation**: any claimant under this Policy shall at the request and at the expense of the Insurers do and **concur in** doing and permit to be done all such things as may be necessary or reasonably required by the Insurers for the purpose of **enforcing** any rights and remedies.

subrogation *: à la demande de l'Assureur et à ses frais, tout réclamant au titre de la présente police fera,* ***apportera son concours*** *ou donnera son accord pour que soit exécuté tout ce qui peut être fait ou raisonnablement exigé par l'Assureur dans le but de* ***faire valoir*** *tous droits et indemnités.*

080 **technical reserves**: provisions held to meet underwriting liabilities. The term covers unearned premium reserve, unexpired risk reserve, outstanding claims, claims expense reserve, funds and equalisation reserve.

***provisions techniques** : provisions détenues pour honorer les engagements de souscription. Le terme couvre la provision pour primes non acquises, provision pour risques non courus, sinistres en cours, provision pour les frais afférents aux sinistres, et les fonds de compensation.*

081 **tort**: a **wrongful act** resulting in liability for damages.

***délit civil** : un **acte dommageable** qui entraîne une responsabilité en dommages-intérêts.*

082 **unearned premium**: that proportion of a premium which relates to the portion of a risk which has not yet **expired**.

***prime non acquise** : la proportion d'une prime afférente à la portion d'un risque non **couru**.*

083 ***valeur économique** (remplace maintenant valeur **vénale**) : la valeur de remplacement à neuf d'un bien assuré, déduction faite du montant de la vétusté déterminée **à dire d'expert**.*

cash value: the value of replacement of an insured item, less an allowance for depreciation assessed **by a surveyor**.

084 **warranties**: every warranty to which the property insured or any item **thereof** is or may be made subject shall from the time the warranty **attaches** apply and continue to be in force during the whole **currency** of this Section and **non-compliance with** any such warranty whether it increases the risk or not shall be a **bar to** any claim in respect of such property or item provided that whenever this Section is renewed a claim in respect of Damage occurring during the renewal period shall not be barred by reason of a warranty not having been complied with at any time before the commencement of such period.

***obligations** : dès le **début des obligations** auxquelles les biens ou tout article **de ceux-ci** sont ou peuvent être soumis, celles-ci s'appliqueront et continueront à être en vigueur pendant toute la **durée** de la présente section ; l'**inobservation de** toutes **obligations**, qu'elle augmente le risque ou non, représentera une **déchéance** d'indemnité afférente à ces biens ou article à condition que, à chaque fois que la présente section est renouvelée, une demande d'indemnité concernant un dommage survenant pendant la période de renouvellement ne soit pas interdite en* *raison d'une obligation qui n'aurait pas été respectée avant le début de ladite période.*

085 **warranty**: a statement made by the insured as true. Also a very strict condition in a policy.

engagement *: déclaration faite par l'assuré comme véridique. Également une condition très stricte dans une police.*

086 **written line**: the maximum proportion of a risk which an insurer is prepared to accept and which is recorded on the slip. This may subsequently be signed down.

plein de souscription *: la proportion maximum d'un risque qu'un assureur est prêt à accepter et qui est consigné sur le «slip». Cette proportion peut être réduite par la suite.*

B. General: terms and clauses

087 One can insure almost anything with Lloyd's: fleets of ships and **aircraft**, communication satellites, supertankers, civil engineering projects, factories, oil rigs, livestock and nuclear power stations to name but a few of the thousand-and-one risks arising from our modern life.

*On peut presque tout assurer auprès du Lloyd's : flottes de navires et d'****avions****, satellites de communication, pétroliers géants, constructions de génie civil, usines, plates-formes de forage, bétail et centrales nucléaires, pour ne citer que quelques-uns des mille et un risques découlant de notre vie moderne.*

088 In several European countries insurers may not **write** both life assurance and general insurance (property and liability insurance).

Dans plusieurs pays européens, les sociétés d'assurances ne peuvent à la fois ***souscrire*** *des opérations d'assurance vie et des opérations d'assurances générales (assurances de dommages et assurances de responsabilité).*

089 A number of insurers have reduced their involvement in **classes** such as motor fleet and employers' liability, as a result of steep rises in claims costs.

Un certain nombre d'assureurs ont réduit leur engagement dans certaines ***branches*** *telles que les flottes de véhicules et la responsabilité des employeurs en raison des fortes augmentations des coûts des sinistres.*

090 The clauses of cover **shown** in the Certificate of Insurance **override** any clause of cover **set forth** in the Policy (General and Special Conditions) in the event of **inconsistency** between them.

Les clauses de garantie ***figurant*** *dans le Certificat d'Assurance* ***annulent*** *toute clause de garantie* ***spécifiée*** *dans la présente police (Conditions particulières et Conditions générales) en cas de* ***contradiction*** *entre elles.*

091 Besides the policy and the endorsements **thereon**, there exist «certificates of insurance» which prove that a merchandise has been insured by way of an open policy.

Indépendamment de la police et des avenants ***à celle-ci****, il existe des «certificats d'assurances» qui attestent qu'une marchandise a été assurée en application à une police d'abonnement.*

092 The Period of Insurance is from ... to ..., both days **inclusive** and for such further Period or Periods as may be mutually agreed upon.

La Période d'assurance court du ... au ..., ces deux jours ***compris****, et peut s'étendre à toute(s) autre(s) période(s) ultérieure(s) acceptée(s) d'un commun accord.*

093 **Failure to disclose material facts** will result in your policy being invalidated.

La ***non déclaration*** *de la* ***matérialité des faits*** *entraînera la nullité de votre police.*

094 It is warranted that the statements and particulars in the Proposal Form **referred to** in Item 5 of the Schedule and any supplementary information pertaining **thereto** provided by or on behalf of the Assured are the basis of this Policy and shall be **deemed** incorporated **herein**.

*Il est garanti que les déclarations et détails de la Proposition **visés** dans l'article 5 des Conditions particulières, ainsi que les informations supplémentaires s'y rapportant fournies par l'Assuré ou pour son compte, forment la base de la présente police et sont **réputés y** être incorporés.*

095 For the avoidance of doubt it is declared and agreed that this provision is without prejudice to any rights of the Underwriters to treat the said fact, circumstance or event as a **non-disclosure** or **misrepresentation** of a material fact entitling the Underwriters to elect to treat this Policy as void from its inception.

*Pour éviter tout doute, il est déclaré et convenu que la présente disposition est sans préjudice de tous droits des Assureurs à traiter lesdits fait, circonstance ou événement comme **dissimulation** ou **fausse déclaration** de la matérialité des faits, donnant aux Assureurs la faculté de traiter la présente police comme nulle depuis sa prise d'effet.*

096 The questions on this form, and any other questions which we specifically ask, relate to facts considered material to underwriting the insurance. If you answer fully and honestly you will be considered to have fulfilled your duty to disclose material facts. **Failure to do so** may **invalidate** your insurance. If in response to these questions you are in doubt whether a fact is material, you should disclose it.

*Les questions figurant sur ce formulaire et toutes les autres questions précises que nous vous posons ont trait à la souscription de l'assurance. Si vous répondez de façon complète et honnête, nous considérerons que vous avez rempli votre devoir de déclaration de la matérialité des faits. **A défaut par vous de ce faire**, votre police peut être **annulée**. Si, en réponse à ces questions, vous ne savez pas si un fait est essentiel, vous devriez le déclarer.*

097 A copy of the **completed Application Form** will be supplied **on request** but you should keep a record (including copies of letters) of all the information supplied to us for the purpose of entering into this contract.

*Une **copie du Formulaire** de Souscription **rempli** vous sera fournie **sur demande** mais vous devrez garder trace (y compris des copies des lettres) de toutes les informations que vous nous fournissez pour souscrire le présent contrat.*

098 I declare that **to the best of my knowledge** and belief, the statements made by me, or on my behalf, are true and complete.

*Je déclare qu'**à ma connaissance** les déclarations faites par moi, ou pour mon compte, sont exactes et complètes.*

099 ***Sauf indication contraire*** *aux* ***Conditions particulières****, le contrat est conclu pour une durée d'un an, et reconduit tacitement d'année en année. Il peut être résilié, dans les cas et formes indiqués à l'article 25.*

Unless otherwise stipulated in the **Schedule**, this policy is concluded for a one-year duration, and is renewable by tacit agreement from year to year. It may be cancelled subject to the cases mentioned in Article 25.

100 *La proposition n'engage, ni le* ***Proposant*** *ni l'Assureur. Seule la police ou la* ***note de couverture*** *constate leur* ***engagement réciproque****. Cependant, l'attention du Proposant est attirée sur l'importance des déclarations qui vont suivre. Ces déclarations doivent, en effet, permettre à l'Assureur d'****apprécier les risques*** *proposés. Si ces derniers sont acceptés, elles serviront de base au contrat et en* ***feront partie intégrante****.*

The proposal form is binding on neither the **Proposer** nor the Underwriters. Only does the policy or the **cover note** state their **reciprocal undertaking**. However, the attention of the Proposer is drawn to the importance of the disclosure and representation it will contain. Indeed, it will enable the Underwriters to **assess the risks** proposed. Should such risks be accepted, the proposal form and declaration shall be the basis of the contract and **be an integral part** thereof.

101 *La* ***date d'effet*** *ne peut en aucun cas être* ***antérieure à*** *l'accord du Proposant sur les conditions de tarification.*

In no case may the **effective date** be **prior to** the agreement of the Proposer to the rating conditions.

102 This insurance shall be governed by **Law and Customs**.

La présente assurance est régie par la ***loi et les usages****.*

103 This Policy and the Schedule annexed (which **forms an integral part** of this Policy) shall be read together as one contract and words and expressions to which specific meanings have been attached in any part of this Policy or of the Schedule shall bear such specific meanings wherever they may appear.

La présente police et les Conditions particulières annexées (qui ***font partie intégrante*** *de celle-ci) se liront comme un seul contrat et les mots et expressions auxquels ont été donné un sens spécifique conserveront ce sens spécifique partout où ils apparaîtront.*

104 *Si le contrat n'est pas conclu dans les 12 mois de la* ***date de remise*** *de l'offre, la garantie* ***tombe de plein droit****.*

Should the contract not be signed within twelve months as of the **delivery** *of the proposal, the cover shall* **cease to be afforded with full legal right.**

105 ***Non-paiement de la prime*** *: Le non-paiement d'une* ***fraction*** *de la prime entraîne l'exigibilité de la totalité de la prime annuelle restant due. Dans ce cas, la suspension de la garantie* ***produit ses effets*** *jusqu'à son complet paiement.*

Non-payment of the Premium: in the event of non-payment of an **instalment** of the premium the payment of the total amount of the annual premium still due is required. In such case, the suspension of cover **remains effective** until such payment is effected.

106 *La* ***garantie est acquise à compter*** *de la date d'effet indiquée aux Conditions particulières sauf si ces dernières prévoient que la prise d'effet est subordonnée au paiement de la première prime.* ***Ces mêmes*** *dispositions s'appliquent à tout avenant au contrat.*

This **policy cover operates as from** the effective date specified in the Schedule unless it is set forth therein that such effective date is subject to the payment of the first premium. **Such** provisions apply to any endorsement on the insurance contract.

107 The Assured shall give immediate written notice to the Underwriters of any loss and within sixty days after the loss unless such time is extended **in writing** by or on behalf of the Underwriters; the Assured shall **render** to the Underwriters a proof of loss, signed and **sworn to** by the Assured.

L'Assuré notifiera à l'Assureur immédiatement et par écrit tout sinistre, dans les soixante jours après le sinistre, à moins que ce délai ne soit prolongé ***par écrit*** *par l'Assureur ou pour son compte ; l'Assuré* ***remettra*** *à l'Assureur une déclaration du sinistre signée par lui-même et* ***attestée sous serment.***

108 The Assured, in case of loss or damage, shall as **a condition precedent to his right to be indemnified** in respect thereof give to the Underwriters such information and evidence as to the Property lost or damaged, and the circumstances of the loss or damage, as the Underwriters may reasonably require and as the Assured may give.

Pour être indemnisé *en cas de perte ou dommage, l'Assuré devra d'abord dans la limite de ses moyens, donner à l'Assureur les informations et* *toutes justifications concernant les biens perdus ou endommagés, ainsi que les circonstances de la perte ou du dommage que l'Assureur peut raisonnablement exiger.*

109 **Failing compliance with** these formalities, the Assured's rights under this Insurance contract shall be forfeited.

Toute inobservation de *ces formalités entraînera la déchéance des droits de l'Assuré au titre du présent contrat d'assurance (l'Assuré devra se conformer à ces formalités sous peine de perdre ses droits à l'indemnité au titre de la présente police).*

110 On the **happening** of any damage in consequence of which a claim is or may be made under this Policy, the Insured shall **forthwith** give notice thereof in writing to the Underwriters and shall with due diligence do and **concur in** doing and permit to be done all things which may be reasonably **practicable** to avoid or diminish the loss, and in the event of a claim being made under this Policy shall, as soon as is reasonably possible, at their own expense deliver to the Underwriters in writing a statement setting forth particulars of their claim, together with details of all other insurances covering the damage or any part of it or consequential loss of any kind resulting therefrom.

A la ***survenance*** *de tout dommage qui donne ou peut donner lieu à une demande d'indemnité au titre de la présente police, l'Assuré en avisera* ***sur-le-champ*** *l'Assureur par écrit, et avec une diligence raisonnable fera tout ce qui est raisonnablement* ***faisable*** *pour éviter ou diminuer le sinistre ; il* ***apportera son concours*** *ou acquiescera à l'exécution de telles mesures. Dans le cas d'une demande d'indemnité au titre de la présente police, il remettra, à ses frais, aux Assureurs, dès que ce sera raisonnablement possible, un état par écrit spécifiant les détails de sa demande, ainsi que les détails de toutes les autres assurances garantissant tout ou partie du risque ou les dommages immatériels consécutifs de toutes sortes en découlant.*

111 No claim under this Policy shall be payable unless the terms of this condition have been complied with and in the event of **non-compliance therewith** in any respect, any payment on account of the claim already made shall be repaid to the Underwriters forthwith.

Nulle demande d'indemnité ne sera payable au titre de la présente police à moins que les modalités de cette condition ne soient respectées ; en cas de ***non respect de celle-ci*** *de quelque façon que ce soit, tout paiement déjà effectué en vertu de cette demande d'indemnité sera sur-le-champ remboursé aux Assureurs.*

112 Burden of proving that the loss or damage does not fall within Exclusion 1 above set out out shall **be upon** the Insured.

*Il **appartient à** l'Assuré d'apporter la preuve que la perte ou le dommage ne fait pas partie de l'exclusion 1 spécifiée ci-dessus.*

113 ***Fournir à*** *l'Assureur, dans les trente jours, un **état** estimatif détaillé des biens endommagés ou détruits, accompagné de tous documents de nature à justifier de la réalité et de l'**importance** des dommages.*

Furnish to the Insurers, within thirty days following the occurrence, a detailed estimated **statement** of the damaged or destroyed property, together with all supporting evidence of the existence and **extent** of such damage.

114 *Transmettre à l'Assureur **dès réception**, tous avis, lettres, convocations, actes judiciaires ou extra-judiciaires, relatifs au sinistre et qui seraient adressés, remis ou **signifiés à** lui-même ou à ses préposés.*

Upon receipt, send to the Insurers, all notices, letters, summons, judicial proceedings or others relating to the claim which might be sent, delivered to or **served upon** himself or his servants.

115 *L'Assuré **s'interdit de** procéder à des réparations sans l'accord écrit de l'Assureur.*

The Insured **undertakes not to** have any repairs made without the written consent of the Insurers.

116 This Policy shall **terminate** with or without tender of any **unearned premium** upon receipt by the Underwriters of a written request by the Assured to terminate this Policy.

*La présente police sera **dénoncée** avec ou sans offre de toute **prime non acquise** dès la réception par les Assureurs d'une demande écrite de l'Assuré de dénoncer ladite police.*

117 General Conditions:

There shall be no liability under this Insurance in respect of any claim where the Assured is entitled to indemnity under any other Policy EXCEPT in respect of any **excess** beyond the amount which would have been covered under such other Policy had this Insurance not been **effected**.

Conditions générales :

Il n'y aura pas d'engagement au titre de la présente assurance concernant tout sinistre pour lequel l'Assuré peut prétendre à une indemnité en vertu *de toute autre police sauf pour ce qui concerne tout **excédent** au-delà de ce qui aurait été garanti au titre de cette autre assurance si la présente assurance n'avait pas été **souscrite**.*

118 But this shall not exclude subsequent Damage or **Consequential Loss** resulting from an **ensuing** cause which is not otherwise excluded.

*Mais ceci n'exclut pas les dommages ultérieurs ou les pertes **immatérielles** résultant d'une cause **indirecte** qui n'est pas par ailleurs exclue.*

119 *Cette garantie s'exerce **à concurrence des** montants et pour les risques prévus aux Conditions particulières, et sous réserve des exclusions **énoncées** ci-après à l'article 12.*

This cover operates **up to** the amounts and for the risks provided for in the Schedule, subject to the exclusions **set forth** hereunder in Article 12.

120 If the policy is subject to a warranty, any **breach** of that warranty shall be a **bar to** any claim. Any breach which occurred before the period of insurance during which the claim occurred will not be regarded as a bar to a claim occurring in that period of insurance.

*Si la police est soumise à un engagement, toute **violation** de cet engagement entraîne l'**interdiction de** toute demande d'indemnité. Toute violation survenue avant la période d'assurance au cours de laquelle le sinistre s'est produit ne sera pas considérée comme interdiction d'une demande d'indemnité survenant au cours de cette période d'assurance.*

121 Should the Insured not agree to reinstate the full sum assured, the insured sum shown in the Schedule shall be reduced by the amount of the loss and the policy shall be considered as a **first loss** in respect of any further loss or losses.

*Faute par l'Assuré d'accepter de reconstituer le montant de la garantie, le montant du sinistre sera déduit du montant de la garantie figurant aux Conditions particulières et l'assurance sera considérée comme une **police au premier risque** pour toute(s) perte(s) survenant ultérieurement.*

122 We will automatically reinstate the sum insured **upon notification** of a claim to us unless we give you written notice **to the contrary**. The most we will reinstate in any one period of insurance is the sum insured.

*Nous reconstituerons automatiquement la somme assurée **dès réception** d'une déclaration de sinistre sauf si nous vous avisons **du contraire** par écrit. Le plafond reconstitué par nos soins par période d'assurance est la somme assurée.*

123 Where there is a loss **recoverable** under this policy, the insurer, or each insurer if there is **more than one**, is liable for such proportion of the indemnity as the amount of his subscription **bears** to the value fixed by the policy in the case of a valued policy, or to the insurable value in the case of an unvalued policy.

*En cas de sinistre **indemnisable** au titre de la présente police, l'assureur, ou chaque assureur en cas de **pluralité** d'assureurs, répond de la proportion de l'indemnité qui représente le montant de sa souscription **par rapport à** la valeur fixée par la police en cas de police en valeur agréée, ou à la valeur assurable en cas de police à découvert.*

124 The **excess** applicable under this Section **is shown** in the Schedule **attached to** the policy.

*La **franchise** applicable au titre de la présente section **figure** dans les Conditions particulières **annexées à** la police.*

125 Underwriters' options:

– It shall **be optional with** the Underwriters to take all, or any part, of the property at the agreed or appraised value, and also to repair, rebuild or replace the property destroyed or damaged with other of **like kind** and quality within a reasonable time, on giving notice of their intention so to do within thirty days after the receipt of the proof of loss herein required.

Choix de l'Assureur :

*– L'Assureur **aura la faculté de** prendre tout ou partie des biens à la valeur convenue ou estimée, et également de réparer, reconstruire ou remplacer les biens détruits ou endommagés par d'autres biens de **nature et de qualité identiques** dans un laps de temps raisonnable, en notifiant son intention dans un délai de trente jours après réception de la preuve de sinistre exigée au titre de la présente police.*

126 **Other Insurance**: If the Assured or any other interested party **carries** other insurance covering such loss as is covered by this Insurance, he shall not recover from the Underwriters under this Insurance a larger proportion of any such loss than the amount applicable thereto, as hereby insured, bears to the total amount of such valid and **collectible** insurance.

Autre assurance** : Si l'Assuré ou toute autre partie intéressée **est porteur** d'une autre assurance couvrant le risque garanti par la présente assurance, il ne pourra recevoir de l'Assureur au titre de la présente assurance une proportion de tout sinistre supérieure au rapport qui* *existe entre le montant qui s'y applique, au titre de la présente assurance, et le montant total de cette autre assurance valide et* ***indemnisable*.*

127 This Policy is subject to the Condition of Average, that is to say, if the property covered by this Insurance shall at the time of any loss be of greater value than the sum insured hereby, the Assured shall only be entitled to recover **hereunder** such proportion of **the said** loss as the sum insured by this Policy bears to the total value of **the said** property.

La présente police est soumise à la règle proportionnelle, c'est-à-dire que si, au moment du sinistre, les biens assurés par ***ladite*** *police s'avèrent être d'une valeur supérieure à la somme couverte par la police, l'Assuré ne pourra prétendre,* ***au titre de la présente police****, qu'à une indemnité égale au rapport qui existe entre la somme assurée et la valeur totale* ***desdits*** *biens couverts.*

128 *Il n'est pas* ***dérogé pour autant*** *à la règle proportionnelle prévue à l'article 7 qui reste applicable en cas d'insuffisance du* ***capital*** *assuré sur le mobilier personnel.*

For all that there shall be no **derogation** from the Convention of Average provided for in Article 7 which shall still apply in the event of underinsurance of the **sum** insured on personal furniture.

129 It is **further** agreed that **service of process** in such suit may be made upon the person or persons specified for the purpose in the said Schedule and that in any suit instituted against any one of them upon this insurance the Underwriters will abide by the **final decision** of such Court or of any Appelate Court in the event of an appeal.

Il est ***de plus*** *convenu que la* ***signification de sommation de comparaître*** *dans le cadre d'une telle action en justice peut être présentée à la personne ou aux personnes spécifiées à cette fin dans lesdites Conditions particulières et que, dans le cadre de toute action en justice ainsi intentée à n'importe laquelle d'entre elles au titre de la présente Assurance, l'Assureur se conformera à la* ***décision définitive*** *de cette cour ou de toute cour d'appel dans le cas d'un appel.*

130 No action or proceeding at law or in equity for the recovery of any claim hereunder shall be sustainable in any court unless commenced and summons or process **served on** the Underwriters within twelve months next after occurrence of the loss upon which said action or proceeding is based.

Nulle action ou poursuite en justice ou en «équité» pour le recouvrement de toute demande d'indemnité au titre de la présente police ne pourra être soutenue, dans quelque tribunal que ce soit, à moins qu'elle ne soit entamée et que l'assignation ou la sommation de comparaître ne soit ***signifiée aux*** *Assureurs dans les douze mois qui suivent la réalisation du sinistre sur lequel est basée ladite action ou poursuite.*

131 *Toute action* ***dérivant du*** *présent contrat est prescrite par deux ans. Ce délai commence à courir du jour de l'événement qui donne naissance à cette action, dans les conditions déterminées par les articles L14.1 et L14.2 du Code des Assurances.*

The period of limitation for all and any legal action **arising from** this contract shall be of two years as from the occurrence giving rise to it subject to the conditions stated in Articles L14.1 and L14.2 of the «Code des Assurances».

132 *Aucune* ***déchéance motivée par*** *un manquement de la part de la personne assurée à ses obligations, commis postérieurement au sinistre, n'est* ***opposable*** *aux personnes lésées ou à leurs* ***ayants droit****.*

No **forfeiture grounded on** the failure of the Insured to fulfil his obligations, committed further to the claim shall be **invoked against** aggrieved/injured parties or their assigns/legal representatives. (The injured parties or their **legal representatives** shall not be held liable for any forfeiture arising from the failure of the Assured to fulfil his obligations after the loss.)

133 You will have to produce all books of accounts, bills, invoices and **vouchers** and any and all documents **pertaining to** the interest.

Vous devrez produire tous les livres de comptes, factures, ***pièces justificatives*** *et tous les autres documents* ***en rapport avec*** *le risque.*

134 We **attach** a signed **Direct Debiting** Instruction authorizing X to charge our account with instalments as they are due.

Nous ***joignons*** *une instruction signée de* ***prélèvement direct****, autorisant X à prélever les versements fractionnés sur notre compte à échéance.*

135 I instruct you to pay Direct Debit from my account **at the request of** X.

Je vous donne l'instruction de débiter mon compte par prélèvement direct ***à la demande de*** *X.*

136 I understand that if any Direct Debit is paid which **breaks** the terms of the instruction, you will make a refund.

Je comprends que vous me rembourserez tout prélèvement direct effectué ***en contradiction avec*** *les termes de mes instructions.*

137 I agree that the above information and any other information **relating to me** supplied orally or in writing at any time by me or by Third Parties (e.g. Credit Reference Agencies) may be passed to Lloyds Bank plc and any of its subsidiaries and held indefinitely by the Bank or any of its subsidiaries.

J'accepte que les informations ci-dessus ainsi que toutes autres ***me concernant*** *données oralement ou par écrit par moi-même ou par des tiers (par exemple des agences de référence de crédit) soient transmises à Lloyds Bank plc et à n'importe laquelle de ses filiales et soient détenues indéfiniment par la banque ou ses filiales.*

138 I understand that the amounts are variable and are to be debited on various dates, but that my account will not be debited with any amount other than X has given me **prior notice**.

Je comprends que les montants sont variables et doivent être débités à des dates différentes, mais que mon compte ne sera pas débité de tout autre montant que celui dont X m'aura avisé ***auparavant****.*

139 I understand that any payments made **contrary to** this Instruction will be refunded by the Bank.

Je comprends que tous paiements effectués ***en contradiction avec*** *la présente Instruction seront remboursés par la Banque.*

140 Prodded by Congress and the reality of the shift in market demand, Eximbank is focusing much of its expertise and resources on boosting exports from SMEs (mid-size enterprises [US]/small and medium-sized enterprises [UK]).

Aiguillonnée par le Congrès et la réalité du changement dans la demande du marché, l'Eximbank concentre beaucoup de son énergie et de ses ressources à promouvoir les exportations des PME.

141 *Comme dans tous les* ***régimes d'assurance****, la* ***contrepartie*** *de la garantie offerte par la Coface est le paiement d'une prime par l'assuré. Il s'y ajoute accessoirement des droits d'****ouverture de dossier*** *et, dans certains cas, des frais d'étude et de surveillance de la clientèle.*

The same as for any and all **insurance schemes**, the **consideration** for the cover granted by Coface is the payment of a premium by the insured. Fees are accessorily added to such premium to **set up** the file, and in some cases, to make enquiries about the clients.

142 *Les formalités* ***à accomplir*** *diffèrent énormément selon le type et la durée du crédit dont est assortie l'opération envisagée. (Coface)*

The formalities **to be fulfilled** vary widely according to the type and duration of the credit backing the operation considered.

143 *Les* ***demandes de garanties*** *sont obligatoirement formulées sur des imprimés que nous tenons à votre disposition. (Coface)*

Applications for cover must be entered on forms that we keep at your disposal.

144 *La compagnie doit être* ***saisie de*** *tout incident ou difficulté survenant à l'occasion de la réception de fournitures, de la signature comme de la remise d'instruments de paiement. (Coface)*

The company must be **informed of** any incident or difficulty arising on receipt of the supplies, when signing the document as well as when remitting the instruments of payment.

145 *Le tableau de la page suivante* ***fait ressortir*** *les différents délais à l'issue desquels les sinistres de crédit sont constitués. (Coface)*

The table on next page **shows** the different deadlines following which credit claims may be brought.

146 *Pour les contrats d'exportation libellés en une devise étrangère, le cours servant de base au calcul de l'indemnité est le plus faible des cours suivants: soit le cours en vigueur à la date de la conclusion du contrat garanti, soit le cours en vigueur à la date de l'échéance, pour les sinistres* ***imputables à*** *des faits politiques ou à la* ***carence du débiteur****. (Coface)*

For export contracts drawn up in a foreign currency, the rate used as the basis to calculate the indemnity is the lower of the following ones: either the rate in force when the contract covered is signed, or the rate in force at the time of expiry, for claims **attributable to** political events or **to failure to pay** on the part of the debtor.

147 *La prime* ***de base*** *et la prime prorata temporis «fabrication» sont payables à la signature de la police. (Coface)*

The **underlying** premium and the «manufacturing period» prorata temporis premium are payable at the time of signing the policy.

148 *La prime prorata temporis «crédit» est payable à crédit, par des versements semestriels égaux* ***échelonnés*** *de la date de la police jusqu'à une date limite antérieure de trois ans à la date de la dernière échéance du crédit. (Coface)*

The «credit» prorata temporis premium is payable by equal half yearly instalments **spread over** a period running from the inception date of the policy up to a time limit set three years before the date of the last due date of credit.

149 *Il y a deux périodes distinctes dans une police d'****Assurance-Prospection*** *: la «période de garantie» et la «période d'amortissement complémentaire». (Coface)*

There exist two distinct periods in a **Prospection-Insurance** policy; the period of «guarantee» and the «period of complementary amortization».

150 ***En échange du*** *droit aux indemnités ainsi transféré, la banque peut accorder à l'assuré une avance à des conditions privilégiées, ce qui lui permettra de préfinancer les opérations garanties. (Coface)*

In exchange for the right to indemnities thus assigned, the bank may grant the insured an advance on preferential terms, which will enable him to pre-finance the covered operations.

151 *L'assuré s'acquittera d'une provision au* ***moment de la signature*** *du contrat et la prime sera réajustée en fin d'année* ***en fonction de*** *son chiffre d'affaires.*

The insured will pay a deposit at **the time of signing** the contract and the premium will be adjusted at the end of the year **in proportion to** his turnover.

C. All risks

152 *La formule A limite la garantie «tous risques dommages matériels» (incendie, accidents* ***caractérisés****, catastrophes naturelles). La formule C (garantie générale) s'apparente à une garantie «tous risques dommages matériels». Elle inclut les avaries non caractérisées.*

Formula A limits material damage «all risks» cover (fire, clear accidents, natural disasters). Formula C (general cover) can be compared to an «all risks material damage» cover. It includes unclear loss or damage.

153 *Vous pourrez souscrire une assurance bris de glace* ***moyennant*** *surprime.*

It will be possible for you to take out a plateglass breakage insurance in consideration of an additional premium.

154 Accidental loss or damage to all fixed internal and external glass and fixed sanitaryware.

Perte ou dommage accidentel causé à toute partie en verre intérieure et extérieure fixée ainsi qu'à toutes ***installations sanitaires*** *fixées.*

155 in-storage business property: we do not cover personal property an insured person uses for a business, trade or job, while it is held in storage, for sale, as a sample, or awaiting delivery after a sale.

biens à usage professionnel entreposés *: nous ne couvrons pas les biens personnels qu'un assuré utilise pour son activité, son commerce ou son travail, alors qu'ils sont entreposés en attendant d'être vendus, en tant qu'échantillon ou en attendant d'être livrés après leur vente.*

156 ***Biens assurés*** *(Bris de machines et tous risques informatiques) : Les machines, matériels ou installations, en* ***état normal*** *d'entretien et de fonctionnement, figurant à l'inventaire prévu aux Conditions particulières.*

Insured Property (Boiler and Machinery Insurance and all risks computer equipment): the machines, material or fittings and fixtures in a fair condition of maintenance and order, listed in the inventory provided for in the Schedule.

157 ***Échéance principale*** *: La date prévue, sous cette* ***rubrique****, aux Conditions particulières, à laquelle notamment, le Souscripteur doit payer la prime.*

Main due date: the date provided for under this **head ing** in the Schedule, on which notably the Policyholder must pay the premium.

158 ***Établissement*** *: Sera considéré comme un seul établissement, un risque ou un ensemble de risques appartenant au même propriétaire, concourant à la même exploitation et réunis dans un même* ***enclos*** *ou groupés dans des conditions telles qu'aucun des bâtiments composant l'établissement ne soit séparé du bâtiment le plus voisin par une distance supérieure à 200 mètres.*

Establishment: Shall be considered as one establishment one or more risks belonging to the same owner, used for the same business and located within one **enclosure** or grouped in such a way that the distance between one building that is part of the Establishment and the nearest one shall not exceed 200 metres.

159 ***Indice*** *: La valeur en francs de l'Indice Risque Industriel publié par l'Assemblée Plénière des Sociétés d'Assurances contre l'Incendie et les Risques Divers dénommé «indice R.I» dans le texte.*

Index: the value in French francs of the «Indice Risque Industriel» (Index of Industrial Risk) published by APSA (Fire Committees) and referred to as the «Indice RI» in the document.

160 ***Sinistre*** *: Toutes les conséquences* ***dommageables*** *d'un même événement susceptible d'entraîner la garantie de l'Assureur.*

Constituent un seul et même sinistre, toutes les réclamations résultant d'un même événement.

Loss: all the **damageable** consequences of one sole event likely to trigger the cover of the Underwriters. All claims arising from one sole event shall be considered as only one loss.

161 ***Souscripteur*** *: La* ***personne physique*** *ou* ***morale*** *désignée sous ce nom aux Conditions particulières qui demande l'établissement du contrat, le signe et s'engage à en payer les primes, ainsi que toute personne qui lui serait substituée légalement ou par accord des parties.*

Policyholder: the **natural person** or **corporate body** designated under such name in the Schedule, that applies for the issuance of the contract, signs it and undertakes to pay the premium relating thereto, as well as any person substituted for him or it either legally or by mutual agreement.

162 ***Transfert des biens assurés*** *: En cas de transfert total ou partiel des biens assurés dans un autre lieu que celui indiqué aux Conditions particulières, en France ou Principauté de Monaco, les garanties* ***sont maintenues*** *sous réserve des dispositions et déclarations prévues aux articles 4 et suivants.*

Removal of insured Property: in the event of partial or total removal of insured property to a place other than the one set out in the Schedule, in France or the Principality of Monaco, the covers shall **continue to operate** subject to provisions, disclosures and representations provided for in Article 1V and the subsequent ones.

163 ***Déclaration des autres assurances*** *: Si un ou plusieurs assurés par le présent contrat sont ou viennent à être couverts par une autre assurance, l'Assuré doit en faire immédiatement la déclaration à l'Assureur et lui indiquer, lors de cette communication, le nom de l'Assureur avec lequel une autre assurance a été contractée, ainsi que la somme assurée.*

Other insurance: if one or several insured covered by this contract carry or will carry another insurance, the Insured must immediately notify the Underwriters, specifying the names of the Underwriters with whom such insurance has been taken out and the amount insured.

164 ***Sanctions en cas d'inobservation des obligations de déclaration*** *:* ***A la souscription*** *ou en cours de contrat.*

Toute ***réticence****, fausse déclaration, omission ou inexactitude dans la déclaration des circonstances visées aux §§ 4.1 et 4.2 peut être sanctionnée, même si elle a été sans influence sur le sinistre par :*

– la nullité du contrat en cas de ***mauvaise foi*** *du Souscripteur ou de l'Assuré,*

– la réduction de l'indemnité de sinistre si la mauvaise foi du Souscripteur ou de l'Assuré n'est pas établie, en proportion des primes payées par rapport aux primes qui auraient été dues si le risque avait été exactement et complètement déclaré.

Sanctions in the event of non-compliance with the obligation of disclosure and representation: **On taking out** the insurance or during the currency of the contract.

Any **non-disclosure**, misrepresentation, omission or inaccuracy in the representation of circumstances referred to in §§ 4.1 and 4.2 may give rise to the follow-ing penalties even if it has had no influence on the claim:

– avoidance of the contract in the event of **bad faith** on the part of the Policyholder or the Insured,

– reduction of the amount of indemnity, if the bad faith of the Policyholder or of the Insured cannot be proven, in the proportion the premiums paid bear to the premiums that would have been due if the risk had been accurately and completely represented.

165 *En cas d'événement* ***susceptible d'****entraîner la garantie du contrat, l'Assuré, ou à défaut le Souscripteur, doit :*

– User de tous les moyens en son pouvoir pour en faire cesser les effets ou en limiter l'importance, ***sauver*** *les biens assurés et veiller à leur conservation.*

– ***Fournir à*** *l'Assureur, dans les 30 jours, un état estimatif détaillé des biens endommagés ou détruits, accompagné de tous les documents de nature à justifier de la réalité et de l'importance des dommages.*

– En cas d'assurances mutiples, déclarer le sinistre à l'Assureur de son choix.

In the event of a circumstance **likely to** give rise to a claim under this Contract, the Assured, or otherwise the Policyholder must:

– Use his best efforts to stop or mitigate the damage, **save and preserve** the insured property.

– **Furnish to** the Insurers, within thirty days, a detailed estimate statement of damaged or destroyed property, together with all supporting evidence of the existence and extent of damage.

– In the event of more than one insurance, make the claim to the Insurer of his choice.

166 ***Règlement des dommages*** *: Si dans les trois mois à compter de la* ***remise*** *de l'état des pertes définitif l'expertise n'est pas terminée, l'Assuré a le droit de* ***faire courir*** *les intérêts par sommation ; si elle n'est pas terminée dans les six mois, chacune des parties peut* ***procéder judiciairement****.*

Settling claims: Should the survey not be completed within three months as from the **rendering** of the final statement of losses, the Insured shall be entitled to have the interests **accrue** through injunction; should such survey not be completed within six months, each of the parties may **institute proceedings**.

167 ***Formation et prise d'effet du contrat*** *: Le contrat d'assurance est formé dès l'accord des parties. La police, signée par elles, constate leurs engagements réciproques.*

La garantie est acquise à compter de la date d'effet indiquée aux Conditions Particulières sauf si elles prévoient que la prise d'effet est subordonnée au paiement de la première prime. ***Ces mêmes*** *dispositions s'appliquent à tout avenant au contrat.*

Formation and attachment of the contract of insurance: The contract of insurance is formed upon agreement of the parties thereto. The policy, signed by them, states their reciprocal undertakings. The cover operates as from the date set forth in the Schedule, unless it is specified therein that the inception is subject to the payment of the first premium. **Such** provisions apply to any endorsement on the contract.

168 ***Durée du contrat*** *: Lorsque le contrat contient une clause de tacite reconduction, il est, à son expiration, reconduit automatiquement d'année en année, sauf dénonciation par l'une ou l'autre des parties, trois mois au moins avant l'échéance annuelle de la prime dans les formes prévues à l'article 19 ci-après.*

Duration/term of the contract: When the contract contains a clause of tacit renewal, it is, on its expiry, automatically renewed from year to year, unless it is cancelled by one of the parties thereto, at least three months before the annual due date of the premium in the manner provided for in Article 19 hereunder.

169 *Les* ***Coassureurs****, désignés globalement par le terme «Assureur» aux articles précédents, agissent* ***sans solidarité entre eux*** *et chacun, à concurrence d'un pourcentage de participation indiqué aux Conditions particulières. Toutefois, la Société, désignée par le Souscripteur comme* ***Société apéritrice****, a* ***mandat*** *des autres coassureurs de gérer le présent contrat en leur nom, d'encaisser les primes et d'en donner quittance, de recevoir tous avis de sinistre, de poursuivre tout procès, d'exercer tous recours, sans qu'elle puisse encourir une responsabilité quelconque vis-à-vis d'eux, du fait de ce mandat.*

The **co-insurers**, globally designated by the word «Insurers» in the above articles, act **without any responsibility to each other**, and each according to their share set out in the Schedule. However, the Company, designated by the Policyholder as the **Leading Company**, is given **power of attorney** by the others to handle this insurance contract in their name, to collect the premiums and to acknowledge their receipt, to receive any notice of loss, to instigate any proceedings, to make any recourse, without it being liable in any way whatsoever to them, by such power of attorney.

170 ***En matière de*** *sinistre, le montant de l'indemnité due par chaque coassureur est centralisé par la Société apéritrice, aux fins de versement à l'Assuré et aux tiers.*

In respect of claim, the amount of indemnity due by each coinsurer is centralised by the Leading Company for the purpose of remitting it to the Insured or to third parties.

171 Settling claims: The Company will pay the full cost of repair or reinstatement of the damaged part of the Buildings provided that the work is done without delay, or at its option the Company will arrange for the work to be carried out. However, the Company will take off an amount for wear and tear if the Buildings are in a poor state of repair or decoration.

***Règlement des sinistres** : La Société paiera le coût total des réparations ou de la remise en état de la partie endommagée des Bâtiments, à condition que les travaux soient effectués sans délai ou selon son choix, la Société prendra les mesures pour faire exécuter les travaux. Cependant, la Société déduira un certain montant pour la vétusté, si les Bâtiments sont dans un état **médiocre** d'entretien ou de décoration.*

172 The Underwriters shall not be liable for any loss of the property insured either by its disappearance or by shortage if such disappearance or shortage is only revealed when an inventory is made or loss of the property insured is due to its being stolen or otherwise missing unless such loss is identifiable by the Insured with a specific occurrence which has been the subject of notification under the terms of General Condition 1 including reporting the matter to the Police.

*L'Assureur **ne répondra pas de** toute perte des biens assurés soit par leur disparition ou par leur manque si cette disparition ou ce manque n'est révélé que lors d'un inventaire ou si la perte des biens assurés est due au fait qu'ils ont été volés ou **manquent** pour toute autre raison, à moins que cette perte soit identifiable par l'Assuré comme étant liée à une survenance qui a fait l'objet d'une notification au titre des **modalités** de la Condition générale 1, y compris d'une déclaration à la police.*

173 You are also insured for property temporarily removed from your premises for an amount not exceeding:

– 15% of the Office Contents sum insured for office machinery and equipment.

– 15% of the Office Contents sum insured or £1000, whichever is the less, for plans, designs, deeds, briefs, manuscripts, business books, office and computer systems records.

Vous êtes également assuré pour les biens temporairement retirés de vos locaux pour un montant n'excédant pas :

*– 15% **du capital assuré «contenu de bureau»** pour les machines et équipement de bureau.*

*– 15% **du capital assuré «contenu de bureau»** ou £1 000, selon celui qui est le moindre, pour les plans, dessins, modèles, actes, dossiers (de procédure), manuscrits, registres commerciaux et enregistrements de systèmes informatiques et autres.*

174 **Automatic reinstatement of the sum insured**: The Company will automatically reinstate the sum insured **upon** notification of a claim to it unless it gives you written notice to the contrary.

Provided that:

– you pay the appropriate additional premium

– you take immediate steps to carry out any amendments in the protection of the Buildings as it may require.

The most it will reinstate in any one period of insurance is the sum insured.

Reconstitution automatique de la somme assurée : La Société reconstituera automatiquement la somme assurée **dès** qu'elle recevra notification d'un sinistre à moins qu'elle ne vous adresse un avis contraire.

A condition que :

– vous payiez la surprime appropriée

– vous preniez immédiatement les moyens d'apporter toutes les modifications dans la protection des Bâtiments conformément aux souhaits de la Société.

Le maximum de la somme reconstituée par période d'assurance est la somme assurée.

175 **Selling your Buildings**: If you are selling your Buildings we will insure the buyer up to the date the contract is completed unless he has arranged his own insurance. The buyer must **keep to** the terms and conditions of this policy.

***Vente de vos Bâtiments** : Si vous vendez vos Bâtiments nous assurerons l'acheteur jusqu'au moment où le contrat expirera à moins qu'il ne prévoit sa propre assurance. L'acheteur devra **respecter** les clauses de la présente police.*

176 **General Exclusions**

Damage or consequential loss caused by normal settlement or bedding down of structures within two years of their **completion** or during the contract maintenance period, whichever is the longer.

Exclusions générales

*Dommages ou pertes indirectes dus au tassement normal des structures dans les deux ans qui suivent leur **achèvement** ou pendant la période de maintenance contractuelle, selon la durée qui est la plus longue.*

D. Fire

177 *Assurance **pour le compte de qui il appartiendra**. L'Assuré peut garantir, pour le compte de qui il appartiendra, les bâtiments, le **mobilier**, le **matériel**, les marchandises et les véhicules dont il est le détenteur ou le dépositaire. Cette assurance joue d'abord comme une assurance de responsabilité et, à défaut, comme une assurance de choses.*

Insurance **for account of whom it may concern**. The Assured may cover for account of whom it may concern the buildings, **fixtures and fittings**, the **equipment**, the goods and the vehicles he owns or holds in trust. This insurance shall first operate as a liability insurance, and if not, as a property insurance.

178 *Cette garantie s'étend en outre aux **dommages de mouille** causés par la pluie, la neige ou la grêle, à condition que les dommages de mouille **aient pris naissance** dans les 48 heures qui suivent le moment de la destruction partielle ou totale du bâtiment assuré.*

Furthermore, this cover extends to deterioration through **wetting** caused by rain, snow or hail, provided that such deterioration through wetting **has occurred** within 48 hours following the time of the partial or total destruction of the insured Building.

179 *L'Assureur garantit les dommages matériels directs autres que ceux d'incendie ou d'explosion causés par le choc ou la chute sur les biens assurés de tout ou partie d'appareils de navigation aérienne et d'**engins spatiaux** ou d'objets tombant **de ceux-ci**.*

The Underwriters cover the direct physical damage other than Fire or Explosion caused by the impact or the falling on the insured property of all or part of aircraft or other **aerial devices** or objects falling **therefrom**.

180 *La garantie ne s'étend pas aux dommages résultant des* ***fuites*** *accidentelles et du gel des* ***installations d'extincteurs automatiques à eau****.*

The cover does not extend to damage arising from accidental leakage of automatic sprinkling systems or from their being frozen.

181 *Toutefois, les conséquences du gel ne sont couvertes que lorsque, bien qu'ayant une intensité normale, il survient de façon* ***concomitante à*** *un événement soudain et imprévu qui* ***le rend dommageable****.*

However, the consequences of frost are only covered when, though being no heavier than normal, it occurs concurrently with a sudden and unforeseen event which renders it damageable.

182 *L'Assuré* ***s'oblige à*** *:*

– maintenir les installations d'eau et les toitures dont il a la charge en bon état d'entretien,

– placer les marchandises sur des ***surfaces d'appui*** *situées à 10 cm au moins au-dessus de la surface du sol, du plancher ou du carrelage, sauf convention contraire aux Conditions particulières.*

The Assured binds himself to:

– maintain in good repair the water installations and the roofs he is responsible for,

– put the goods on a stand base situated at least 10 cm above the level of the ground, the floor or the pavement, unless otherwise agreed in the Schedule.

183 *En cas de sinistre, l'Assuré supportera la part des dommages* ***imputables au*** *non respect de ces instructions.*

In the event of loss, the Insured shall bear the part of damage resulting from non-compliance with such instructions.

184 *L'Assuré s'engage, en cas de sinistre, à en faire la déclaration auprès des autorités compétentes, dans un délai de 48 heures suivant le moment où il en* ***a connaissance****.*

In the event of loss, the Insured undertakes to notify the competent authorities within 48 hours following the time when he is aware of it (when he has privity of it/he is privy to it).

185 *L'Assuré conservera à sa charge, **par sinistre** et par établissement, les franchises indiquées ci-après.*

The Insured shall be his own Insurer for the excesses set out hereunder for any one Loss and any one Establishment.

186 ***Garantie facultative** - L'Assureur peut en outre, moyennant primes distinctes et stipulation expresse aux Conditions particulières, garantir les dommages autres que ceux d'incendie résultant, notamment, des accidents d'ordre électrique affectant les **appareils** électriques, **électroniques**, leurs **accessoires** et composants.*

Optional Cover - Furthermore, provided it is expressly specified in the Schedule, the Underwriters may, in consideration of an additional premium, cover damage other than Fire, resulting, notably, from electrical accidents to electric, **electronic apparatus**, their **accessories** and components.

187 *Peuvent être assurés :*

*– les bâtiments appartenant à l'Assuré, à l'exclusion du terrain, ainsi que tous leurs **aménagements et installations** qui ne peuvent être détachés sans être détériorés ou sans détériorer la construction.*

May be covered:

– The buildings owned by the Assured, exclusive of the land, together with their **fixtures and fittings** which may not be removed without deterioration to themselves or to the structure.

188 *Sont **assimilés à** ces biens et doivent être compris dans leur évaluation, les aménagements immobiliers ou mobiliers tels que les installations privatives de chauffage ou de climatisation ainsi que tout **revêtement de sol, de mur et de plafond**.*

Are **assimilated to** such property and must be taken into account in its assessment, the fixtures and fittings, such as private heating or air-conditioning installations as well as **floor, wall and ceiling coverings**.

189 *Ces objets sont garantis sans aucune exception ni réserve et sans que l'Assureur **puisse**, en cas de sinistre, **se prévaloir d**'une non dénomination.*

These items are covered without any exception or reservation, and without the Underwriters being **entitled to decline** indemnity on the ground of non-denomination, in the event of claim.

190 ***Perte des loyers*** *: c'est-à-dire le montant des loyers des locataires dont l'Assuré peut, comme propriétaire, se trouver légalement* ***privé****.*

Loss of rents: that is, the amount of rents from the tenants, that the Assured, in his capacity of landlord, may be legally **deprived of**.

191 *Les frais de démolition et de* ***déblais*** *ainsi que les frais exposés à la suite des* ***mesures conservatoires*** *imposées par décision administrative ou judiciaire.*

The expenses of demolition and **removal of debris** as well as the expenses incurred as a consequence of **steps taken to avoid or mitigate the risk** imposed by administrative or judicial decision.

192 *Les garanties de responsabilités visées aux 3.2 et 3.3 peuvent être étendues, moyennant mention et perception d'une prime distincte, aux dommages immatériels – c'est-à-dire à tous dommages autres que matériels et corporels – qui sont la conséquence directe et* ***immédiate*** *des dommages matériels assurés.*

The liability covers referred to in 3.2 and 3.2 may be extended, in consideration of a specified additional premium, to consequential loss – that is any and all damage other than property damage and bodily injuries – which are the **proximate** and direct consequence of the property damage insured.

193 *Risques exclus :*

– Les dommages, autres que ceux d'incendie, causés par ***l'onde de choc*** *accompagnant le passage d'un* ***appareil de navigation aérienne*** *en vol supersonique.*

– Le vol des biens assurés survenu pendant un incendie, la preuve du vol ***étant à la charge de*** *l'Assuré.*

Exclusions:

– The damage, other than Fire, caused by the **pressure wave** of an **aircraft travelling** at supersonic speed.

– the theft of insured property during a fire; the proof of such theft **rests with** the Insured.

194 *En cas de reconstruction sur les lieux loués, entreprise dans le délai d'un an à partir de la* ***clôture*** *de l'expertise, l'indemnité est versée* ***au fur et à mesure de*** *l'exécution des travaux.*

Indemnity shall be paid **as the work proceeds**, in the event of a reconstruction on the site rented, under-taken within one year as from the time the survey report is **completed**.

195 *La somme à assurer doit comprendre toutes les **taxes ou fractions de taxes** dont le paiement **incombe à** l'Assuré, s'il n'a pas la possibilité de les récupérer en totalité ou en partie.*

The sum to be insured must be inclusive of all **taxes or portions thereof** which shall be **chargeable to** the Insured, if such Insured is not entitled to recover all or part thereof.

196 *Les **excédents d'assurances** qui pourraient être constatés au jour du sinistre sur un ou plusieurs articles soumis à la règle proportionnelle, seront **reportés sur** l'ensemble des autres articles, soumis à la règle proportionnelle, **insuffisamment assurés** dont le taux de prime appliqué est égal ou inférieur ; ils seront répartis au prorata des insuffisances constatées.*

The **overinsurances** which might be noticed at the time of the Loss on one or several items subject to the Convention of Average, shall be **transferred on to** all items, subject to the Convention of Average, which are **under-insured** with a similar or lower rate of premium; such overinsurances will be split up in proportion to the under-insurances noticed.

197 *L'Assureur **renonce**, par ailleurs, à **exercer tout recours** contre le **bénéficiaire** de ces moyens de secours si les matériels mis en œuvre ont été endommagés **à l'occasion de la lutte contre l'incendie**.*

Furthermore, the Underwriters shall **waive their rights of recovery** against the **beneficiary** of such means of salvage if the equipment used has been damaged **when fighting the Fire**.

198 *L'Assureur a seul le droit, dans la limite de sa garantie, de **transiger avec** les **personnes lésées**.*

Only shall the Underwriters, to the extent of the cover they grant, be entitled to **come to an understanding with** the **injured parties**.

199 *Si, après un incendie ou une explosion causé par des **opérations de travail par point chaud**, il est établi par l'Assureur que l'Assuré ou ses **préposés** n'ont pas **fait signer l'autorisation écrite**, type «permis de feu», l'Assuré supportera une part des dommages égale à 10 % du montant de l'indemnité à laquelle auront donné lieu ces dommages, ce découvert ne pouvant, en tout état de cause, dépasser un montant de 100 000 F par sinistre.*

If, after a Fire or an Explosion caused by **welding and flame cutting work**, it is established by the Underwriters that the Assured or their agents have not caused the written authorisation «welding and cutting permit» to be duly signed, the Assured shall bear a part of the damage equal to 10% of the amount of indemnity awarded on the ground of such damage; such excess may not, in any case, exceed an amount of FF 100,000 for any one Loss.

200 The Underwriters shall not be liable for a greater proportion of any loss than the amount hereby insured shall bear to the amount of the whole insurance covering the property against the peril involved, whether collectible or not.

L'Assureur ne répondra pas d'une proportion de tout sinistre supérieure au ***rapport*** *qui existe entre le montant assuré au titre de la présente assurance et le montant total de l'assurance couvrant les biens contre le péril impliqué, qu'il soit* ***recouvrable*** *ou non.*

201 Definitions:

Profits – the annual Net Profit of the Business added to the Insured Standing Charges.

Net Profit – the net trading profit (exclusive of all capital receipts and accretions and all outlay properly chargeable to capital) resulting from the Business of the Assured at the Premises after due provision has been made for all Standing and other Charges including Depreciation but before the deduction of any taxation chargeable on profits.

Insured Standing Charges – As specified in the

Schedule.

Indemnity Period – The Period beginning with the occurrence of the damage and ending not later than the last day of the period as specified in the Schedule under the title of «Indemnity Period» during which the results of the Business shall be affected in consequence of the damage.

Fire – The term 'Fire' as used herein means such risks of Fire, Lightning and Explosion as are covered under the Assured's Material Damage Fire Policies, and Boiler and Economiser Explosion occurring within the Premises.

Définitions :

Bénéfices *– le bénéfice net annuel de l'Exploitation auquel s'ajoutent les* ***Frais Généraux*** *assurés.*

Bénéfice net *– le bénéfice net de l'exercice (à l'exclusion de toutes recettes,* ***augmentations*** *de capitaux et tous* ***débours*** *normalement imputables aux capitaux) provenant de l'Activité de l'Assuré dans les locaux, après qu'une due provision ait été faite pour les Frais Généraux et autres frais y* *compris la dépréciation mais avant la déduction de toute* ***taxe imputable*** *aux bénéfices.*

Frais Généraux assurés *– tels qu'ils sont spécifiés dans les Conditions particulières.*

Période d'indemnisation *– La période qui commence avec la survenance du dommage et se termine au plus tard à la date du dernier jour de la période, telle qu'elle est fixée dans les Conditions particulières sous le titre « Période d'indemnisation», pendant laquelle les résultats de l'Activité sont affectés par suite du dommage.*

Incendie *– il faut entendre par «Incendie» tel qu'il est employé dans la présente police, les risques d'incendie, de Foudre ou d'Explosion qui sont couverts au titre des Polices dommages de choses de l'Assuré, ainsi que l'Explosion de la chaudière ou de l'économiseur survenant dans les locaux.*

202 The Assured shall use due diligence and do and concur in doing all things reasonably practicable to minimize any interruption of or interference with the Business, and to avoid or diminish the loss whether by taking other premises or by any other means.

L'Assuré ***fera preuve d'une diligence raisonnable*** *et fera ou apportera son concours pour que soient prises toutes dispositions utiles pour* ***diminuer*** *toute* ***interruption*** *ou* ***réduction*** *des activités et pour éviter ou diminuer les pertes, que ce soit en prenant d'autres locaux ou par tout autre moyen.*

203 If the claim be in any respect fraudulent or if any fraudulent means or devices be used by the Insured or anyone acting on their behalf to obtain any benefit under this Policy or if any destruction or damage be occasioned by the wilful act or with the connivance of the Insured all benefit under this Policy shall be forfeited.

Si la demande d'indemnité au titre de la présente police est à quelque égard frauduleuse ou si tous moyens sont utilisés par l'Assuré ou quiconque agissant pour son compte pour obtenir une indemnité au titre de la présente police ou si tout dommage ou destruction est occasionné de façon ***délibérée*** *par l'Assuré ou avec sa* ***connivence*** *il y aura déchéance des droits à l'indemnité au titre de ladite police.*

204 The Company will also pay for damage to any fixed water apparatus caused by freezing or forcible or violent bursting.

*La Société paiera également les dommages subis par tout appareil à eau fixé causés par le gel ou tout éclatement dû à l'****usage de la force*** *ou de la violence.*

205 The Company shall not cover damage arising from the **erection, dismantling**, repair or maintenance of such apparatus.

La Société ne garantira pas les dommages résultant du ***montage****, du* ***démontage****, de la réparation ou de l'entretien de cet appareil.*

206 This policy does not cover damage

– caused by frost, **subsidence**, **ground heave** or **landslip**

– to stock in trade or goods in trust in any cellar or **basement** unless placed on racks at least six inches above floor level

– due to changes in the **water table level**.

La présente police ne garantit pas les dommages

– causés par le gel, un ***affaissement****, un* ***soulèvement*** *ou un* ***glissement*** *de terrain*

– au stock utilisé pour l'activité ou aux marchandises confiées situées dans toute cave, ***sous-sol*** *à moins qu'ils ne soient placés sur des étagères à au moins six inches (=15 cm) du sol*

– dus à un changement du niveau de la ***nappe phréatique****.*

207 The expiry date of the **Long Term Agreement** referred to in Clause 3 is ... or such other date as may be subs-tituted therefor by endorsement.

La date d'expiration de la ***Convention de durée ferme*** est ... ou telle autre date qui peut lui être subs-tituée par avenant.

E. Computer equipment

208 ***S'il y a lieu****, l'assureur prend en charge les frais occasionnés par la disparition, la destruction ou la détérioration des biens informatiques au cours de leur transport par voie terrestre par l'assuré, suite notamment :*

– à l'incendie, l'explosion ou la collision du véhicule transporteur avec tout autre véhicule.

– au vol du véhicule transporteur.

If required, the Insurers shall bear the costs occasioned by disappearance, destruction or deterioration of computer equipment during their inland transit under the control of the Insured, as a consequence notably of:

– fire, explosion or collision of the vehicle of transport with any other vehicle.

– the theft of such vehicle of transport.

209 *L'assureur indemnise, en cas de destruction totale des* ***biens informatiques*** *et* ***matériels d'environnement****, suite à un dommage matériel garanti, en* ***valeur à neuf*** *durant les deux premières années (en règle générale) à compter de la première* ***mise en service****; dans certains contrats, cette période est étendue à quatre ans lorsque ceux-ci font l'objet d'un contrat de maintenance complet (préventif et curatif).*

In the event of total destruction of **computer equipment** and **peripherals**, as a consequence of material damage covered hereby, the Insurers shall indemnify on a **full value basis** during the two first years (as a rule) as from the first **commissioning** of such equipment; in some contracts, this period is extended to four years when such equipment and peri-pherals are serviced by an overall maintenance contract (preventive and corrective).

210 *L'assureur garantit le remboursement des intérêts de* ***découverts*** *bancaires réglés par l'assuré suite à l'impossibilité d'effectuer les opérations de* ***facturation*** *et de* ***relance*** *de facturation déjà réalisée et résultant d'un dommage matériel garanti subi par les biens informatiques et matériels d'environnement.*

The Insurers cover the refund of bank charges on **overdrafts** settled by the Insured as a consequence of his inability to carry out the operations of **invoicing** and of **reminders** of invoices already effected and arising from a material damage to the computer equipment and the peripherals.

211 *Un* ***bien informatique*** *a subi un sinistre total lorsque les frais de réparation sont égaux ou* ***supérieurs à*** *sa valeur* ***conventionnelle*** *au jour du sinistre. Le montant de l'indemnité est alors égal à la valeur conventionnelle déduction faite de la valeur de* ***sauvegarde*** *et de la franchise contractuelle.*

An **item of computer equipment** has undergone a total loss when the costs of repair are equal to or **higher than** its **contractual** value on the day of the damage. The amount of the indemnity is then equal to the contractual value less the **backup** value and the excess provided for in the contract.

212 *Le* ***plan de secours informatique****, dans sa* ***finalité****, consiste à définir,* ***mettre en place****, et* ***valider*** *les procédures à suivre dans le cas*

*d'**interruptions** «inacceptables» des traitements informatiques, et identifier simultanément les actions de préparation nécessaires au **déroulement** de ces procédures.*

The computer emergency scheme, in its purpose, consists in defining, implementing and validating the processes to be followed in the event of «unacceptable» disrupts of computer processing, and in simultaneously identifying the actions of preparation necessary for the sequence of such processes.

213 *Le montant de l'indemnité est égal au montant des frais réellement **engagés** sans pouvoir excéder le montant déterminé aux conditions particulières. Il appartient à l'assuré de produire les pièces justificatives des frais engagés. Seuls sont pris en charge les frais engagés dans un délai de douze mois à compter de la date du sinistre.*

The amount of indemnity is equal to the amount of costs actually incurred but may not exceed the amount set forth in the Schedule. It rests with the Insured to produce the supporting documents to prove the costs incurred. Only are considered the costs incurred within twelve months as from the date of the claim.

214 *Le **ratio d'impact informatique** est déterminé, en principe, avant la souscription d'une **assurance pertes d'exploitation**, après risques informatiques (dommages matériels ou autres). Il est généralement évalué à partir du questionnaire **rempli** par l'assuré. Dans la détermination du ratio, **il est tenu compte** du rôle de l'informatique dans l'activité de l'entreprise au point de vue économique. A ce titre, on distinguera l'informatique qui ne fait que contribuer à la «gestion» des activités, de l'informatique de «production», tant au sens industriel (informatique de contrôle du processus de fabrication) qu'au sens «activités du secteur tertiaire» (informatique de résultat qui génère le chiffre d'affaires à partir d'une notion de «services» ou de **produits financiers** : les banques, les sociétés d'assurances…)*

The ratio of computer impact is, in principle, determined before taking out a Business Interruption insurance, after computer risks (material damage and others). Such ratio is generally assessed from the questionnaire completed by the Insured. When determining the ratio, account is taken of the role of data processing in the activity of the Business from an economic point of view. For this purpose, it will be necessary to distinguish data processing that only contributes to the «running» of the Business, and «production» data processing, both in its industrial sense (computer-aided manufacturing [CAM]) and in its sense of «tertiary sector operations» (data processing of results that generates turnover based on a concept of financial services or products: banks, insurance companies ...)

215 *Frais de* ***reconstitution des médias*** *:*

Pour cette garantie, on entend par «médias», tous les supports informatiques (cartes, bandes, disques, cassettes...) porteurs d'informations directement utilisables sous cette forme par le matériel informatique assuré au titre de l'Article 1.

Cost of reconstitution/reinstatement of the media:

For this cover «media» means all forms of computer file storage (cards, tapes, disks, cassettes ...) bearing data directly usable in this form by the computer equipment covered by Article 1.

216 ***Contrat de maintenance*** *: On entend par «contrat de maintenance», le* ***contrat d'intervention*** *d'une entreprise spécialisée, pour l'entretien préventif et* ***périodique****, la vérification ou la* ***révision*** *du matériel informatique et le* ***remplacement des pièces usuelles****.*

Contract of maintenance: «Contract of maintenance» means the service contract of a specialised company, for the preventive and scheduled maintenance, the checking and servicing of computer equipment and the replacement of parts requiring regular replacement.

217 ***On entend par*** *matériel informatique l'****unité centrale de traitement*** *de l'ordinateur, la* ***mémoire centrale*** *et les périphériques.*

Computer equipment is taken to understand: the central processing unit (CPU), the main storage and the peripherals.

218 *Le terme «****sabotage immatériel****» couvre les infections informatiques (virus,* ***bombes logiques****, etc.) et le sabotage manuel des données et programmes (destruction* ***malveillante****).*

The term «intangible sabotage» covers computer viruses (virus, logic bomb/soft crash ...) and the manual sabotage of data and programmes (malicious destruction).

219 *Une* ***bombe logique*** *est un programme contenant une fonction* ***malveillante****, généralement associée à un* ***déclenchement différé****. Exemple réel de bombe logique : un* ***programmeur****, prévoyant son* ***licenciement****, insère dans un* ***programme de paie*** *une fonction de reformatage des disques durs dont l'exécution est déclenchée si son nom* ***disparaît*** *du fichier personnel.*

A logic bomb/soft crash is a programme containing a malicious function generally connected to a time trigger. A real example of a logic bomb: a programmer, that anticipates his dismissal, inserts into a payroll file a function to re-format the hard disks that will be triggered if his name is deleted from such file.

220 *L'assuré devra s'engager à interdire l'utilisation de supports ou de programmes d'origine non contrôlée, **voire** illégale, concernant des programmes de publicité, démonstration, jeux, logiciels piratés, et à protéger contre toute **écriture** les disquettes maîtresses (**logiciels d'exploitation** originaux et copies légales, fichiers de données **uniquement** lus).*

The Insured shall undertake to forbid the use of means of file storage or programmes whose origin is not controlled, and may **even** be illegal, as regards advertising and demonstration programmes, games, pirated software, and to protect the master diskettes against any **writing** (original **operating software** and their legal copies, **read-only** data files).

221 *L'assuré devra s'engager à **sauvegarder** régulièrement les données et programmes. Par exemple, une sauvegarde hebdomadaire sur une série de supports et une sauvegarde mensuelle sur une autre série de supports, chaque série étant conservée de manière indépendante. Les sauvegardes devront être stockées dans un endroit protégé des risques accidentels et des risques de malveillance, et distincts des locaux d'exploitation.*

The Insured shall undertake to regularly **back up** both data and programmes. For example, a weekly backup on a different means of file storage and a monthly backup on another one, each series being kept independently. The backups shall to be stored in a place protected from accidental and malicious risks and away from the premises where business is carried on.

222 ***Exclusion de garantie** :*

*– les infections informatiques qui résulteraient de l'**utilisation volontaire** de logiciels ou de progiciels **au mépris** de la loi du 3 juillet 1985 sur la protection des logiciels, commise par l'assuré, ses administrateurs et/ou ses représentants légaux, qu'ils agissent seuls ou en collusion avec des tiers.*

Exclusion:

– computer contaminations that would result from a **wilful use** of software or software packages **in contempt of** the Loi du 3 juillet 1985 (Act of July 3, 1985) on the protection of software, committed by the Insured, his directors and/or his legal representatives whether they act alone or in collusion with third parties.

223 *L'**interruption** de service est définie comme l'impossibilité d'exécuter les travaux informatiques du fait de la survenance d'un événement perturbateur ou inhibiteur, alors même que l'intégralité du **système***

***d'exploitation**, des programmes informatiques, des fichiers et données est conservée.*

Interrupt of service is defined as the impossibility to carry out data processing operations due to the occurrence of a disturbing or inhibiting event, whereas the **operating system**, the programmes, the files and data are kept in their entirety.

224 ***Définition du mode dégradé** : le mode dégradé, c'est, pour une certaine partie de ses activités informatisées, de ne pas être – totalement et immédiatement – opérationnel ; cela correspond donc à un* **plan de reprise échelonné** *dans le temps, en limitant les applications ou les fonctions, en transférant les traitements, en «télé-processing» (accès direct) en **traitement «batché»** (par lots, en différé), en **«éclaté»** (sur plusieurs sites), etc. Ce mode dégradé doit être incorporé dans le plan de secours.*

Definition of fail-soft system: it is not to be totally and immediately operational for part of one's operations when using the computer system; it thus corresponds to a **failure recovery spread** over a period of time, by limiting the applications or the functions, by transferring the processing to "tele-processing" (direct access), to **batch processing** (deferred, by batch), to **split processing** (on several sites). Such a state of graceful degradation must be integrated into the computer emergency scheme.

F. Liability

225 *Le risque qui **prend naissance avec** les créances, après livraison des fournitures ou exécution.*

The risk that **arises from** debts, after delivery of supplies or performance.

226 *La **carence** du débiteur se constate par un **défaut de paiement** prolongé de sa part.*

Default of the debtor is ascertained by his prolonged **failure to pay**.

227 **Waiver** of subrogation against employees: it is hereby agreed that if any payment is made under this insurance in respect of a claim and

the Underwirters are thereupon subrogated to all the Assured's rights of recovery in relation thereto the Underwriters shall not exercise any such rights against any employee of the Assured unless the claim has been brought about or contributed to by the dishonest fraudulent criminal or malicious act or omission of the employee.

***Renonciation** de subrogation contre les employés : Il est convenu ici que, si tout paiement est effectué au titre de la présente assurance en ce qui concerne une demande d'indemnité et si l'Assureur est subrogé pour celle-ci à tous les droits de recouvrement de l'Assuré, l'Assureur n'exercera aucun de ces droits à l'encontre de tout employé, à moins que l'employé n'ait été à l'origine du sinistre ou y ait contribué par une action ou une omission frauduleuse, criminelle ou malveillante.*

228 **Cross Liabilities**: Where this Policy is in the joint names of more than one party we will deal with any claim as though a separate policy had been **issued** to each of them.

***Responsabilités croisées** : Lorsque la présente police est délivrée conjointement à plusieurs parties nous traiterons tout sinistre comme si une police séparée avait été **délivrée** à chacune des parties.*

229 We shall **not** be **liable** unless you obtain written references covering the previous three years employment before engaging any employee other than school leavers.

*Notre responsabilité ne sera **pas engagée**, à moins que vous n'obteniez des références écrites sur le passé professionnel des trois années précédant l'embauche de tout employé à l'exception des étudiants à la sortie de leurs études.*

230 **The cover**: disappearance of the Assured which after suitable evidence has been produced **satisfies us that** death of the Assured as a sole and direct result of accidental bodily injury as defined above may reasonably be **presumed**. Provided that you agree in writing to refund us the benefit paid if such death is **subsequently** found not to have happened.

***Garantie** : disparition de l'Assuré, qui après preuve appropriée, **nous convainc que** l'on puisse raisonnablement **présumer** que la mort de l'Assuré est uniquement due à des blessures corporelles accidentelles, telles qu'elles sont définies ci-dessus. A condition que vous vous engagiez à nous restituer l'indemnité versée s'il s'avère **ultérieurement** que la mort n'a pas eu lieu.*

231 Your legal liability for:

accidental obstruction, accidental trespass, accidental nuisance or accidental interference with pedestrian, road, rail, air or waterborne traffic in connection with your business.

*Votre **responsabilité civile** pour :*

obstruction accidentelle, violation accidentelle, désordre ou gêne accidentelle causée à la circulation piétonne, routière, ferroviaire, fluviale ou maritime en liaison avec votre activité.

232 For the purposes of this exclusion Hedging means the arranging of one or more contracts specifically to protect against movement in prices or values, including but not limited to foreign exchange, ***commodities*** and securities of every description.

***Pour** cette exclusion, **Couverture** («**Hedging**») signifie la conclusion d'un ou plusieurs contrat(s) destiné(s) spécifiquement à protéger contre les fluctuations des prix et des valeurs y compris, mais sans s'y limiter, les taux de change étranger, les **denrées** et les titres et valeurs de toutes sortes.*

233 If merchandise or products from one prepared or acquired lot shall after sale, cause bodily injuries, illness, disease and/or death to more than one person, or damage to and destruction of property of more than one person the bodily injuries, illness, disease and/or death to all persons or damage to or destruction of property of all persons resulting from that common cause shall be considered as resulting from one accident.

*Si des marchandises ou des produits provenant d'un lot préparé ou acheté, causent après leur vente des blessures corporelles, **une maladie, une affection** et/ou la mort de plus d'une personne, ou des dommages ou la destruction de biens appartenant à plus d'une personne, les blessures corporelles, la maladie et/ou la mort de toutes les personnes ou bien les dommages ou la destruction de biens appartenant à toutes les personnes résultant de cette cause commune seront considérés comme le résultat d'un seul accident.*

234 The term «handling» as used in Paragraph 1 herein shall only cover claims on account of bodily injuries, illness or disease, including death resulting therefrom, and of damage to or destruction of property, including consequential loss of use thereof, caused or alleged to have been caused by accident by some condition or defect inherent in the products or merchandise heretofore or hereafter manufactured, sold or distributed by the Assured.

*Le terme «**manipulation**» tel qu'il est employé dans le Paragraphe 1 du présent contrat couvrira seulement les demandes d'indemnités concernant les blessures corporelles, la maladie, l'affection y compris la mort en découlant, et les dommages ou destruction de biens, y compris les pertes indirectes d'utilisation de ceux-ci, causés ou présumés avoir été causés accidentellement par quelque état ou défaut **inhérent aux** produits ou aux marchandises fabriqués, vendus ou distribués par l'Assuré préalablement ou postérieurement au présent contrat.*

235 It is a condition of this Insurance that in the event the Assured manufactures, sells or distributes a new product or products during the **currency period**, notice in writing, specifically **setting forth** the name of the new product or products manufactured, sold or distributed, shall be given within thirty days from the date of manufacture, sale or distribution of such new product or products to the Underwriters, and Underwriters' consent to include such product or products hereunder shall be obtained and a suitable additional premium shall be paid if required otherwise this Insurance shall not **extend** to cover such new product or products.

*Pour que la présente police produise ses effets au cas où l'Assuré fabrique, vende ou distribue de nouveau(x) produit(s) pendant la **période de validité** de ladite police, obligation lui est faite d'en aviser par écrit l'Assureur, en **spécifiant** clairement le nom du (des) nouveau(x) produit(s) fabriqué(s), vendu(s) ou distribué(s) dans les trente jours à compter de la date de fabrication, de vente ou de distribution, en vue d'obtenir le consentement de l'Assureur d'inclure ce(s) nouveau(x) produit(s) dans la présente police moyennant surprime, s'il y a lieu ; à défaut de ce faire, la garantie de la présente police ne sera pas **étendue** à ce(s) nouveau(x) produit(s).*

236 **Subrogation**: The Underwriters agree to waive any rights of subrogation against any Officer or Employee of the Assured except where such Officer or Employee has the benefit of a separate **relevant** cover.

***Subrogation** : Les Assureurs acceptent de renoncer à tous droits de subrogation à l'encontre de tout Directeur ou Employé sauf lorsque ce Directeur ou cet Employé bénéficie d'une garantie séparée **appropriée**.*

237 If we require it you must use all diligence in **prosecuting** to a **conviction** any employee for the act of fraud or **dishonesty** for which a claim has been made under this policy. If a conviction is obtained this shall be at our expense.

*Si nous l'exigeons, vous devez faire preuve de la plus grande diligence pour **poursuivre en justice** tout employé en vue d'une **condamnation*** *pour l'acte de fraude ou de* ***malhonnêteté*** *pour lequel une demande d'indemnité a été faite au titre de la présente police. Si une condamnation est obtenue cela se fera à nos frais.*

238 **Exclusions** – Any claim caused by or **contributed to** or arising from:

matters relating to the actual planned or proposed construction, closure, adoption or repair of roads or bridges or the actual, planned or proposed construction, demolition or adoption of buildings, housing or other works by or under the order of any Government or Public or Local Authority.

Exclusions *– Tout sinistre causé par,* ***entretenu par*** *ou afférent à :*

des questions liées à la planification ou la proposition réelle de construction, fermeture, adoption ou réparation de routes ou de ponts, ou la planification ou la proposition réelle de construction, démolition, ou adoption de bâtiments, de logements ou autres travaux par ou sous les ordres de tout Gouvernement, ou Autorité Publique ou Locale.

239 **Insured Event**: Except when more particularly described, this means the start of a cause of action which may lead to a claim being made. In employment disputes the insured event shall be understood as the effective date of termination of employment for unfair, wrongful or **constructive** dismissal claims. For the limit of indemnity only one insured event shall be considered to have arisen from all causes of action, incidents or events which are related by cause or by time.

Événement assuré *: sauf spécification particulière cela signifie le début d'une cause d'action qui peut conduire à une demande d'indemnité. Dans les litiges du travail, l'événement assuré se comprendra comme la date réelle de fin d'emploi pour des réclamations pour licenciement injuste, illicite ou* ***réputé*** *tel. Pour la limite d'indemnité, seul un événement sera considéré être né de toutes les causes d'action, les incidents ou les événements qui sont liés par la cause ou dans le temps.*

240 The most we will pay for all claims made for any one **occurrence** or all occurrences of a series arising out of one original cause is £1,000,000. We will also pay legal costs **awarded** to any claimant or incurred in defending any claim that is contested with our consent.

Le maximum que nous paierons pour toutes les demandes d'indemnisation par ***survenance*** *ou pour les survenances d'une série provenant d'une cause première est £1 000 000. Nous paierons également les frais de justice* ***accordés*** *à tout réclamant ou exposés pour défendre une réclamation d'indemnisation contestée avec notre consentement.*

241 The Company will be liable for replacing, reinstating, rectifying, repairing, recalling or guaranteeing the performance of any products listed below, **in consideration of** an additional premium.

***Moyennant surprime**, la Société répondra du remplacement, de la remise en état, de la correction, de la réparation, du retrait ou de la garantie de rendement de tous produits énumérés ci-dessous.*

242 Liability arising from Pollution or Contamination is not insured unless caused by a sudden idenfiable **unintended** and unexpected incident which takes place in its **entirety** at a specific time and place during the Period of Insurance.

*La responsabilité afférente à la pollution ou à la contamination n'est pas assurée à moins qu'elle ne soit causée par un incident identifiable, **non prémédité** et inattendu qui se situe **entièrement** dans une unité de temps et d'espace pendant la période d'assurance.*

G. The environment

243 *Lorsque le détenteur de déchets a l'intention de transférer ou de **faire transférer** ces déchets d'un État membre dans un autre **État membre** ou de les faire transiter par un ou plusieurs États membres ou de les transférer dans un État membre à partir d'un État tiers, il adresse une notification aux autorités compétentes des États membres concernés.(Article 3 de la Directive du conseil du 6 décembre 1984).*

When the holder of waste intends to remove or **cause to be removed** such waste from one Member-country to another **Member-Country** or to take them from a Third Country through one or more Member-countries, he shall notify the competent Authorities of the Member-countries concerned.

244 **There exists an impairment** liability policy which is meant to protect firms which produce toxic wastes.

***Il existe une** police responsabilité civile concernant les **dommages causés à l'environnement** qui est destinée à couvrir les sociétés qui produisent des déchets toxiques.*

245 *L'**appréciation** du produit doit se faire en tenant compte de la présentation du produit, de l'usage qui peut en être raisonnablement attendu et du moment de sa mise en circulation.*

When **assessing** the product account must be taken of its presentation, the use that can reasonably be expected from it and the time it is launched on the market.

246 *Le **droit à réparation** est exclu lorsque le dommage résulte d'une utilisation **aberrante** constituant un véritable **détournement du produit**.*

Entitlement to remedy is excluded when the damage arises from an **abnormal** use of the product that constitutes an actual **misuse and abuse of such product**.

247 The **tort of nuisance** broadly refers to unlawfully **interfering** with a person's right to the quiet enjoyment of his land or to the **unimpeded exercise** of a public right, and is closely concerned with environmental protection.

*Le **délit de trouble** se réfère dans son sens large au fait de **porter atteinte**, de façon illégale, au droit d'une personne de jouir tranquillement de son terrain ou d'exercer un droit public **sans entrave**, et est étroitement lié à la protection de l'environnement.*

H. Business interruption

248 Provided that:

(1) The total liability of the Underwriters in respect of any damage shall not exceed the sum which would be payable if the Business were entirely stopped by the damage during **the said** Indemnity Period nor shall it exceed in the **aggregate** in respect of all damage during the currency of the Policy the Sum Insured specified in the said Schedule.

(2) If the Insured **Standing Charges** shall be reduced or ceased to be paid, the amount of loss hereunder shall be reduced **accordingly**.

A condition que :

(1) La responsabilité totale de l'Assureur en ce qui concerne tout dommage ne dépasse pas la somme qui serait exigible si l'Exploitation

était totalement interrompue pendant ***ladite*** *période d'indemnisation et elle ne dépassera pas non plus, dans son* ***ensemble****, en ce qui concerne les dommages au cours de la période de validité de la police, la somme fixée dans lesdites Conditions particulières.*

(2) Si les ***Charges Fixes*** *assurées sont réduites ou cessent d'être payées, le montant de l'indemnité au titre de la présente police soit réduit* ***en conséquence****.*

249 *L'****assurance perte d'exploitation*** *ne garantit pas le chiffre d'affaires lui-même, mais les conséquences de sa réduction, c'est-à-dire l'incapacité de l'entreprise à couvrir correctement les* ***charges fixes****.*

Business Interruption insurance does not cover the turnover itself, but the consequences of its reduction, namely the inability of the business to meet its **stand-ing charges** correctly.

250 *L'entreprise* ***subit*** *donc une* ***charge de trésorerie*** *et un risque d'échec.*

The business thus **bears a cash burden** and a risk of failure.

251 *La* ***cessation d'activité*** *ne vous est pas* ***imputable****.*

You are not **liable** for **discontinuance of business**.

252 *La garantie est toutefois* ***subordonnée à*** *l'existence au jour du sinistre d'une* ***garantie principale*** *couvrant les dommages matériels et les pertes d'exploitation causés par des événements garantis dans les lieux désignés aux conditions particulières. Cette garantie n'est pas proposée isolément.*

However, the cover is **subject to** the existence on the day of the occurrence of a **primary cover** insuring material damage and business interruption due to events insured in the situations described in the Schedule. This cover is not afforded alone.

253 **Estimated Gross Profit**: the amount declared by the Insured to the Underwriters as representing not less than the Gross Profit which it is anticipated will be earned by the Business during the financial year most nearly **concurrent with** the period of insurance (or a proportionately increased multiple thereof where the Maximum Indemnity Period exceeds twelve months).

Marge brute estimée *: le montant déclaré par l'Assuré à l'Assureur comme représentant au moins la marge brute qui, selon lui, sera acquise par l'Activité au cours de l'exercice financier qui* ***concorde*** *de la façon la* *plus proche avec la période d'assurance (ou augmentée d'un multiple proportionnel de celle-ci lorsque la période maximum d'indemnisation dépasse douze mois).*

254 *Le fait **générateur** est soit accidentel, soit **malveillant**, soit lié à des phénomènes naturels.*

The **generating** fact is either accidental, **malicious** or related to natural phenomena.

255 *La **garantie est acquise** à la condition que l'assuré **dépose** une plainte, même si les auteurs ne sont pas connus. **Par contre**, le mécanisme de l'acte délictueux doit être connu et prouvé par l'assuré.*

The **policy cover shall operate** provided the Insured shall **lodge** a complaint, even if the wrongdoers/tortfeasors are unknown. **Conversely**, the mechanism of the tortious act must be known and proved by the Insured.

256 **Income**: The money paid or payable to you in the course of your business at the Premises for goods sold and delivered and services provided **less** the purchase cost of the goods, carriage, packing, freight, **bad debts** or discounts allowed.

***Résultat/Revenus** : L'argent qui vous est payé ou dû au cours de votre activité exercée dans les Locaux pour des marchandises vendues et livrées et des prestations de services **déduction faite** du coût d'achat des marchandises, du transport, de l'emballage, du fret, des **créances douteuses** ou des remises consenties.*

257 **Indemnity period**: The period during which the business is **affected by** the damage, from the date of the damage until up to twelve months later.

***Période d'indemnisation** : période pendant laquelle l'activité est **affectée par** le ou les dommages, depuis la date de survenance jusqu'à concurrence de douze mois plus tard.*

258 The Company will pay:

– extra expenses that you necessarily and reasonably incur in order to minimise the interruption or **interference with** the Business during the Indemnity Period. Provided that the expenses incurred are not more than the reduction in income which would otherwise have been incurred.

La Société paiera :

– les dépenses supplémentaires nécessairement et raisonnablement exposées afin de minimiser l'interruption ou la ***réduction*** *de votre activité pendant la pério-de d'indemnisation. A condition que les dépenses exposées ne soient pas supérieures à la réduction de revenus qui aurait autrement été encourue.*

259 The Company will also pay for loss of income resulting from:

(1) – the discovery of vermin or pests at the premises which causes a competent local authority to **restrict the use of** the premises.

(2) – closure of the premises by a competent local authority because of defect in the **drains** or other **sanitary arrangements** at the premises.

(3) – the failure of the public supply of electricity, gas or water at the terminal point of the supply authorities feed to the premises resulting from damage, caused by any of the insured events, at land-based premises of the public electricity, gas or water supply under-taking from which you obtain electricity, gas or water.

La Société paiera également la perte de revenus provenant de-:

(1) – la découverte de vermine ou d'insectes nuisibles dans les locaux, ce qui entraîne la ***réglementation d'utilisation des*** *locaux par une autorité locale compétente.*

(2) – la fermeture des locaux par une autorité locale compétente à cause de défauts dans le ***système d'évacuation des eaux*** *ou autres* ***installations sanitaires****.*

(3) – l'interruption de fourniture d'électricité, de gaz ou d'eau par les services publics au point d'alimentation de vos locaux consécutive à des dommages occasionnés par tout péril assuré, dans les locaux des services publics, situés sur terre, qui vous fournissent l'électricité, le gaz ou l'eau.

260 The period of absence from work shall include the time taken to travel to and from the **hearing** for witness or **defendant attendance** only.

*La période d'absence du lieu de travail comprend le temps nécessaire pour aller et revenir afin d'****assister*** *à l'****audience*** *uniquement pour les témoins et le* ***défendeur****.*

261 **Consequential Loss**: The amount of loss resulting from interruption of or interference with the business **carried on** by you at the premises in consequence of the damage **in accordance with** the terms contained in Article 3 of this policy.

Dommages immatériels *: Le montant de la perte due à l'interruption ou à la réduction de l'activité que vous* ***menez*** *dans les locaux à la suite du dommage* ***conformément aux*** *modalités contenues dans l'article 3 de la présente police.*

262 If your books of account or other business books or records at the premises suffer damage which is insured by this policy and as a direct result of such damage you are unable to trace or establish the outstanding debit balances due to you the Company will pay you the difference between outstanding debit balances and the total of the amount received or traced.

Si vos livres de comptes ou autres livres ou registres commerciaux dans les locaux subissent un dommage garanti au titre de la présente police et que, comme conséquence directe de ce dommage, vous êtes dans l'incapacité de retrouver la trace ou d'établir les ***soldes débiteurs qui vous sont dus***, la Société vous paiera la différence entre les soldes débiteurs pas encore encaissés et le total des sommes encaissées ou dont la trace a été retrouvée.

263 *L'Assureur pourra, sur la demande de l'Assuré, se libérer* ***par acomptes au fur et à mesure de la reconstitution****, sous réserve des justifications prévues ci-dessus.*

The Underwriters may, at the request of the Insured, pay the indemnity by instalments as the reinstatement is being executed, subject to the documentary evidence provided for above.

264 *L'Assuré* ***est tenu de*** *justifier de l'existence et du montant des frais supplémentaires, à l'aide de documents comptables, factures et/ou tous autres moyens de preuve.*

The Insured is bound to prove the existence and the amount of the additional costs, by means of accounting documents, invoices and/or any other supporting evidence.

265 *L'inventaire des matériels et le montant des franchises par sinistre figurent sur un état* ***annexe à*** *la présente police.*

The inventory of the material and the amount of the excess for any one claim are shown on a statement attached to this policy.

266 *a)* ***Rayez*** *la mention inutile, sinon la garantie est réputée non souscrite.*

b) ***En cas d'absence de mention****, la garantie sera réputée non souscrite.*

a) **Delete** where inapplicable, otherwise the cover is deemed not taken out.

b) **In the absence of any particulars**, the cover shall be deemed not taken out.

267 *Le chiffre d'affaires annuel, la marge brute annuelle, le taux de marge brute, la somme à assurer au titre de la marge brute, sont calculés pour le règlement d'un sinistre à partir des comptes des* ***exercices antérieurs à*** *ce sinistre, et en tenant compte de la tendance générale de l'évolution de l'entreprise et des facteurs extérieurs et intérieurs susceptibles d'avoir eu, indépendamment de ce sinistre, une influence sur son activité et ses résultats.*

To settle a claim, the basis for calculation of the annual turnover, the annual gross profit, the rate of gross profit and the sum to be insured in respect of the gross profit is the accounts of the **years preceding** such claim, together with the overall development of the business and the internal and external factors likely to have had an influence on its business and its results, independently of such loss.

268 **Prevention of Access**: Loss of income and/or extra expenses as insured by this Section incurred by you during the Indemnity Period as a result of interruption or **interference with** the Business caused by damage insured by this policy to property **in the vicinity** of the Premises which prevents or hinders the use of the Premises or access to them.

Impossibilité d'accès *: Perte de revenus et/ou dépenses supplémentaires, telles qu'elles sont assurées par la présente section, que vous encourez pendant la période d'indemnisation comme conséquence de l'interruption ou la* ***réduction d****'activité causée par un dommage assuré par la présente assurance à des biens situés* ***à proximité*** *des locaux qui empêche ou gêne l'utilisation des locaux ou l'accès à ceux-ci.*

269 **Business interruption** (b/i) insurance is one element in the management of risk. It covers, during a selected indemnity period, loss of gross profit and «increase in cost of working», that is, costs incurred in minimizing the gross profit loss, for example, sub-contracted production, overtime payment, temporary equipment hire, or purchase of replacement stock from alternative suppliers at a higher price.

*L'****assurance perte d'exploitation*** *est l'un des éléments de la gestion des risques. Elle garantit, pendant une période d'indemnisation choisie, la perte de marge brute et «l'augmentation du coût du travail», c'est-à-dire, les frais engagés pour réduire la perte de marge brute, par exemple,* *production sous-traitée, paiement d'heures supplémentaires, location temporaire de matériel, ou achat de stocks de remplacement à des fournisseurs occasionnels à un prix plus élevé.*

270 Four **phases** are required in **contingency** planning:

– Review of hazards facing an organization, and assessment of their potential business impact;

– Development, maintenance, auditing, and testing of the contingency plan;

– Crisis management – **implementation** of plans during an incident and its immediate **aftermath**;

– **Recovery** to normal business operations.

*Quatre **phases** sont nécessaires dans un plan de **secours** :*

– Revoir les dangers qu'une organisation affronte, et en apprécier leurs impacts possibles sur l'activité ;

– Développer, entretenir, contrôler et tester le plan de secours ;

*– gestion de crise – **mise en place** des plans durant un incident ou la période immédiatement après ;*

*– **Reprise** des opérations habituelles de votre activité.*

I. Theft, burglary

271 You must notify us in writing within 72 hours of **your discovering** the missing keys.

Vous devez nous aviser par écrit de la disparition des clefs dans un délai de 72 heures après en ***avoir fait la découverte***.

272 The Underwriters agree to indemnify the Assured against loss or damage to property caused by theft or **attempted theft** occurring during the period set forth in the Schedule.

*L'Assureur garantit les biens assurés contre toute perte ou dommage résultant d'un vol ou d'une **tentative de vol** au cours de la période d'assurance spécifiée aux Conditions particulières.*

273 It is a condition precedent to the liability of Underwriters under this Insurance that:

– all protections provided for the safety of the insured property shall be maintained in good order throughout the currency of this Insurance and shall not be withdrawn, altered or varied without the prior consent of Underwriters and shall be in full and effective operation when the premises are closed for business or left unattended, and at all other appropriate times.

La responsabilité de l'Assureur est engagée au titre de la présente assurance à condition que :

– tous les moyens de protection prévus pour assurer la sécurité des biens assurés soient maintenus en état de marche ***pendant toute la présente période d'assurance*** *et ne soient pas* ***retirés****, modifiés ou changés sans l'accord préalable écrit de l'Assureur et que leur* ***utilisation soit effective et totale*** *pendant les heures de fermeture des locaux, pendant que ceux-ci restent* ***sans surveillance****, ou à tous autres moments appropriés.*

274 *L'Assureur garantit les biens assurés contre la disparition, la destruction ou la détérioration résultant d'un vol ou d'une tentative de vol commis à l'intérieur des locaux professionnels désignés aux Conditions particulières, dans l'une des circonstances suivantes dont la* ***preuve*** *est* ***à la charge de*** *l'Assuré :*

The Underwriters agree to cover the insured property against disappearance, destruction or deterioration arising from theft or attempted theft committed inside the Premises described in the Schedule, in one of the following circumstances, whose burden of proof rests with the Assured.

275 *Sont assurés, moyennant* ***stipulation expresse*** *aux Conditions particulières et surprime :*

Provided it is expressly stipulated in the Schedule and in consideration of an additional premium, are covered:

276 *Pour l'****application des dispositions*** *qui suivent, on entend par espèces : les pièces de monnaie, billets de banque, chèques bancaires ou postaux,* ***facturettes de cartes*** *de paiement ou de crédit, timbres de toute nature et tous* ***articles ayant valeur d'argent*** *tels qu'effets de commerce* ***détenus à titre professionnel****.*

For the following provisions to operate, money/specie is understood to mean : coins, bank notes, bank cheques or postal orders, credit or payment cards sales vouchers, stamps of any kind whatsoever and any and all **securities for money** such as commercial papers **held in one's professional capacity** (held for business purposes).

277 *Cette garantie **s'exerce** de jour et de nuit.*

This cover **operates** by day and night.

278 *Les **coffres-forts** d'un poids inférieur à 500 kg doivent être scellés. **A défaut**, le montant de la garantie en cas d'**enlèvement** du coffre sera limité à 1 fois la valeur en francs de l'indice R.I.*

Safes under 500 kg must be fixed. **Failing which**, the amount of cover in the event of **removal** of such safes will be limited to once the value in French Francs of the «RI» (Industrial Risk) index.

279 ***La mise en jeu de** cette garantie est subordonnée au **respect** des conditions d'acheminement suivantes :*

This cover **shall operate** subject to **compliance** with the following conveying conditions :

280 *Ne sont pas garantis :*

– les vols commis, pendant les heures de fermeture, dans les coffres-forts dont tous les moyens de fermeture et de protection n'auraient pas été utilisés.

*– les espèces qui seraient amenées de l'extérieur des locaux **pour satisfaire aux exigences** des **malfaiteurs**.*

The Underwriters shall not be liable for:

– thefts committed, when the premises are closed for business, in the safes whose means of locking and protection would not have been maintained.

– the specie which would be taken from outside on to the premises in order **to meet the requirements** of the **wrongdoers/tortfeasors**.

281 *L'Assureur garantit le vol et les détériorations des **biens immobiliers**, par nature ou destination, des locaux professionnels désignés aux Conditions particulières, que ces détériorations **soient consécutives à** un vol ou à une tentative de vol.*

The Underwriters cover theft of and deterioration to **permanent or additional fittings and fixtures**, by nature or purpose, of the professional or business premises described in the Schedule, whether such deterioration **arises from** theft or attempted theft.

282 *Sous peine de non garantie en cas de sinistre, l'Assuré s'interdit de **faire assurer cette franchise** par ailleurs.*

The Insured shall not be entitled to indemnity in the event of claim, if he **has such excess covered** by other underwriters.

283 *Les garanties souscrites au titre de la présente Convention sont consenties au **premier risque absolu** : la règle proportionnelle des capitaux prévue à l'article L 121.5 du Code est abrogée.*

Covers under this Agreement are granted on an **actual First Loss basis**: the Condition of Average of capital provided for under Article L 125 of the Code is repealed.

284 *Sont considérées comme heures de fermeture, les heures pendant lesquelles aucune personne autorisée, autre que celles chargées de la **surveillance**, du **gardiennage** et de l'entretien des locaux, n'est présente à titre professionnel.*

*Toutefois, les heures de coupure de la demi-journée ne seront pas considérées comme heures de fermeture à la condition expresse que tous les moyens de condamnation des ouvertures soient mis en place (à l'exclusion des grilles, rideaux, volets ne constituant pas le seul moyen de fermeture) et que le **système d'alarme**, s'il en existe un, **soit mis en service**.*

Is considered closing time, the time when no other authorized person than those in charge of the **surveillance**, **security** and maintenance of the premises, is present in his professional capacity.

However, half-day breaks are not considered closing time provided expressly that all means of access shall be duly closed (excluding gates, curtains, and shutters where such do not constitute the only means to close the premises) and that the **alarm device**, if any, shall be **put into** full and effective **operation**.

285 The word «burglary» as used in this Policy means the stealing of anything in the premises or **unlawful** damage to the premises or anything **therein** by any person who:

– is in or upon the premises **as a trespasser** and has gained entry to or exit from the premises by breaking-in or breaking-out, actual or **constructive**.

*Le mot «cambriolage» utilisé dans la présente police signifie le vol de tout ce qui se trouve dans les locaux ou le dommage **illicite** causé aux locaux ou à tout ce qui s'y trouve par quiconque :*

– se trouve dans ou sur les lieux ***en infraction*** *et s'est introduit dans les locaux ou en est sorti par effraction, réelle ou* ***réputée réelle****.*

286 This Insurance does not cover:

– In excess of the **actual cash value**, at the date of the loss, of the property stolen or damaged, nor in any event in excess of the actual cost of repairing it; the Underwriters may repair any damage or replace any stolen or damaged property with property of like quality and value or pay for the same in money, as the Underwriters may elect.

La présente police ne garantit pas :

– au-delà de la ***valeur vénale réelle****, ni en aucun cas, au-delà du coût réel de réparation ; l'Assureur peut réparer tout dommage ou remplacer tout bien volé ou endommagé par un bien de valeur et de qualité équivalentes ou verser une indemnité équivalente en argent, selon son choix.*

287 The Underwriters shall not be liable for any loss caused or **contributed to** by any change in the condition of the premises, or occurring while any protection or service for which discount is allowed herein is not maintained.

L'Assureur ne répondra pas de toute perte ou dommage causé ou ***entretenu par*** *tout changement dans l'état des locaux, ou survenant alors que tout moyen de protection ou service justifiant la ristourne au titre de la présente police n'est pas maintenu en place.*

288 **Notice and Proof of Loss**: the Assured **upon knowledge of** any loss shall give immediate notice thereof to the Underwriters or their Representatives and shall give also immediate notice to the public police authorities having jurisdiction. The Assured shall within sixty days after discovery of such loss, furnish affirmative proof under oath.

Notification et preuve de la perte *:* ***Dès qu'il en aura connaissance****, l'Assuré devra notifier toute perte à l'Assureur ou à son Représentant et devra également prévenir les autorités de police publique compétentes. Dans un délai de soixante jours suivant la découverte de la perte, l'Assuré devra fournir la preuve affirmative de la perte sous serment.*

289 For all loss by Burglary which shall mean the **felonious abstraction** of money, securities, and merchandise described in the Schedule appended hereto, from within the insured part of any safe, vault, or chest, by any

person or persons making felonious entry therein and also into the vault, if any, containing such safe or chest, when all doors of such safe, vault, and chest are duly closed and locked by combination, or time, or key locks thereon; provided that such entry shall be made by actual force and violence of which there shall be visible marks made by tools, explosives, electricity, gas or other chemicals, upon the exterior of (a) all of said doors of such safe and of the insured part thereof and of the vault, if any, containing such safe or chest, if entry is made through such doors; or (b) the top, bottom, or walls of such safe and of the insured part thereof and of the vault through which entry is made, if not made through such doors. If only the vault and not the safe or chest, if any, is so entered, the Underwriters' liability shall not be greater than the respective amount stated in the Schedule attached hereto.

Pour toute perte consécutive à un Cambriolage, ce qui signifie la ***soustraction délictueuse*** *d'argent, de titres et valeurs, et de marchandises désignés aux Conditions particulières de la présente Assurance, de l'intérieur de la partie assurée de tout coffre-fort, chambre forte ou coffre, commis par toute(s) personne(s) y pénétrant de façon délictueuse et également dans la chambre forte, s'il en existe une, contenant ledit coffre-fort ou coffre, lorsque toutes les portes desdits coffre-fort, chambre forte et coffre sont fermées à clef par combinaison ou par serrures à temps ou clefs ; à condition que cette entrée s'effectue en utilisant la force et la violence et que les traces d'outils, d'explosifs, d'électricité, de gaz ou autres produits chimiques soient visibles sur l'extérieur de (a) toutes lesdites portes du coffre-fort, et de sa partie assurée ainsi que de la chambre forte, s'il en existe une, contenant ce coffre-fort ou coffre, si l'entrée s'effectue par ces portes ; ou (b) sur l'extérieur de la partie supérieure, du fond, ou des parois dudit coffre-fort et de sa partie assurée ainsi que de la chambre forte par laquelle l'entrée s'effectue, si elle ne s'effectue pas par les portes précitées. Si seule la chambre forte, s'il en existe une, et non le coffre-fort ou le coffre, est violée, la responsabilité de l'Assureur ne sera pas supérieure au montant respectif spécifié dans les Conditions particulières.*

290 *Definitions:*

(a) «**Safe**». Any **chest** within a safe shall, for the purpose of this Insurance, be considered to be a part of such safe.

(b) «**Robbery**» as used herein shall mean a felonious and forcible taking of property:

(i) by violence inflicted upon a **custodian**;

(ii) by putting him in fear of violence;

(iii) by any other **overt** felonious act committed in the presence of a custodian and of which he was actually **cognizant**, provided such overt act is not committed by an officer or employee of the Assu-red; or

(iv) from the person or direct care and custody of a custodian, who while having custody of property covered hereby, has been killed or rendered unconscious by injuries inflicted maliciously or sustained accidentally.

(c) «**Money**» as used herein shall mean currency, coin, bank notes (signed or unsigned), bullion and uncancelled and precancelled postage stamps in current use.

(d) «**Securities**» as used herein shall mean all the negotiable or non-negotiable instruments, documents or contracts representing money or other property, and shall include revenue and other stamps in current use, but shall not include postage stamps.

(e) «**Premises**» as used herein shall mean the interior of the building occupied by the Assured in conducting his business.

(f) «**Custodian**» as used herein shall mean:

(i) the Assured, if an individual;

(ii) a member of the firm, if the Assured is a co-partnership;

(iii) any officer of the Assured, if a corporation;

(iv) any person in the regular employ of the Assu-red and duly authorized by him to act as **paymaster**, **messenger**, cashier, clerk or sales person, and while so acting to have the care and **custody** of property covered hereby, except that in no event shall a watchman or a porter be considered a custodian.

Définitions : Au titre de la présente Assurance il est entendu par :

*(a) «**Coffre-fort**» : tout **coffre** à l'intérieur d'un coffre-fort sera, dans le cadre de la présente assurance considéré comme faisant partie dudit coffre-fort.*

*(b) «**Vol qualifié**» : toute appropriation délictueuse et par la force de biens :*

*(i) par la violence infligée à un **porteur de fonds** ;*

(ii) en le menaçant de violence ;

*(iii) par tout autre acte délictueux **manifeste** com-mis en la présence d'un porteur de fonds et dont il **a connaissance**, à condition que cet acte délic-tueux manifeste ne soit pas commis par un res-ponsable ou un employé de l'Assuré ; ou*

(iv) dérobés à la personne ou au soin direct et à la garde d'un porteur de fonds, qui, alors qu'il avait la garde des biens couverts par la présente assurance, a été tué ou rendu inconscient par les blessures infligées avec intention de nuire ou subies accidentellement.

*(c) «**Argent**» : devises, pièces de monnaie, billets de banques (signés et non signés), les matières d'or et d'argent, les timbres postaux non oblitérés et pré-oblitérés en usage.*

*(d) «**Valeurs et Titres**» : tous les instruments négociables et non négociables, les documents ou contrats représentant de l'argent ou autres biens, ainsi que les timbres fiscaux ou autres, en usage, à l'exclusion des timbres postaux.*

*(e) «**Locaux**» : l'intérieur du bâtiment occupé par l'Assuré dans la conduite de ses affaires.*

*(f) «**Porteur de fonds**» :*

(i) l'Assuré, si c'est un particulier ;

(ii) un membre de la société, si l'Assuré est une société de personnes ;

(iii) tout responsable de la société, si c'est une compagnie ;

*(iv) toute personne, à l'exclusion de tout gardien ou portier, régulièrement employée par l'Assuré et dûment autorisée par lui à agir en tant que **responsable de la paie**, **coursier**, caissier ou vendeur, et qui, dans le cadre de sa fonction, a le soin et la **garde** des biens couverts par la pré-sente Assurance.*

291 **Replacements, Reinstatements** – The Underwriters may repair any damage or replace any stolen or damaged property with property of like quality and value or pay for the same in money, as the Underwriters may elect. The occurrence of any loss or payment or replacement **therefor** shall not reduce the amount of insurance granted hereunder, but the Assured shall pay the Underwriters an additional premium on the amount of loss payment or replacement computed prorata from the date of the occurrence of the loss to the date on which this Insurance expires. Any property for which the Assured has been indemnified by payment or replacement shall become the property of the Underwriters. If the Assured recovers any such property or receives the return thereof, he shall notify the Underwriters immediately in writing of such recovery or return.

Remplacements, reconstitutions *- L'assureur peut réparer tout dommage ou remplacer tout bien volé ou endommagé par un bien de valeur et de qualité identiques ou verser une indemnité équivalente en espèces, selon son choix. La survenance de toute perte ou le paiement ou le remplacement **correspondant** ne réduira pas le montant de la garantie accordé au titre de la présente Assurance, mais l'Assuré versera à l'Assureur une surprime calculée sur le montant du sinistre prorata temporis, à compter de la date de la survenance de la perte jusqu'à la date d'expiration de la période d'assurance. Tout bien pour lequel* *l'Assuré a été indemnisé sous forme de paiement ou de remplacement deviendra propriété de l'Assureur. Si l'Assuré recouvre ledit bien ou se le voit retourné, il en informera l'Assureur immédiatement par écrit.*

292 **Kidnapping coverage** (applicable only when inside Robbery Insurance afforded) – In consideration of the premium charged hereunder, it is hereby understood and agreed that in case any **custodian** while outside the premises, as defined herein, shall, after such premises are closed for business, be compelled, under threat of violence to return and **give admittance thereto**, or in the event of his being forcibly detained elsewhere to furnish such others with information for or means of gaining admittance thereto, this Insurance shall cover loss occasioned by the stealing of the property insured under said agreement by such others from within the premises, provided that the loss shall be the direct result of such acts, and shall occur before the premises shall have been opened on the next succeeding business day for the regular transaction of business.

Garantie de rapt *(ne joue que si l'Assurance vol qualifié à l'intérieur des locaux est accordée) – Moyennant la prime payée au titre de la présente police, il est entendu et accepté que, lorsque tout* ***porteur de fonds*** *se trouve à l'extérieur des locaux, tels qu'ils sont définis dans le contrat, après leur fermeture, et qu'il soit contraint par des malfaiteurs, sous la menace de violence, d'y retourner et de leur* ***en permettre l'accès****, ou que, lors de sa détention forcée hors des locaux, il soit contraint de donner les informations nécessaires ou les moyens pour pénétrer dans lesdits locaux, la présente Assurance garantira la perte occasionnée par le vol à l'intérieur des locaux des biens assurés au titre de la présente Assurance, à condition que la perte soit directement causée par ces actes, et survienne avant que les locaux aient été ouverts le jour suivant pour y conduire les transactions commerciales régulières.*

293 Your insurance also includes up to £500 for the necessary cost of replacing locks following theft of **keys to** the premises.

Votre assurance comprend également une indemnité jusqu'à concurrence de £500 pour le coût nécessaire au remplacement des serrures à la suite du vol des ***clefs de*** *vos locaux.*

294 **What is covered**

physical damage to:

Money

safes or **strongrooms** which normally contain money caused by theft or attempted theft

Provided that:

– Whenever the Premises are unattended any safe containing money is securely locked and all keys to such safe are removed from the Premises or kept on your person or one of your employees

– You keep a complete record of money in transit and on your Premises and deposit that record in a secure place other than a safe or strongroom containing money.

Ce qui est garanti

dommages matériels à :

l'argent

aux coffres-forts et **chambres fortes** *qui contiennent normalement de l'argent causés par un vol ou une tentative de vol.*

A condition que :

– A chaque fois que les Locaux sont laissés sans surveillance tout coffre-fort contenant de l'argent soit solidement fermé à clef et que les clefs de ce coffre- fort soient retirées des Locaux ou que vous les ayez sur vous ou que vous les confiiez à un de vos employés.

– Vous conserviez un état complet de l'argent transporté ou dans vos Locaux et que vous déposiez cet état dans un endroit sûr autre qu'un coffre-fort ou une chambre forte contenant de l'argent.

295 **Malicious attack**: We will pay the sum or sums set out in the Table of Benefits shown below if you or any employee sustain **bodily injury** by violent, external and visible means as a result of malicious attack by anyone stealing or attempting to steal money or **trade contents**.

Attaque avec intention malveillante *: Nous paierons la ou les somme(s) spécifiée(s) dans le Tableau des Indemnités ci-dessous si vous ou tout employé subissez des* ***dommages corporels*** *par moyens extérieurs, violents et visibles résultant d'une attaque avec intention malveillante par quiconque vole ou tente de voler de l'argent ou des* ***effets et objets mobiliers professionnels****.*

296 **Business Hours**: any time when you or any of your employees or directors with responsibility for money are in the business portion of your premises for the purpose of your business.

Heures d'ouverture *: toute heure où vous, ou l'un de vos employés ou directeurs ayant la responsabilité de l'argent vous trouvez dans la partie des locaux consacrée à votre activité pour des raisons liées à votre activité.*

297 There shall be no recovery in respect of claims relating to the **carriage of specie**, bullion, **precious or rare** metals or stones, or other objects of rare or precious nature.

Il n'y aura pas d'indemnisation pour les demandes concernant le ***transport d'argent****, de matières d'or et d'argent, des métaux ou pierres* ***précieux****, ou autres objets de nature précieuse.*

298 **land restoration**: we will pay up to $10,000 for costs required to replace, rebuild or restore the land necessary to support your residence, sustaining a loss covered by this Policy.

restauration du terrain *: nous paierons à concurrence de $10,000 pour les frais nécessairement engagés pour remplacer, reconstruire ou restaurer le terrain nécessaire pour supporter votre résidence, en conséquence d'une perte garantie au titre de la présente police.*

J. Household insurance

299 Please state the number of bedrooms in your home (a bedroom means a room designed or subsequently converted for sleeping in even if used for other **purposes**).

Veuillez mentionner le nombre de chambres de votre domicile (une chambre signifie une pièce destinée à y dormir ou ultérieurement convertie à cet effet, même si elle est utilisée pour d'autres ***usages****).*

300 Is your home occupied only by you? (By «you» we mean you, your spouse, children (including adopted and **foster children**), parents and other relatives who normally **reside** with you).

Votre domicile est-il occupé seulement par vous ? (Par «vous» nous entendons vous, votre époux/ épouse, vos enfants (y compris les ***enfants en nourrice*** *et en pension), vos parents et autres membres de votre famille qui* ***résident*** *normalement avec vous).*

301 Have you or any member of your family normally residing with you, ever been **convicted of** any offence other than driving offences?

Avez-vous, ou un membre de votre famille résidant normalement avec vous, jamais été ***convaincu d****'un délit autre que de circulation ?*

K. Bonds

302 **appeal bond**: guaranteeing that a defendant can respond to the extra costs incurred in **appealing an adverse decision**.

caution d'appel *: garantit qu'un défendeur peut faire face aux frais supplémentaires engagés en **faisant appel d'une décision adverse**.*

303 ***caution de paiement de la main-d'œuvre et des fournisseurs*** *: garantit le paiement de la main- d'œuvre et des fournisseurs et met le client à l'abri des recours que les créanciers de l'entreprise **titulaire** du marché pourraient exercer contre lui alors même qu'il aurait payé cette entreprise.*

labour and material payment bond: guarantees the payment of the labour and materials of suppliers and covers the client against claims the creditors of the company **in charge** of the work might make against him whereas he would have paid such company.

304 ***caution de retenue de garantie*** *: garantit l'exécution par l'exportateur de toutes prestations ayant pour objet de remédier aux désordres et malfaçons invoqués par l'acheteur à la réception ou pendant le délai d'un an suivant la réception.*

retention money bond: covers the performance by the exporter of any and all operations to remedy the defects and faulty workmanship put forward by the buyer on receipt or over a one-year period after receipt.

305 **fidelity bonds**: they are written on employees acting under the guidance and supervision of their employer. They are not issued with the requirement of collateral.

"fidelity bonds" : cautions détournement de fonds et escroqueries du fait des employés *: souscrites pour des employés agissant sous les directives et la supervision de leur employeur. Elles sont établies sans obligation de nantissement.*

306 **fiduciary bonds**: they are required for **court-appointed officials** entrusted with managing the property of others. Executors of estates and **receivers** in bankrupt-cy are frequently required to file fiduciary bonds.

cautions de bonne exécution du mandat *: exigées pour des* ***mandataires nommés judiciairement*** *à qui l'on confie la tâche de gérer les biens d'autrui. Les exécuteurs testamentaires et les* ***administrateurs*** *de faillite ont souvent l'obligation de déposer des cautions de bonne exécution du mandat.*

307 **licence and permit bonds**: are issued on persons such as owners of small businesses to guarantee reimbursement for violations of the licences or permits under which they operate.

cautions licence et permis *: sont émises sur des personnes, tels que les propriétaires de petites affaires pour garantir le remboursement pour violation des licences ou permis en vertu desquels ils opèrent.*

308 **litigation bonds**: are court bonds required of plaintiffs and **defendants in court actions**.

cautions judiciaires *: ce sont des cautions exigées des demandeurs et des* ***défendeurs dans les actions judiciaires****.*

309 **lost instrument bond**: guaranteeing that if a lost stock certificate, money order, **warehouse receipt**, or other instrument falls into unauthorized hands and causes a loss to the issuer of a **substitute instrument**, this loss will be reimbursed.

garantie perte d'instrument financier *: garantit que si un certificat d'action, un mandat, un* ***reçu d'entre-pôt****, ou tout autre instrument perdu tombe entre des mains non autorisées et cause une perte à l'émetteur d'un* ***instrument de substitution****, cette perte sera remboursée.*

310 **surety bonds** (in the event of non-performance of a contract): they are normally written on **principals** who are acting in an independent or semi-independent capacity, such as building contractors or public officials. They are often issued with the requirement of collateral.

assurance cautionnements *(en cas d'inexécution d'un contrat) : ils sont en général souscrits par des* ***maîtres d'ouvrage*** *ou des donneurs d'ordre agissant de façon indépendante ou semi-indépendante, tels que les constructeurs ou les officiers publics. Ils sont souvent émis avec l'obligation d'un nantissement.*

311 **bond: three parties to it**

the principal: the person bonded

the obligee: the person protected

the **surety**: person or corporation agreeing to reimburse the obligee for a loss arising from failure or **dishonesty** of the principal.

caution *: trois parties impliquées :*

le donneur d'ordre *ou l'objet de la caution*

le bénéficiaire *: la personne protégée*

le garant *: l'individu ou la société qui accepte de rembourser le bénéficiaire pour une perte provenant de la carence ou de la* ***malhonnêteté*** *du donneur d'ordre.*

312 *L'****assurance crédit*** *est destinée à garantir la bonne fin d'une opération commerciale courante qui* ***se matérialise*** *par une commande, une livraison, une facturation et parfois, un paiement.*

Credit insurance is designed to cover the good performance of a current commercial operation, which **can take the form** of an order, a delivery, an invoice and sometimes a payment.

313 **if more than one** Assured is covered under this Bond, the first named assured shall act for itself and for each and all of the Assured for all the purposes of this Bond.

pluralité d'assurés *: si plus d'un Assuré est couvert dans le cadre de ce cautionnement, l'assuré premier nommé agira pour lui-même et pour chacun des autres pour tous les objets prévus dans le cautionnement.*

314 *Pour une entreprise, l'avantage de la caution est double : améliorer* ***sa trésorerie*** *en évitant les* ***décaissements*** *immédiats, mais aussi garder des* ***possibilités d'encours*** *classiques intacts auprès de sa banque ; la caution, étant «un engagement par signature», ne donne pas lieu à une modification directe des* ***ratios d'endettement*** *de l'entreprise.*

A bond offers an enterprise a two-fold advantage: it enables it to improve its **financial statement** by avoiding immediate **payments** but also to keep its traditional possibilities of **encashments** with its bank intact; since a bond is «an undertaking through signing», it does not give rise to a direct modification of the **debt level** of the enterprise.

315 *Le* ***cautionnement****, engagement destiné à renforcer les droits du créancier est une sûreté personnelle (par opposition aux sûretés* ***réelles*** *que sont par exemple les* ***hypothèques****).*

A **bond** being an undertaking designed to reinforce the rights of the creditor is a personal **security** (as opposed to **actual** securities such as for example **mortgages**).

316 *Celui qui* ***se rend caution d****'une obligation se soumet envers le créancier à satisfaire à cette obligation si le débiteur n'y satisfait pas lui-même.*

He who **becomes surety for** an obligation binds himself vis-a-vis the creditor to fulfil such obligation in the event of non-fulfilment on the part of the debtor.

317 ***En vertu de*** *l'article 125 du Code des* ***marchés publics*** *«tout* ***titulaire*** *d'un marché peut être tenu de fournir un cautionnement en garantie de la bonne exécution du marché et du recouvrement des sommes dont il serait reconnu débiteur au titre du marché».*

Pursuant to Article 125 of Code des Marchés publics (Code of **public contracts**) «any **holder** of a public contract may be bound to file a bond to guarantee the good fulfilment of the contract and the recovery of amounts of money he may owe as per such contract».

318 *La* ***garantie d'admission temporaire*** *permet à une entreprise d'importer temporairement en franchise des droits de douane dans le pays d'exécution du contrat, du matériel ou des fournitures destinés à être rapatriés.*

Temporary admission bond enables an enterprise to temporarily import free of customs duties into the country where the contract is fulfilled the material or supplies designed to be repatriated.

319 *L'****entrepreneur principal*** *doit* ***souscrire une caution*** *auprès d'un établissement agréé qui cautionne les sommes qu'il doit au sous-traitant en exécution du sous-traité. Le système est avantageux pour le sous-traitant : il a ainsi le* ***sécurité de sa créance*** *et échappe au risque d'insolvabilité ou de liquidation de biens de l'entrepreneur principal.*

The **leading contractor** must **file a bond** with an authorized establishment that guarantees the amounts of money he owes to the subcontractor for the sub-contracted work. This system is a security for the subcontractor: he is thus a **secured creditor** and he is covered against the risk of insolvency or liquidation of the property of the leading contractor.

320 *Le* ***cautionnement*** *est l'engagement pris envers le créancier, par un tiers qui porte le nom de* ***caution****, d'accomplir l'obligation si le débiteur n'y satisfait pas lui-même.*

A **bond** is the undertaking vis-a-vis the creditor by a third party called the **surety**, to fulfil the obligation in the event of failure on the part of the debtor.

321 ***Dans la mesure où*** *le débiteur est* ***défaillant*** *et où la caution a été amenée à se substituer au débiteur, la caution est* ***subrogée*** *dans les droits du créancier et bénéficie dès lors d'un recours. Son risque est donc constitué par une* ***éventuelle insuffisance*** *de l'actif du débiteur, actif qui ne permettrait pas le remboursement des sommes décaissées par la caution.*

Insofar as the debtor is **defaulting** and the surety has been compelled to make good the default of such debtor, the surety becomes **subrogated** in the rights of the creditor and is thus entitled to a recourse. Thus, its risk consists in facing **the possibility of insufficient** assets of the debtor, which would make it impossible to refund the amounts of money paid by the surety.

322 *Le* ***cautionnement*** *est restitué, ou la caution est* ***libérée, pour autant que*** *le titulaire du marché ait rempli ses obligations à la suite d'une mainlevée délivrée par une administration contractante dans le délai d'un mois suivant l'expiration du délai de garantie ou, si le marché ne comporte pas un tel délai, suivant la* ***réception*** *des travaux.*

The **guarantee** is refunded or the bond is **released, provided that** the holder of the contract has fulfilled his obligation following a release delivered by a contracting administration within a one-month period after the expiry of the guarantee period or, if no such period is stipulated in the contract, after the **acceptance** of the works.

323 *L'****entrée en vigueur de*** *la police est subordonnée au versement d'un dépôt de garantie d'un* ***montant forfaitaire*** *de 600 francs qui est remboursé à l'expiration de la police.*

The **inception of** the policy is subject to the remittance of a **lump-sum** amount of FFr 600 that shall be refunded on the expiry of such policy.

324 *La caution, contrairement à l'assurance crédit, ne garantit pas nécessairement une obligation de payer mais éventuellement la réalisation d'un* ***engagement de faire****. Elle couvre la* ***carence de paiement*** *proprement dite mais aussi les conséquences de fraudes.*

A bond, contrary to credit insurance, does not necessarily cover an obligation to pay, but eventually the performance of a **given undertaking**. It covers the **default of payment** itself but also the consequences of frauds.

325 *En caution, la commission est calculée d'après le montant de l'engagement maximum ; en assurance crédit, la prime est en général* ***assise*** *sur le chiffre d'affaires* ***réalisé*** *par l'assuré.*

The commission on a bond is computed in proportion to the maximum liability; in credit insurance, the premium is **based** on the turnover **made** by the insured.

326 *Dans le langage courant, le mot cautionnement signifie le dépôt d'une somme d'argent ou de valeur fait par une personne* ***en vue de*** *garantir la bonne exécution des devoirs de sa profession et de réparer les conséquences des fautes qu'elle pourrait commettre. Dans le deuxième sens, le mot cautionnement est un engagement unilatéral d'une société de cautionnement d'exécuter une prestation (soit paiement d'une somme d'argent, soit exécution d'un certain travail) envers un* ***bénéficiaire, au lieu et place du*** *débiteur principal, si celui-ci n'y satisfait pas.*

In everyday language, the word guarantee means the deposit of an amount of money or of valuables made by a person **with a view to** covering the good performance of the duties of his profession and to remedy the consequences of faults he might commit. In the second case, the word guarantee is a unilateral undertaking of a surety company to perform a duty (either a payment or the performance of a given work) vis-a-vis an **obligee, in the stead of** the main debtor, should such debtor fail to do so.

327 *L'****assurance caution*** *met en relation:*

– le ***donneur d'ordre****, l'entreprise.*

– le ***garant****, la société d'assurance émetteur de la caution.*

– le ***bénéficiaire****, généralement la personne physique ou morale envers laquelle l'entreprise s'est engagée par le contrat garanti, c'est-à-dire l'acheteur ou le* ***maître de l'ouvrage*** *(garantie du contrat principal) ou l'entreprise principale (garantie d'un contrat de sous-traitance).*

Three parties are involved in a **bonding insurance**:

– the **principal**: the enterprise

– the **surety**: the insurance company that issues the bond

– the **obligee**: generally a natural person or a corporate body, vis-a-vis whom or which the enterprise is bound under the contract guaranteed, namely the buyer or the **owner** (guarantee of the main contract) or the leading enterprise (guarantee of a subcontracting contract).

L. Reinsurance

328 **aggregation**: the process of accumulating claims as specified by an **excess of loss** reinsurance agreement for the purpose of establishing the amount recoverable.

***cumul** : processus qui consiste à accumuler les demandes d'indemnisation conformément à ce qui est spécifié par une convention de **réassurance en excédent de sinistres** dans le but d'établir le montant recouvrable.*

329 **bordereau**: it is a detailed list of premiums or claims prepared by **cedants** or **coverholders** for circulation to underwriters to advise them of risk covered and claims incurred. A bordereau is normally prepared monthly or quarterly.

***bordereau**: c'est une liste détaillée de primes ou de sinistres préparée par les **cédantes** ou **titulaires d'un pouvoir de souscription** à l'intention des réassureurs pour les aviser du risque couvert et des sinistres encourus. Un bordereau est normalement préparé chaque mois ou chaque trimestre.*

330 **burning cost**: a method of calculating the premium for reinsurance **whereby** within certain limits the reinsurance premium payable by a **cedant** is related to the **claims experience**. There are minimum and maximum levels of premium payable usually expressed as a percentage of the cedant's **underlying** premiums. Within these limits, claims will lead to the reinsurer collecting an additional premium calculated in accordance with a formula contained in the policy. Burning cost clauses are found in excess of loss reinsurance.

***coût du sinistre pur** : méthode de calcul de la prime pour la réassurance **par laquelle** dans certaines limites, la prime de réassurance payable par une **cédante** est liée à la **sinistralité**. Il y a des niveaux maximum et minimum de prime payable habituellement exprimés sous forme d'un tantième des primes de **base** de la cédante. A l'intérieur de ces limites, les sinistres amèneront le réassureur à percevoir une surprime calculée conformément à une formule contenue dans la police. Les clauses de coût du sinistre pur se trouvent dans la réassurance en excédent de sinistres.*

331 **capacity**: the maximum premium income which a reinsurer is permitted to **underwrite** or considers that it can prudently accept.

***capacité** : le revenu maximum de primes qu'un réassureur peut **souscrire** ou considère comme prudent d'accepter.*

332 **cash loss**: **monies** held by a cedant to pay claims in advance of the reinsurance recovery.

sinistre au comptant *:* ***fonds*** *détenus par une cédante pour payer les sinistres avant paiement par le réassureur.*

333 **cedant**: an insurer which cedes business under a reinsurance contract.

cédante *: l'assureur/la société d'assurances qui cède des affaires au titre d'un contrat de réassurance.*

334 **claims co-operation clause**: a clause in a reinsurance contract requiring a cedant to notify a reinsurer before settling any claim which would **give rise to** a recovery **under** that contract.

clause de coopération en cas de sinistre *: clause d'un contrat de réassurance qui contraint la cédante à aviser le réassureur avant de régler tout sinistre qui pourrait* ***donner lieu à*** *un paiement* ***au titre de*** *ce contrat.*

335 **deficit clause**: a clause in a reinsurance or other agreement, which specifies that deficits shall be **carried forward** and offset in arriving at profit commission.

clause de déficit *: clause d'un contrat de réassurance ou autre convention, qui spécifie que les déficits seront* ***reportés*** *sur les exercices suivants et compensés par la commission.*

336 **excess of loss reinsurance**: a type of reinsurance whereby an insurer limits his loss for a specific risk (facultative) or class of risk (treaty), beyond and up to specified limits. The lower limit is called the **retention**. The premium payable is usually a **percentage** of the underlying premiums accepted by the insurer for the risk or class covered, but it may be a moving percentage. This form of reinsurance may be placed to cover any one loss or each and every loss in which case claims are made on the reinsurer for the aggregate of the amounts by which individual losses paid out exceed the retention. Because of the wide range of cover required, excess of loss reinsurance is usually arranged in **layers**.

réassurance en excédent de sinistres *: type de réassurance par lequel un assureur limite sa perte pour un risque spécifique (réassurance facultative) ou pour une catégorie de risques (traité), au-dessus et jusqu'à concurrence de limites spécifiées. La limite inférieure se nomme la* ***conservation (rétention)****. La prime payable est habituellement un*

tantième *des primes de base acceptées par l'assureur pour le risque ou la catégorie couverts, mais ce peut être un tantième variable. Cette forme de réassurance peut être placée pour garantir au-delà de la rétention soit chaque événement, soit le cumul des coûts d'événements garantis. Du fait de l'ampleur de la couverture demandée, la réassurance en excédent de sinistres se négocie par* ***tranches.***

337 **facultative obligatory treaty**: a reinsurance arrangement under which the cedant can choose which risks to cede and the reinsurer must accept all risks so chosen.

traité facultatif obligatoire *: convention de réassurance par laquelle la cédante peut choisir quels risques céder et le réassureur doit accepter tous les risques ainsi choisis.*

338 **facultative reinsurance**: the reinsurance of an individual risk on **terms and conditions** negotiated with the reinsurer specifically for that risk.

réassurance facultative *: réassurance d'un risque individuel selon des* ***modalités*** *spécifiquement négociées avec le réassureur pour ce risque.*

339 **layers**: a term used in connection with insurance or reinsurance policies on larger risks **whereby** the risk is placed in sections. For example, the liability on a chemical works insured for £30 million might be placed first layer up to £5m, second layer over £5m up to £15m, third layer…

tranches/lignes *: terme utilisé en relation avec des polices d'assurance ou de réassurance sur des risques plus grands* ***par lequel*** *le risque est placé en lignes. Par exemple, l'engagement sur une usine chimique assurée pour £30 millions pourrait être placé en première ligne jusqu'à concurrence de £5 millions, la seconde ligne entre £5 millions et £15 millions et ainsi de suite.*

340 **net premiums**: term variously used to mean gross premiums net of reinsurance premiums payable or commission or both.

primes nettes *: terme utilisé de façons différentes pour signifier les primes brutes nettes des primes de réassurance payables ou de la commission ou des deux.*

341 **obligatory treaty**: a reinsurance treaty under which the **original insurer** must cede and the reinsurer must accept all risks falling into the **class of business** covered by the treaty.

traité obligatoire *: traité de réassurance en vertu duquel l'****assureur d'origine*** *doit céder et le réassureur doit accepter tous les risques appartenant à la* ***branche d'affaires*** *couverte par le traité.*

342 **open cover**: reinsurance where the insurer obliges himself in advance to accept business of a specific kind.

traité ouvert semi-obligatoire *: réassurance dans laquelle l'assureur s'oblige par avance à accepter des affaires d'une catégorie spécifique.*

343 **overriding commission**: an additional commision payable to intermediaries who introduce a large volume of profitable business to an insurer. It can also apply to a special commission received by the cedant on a quota share **reinsurance scheme** as a contribution towards the cedant's expenses.

super commission *: commission supplémentaire payée aux intermédiaires qui apportent un grand volume d'affaires rentables à un assureur. Cela peut également s'appliquer à une commission spéciale reçue par la cédante en* ***régime de réassurance*** *en quote-part comme contribution aux dépenses de la cédante.*

344 **pure reinsurer**: an insurer whose authorisation to carry on business in the United Kingdom is restricted to reinsurance.

réassureur pur *: assureur dont l'autorisation de souscrire des assurances au Royaume-Uni se limite aux opérations de réassurance.*

345 **quota share reinsurance**: a treaty, normally obligatory, whereby for a particular class of business an insurer cedes and a reinsurer accepts an agreed proportion of underlying premiums received by the insurer. Claims are **shared** between the insurer and the reinsurer in the same proportion as premiums.

réassurance en participation *: traité, normalement obligatoire, par lequel pour une branche particulière d'affaires un assureur cède et un réassureur accepte une proportion mutuellement acceptée de primes de base reçues par l'assureur. Les indemnités à payer sont* ***réparties*** *entre l'assureur et le réassureur dans une proportion qui correspond à celle des primes.*

346 **reinstatement**: an **entitlement, in consideration of** the payment of an additional premium, to continue a policy for a further period of indemnity after a claim has occurred. The calculation of the additional

premium will be laid down in the policy and may be limited to one or more reinstatements. Policies with reinstatement clauses are found in marine and property insurance business, particularly in connection with excess loss reinsurance.

***reconstitution de la somme** : **droit, moyennant** le paiement d'une surprime, de continuer une police pour une autre période d'indemnisation après la survenance d'un sinistre. Le calcul de la surprime sera spécifié dans la police et peut être limité à une ou plusieurs reconstitutions de la somme. On trouve des polices avec des clauses de reconstitution de la somme dans les branches transport et dommages aux biens, en particulier en relation avec la réassurance en excédent de sinistres.*

347 **reinsurance treaty**: reinsurance of a block of business or whole account in accordance with the terms of a contract between cedant and reinsurer.

***traité de réassurance** : la réassurance d'un bloc d'affaires ou d'un compte entier conformément aux termes et conditions d'un contrat entre la cédante et le réassureur.*

348 **reserve premium**: that proportion of a premium payable under a contract of reinsurance, which is retained by the ceding insurer under the terms of the policy to help finance the reinsurer's share of the cost of settling claims.

***réserve de primes** : la proportion d'une prime payable au titre d'un contrat de réassurance, qui est retenue par la cédante conformément aux modalités de la police pour aider à financer la quote-part du réassureur dans le coût du règlement de sinistres.*

349 **retention**: amount of liability on any one risk retained by an insurer after taking into account all reinsurance arrangements.

***conservation** : montant de l'engagement par risque conservé par un assureur compte tenu de tous les arrangements de réassurance.*

350 **stability clause**: a clause sometimes found in **excess of loss reinsurance** contracts whereby the insurer's retention is tied to the cost of living or other index. The change in the insurer's retentions as a result of movement of the index is effective when the reinsurer pays the claim and not when the claim is notified.

***clause d'ajustabilité** : clause parfois trouvée dans les contrats de **réassurance en excédent de sinistres** par laquelle la rétention de l'assureur est liée à l'indice du coût de la vie ou à tout autre indice. Le* *changement dans la rétention de l'assureur résultant du mouvement de l'indice est effectif lorsque le réassureur paie le sinistre et non lorsque le sinistre est déclaré.*

351 **stop loss**: a reinsurance contract whereby an insurer arranges to limit the overall loss for a whole account or class of business.

***excédent de petits et moyens sinistres** (stop-loss) : contrat de réassurance par lequel un assureur prend des dispositions pour limiter la perte totale pour un compte entier ou une branche d'affaires.*

352 **surplus treaty**: a proportional treaty under which an insurer cedes, in respect of each risk covered by the treaty, the amount surplus to the specified retention. For example, an insurer which fixes a **retention** of £25,000 and which accepts a risk where the maximum possible liability is £35,000 will, for a strict pro rata share of the premium, reinsure the £10,000 surplus liability under a surplus treaty. Because most surplus treaties have a clause restricting the maximum liability covered by the treaty to a multiple of the cedant's own retention, an insurer will often arrange more than one surplus treaty.

***traité en excédent de plein** : traité proportionnel au titre duquel un assureur cède, en ce qui concerne chaque risque couvert par le traité, le montant excédant la **rétention** spécifiée. Par exemple, un assureur qui fixe une rétention de £25 000 et qui accepte un risque où l'engagement maximum possible est £35-000, réassurera, pour une quote-part stricte de la prime, l'engagement supplémentaire dans le cadre d'un traité en excédent de plein. Du fait que la plupart des traités en excédent de plein ont une clause qui restreint l'engagement maximum garanti par le traité à un multiple de la propre rétention de la cédante, un assureur peut négocier plus d'un contrat en excédent de plein.*

353 **Time & Distance**: a form of excess of loss reinsurance under the terms of which a recovery cannot be made until a specified date.

***traité à règlements structurés** : forme de réassurance en excédent de sinistres aux termes de laquelle un paiement ne peut s'effectuer avant une date spécifiée.*

FRENCH ENGLISH GLOSSARY

LEXIQUE FRANÇAIS ANGLAIS

A

a fortiori a fortiori

a priori a priori

à savoir namely

abaisser le niveau de protection to lower the level of protection

abandon *(see below)*

abandon définitif par l'entreprise de ses activités permanent discontinuance by the enterprise of its business

bâtiment laissé à l'abandon building left unattended

abattage du bétail slaughtering of the cattle

abattement relief, allowance

abattement fiscal tax relief

abattement pour vétusté allowance for wear and tear

abattoir slaughter house, abattoir

abattre un arbre to fell a tree

aberrant *(see below)*

utilisation aberrante 246 abnormal use

abords *(m. pl.) (see below)*

abords des bâtiments vicinity of the buildings

aboutir à to result in

abrégé d'un texte technique abstract of a technical text

abrogation repeal

abroger to repeal

absence absence

absence de justification lack of proof, lack of relevant documents

absence de renseignement sur le produit lack of information about the product

absence prolongée long absence

en cas d'absence de mention 266 in the absence of particulars

en l'absence de in the absence of

absence *(non présence)* non-attendance

absentéisme absenteeism

absolu absolute

de la bonne foi la plus absolue of the utmost good faith, uberrimae Fidei

exclusion absolue absolute exclusion

franchise absolue absolute fixed sum excess

absolument au gré de qqn in sb.'s absolute discretion

absorber to absorb

absorption absorption, maximum acceptance

après absorption de l'engagement stipulé à l'article 1 after absorption of liability stipulated in Article 1

abstenir *(see below)*

s'abstenir de procéder à des réparations to refrain from proceeding to repair

abstraction *(see below)*

faire abstraction de qqch. to abstract sthg, to dismiss, to disregard sthg

abstraction faite de apart from, not taking into account

abus de confiance breach of trust

abusif improper, wrongful, excessive

licenciement abusif 239 wrongful dismissal

accéder *(see below)*

accéder au pouvoir to come to power

accélérer to accelerate

acceptable acceptable

actif acceptable 004 admissible asset

acceptation acceptance

plein d'acceptation (ré.) acceptance limit, gross line limit

acceptation du risque à titre commercial accommodation line

acceptation sous réserves conditional acceptance

accepter to accept, to assume, to agree to

accepter une sommation de comparaître en justice to accept service of process

accepter une reconnaissance de responsabilité to make admission of liability

assurance acceptée written insurance

réassurance acceptée assumed reinsurance

accès access

accès aux locaux access to the premises

accès effectif au marché effective access to the market

avoir accès à to have access to sthg, to access sthg

pays sans accès à la mer land-locked country

accessibilité accessibility

accessible accessible, reachable

accessible au public accessible to the general public

accessoire *(see below)*

frais accessoires accessory/ supplementary/ incidental/ subsidiary/attendant charges

accessoirement accessorily

accessoires accessories

accessoires de la prime charges additional to the premium

accessoires d'un appareil électrique 186 accessories of an electric apparatus

une amende et ses accessoires a fine and the relating taxes

accident accident, casualty *(US)*

accident domestique/ménager household accident

accident du travail occupational/ industrial accident, accident at work

accident grave major accident

accident mortel fatal accident

accidentel accidental

accident de caractère accidentel accidental accident

accise *(see below)*

droits d'accise (taxes à la consommation) excise taxes

accommodement arrangement

accompagner to accompany

le porteur de fonds ou le garde qui l'accompagne the custodian or the guard accompanying him

accomplir to accomplish, to perform, to fulfil

accomplir de meilleures performances que qqn to outperform sb.

accomplir des formalités 142 to fulfil formalities

accomplir les actes ordinaires de la vie to accomplish the ordinary acts of life

accomplissement des formalités carrying out of the formalities

accord agreement

accord tarifaire tariff agreement

d'un commun accord by mutual agreement

accorder 240 to grant, to award *(damages)*

accorder des dommages-intérêts to award damages

garantie accordée cover granted

accrédité accredited

courtier accrédité accredited broker

accréditif irrévocable irrevocable letter of credit

accroche *(titre d'une annonce destiné à capter l'attention)* catchphrase

accueillir to host

(s')accumuler *(see below)*

neige qui s'accumule sur un bâtiment snow which collects on a building

accusé de réception *(see below)*

envoyer un préavis avec accusé de réception to send

a notice by recorded delivery mail/post, by certified mail with return receipt

accuser réception de to acknowledge receipt of

achalandage custom, goodwill

acharné *(see below)*

concurrence acharnée fierce competition

achat à 269 purchase from

acheminement despatch, dispatch, forwarding, carriage

acheminement de fonds conveyance of funds

acheminer le personnel to transport the staff

acheter qqch. à qqn to buy sthg from sb.

acheteur buyer

acheteur privé private buyer

acheteur public public buyer

achèvement 176 completion

achèvement des travaux completion of works

en voie d'achèvement under completion

achever to complete

acier steel

acier de construction structural steel

acier fondu, mouillé ou coulé cast steel

tôle d'acier steel plate

acompte downpayment

se libérer par acomptes 263 to pay by instalments

acoustique acoustics *(n.)* ; acoustic(al) *(adj.)*

acquérir to acquire

acquérir force de loi to acquire force of law

la garantie est acquise 106, 162, 255 the cover operates

la prime est acquise à l'assureur the premium will be payable to the Underwriters

la prime est réputée acquise the premium is deemed earned

acquis *(see below)*

droits acquis au titre d'un contrat rights accrued under a contract

acquisition acquisition

acquisition d'un droit dans une propriété acquisition of an interest in property

acquisition de données data collection

acquitter un document *(reconnaître le paiement)* to receipt a document

s'acquitter d'un droit to pay a duty

acquittement de la dette à recouvrer satisfaction of the outstanding debt

acte act, deed *(legal)*

acte de fraude act of fraud

acte de malveillance malicious act

acte de malhonnêteté dishonest act

acte de négligence negligent act

acte de sabotage act of sabotage

acte de violence violent act

acte délictueux unlawful act, tortious act

acte dolosif ou omissions fraudulent act or omissions

acte dommageable 081 tort

acte sous-seing privé private contract/agreement

acte téméraire ou omissions negligent act or omissions

actif d'une société assets

actifs acceptables 004 admissible assets

actifs congruents matching assets

élément d'actif asset of a company

élément d'actif éventuel contingent asset

action action, act, deed

action en déchéance de brevet action for forfeiture of patent

action en garantie de vices cachés action for cover of hidden defects

action en justice devant un tribunal prosecution before a tribunal

action en manquement à l'obligation de délivrance du fait de la non-conformité du produit livré action for failure to deliver on account of non-conformity of the product delivered

action en nullité de contrat action for avoidance of contract

action en remboursement action for repayment

action en réparation action for remedy

action en représentation conjointe can be compared to class action

action en se prévalant d'une police (jur.) action on a policy

action indirecte de l'incendie consequential action of the fire

action judiciaire 308 court action

action mécanique du vent mechanical action of the wind

action pénale criminal offence

action pour une forme d'enrichissement sans cause action for money had and received

action récursoire recourse action

actionnariat shareholders

activité *(see below)*

activité, commerce ou profession business trade or occupation

activité de base core business

activité de l'Assuré business of the Insured

nature de l'activité exercée par le Proposant nature of Business carried on by the Proposer

actuaire *(n.)* actuary

actualiser to update

actuariel actuarial

évaluation actuarielle 003 actuarial valuation

actuellement currently

adaptable adjustable

garantie adaptable adjustable cover

additif à additional clause to

adduction d'eau piped water supply

adhérent d'une société member of a society

adjacent *(see below)*

locaux adjacents adjoining premises

adjudicataire contractor

adjudication *(see below)*

par voie d'adjudication through invitation for tenders/to tender

adjuger to award

adjuger un marché to award a contract

admettre *(reconnaître)* to admit, to acknowledge

admettre la responsabilité to make admission of liability

administrateur *(see below)*

administrateur de biens estate agent

administrateur d'une société director of a company

administrateur judiciaire receiver

administrateur judiciaire en matière de faillite 306 trustee/receiver in bankruptcy

admissibilité *(see below)*

conditions nécessaires pour bénéficier de l'admissibilité à l'assurance eligibility requirements for insurance

admissible acceptable, admissible

adosser *(see below)*

l'assurance est adossée à des transactions commerciales the insurance is backed by commercial transactions

adresser une réclamation à qqn to lodge a claim with sb.

adverse *(see below)*

la compagnie adverse opposing company

les offres adverses au cours d'un procès opposing party's offers during a trial

AELE EFTA

aéronautique aeronautical

aéronef 087 aircraft *(pl.* aircraft)

affaires *(activité, société)* (business, businesses

affaires à liquidation lente 051 long-tail business

affaires à liquidation rapide 074 short-tail business

affaires en portefeuille business in force

affaires indirectes indirect business (business accepted by way of reinsurance)

affaissement (see below)

affaissement de terrain 206 subsidence of ground

affaissement d'une voûte sagging of a vault

(s')affaisser to sag, to subside

affectation des locaux assignment of use of the premises

affecter par 257 to affect by

affection *(maladie)* 233 disease

afférent à 063 relating to, related to, relevant, arising out of/from

frais afférents à une arrestation arrest-related costs

le prêt et les intérêts afférents the loan and the interests accrued thereon

affermissement du marché strengthening of the market

affilée *(see below)*

une maison laissée inoccupée deux mois d'affilée

a house left unoccupied two months at a time

affirmative *(see below)*

dans l'affirmative, spécifier le montant if yes, state the amount

affirmer to assert

affirmer publiquement (devant la cour) to give testimony

affouillement scour, scouring out

affouiller to erode, to undermine, to wash away

affouragement foddering

affranchir *(see below)*

machine à affranchir franking machine

affronter qqch. to face sthg

agence agency

agencement *(see below)*

agencement intérieur fitting out

agencement paysager open space planning

agencements fixtures and fittings

agent agent

agent commissionnaire commission agent

agent encaisseur collecting agent

agent en douane clearing agent

agent exclusif tied agent, exclusive agent, captive agent

agent de sécurité security guard

agent général general agent

agent payeur/régleur settling agent, claims settlement agent

agent réfrigérant cooling agent

agent souscripteur underwriting agent

aggloméré fibreboard, chipboard

aggravation *(see below)*

aggravation conjoncturelle worsening economic situation

aggravation du risque aggravation of/increase in risk

aggraver to aggravate

facteur aggravant aggravating factor

risque aggravé aggravated/ substandard/ increased risk

agios bancaires bank charges

agios pour paiements fractionnés instalment charges

agir to act

agir dans le cadre de ses fonctions to act within the scope of one's employment

agnelle ewe lamb

agréé authorised, agreed, approved, licensed

contrôleur agréé par l'Assureur controller authorised by the Insurer

un installateur agréé par le Conseil national de Contrôle des systèmes d'alarme an installer approved by the National Supervisory Council for Intruder Alarms

agrément agreement, authorisation, approval

agrément unique, licence unique single licence

obtenir l'agrément des autorités compétentes to obtain the authorisation from/of the competent authorities

lorsque l'agrément est exigé when authorisation is required

agricole agricultural

aide help, aid

aide judiciaire gratuite free legal aid

aide bénévole gratuitous help

aire area

aire commune common area

aire d'agrément amenity area

aire de stockage à l'air libre open space for stocking

ajouter *(see below)*

ajouter foi à qqch. to give credit to sthg

ajouter une annexe à un document to append a schedule to a document

Les Conditions particulières ajoutées au présent contrat the Schedule appended to this insurance

ajustabilité adjustment

ajustable adjustable

ajustement 005 adjustment

ajustement de la prime adjustment of the premium

ajuster to adjust

alarme alarm

alarme d'intrusion intruder alarm

aléa 022 contingency, risk

aléas de l'exploitation de l'entreprise risks in the running of the enterprise

aléatoire fortuitous, contingent

intérêt aléatoire contingent interest

survenance d'un événement aléatoire occurrence of a fortuitous event

caractère aléatoire d'un contrat contingent aspect of a contract

alerte à la bombe bomb scare

ALFA (Agence pour la lutte contre la fraude à l'assurance) *(corresponds to CUE in the UK)*

aliénation de la chose assurée *(maintenant remplacée par cession)* alienation of the insured subject matter, transfer of the insured property

alignement alignment, line

alignement d'une construction building line

alignement de voirie street line

alignement sur une règle commune alignment on a common rule

aligner to align

ajuster qqch. en l'alignant sur qqch. d'autre 044 to

adjust sthg in line with sthg else

alimentation *(fourniture)* supply

alimentation principale *(électricité)* main

alimenté par batterie battery-powered

aliments pour l'élevage feed

alinéa précédent foregoing paragraph

allégation allegation

alléguer to allege

aller *(see below)*

aller de mal en pis to go from bad to worse

il va de soi que it goes without saying that

alliage alloy

alliés *(d'une famille)* kinsmen

allocation allowance

allocation chômage job seeker's allowance

allongement du délai extension of the time-limit

allouer une indemnité to grant an indemnity

alourdissement des coûts de réparation growing repair costs

alphanumérique alphanumeric

altération *(see below)*

altération des résultats *(ct, interruption d'activité)* reduction in the results

altération des couleurs d'un timbre fading of the colours of a stamp

altération du goût impairment of taste

aluminum aluminium

ambiant ambient

amélioration improvement

amélioration de la protection des locaux amendment in the protection of the premises

aménagement *(see below)*

aménagement contractuel contractual adjustment

aménagement d'un fleuve harnessing of a river

aménagement de garanties adjustment of covers

aménagement tarifaire tariff amendment

frais d'aménagement fitting up costs

aménagements amenities *(comfort)*

aménagements collectifs community facilities

aménagements des combles loft conversion

aménagements du terrain land development, site development

aménagements et installations 187 fixtures and fittings

aménagements mobiliers ou immobiliers fixtures and fittings

aménagements sanitaires sanitary arrangements

aménager un fleuve to harness a river

amende fine

amendes et les frais s'y rapportant fines and relating costs

amendement à amendment to

amendements et engrais fertilisers and amendments

amender to amend

amender un document to amend a document

amené à induced to

à l'amiable amicable, out of court, by mutual agreement

fixer le montant des dommages à l'amiable to assess the damage amicably/out of court

amiante asbestos

amoindrir to lessen

amont upstream

décision en amont upstream decision

amorce de redressement beginning of a recovery

amorcer to begin, to start

amortir *(see below)*

amortir des prêts to write off loans

amortir un coup/un effet to cushion a blow/an effect

amortissement linéaire straight-line depreciation

amortissements de prêts write-offs of loans

ampleur extent

ampleur d'une perte/d'un risque extent of a loss/a risk

des conséquences de grande ampleur wide-ranging consequences

analogue à analogous to

analyse analysis *(pl.* analyses)

analyse fonctionnelle functional analysis

analyse organique organic analysis

analyse par arbre des causes fault tree analysis

analyse par arbre des événements event tree analysis

analyse statistique des sinistres statistical analysis of claims

ancienneté *(see below)*

ancienneté d'un objet age of an object

ancienneté du personnel seniority of the staff

ancrage d'un bâtiment anchorage of a building

ancrer *(const.)* to brace, to anchor

ancrer les éléments porteurs dans les fondations to anchor the bearing elements into the foundations

une idée bien ancrée deep-rooted, deep-seated idea

animal animal

animal de compagnie pet animal

animal domestique domestic animal

animal échappé/en divagation escaped animal

animaux vivants live animals, livestock

année year

année calendaire calendar year

année d'assurance 006 period of insurance

année de compte accounting year

année de la police policy year

année sans sinistre claim-free year

dans une même année d'assurance during one year

of insurance

par année d'assurance any one insurance year

annexe *(see below)*

annexe à un document schedule to a document

annexe à un tarif appendix to a tariff

annexe explicative memorandum (pl. memoranda)

annexes d'un document document exhibits

annexé à 124, 265 attached to, appended to

annoncer *(dans un journal officiel)* to publicise

annuaire directory

annuel annual, yearly

annulable cancellable, voidable, rescindable

rendre une police annulable to render a policy voidable

annulation avoidance, cancellation

annulation d'un contrat avoidance of a contract

annuler to avoid, to void, to nullify, to rescind, to annul, to override, to overrule, to supersede *(car plus important)*, to invalidate

annuler la limite de responsabilité to revoke the limit of responsibility

annuler un contrat to avoid a contract

cela peut annuler votre contrat 096 it may invalidate your contract

cette clause annule les autres 090 this clause overrides the others

anomalie anomaly

anormal abnormal

condition anormale d'utilisation abnormal condition of use

antécédents previous experience ; *(accident)* record

Antécédents et autres Assurances Claims Record and other Insurance

antécédents pathologiques record of previous diseases

antennes de télévision avec les fils aériens et leurs supports TV aerials with aerial fittings and masts

antérieur à 101 prior to

antériorité connue claims records known

anticipation des omissions et négligences du client anticipation of omissions and negligence of customer

anticiper qqch. to anticipate sthg

anticorrosif anti-corrosive

antidater to antedate

antiquaire antique dealer

antiquités antiques

antirouille rust-inhibiting, rust-proof, rust-resistant

antisismique aseismatic, aseismic

antivol *(see below)*

système antivol theft-deterrent system

apériter to lead

apériteur *(assureur chef de file)* leading insurer/underwriter

apéritrice *(see below)*

société apéritrice 169 leading company

apocryphe apocryphal

appareil *(see below)*

appareil de chauffage central central heating apparatus

appareil de cuisine cooking apparatus

appareil de manutention handling device

appareil de navigation aérienne 179, 193 plane, aircraft (pl. aircraft)

appareil de prothèse prosthesis, (pl. prostheses)

appareil électrique electrical appliance

appareil fixe à effet d'eau fixed water apparatus

appareil fixe à effet de vapeur fixed steam apparatus

appareil ménager household appliance

appareil sanitaire plumbing fixture

appareil de sécurité safety apparatus

apparenté à qqn par les liens du sang, du mariage ou de l'adoption related to sb. by blood, marriage or adoption

appartement en multipropriété condominium *(US)*

appartenir à to belong to, to pertain to

il appartient à qqn de faire qqch. 112 it is incumbent upon sb. to do sthg, it lies/rests with/falls on/resides with/it is upon sb. to do sthg

appel appeal *(legal)*, call

appel de prime ou cotisation premium notice

appel d'offre tender, invitation for/to tender

appel de fonds calling up of capital

appel de versement d'une caution calling of a bond

appel en cours appeal outstanding

en appel on appeal

en premier appel at first appeal

faire appel à qqn to call for sb.

jugement en instance d'appel judgement pending appeal

appentis shed

applicable applicable

application application ; diligence

application (jur.) enforcement

application de la Règle proportionnelle 010 application of Average

sans application de franchise without applying excess/deductible

procédé impliquant l'application de chaleur process involving welding and flame cutting work

appliquer to apply ; to enforce *(legal)*

appliquer la loi (mettre en vigueur) to enforce the law

appoint *(see below)*

chauffage d'appoint auxiliary heating

apport financier financial contribution, capital brought into the business

apporter *(see below)*

apporter des réserves sur un document to qualify a document

apporter la preuve de to evidence

apporter son concours pour que qqch. soit fait 079, 110 to concur in doing sthg

apporter toute l'assistance en son pouvoir to render all assistance in one's power

retard apporté à l'exécution des travaux delay in performing the works

apporteur d'affaires business getter

apposer *(see below)*

apposer des scellés to affix seals

apposer sa signature to append one's signature

timbres apposés sur des cartes stamps affixed to cards

apposition du marquage CE sur un produit *(norme européenne)* affixing of EC marking on a product

appréciation appraisal, gauge, assessment

appréciation du préjudice assessment of the prejudice

apprécier les risques 100, 245 to assess risks, to gauge risks

appréhension de qqn apprehension of sb.

apprentissage apprenticeship

approbation approval

approche approach

approche de qqch. approach to sthg

approche globale du client global customer approach

approprié 236 appropriate, suitable, relevant

approuver to approve

approvisionnements *(m. pl.)* supplies

approvisionnements excessifs overstocking

approximatif approximate

appui *(support)* bearing

appuyer une proposition par des pièces justificatives to support a proposal by vouchers/relevant documents

A.P.S.A.I.R.D (Assemblée plénière des sociétés d'assurances contre l'incendie et les risques divers) A.P.S.A.I.R.D *(committee for fire and miscellaneous risks)*

apte à faire qqch. fit to do sthg

apuration des comptes reconciliation of accounts

apurer (see below)

apurer les comptes to check and reconcile accounts

apurer un acquit-à-caution to get a bond cover discharged/cancelled

apurer un solde débiteur to wipe off a debit balance

apyre apyrous, non-combustible

aquaculture aqua culture

arable arable *(land)*

aratoire *(see below)*

instrument aratoire farming implement

arbitrage arbitration

arbitraire arbitrary

résiliation arbitraire du contrat discretionary cancellation of the contract

arbitre arbitrator

tiers arbitre 007 umpire

arboriculture arboriculture

arc électrique electric arc

arcage bending

architecte architect

archivage archiving

archives *(f. pl.)* archives, records

archiviste archivist

arcure bending

ardoise slate

argent 290, 297 silver *(metal)*, money, specie

argenterie silverware

argile clay

site d'argile clay soil site

arme à feu firearm

armoire *(bureau)* cabinet

armoire ignifugée fire-resisting cabinet

arquage bending

arraché *(see below)*

vol à l'arraché *(bag)* snatching

arrérages *(maintenant remplacé par versement périodique)* instalments

arrestation arrest

arrêt *(see below)*

arrêt de travail (congé maladie) sick leave

arrêt du travail stoppage of work, cessation of work

arrêt sur salaire attachment of earnings

arrêté administrative ruling

arrhes earnest money

arriéré *(adj.)* outstanding, overdue, in arrear(s)

prime arriérée outstanding premium

arriérés *(n.)* arrears, outstandings

arrivée arrival

à l'arrivée on arrival

arrivée d'eau water inlet

couper l'arrivée d'eau to shut off the water supply

arriver à échéance to fall due

arrosage watering, sprinkling

artère *(rue)* thoroughfare

article article, item

tous articles ayant valeur d'argent 276 any and all securities for money

artificiel artificial

asbestose asbestosis

ascendant ascendant/ascendent

aspect extérieur *(see below)*

dommage causé à l'aspect extérieur marring

asperger to sprinkle

aspersion sprinkling

asphalte asphalt

asphyxie asphyxy, asphyxia

assainir to improve the sanitary conditions

assemblage assembly

Assemblée plénière des Sociétés d'assurance contre l'Incendie Fire offices' Committee

asseoir la prime sur to base the premium on

la prime est assise sur 325 the premium is based on

assermentation swearing

assermenté *(juré)* sworn

assiégé par besieged by

assiette basis

assiette de la prime premium basis

assiette des droits basis of duties

assignation *(juridique)* summons

assigner qqn en réparation to summon sb. for remedy, to bring an action against sb. for remedy

assimilable à comparable/ assimilable to

assimilé à 188 assimilated to

assimilé à un contrat akin to a contract

papiers peints et assimilés wallpapers and the like

assistance assistance

assistance bénévole gratuitous assistance

assistance déplacement trip assistance

assistance juridique legal aid

assistante sociale social worker

assisté de qqn assisted by sb.

assister à une audience to attend a hearing

association *(see below)*

association de garantie guarantee society

association illégale unlawful association

assolement rotation

avenant d'assolement rotation endorsement (hail)

assortir *(see below)*

opérations assorties d'un crédit supérieur à 5 ans operations backed by a credit exceeding five years

assouplir des restrictions to ease restrictions

assujetti à subject to, liable to

être assujetti à la TVA to be liable to VAT

assujettissement aux droits de succession liability to capital transfer tax

assumer to assume

assumer une responsabilité à l'égard de qqn to assume a responsibility to sb.

opérations de distribution assumée par la compagnie elle-même in-house distribution

assurabilité insurability

assurable insurable, eligible for cover *(to qualify for insurance)*

assurance insurance

assurance à indice variable à valeur à neuf indexed new value insurance

assurance à la superficie insurance based on area

assurance accidents du travail Employers' liability (EL) insurance, Workmen's compensation insurance

assurance agricole agricultural insurance

assurance antérieure previous insurance

assurance atteintes corporelles bodily injury insurance

assurance au premier risque first loss insurance

assurance aux tiers (maintenant remplacé par assurance à l'égard d'autrui) third party insurance

assurance bâtiment building insurance

assurance bétail livestock insurance

assurance bris de glaces plate glass insurance

assurance bris de machines machinery breakdown insurance, boiler and machinery insurance

assurance cambriolage des marchandises exposées en vitrine mercantile open stock burglary insurance

assurance carence des fournisseurs contingent business interruption

assurance caution 327 bonding insurance

assurance cautionnement 310 surety bond

assurance chômage d'entreprise business interruption insurance (b/i),

assurance Contenu des bureaux 173 office contents insurance

assurance contre l'enlèvement et la demande de rançon kidnapping and ransom insurance

assurance contre la perte des bagages baggage insurance

assurance contre les coupures de courant power interruption insurance

assurance contre les détournements et escroqueries du fait des employés fidelity insurance (UK), guaranty insurance (US)

assurance contre les dommages causés à l'environnement environmental impairment liability insurance

assurance contre les pertes de bénéfices business interruption insurance (b/i)

assurance contre les pertes de recettes performance cover

assurance contre les poursuites judiciaires insurance against lawsuits

assurance contre les recours des tiers insurance against liability to third party

assurance contre les risques de guerre war risk insurance

assurance contre les vices cachés latent defects protection insurance (LDPI)

assurance crédit 312 credit insurance

assurance de choses property/loss/damage insurance

assurance de la responsabilité civile liability insurance

assurance défense et recours legal protection insurance

assurance dépréciation 029 depreciation insurance

assurance des frais accessoires/supplémentaires extra expenses insurance, outage insurance (US)

assurance des objets d'art works of art insurance

assurance des particuliers household insurance

assurance détournement de fonds accountant's liability insurance

assurance dommage-ouvrages (ADO) damage to works insurance

assurance dommages damage insurance, general insurance

assurance droits de succession insurance against inheritance tax

assurance en augmentation de valeur increased value insurance

assurance en excédent de sinistres excess of loss insurance

assurance en valeur à neuf "replacement as new" insurance

assurance en valeur agréée agreed value insurance

assurance en valeur déclarée declared value insurance

assurance faisabilité du projet project-related feasibility insurance

assurance foire fair insurance

assurance frais judiciaires legal expenses insurance

assurance garantie d'emprunts immobiliers mortgage indemnity insurance

assurance gel frost damage insurance, freezing insurance

assurance globale comprehensive cover

assurance grêle hail insurance

assurance habitation household/home-owner insurance, dwelling insurance

assurance hypothèque mortgage insurance

assurance IARD (Incendie Accident & Risques Divers) insurance against Fire, Accident and miscellaneous Risks, general insurance

assurance incendie fire insurance

assurance intérêt du vendeur et aléas Seller's interest and contingencies insurance

assurance interruption d'activité business interruption (b/i) insurance

assurance investissement investment insurance

assurance maintenance-visite maintenance and call insurance

assurance mortalité du bétail livestock insurance

assurance multirisques comprehensive insurance, block insurance (US)

assurance multirisques habitation homeowners insurance (US), householders insurance (UK)

assurance mutuelle mutual insurance

assurance obligatoire compulsory insurance

assurance offre tender cost insurance

assurance pertes d'exploitation 214, 249, 269 trading loss, business interruption (b/i) insurance, loss of profits insurance

assurance pluie pluvius insurance

assurance pour le compte de qui il appartiendra 177 insurance to whom it may concern

assurance prête-nom 039 fronting insurance

assurance principale primary insurance

assurance prospection 149 market exploration insurance

assurance responsabilité civile entreprise business liability insurance

assurance responsabilité produits product liability insurance

assurance responsabilité professionnelle malpractice insurance

assurance risque d'inflation inflation risk insurance

assurance risque de change exchange risk insurance

assurance risques spéciaux contingency insurance

assurance soins prolongés long-term care insurance

assurance tempête storm and tempest insurance

assurance titres de propriété imparfaits title insurance

assurance tous risques bijoutier jeweller's all risks insurance (UK), jewelers' block insurance (US)

assurance tous risques chantier builders' all risks insurance (UK), contractors' all risks insurance (US)

assurance valeur à neuf 209 full value insurance

assurance valeur totale full value insurance

assurance vol theft insurance, burglary insurance

assurances (sociétés d'assurance) insurance business

autre assurance 126 other insurance

assuré (n.) 008, 047 the Assured, the Insured

assuré d'origine (ré.) original assured

les Assurés et leurs préposés the Assured (Lloyd's)/ Insured and their servants

assurer to insure; to assure; to ensure, to secure

assurer la mortalité du bétail to insure livestock

ne pas assurer (couper) l'alimentation en eau to withhold the supply of water

ne pas être assuré not to be insured, to carry the risk oneself

s'assurer to get insured, to take out an insurance ; to make sure

s'assurer auprès d'une mutuelle to take out an insurance with a mutual company

assureur 009 insurer, underwriter

assureur accidents et risques divers casualty underwriters (US)

assureur conseil insurance consultant

assureur d'origine (ré.) 341 original insurer

assureur de base primary insurer

assureur direct direct insurer

assureur toutes branches all lines insurer, composite insurer (US)

assureur-apériteur (chef de file) leading insurer

astreinte daily fine for delay in performance of a contract or payment of a debt, or if the award of a judgement is not executed

intérêts moratoires et astreinte interests on deferred payment and fine

atelier workshop

atelier de réparation repair shop

atmosphère atmosphere

conservation en atmosphère contrôlée controlled atmosphere preservation

atomique atomic

âtre hearth

attaché *(see below)*

avocat attaché à la compagnie in-house lawyer

atteindre to reach, to attain

dommages atteignant damage/loss amounting to

être atteint d'une infirmité to suffer from an infirmity

atteinte *(see below)*

atteinte à l'environnement impairment to the environment

atteinte à l'image de l'entreprise impairment to the image of the enterprise

atteinte à des personnes personal injury

atteinte à l'intégrité physique harm done to bodily integrity

atteinte à l'intégrité psychique harm done to mental integrity

atteinte aux biens d'autrui damage to property of others

attenant à qqch. adjoining sthg

être attenant à qqch. to adjoin sthg

attendre qqch. to wait for/to await sthg

en attendant le règlement pending settlement

attendu que *(contrat)* whereas

attentat criminal, terrorist act

attente *(see below)*

attente clients clients'/customers' expectations

dans l'attente d'une harmonisation ultérieure pending subsequent harmonisation

attentisme temporisation

atténuer to mitigate, to diminish

atténuer les conséquences des écarts to reduce the consequences of the discrepancies

atténuer l'importance des dommages to minimise the damage (the loss)

prendre des mesures pour atténuer l'importance des dommages to take action to minimise the damage

attestation certificate, certification

attestation d'assurance certificate of insurance

attestation de la station la plus proche de la météorologie nationale certificate issued by the nearest national meteorological station

attestation de bonne exécution contract clearance certificate

attester *(see below)*

attesté sous serment 107 sworn to

attester la véracité de sa déclaration to avow the truth of one's statement

la police atteste que the policy witnesseth that

attirer *(see below)*

attirer l'attention de qqn sur qqch. to draw sb.'s attention to sthg

attitude face à un litige attitude to a dispute/litigation

attribuable à attributable to

attribution *(see below)*

attribution d'indemnités award of indemnities

attribution de dommages-intérêts award of damages

attrition *(see below)*

en présence d'une attrition si importante de sinistres in the face of such formidable claims attrition

atypique atypical

au-delà beyond

au-delà du montant exigé par la législation relative à l'assurance obligatoire over and above the amount required by the legislation on compulsory insurance

au fur et à mesure *(see below)*

au fur et à mesure de la reconstitution 263 as the reinstatement is being executed

au fur et à mesure de l'exécution des travaux 194 as the works are being done, as the works proceed

au plus at the utmost

aubaine bonanza

audible audible

audience 260 hearing

fixer la date de l'audience to fix the date of the hearing

audition hearing

audition des témoins hearing of witnesses

augmentation 201 increase, accretion

augmentation du coût du travail increase in cost of working

augmentation du risque 041 increase in the risk

en augmentation on the increase

augmenter to increase

augmenter la prime lors du renouvellement to increase the premium on renewal

augmenter les primes d'une façon générale to increase/raise the premiums across the board

auparavant previously

auquel cas in which case

pour autant que as far as

auteur perpetrator *(burglary)*

auteur d'un délit tortfeasor

auteur du dommage the person causing the damage

authentification authentication

authentifier to authenticate

autoassurance self-insurance

auto-inflammation self-ignition

automate programmable (ordinateur de contrôle) programmable automaton

automaticité automaticity

automatique automatic

automatisé automated

autorisation-désistement authorisation of waiver

autoriser to authorise

courtier autorisé accredited broker

autorité *(see below)*

autorité de contrôle supervisory authority

autorité expropriante expropriating authority

autorité locale local authority

document qui fait autorité authoritative document

autre other; further

autre que other than

entre autres inter alia

une personne physique ou une autre a natural person or other

autrement otherwise

autrui third party, others

auvent canopy

auxiliaire *(adj.)* ancillary, subsidiary, supplementary

services auxiliaires ancillary services

auxiliaire *(n.) (see below)*

désigner un auxiliaire instruit des mesures de sécurité to nominate an employee/auxiliary knowledgeable about/familiar with safety measures

aval downstream

décision en aval downstream decision

obtenir l'aval de la banque to obtain the backing of the bank

avalanche avalanche

avalanche de catastrophes spate of disasters

avaliser to back-up

avance sur recours advance on recovery

avancement *(see below)*

avancement des travaux progress of the work(s)

avancement d'une échéance (traite) acceleration of maturity

avancer *(see below)*

avancer de l'argent to advance money

avancer un argument to put forward/to set forth an argument

avantage advantage, edge, benefit

avantage sur qqn advantage/edge over sb.

avantage en espèces cash benefit

avantage en nature benefit in kind

avantages hors salaires fringe benefits, perks

avarie average

avarie matérielle damage average

avenant à la police 033 endorsement/indorsement on the policy, rider to/addendum to the policy

avenant de ressortie de prime 034 **endorsement of premium due**

avenant en vigueur operative endorsement

s'avérer inférieur à l'avance accordée to turn out to be lower than the advance granted

averti *(adj.)* advised, informed, experienced

avertissement warning

avertisseur alarm

avertisseur automatique automatic alarm

avertisseur de bris de glace break-glass alarm

avertisseur d'intrusion intruder alarm

avertisseur d'incendie fire alarm

aveu de matérialité d'un fait confession of/ acknowledgment of/admitting material facts

aveugler les ouvertures to board up the openings

avicole avicultural

aviculture aviculture

avions 087 aircraft

avis notice, notification

avis d'achat bought note

avis d'échéance de prime premium debit note, premium notice (US)

avis de bordereau (ré.) bordereau advice

avis de délaissement notice of abandonment

avis de manquant advice of shortage

avis motivé notice and the reasons for it

avis de sinistre notice of claim/loss

aviser qqn de to notify/to advise sb. of

aviser qqn par écrit to give sb. written notice

avoir *(n.) (see below)*

avoir fiscal tax credit

avoirs en caisse cash in/on hand

avoisinant neighbouring

ayant droit 132 legal personal representative, assign, bailee *(in the not to inure clause)*, eligible applicant *(to take out an insurance)*

B

bâche canvas cover

bâche imperméabilisée tarpaulin

bâtiment clos au moyen d'une bâche building closed with a canvas cover

bactérie bacteria (pl. bacterium)

bagages luggage (UK), baggage (US)

bail lease

en cours de bail during the lease

bailleur lessor

bailleur-vendeur lessor-seller

baisse d'activité (perte d'exploitation) reduction in business

balcon balcony

balise beacon

ballon d'eau chaude hot water tank

bande (inf.) tape

bandothèque (banque de données magnétiques) magnetic data bank

bang sonique sonic bang

banque bank

Banque Chargée de l'Encaissement Collecting Bank

Banque Confirmatrice Confirming Bank

banque de compensation clearing bank

banque de dépôt deposit bank

Banque de Remboursement Reimbursing Bank

Banque Émettrice Issuing Bank

Banque Négociatrice Negotiating Bank

Banque Notificatrice Advising Bank

Banque Remettante (du Cédant) Remitting Bank

globale de banque banker's blanket bond

barème scale, table

barème d'indemnisation table of benefits

barème des primes schedule of premiums

barème mobile sliding scale

barrage dam

barre bar, limit

approcher la barre de to near the limit of

barreau de fenêtre window bar

barrer l'accès d'un produit d'assurance sur le territoire to bar an insurance product from the territory

barrière de dégel sign along the road to warn trucks of thawing roads

bas bottom

au bas de la colonne on the bottom line

base base, basis

base des pertes jusqu'à leur apurement *(ré.)* losses to extinction basis

sur la base des réclamations présentées on a claims- made basis

sur la base du premier risque on a first loss basis

sur une base forfaitaire on a lump-sum basis

batardeau bulkhead

bateau pompe aéroglisseur air-cushioned fire-boat

bâti (n.) stand

bâtiment building

bâtiment à ossature en bois timber-framed building

bâtiment à usage d'habitation apartment building

bâtiment à usage de bureau office building

bâtiment à usage industriel industrial building

bâtiment collectif apartment block

bâtiment démontable portable building

bâtiment en dur solid building, building of massive construction

bâtiment en dur permanent building in masonry

bâtiment non entièrement clos et couvert building not entirely closed and covered

bâtiment uniquement à usage d'habitation building for dwelling purposes only

battant (n.) (*see below*)

battant de fenêtre casement

battant de porte stile

batterie battery

batterie avec une autonomie de 72 heures battery with a 72-hour autonomy

beaux-arts fine arts

bénéfice 201 profit; benefit

bénéfice brut gross profit

bénéfice de l'assurance benefit of insurance

bénéfice net 201 net profit

bénéfice net de l'exercice net trading profit

bénéfice d'exploitation trading profit

bénéfices sur frais de gestion loading profits

participation aux bénéfices (ré.) profit commission

perdre au bénéfice de qqn to lose to sb.

bénéficiaire 197 beneficiary, obligee

bénéficiaire d'une caution 311, 326, 327 obligee

bénéficiaire d'une indemnité beneficiary of an indemnity

bénéficiaire dénommé named beneficiary

bénéficiaire (effet commercial) payee

bénéficier (dans la 'not to inure clause') to inure to the benefit of

bénévole gratuitous, free, not for money, voluntary, without valuable consideration

aide bénévole gratuitous help

collaborateur bénévole voluntary collaborator

bénévolement without valuable consideration/not for money

besoin need

besoin de qqch. need for sthg

en cas de besoin if need be

en cas de besoin d'assistance when in need of assistance

pour les besoins du service for the needs/requirements of the department

pour les besoins de son activité for the purposes of one's business

instruments utilisés pour les besoins de sa profession instruments used to carry on one's occupation

bétail cattle, livestock

assurance mortalité bétail livestock insurance

béton concrete

dalle de béton concrete slab

betterave sucrière sugar beet

biais (*see below*)

par le biais de through

bibliothèque de bandes tape library

bibliothèque de bandes automatisée (BBA) automated tape library (ATL)

bien(s) (n.) property, estate

bien assuré 011, 156 property insured

biens confiés property in custody, in care

biens et effets goods and chattels

bien informatique 211 item of computer equipment

biens de consommation consumer goods

biens d'équipement capital goods

biens immobiliers real estate property; fixtures and fittings

biens immobiliers par incorporation additional fixtures

biens informatiques computer equipment, computer property

biens meubles chattels, movable property, movables/moveables

biens meubles et immobiliers real and personal property

biens retirés d'une résidence property removed from a residence

bien-fondé relevance, soundness, cogence, cogency

bien-fondé d'une dette soundness of a debt

contester le bien-fondé de qqch. to contest the relevance of sthg

biennal (*see below*)

prescription biennale two-year limitation

biffer to delete

bijouterie (les bijoux) jewellery (UK), jewelry (US)

bijoutier jeweller (UK), jeweler (US)

bilan balance sheet

bilan de faillite statement of affairs

bilantiel (*see below*)

impact bilantiel impact on the balance sheet

billet note

billet à ordre promissory note

billet de banque bank note

bisannuel biannual

blanc white ; blank

blanc cassé off white

être laissé en blanc to be left blank

blessé (n.) the injured person

blessure injury

blessure intentionnelle wilful, intentional injury

blindage steel plating

blindé armoured

porte blindée metal-covered door

blocage obstruction, freezing

blocus blockade

faire le blocus de to blockade

violation de blocus blockade running

bloquer to blockade, to block, to obstruct, to freeze

bloquer les salaires to freeze (the) wages

bloqué par les glaces ice-bound

bois en/de grume rough lumber (US)/timber (UK)

boiseries (lambris) panelling(s)

bombe logique 218, 219 logic bomb, soft crash

bon (de) cadeau gift token

bonification allowance, rebate, bonus, discount

bonification pour absence de sinistre no-claim(s) discount (NCD)

bonus bonus

bonus différé glissant (salaire) sliding deferred bonus

bonus de fidélité loyalty bonus, no claims bonus

border (*see below*)

une rue bordée d'arbres tree-lined street

bordereau 329 bordereau, statement

bordereau de cession (ré.) cession bordereau

bordereau de commission commission bordereau

bordereau de douane custom-house note

bordereau de prime (ré.) premium bordereau

bordereau de remise (d'argent) memorandum of remittance

bordereau de sinistre (ré.) claim statement, loss bordereau

bordereau des matériaux bill of quantities

bordereau récapitulatif summary

bords de toit roof eaves

bornage staking out

borne boundary stone

borne kilométrique milestone

se borner à qqch. to limit oneself to sthg

bouche (*see below*)

bouche antigel frost-proof hydrant

bouche armée standpost hydrant

bouche d'incendie fire-hydrant/plug

bouché (adj.) (*see below*)

canalisation bouchée backed-up drain

boueux muddy

bouquet (ré.) bouquet of treaties

bovins bovine

branche (*see below*)

branche d'affaires 341 class of business

branche d'assurances 089 class of insurance

branche risques des particuliers d'une société d'assurance personal line of an insurance company

branchement connection

brancher le système d'alarme to put the burglar alarm into full and effective operation

braquage hold up

braquer to hold up

braqueur armed robber

brevet patent

brigade de sapeurs-pompiers fire-brigade

briqueterie brickyard

bris breakage

bris de bouteille bottle breakage

bris des glaces fixes fixed glass breakage

bris de machines machinery breakdown

vol commis par bris de glaces theft committed by breaking glass

brochure leaflet

brûler to burn

brûler complètement (bâtiment) to burn down

brûlure burn

brusque rupture de contrat abrupt breach of contract

buanderie laundry

buisson bush

bureau (*see below*)

bureau de tarification rating office, rating bureau

bureau de douane intérieur inland clearance depot (ICD)

bureau de douane de passage (EDI) customs office of transit

but (*see below*)

dans le but de with the object of (+ V + ing)

C

cabinet (*see below*)

cabinet d'assurance insurance office

cabinet de courtage brokerage/ broking firm/house

câble cable, wire

câbles électriques de raccordement à l'immeuble electricity cables extending from the public mains to the building

cachet de la poste postmark

cadastre land registry (UK), Real Estate Register (US)

cadence de paiement schedule of payment

cadre framework, scope

dans le cadre de son activité professionnelle within the framework/scope of one's occupation

dans le cadre du contrat under the contract

caduc lapsed, statute barred

cage d'escalier staircase

cahier des charges specifications

caisse (*see below*)

caisse d'assurance contre l'incendie fire insurance fund

caisse centrale des mutuelles agricoles central fund of farming mutuals

caisse d'épargne savings bank

caisse enregistreuse cash register

caisse de prévoyance provident fund

argent/espèces en caisse cash in hand/on hand

caissier, caissière cashier

calamité (*see below*)

calamité agricole agricultural disaster

calamité naturelle natural disaster

calamités et catastrophes naturelles calamities and natural disasters

calcul calculation, computation

calcul de la TVA assessment (tax), assessment for VAT

calculer la prime to calculate/to compute *(US)* the premium, to assess the premium *(UK, Fire)*

cale chock

calendrier des livraisons schedule of delivery

caler *(une cale)* to chock

calfatage caulking

calfatage défectueux des cuves defective caulking of tanks

calfeutrage caulking

cambriolage 012 housebreaking, burglary

cambrioleur housebreaker

camembert *(graphique)* pie chart

canalisation main, pipe

canalisation municipale city main

canalisation principale feed main

canalisation d'évacuation drain

candidat applicant

candidature application

caniveau *(drainage)* gutter

canon cannon

canon à eau water cannon

canon à mousse foam cannon

cantine canteen

capacité *(ré.)* 331 capacity

capacité de traitement (inf.) throughput

capital *(n.) (see below)*

capital assuré 128 sum insured

capital émis issued capital

capital immobilisé tied-up capital

capital libéré paid-up capital

capital *(adj.) (see below)*

en lettres capitales in block letters

capitonnage cushioning

caprins goats

captive d'assurances 016 captive insurance company

capture capture

être l'objet de capture to be the object of capture

caractère *(see below)*

dommage de caractère accidentel accidental damage

en caractères gras in bold character(s)

en caractères très apparents (typographie) in very clear print

imprimer en petits caractères to print in small print

caractérisé *(see below)* characterised

accident caractérisé 152 clear accident

carence *(see below)*

année de carence waiting year

carence de paiement 146, 226, 324 failure to pay, default of payment

carence des fournisseurs et des sous-traitants (pertes d'exploitation) suppliers and subcontractors extension

carence du débiteur 226 default of the debtor

délai de carence partial benefit period

période de carence waiting period, partial benefit period, qualifying period

carnet à souches counterfoil book

carreau insonore acoustical tile

carreau pour salles de bains bathroom tile

carrelage tiling

carte card, map

carte bancaire bank card

carte de crédit credit card

carte téléphonique phone card

carte d'accès magnétique informatique access card

carte de transfert de fonds fund transfer card

carton *(matériau)* cardboard

carton d'amiante bitumé asbestos felt

carton de construction felt

cas case

cas de Force Majeure case of Force Majeure, circumstances beyond one's control, Act of God (natural disaster)

cas de présomption case of presumption

au cas par cas on a case-by-case basis

auquel cas in which case

en cas d'assurances multiples 165 in the event of more than one insurance

en cas de in the event of

en cas de besoin if need be

en cas d'urgence in the event of emergency

en pareil cas in such case

le cas échéant if required, if any, where appropriate

selon le cas as the case may be

case hachurée d'un document shaded box of a document

caserne de pompiers fire station

casier judiciaire police record

cassant brittle

casse breakage

(se) casser net to snap

castration castration

cataclysme cataclysm

catastrophe 031 catastrophe, disaster

catastrophe naturelle natural disaster

demande d'indemnité de catastrophe catastrophe claim

catégorie category, class

catégorie de bâtiments class of buildings

catégorie de risques class of risks

cause *(see below)*

cause immédiate 066, 192 proximate cause

cause première original cause

en tout état de cause in any case, under any circumstances

mettre qqn en cause to implicate sb.

mettre qqn hors de cause to dismiss a case against sb., to clear sb. of a charge, to exonerate sb.

sinistre en cause the loss, claim involved

causer *(see below)*

dommages causés aux Bâtiments damage done to the Buildings

caution *(acte, personne)* 311, 320, 324 bond, bail, security, guarantee ; surety

caution appel à première demande on demand bond

caution d'appel 302 appeal bond

caution de bonne exécution du mandat 306 fiduciary bond

caution de bonne exécution et d'achèvement de travaux performance and completion bond

caution de maintenance maintenance bond

caution de paiement de la main-d'œuvre et des fournisseurs 303 labour and material payment bond

caution de restitution d'avance advance payment bond

caution de retenue de garantie 304 retention money bond

caution de soumission bid bond

caution de sous-traitance subcontracting bond

caution détournement de fonds et escroqueries du fait des employés 305 fidelity bond

caution douanière customs bond

caution judiciaire 308 litigation bond

caution judiciaire/pénale (signée par la caution) bail bond

caution licence et permis 307 licence and permit bond

la responsabilité de la caution the liability of the surety

payer une caution dans le cas d'un accident to pay a bond in the event of accident

caution conjointe joint surety, surety in solidum

cautionnement 315, 320, 322 bond, guarantee

avisez nous de toutes autres polices d'assurance ou de tous autres cautionnements couvrant le dommage ou la perte tell us about any other insurance policy or bonds covering the damage or loss

cave cellar

caveau *(sépulture)* burial vault

ce, cet, cette 106 this, that, such

cédante *(ré.)* 329, 333 ceding company, the cedant

céder to cede *(ré.)*, to assign, to transfer

céder une police (ré.) to cede a policy

primes cédées, nettes d'annulation et de ristournes premiums ceded, net of cancellation and discounts

cellier cellar

cellulaire cellular

téléphone cellulaire cellular phone

celui-ci, celle-ci, etc. this

à celui-ci hereto (to this)

avec celui-ci herewith (= with this)

dans celui-ci herein (= in this)

de celui-ci hereof (= of this)

jusqu'à celui-ci hereto (= to this)

sous celui-ci hereunder (= under this)

sur celui-ci hereon (= on this)

celui-là, celle-là, etc. that

avec celui-là therewith (= with that)

à/dans celui-là 091 thereat (= at that)

dans celui-là 285, 289 therein (= in that)

de celui-là 072, 084, 100, 110, 179 thereof (= of that), therefrom (= from that)

jusqu'à celui-là thereto (= to that)

par celui-là thereby (= by that)

pour celui-là 207 therefor (= for that)

sous celui-là thereunder (= under that)

sur celui-là thereon (= on that)

censé *(see below)*

être censé faire qqch. to be supposed to do sthg

central téléphonique telephone exchange

dommages à l'équipement du central téléphonique desservant les locaux damage to equipment at the telephone exchange serving the premises

centrale *(n.) (see below)*

centrale hydraulique waterworks

centrale nucléaire nuclear power station

centre centre

centre d'activités hub

centre commercial shopping centre

centre de gravité centre of gravity

centre de profits profit centre

Centre de Réception des Alarmes receiving alarm centre

centre de surveillance centre of surveillance

cep de vigne vine stock

cercle circle

certain *(see below)*

payer une certaine somme d'argent to pay a sum certain in money

risque certain clean risk

certificat certificate

certificat de conformité certificate of compliance

certificat d'assurance insurance certificate

certificat de contrôle des produits par l'usine inspection certificate

certificat de réception provisoire completion certificate

certificat provisoire interim certificate

certificat sanitaire health certificate

certifier to certify

certifier un chèque to attest a cheque

copie certifiée conforme certified true copy

certitude certainty

ces these, those, such

cessation cessation, discontinuance

cessation d'activité 251 discontinuance of business

cessation d'une assurance cesser of an insurance (legal aspect)

cessation de la police 013 termination of the policy

cessation de l'occupation des locaux cessation of occupancy of premises

cessation du bénéfice de la garantie cessation of operation of cover

cessation du risque termination of risk

cesser *(see below)*

cesser le paiement de la prime to discontinue payment of the premium

la police cesse d'opérer the policy is no longer valid, the policy ceases to operate

la société cesse d'exister the company ceases to exist

cessible transferable, assignable

cession transfer, assignment, cession

cession conventionnelle contractual cession

cession d'actifs transfer of assets

cession de portefeuille transfer of portfolio

cession directe direct cession

cession légale legal cession

cessionnaire *(d'une créance)* transferee, assignee

compagnie cessionnaire accepting office

chaîne chain

chalumeau blowpipe

chambre de débarras lumber room, box room

chambre forte 289, 294 strong room, vault

chambre froide cold room, cold-storage unit

champ *(see below)*

champ de l'assurance scope of insurance

champ électromagnétique electromagnetic field (EMF)

champ magnétique magnetic field

sur le champ forthwith

changement change, alteration

changement dans la matérialité du risque change material to the risk

changement de domicile change of residence

changement de température change in temperature

changement des législations change in legislations

changer de mains to change hands

chantage blackmail

chantier (working) site, building site

vérification sur le chantier/sur place on-the-site verification

chanvre hemp

chapardage pilferage

chaque *(see below)*

chaque article en cas de pluralité each item, if more than one

chaque risque any one risk

à chaque fois que at any one time

charge *(see below)*

charge de la preuve burden/onus of proof

charges comptables accounting expenses

charges et dépens charges and outlay

charges fixes 248, 249 standing charges

charges variables d'exploitation variable working expenses

enfants à charge dependent children

frais à la charge de charges borne by, for sb.'s account, charged to sb., payable by

la preuve à la charge de l'Assuré 193, 274 the burden of proof rests with the Insured

toute perte éventuelle est à la charge de qui la subit any loss lies where it falls

une portion proportionnelle de la perte sera à votre charge you will bear a rateable share of the loss

chargé *(n.)* **de clientèle** account manager

chargement *(maintenant remplacé par "frais")* loading

chargement pour frais de gestion management expenses loading

chargement pour frais d'encaissement loading for collecting costs

risque de chargement loading risk

se charger de la correspondance to attend to the correspondence

chariot élévateur fork-lift truck

charpente framing, structure

charpente de toiture timberwork/ iron-work of a roof

charpente d'une maison timbering of a house, iron- work of a house

charpente de toit roof timber

charpente en bois timber frame

charpente métallique steel frame

charte de protection protection charter

chasse hunting

châssis vitré glass frame

chaudière boiler

chauffage heating

chauffage central individuel tenant-controlled central heating

chauffage par le sol underfloor heating

chauffer to heat

chauffe-eau hot water heater

chaufferie boiler room

chaume thatch

chaussée carriageway, roadway

chaux lime

chef *(see below)*

chef d'exploitation trading manager

chef de blessures volontaires count of intentional injuries

chef de programmation chief programmer

chef du personnel chief of staff

au premier chef in the first instance

les sommes que vous auriez déboursées de ce chef en principal, intérêts et frais the amounts you would have paid relating to this account on principal, interests and expenses

chemin way, road

les locaux et tous les chemins the premises and all ways

chemin de terre track

chemin vicinal local road

cheminée fire-place, stack, mantelpiece, chimney

un appareil relié à une cheminée an apparatus connected to a stack

chêneau gutter

cheptel livestock

chèque cheque *(UK)*, check *(US)*

chèque barré crossed cheque

chèque postal national giro order

chèque de 1 000 francs cheque for Ffr 1,000

chercher conseil auprès de qqn to seek advice from sb.

cheval horse

cheval de course racehorse

cheval de reproduction stud-horse

cheval de selle riding horse

cheval de Troie (inf.) Trojan horse

chevauchement overlapping

chevaucher (se) to overlap

chien assis dormer

chiffre *(see below)*

chiffre d'affaires turnover

chiffre d'affaires annuel annual turnover

chiffre d'affaires de référence standard turnover

baisse du chiffre d'affaires loss of turnover

en chiffres in figures

montant en chiffres amount in figures

chiffrer to calculate

réclamation chiffrée ciphered out claim

chirographaire *(see below)*

créancier chirographaire unsecured creditor

choc shock, impact

choc d'un corps renversé ou projeté par le vent impact by a body knocked over or dashed by the wind

choc d'un véhicule terrestre impact by a land vehicle **choc, vagues ou secousses sismiques** land shock, waves or tremors

choisir to elect

choix choice, option

à notre choix at our option

l'assureur aura le choix de it will be optional with the Underwriters to

chômage unemployment

chômage d'entreprise business interruption

chose assurée subject-matter/ property insured

chute *(see below)*

chute d'antennes, avec les fils aériens et leurs supports falling aerials, aerial fittings and masts

chute d'appareils de navigation aérienne et d'engins spatiaux falling aircraft and aerial devices

chute d'arbres falling trees

chute de satellite falling satellite

dommages résultant de la chute de la foudre damage arising from a stroke of lightning

ci-dessous hereunder

à ciel ouvert in the open

ciment cement

cintrage bending

circonscrire un incendie to bring a fire under control

circonstance circumstance

circonstances connues de qqn circumstances known to sb.

circonstances indépendantes de sa volonté circumstances beyond one's control

en toutes circonstances under any circumstances

circonstancié *(see below)*

déclaration circonstanciée detailed statement, detailed declaration, itemised statement

circuler dans l'enceinte de l'établissement to go about within the precinct of the establishment

citation en justice writ

citer *(see below)*

cité devant les juridictions pénales summoned to appear before a court of criminal jurisdiction

être cité comme témoin to be cited as witness

citerne de carbures carbide tank

civilement responsable legally liable

civique civic

activité civique civic activity

clair et net clear-cut

clandestin illegal

par entrée clandestine by illegal entry

par maintien clandestin dans les locaux by illegally staying in the premises

classe de couverture *(const.)* classification of roofing

classement *(see below)*

classement des bâtiments selon leur résistance au feu fire grading of buildings

corbeille à classement filing tray

meuble de classement filing cabinet

classer to file, to shelve

dossier à classer file/dossier to be filed

classification classification

clause clause

clause "à ordre" endorsement of order

clause compromissoire arbitration clause

clause conditionnelle proviso

clause d'ajustabilité (ré.) increase/decrease clause, stability clause

clause d'ajustabilité de la prime premium adjustment clause

clause d'arbitrage arbitration clause

clause d'attribution de juridiction jurisdiction clause

clause de casse breakage clause

clause de coopération en cas de sinistre 334 claims co-operation clause

clause de déchéance forfeiture clause

clause de déficit 335 deficit clause

clause d'exonération exemption clause

clause exonératoire de responsabilité clause of liability exemption

clause de franchise excess clause, deductible clause

clause de garantie warranty clause

clause de gardiennage watchman clause

clause de grèves, émeutes et mouvements populaires SR and CC (Strikes, Riots and Civil Commotion) clause

clause de la règle proportionnelle average clause

clause de la vente du sauvetage salvage sale clause

clause de locaux de remplacement alternative premises clause

clause de mesures préventives avoidance of loss clause

clause de négligence negligence clause

clause de pluralité d'assurés joint insured clause, contribution clause (UK), severability clause (US)

clause de premier exercice new business clause

clause de rachat (ré.) commutation clause

clause de subrogation subrogation clause

clause des risques exclus exclusion clause

clause d'indice variable index-linking clause

clause de "pas de remède, pas d'honoraires"/"pas de résultat, pas de paiement" "no cure no pay" clause

clause des risques exclus exclusion clause

clause résolutoire avoidance clause

clause summitale paramount clause

clause type standard clause

clause unique sole clause

clavier keyboard

clé, clef key

clef de la porte d'entrée 293 the key to the front door

clés en main turnkey

usine clés en main turnkey factory

clément *(see below)*

temps clément mild weather

clichés et microfilms negatives and microfilms

client *(see below)*

client éventuel prospect

client intégré current client

clientèle *(see below)*

compensation pour la clientèle (fonds de commerce) compensation for goodwill

climatique climatic

risque climatique climatic risk

condition climatique climatic condition

climatisation air-conditioning

cloche d'alarme alarm gong

cloison partition

cloison coupe-feu fire partition

cloison grillagée trellis partition

cloison mobile sliding partition

cloison pleine solid partition

cloison porteuse bearing partition

cloison verticale d'une mansarde ashlar

cloisonnement *(dans un bâtiment)* partitioning

clos closed

jardin clos de murs valled-in garden

clôture *(see below)*

clôture définitive (ré.) cut-off

clôture de l'expertise 194 completion of the survey report

clôture du bâtiment fence of the building

clôture du chantier hoarding of the site

date de clôture de l'exercice comptable closing date of the accounting year

mur de clôture enclosure wall

coassurance 021 co-insurance

coassurance croisée cross co-insurance

coassurance communautaire (EU) community co-insurance

coassureur 169 co-insurer

cocher la case correspondante to tick the corresponding box

code code

code barre bar code

code de bonne conduite code of good conduct

code du travail labour law

code du bâtiment building code

code postal post code (UK), zip code (US)

codé coded

instruction codée coded instruction

coefficient ratio, coefficient

cœur du problème core problem

Coface roughly corresponds to Eximbank in USA and ECGD in the UK

coffre 289 chest

coffre-fort 278, 290 safe *(pl.* safes)

coffre-fort agréé approved safe

coffre-fort anti-chalumeau blow-pipe resisting safe

coffre-fort anti-explosion explosion resisting safe

coffre-fort scellé fixed safe

cohérence et performance des contrôles programmés *(inf.)* coherence and performance of programmed checks

collaborateur collaborator

collaborateur en mission collaborator on a mission

collationner des informations to collate information

collecter de l'argent to collect money

collection collection

collier *(bijou)* necklace

colloque colloquium

en collusion avec qqn in collusion with sb.

cols de fer iron-collar workers

combler le déficit to fill the gap

combles attic

combustible nucléaire nuclear fuel

combustion combustion

combustion lente slow combustion

combustion spontanée spontaneous combustion

combustion vive blaze

comité committee

comité consultatif advisory committee

comité d'entreprise works council

Comité de coordination de données commerciales Trade Data Co-ordinating Committee

comité de sécurité safety committee

comité de tarification rating committee

comité de réglementation regulatory committee

commande order

commande numérique numerical control

comme il faut properly

comme suit as follows

commencement du risque commencement of the risk

commencer *(see below)*

le risque commence à courir à compter de the risk attaches as from

risque commencé 061 risk incepted

tout mois non commencé any uncommenced month

commettant principal

commettre *(see below)*

commettre un vol to commit a theft

commettre une faute professionnelle to commit a malpractice

le juge peut commettre un expert the judge may nominate a surveyor

comminatoire comminatory

commissaire aux comptes auditor

commissaire-priseur auctioneer

commission commission

commission à échelle mobile sliding scale commission

commission d'acquisition new business commission

commission de cession (ré.) ceding commission

commission forfaitaire straight commission

commission ristournée return commission

commission sur bénéfice réalisé (ré.) profit commission

commission uniforme flat commission

commun *(see below)*

d'un commun accord by mutual agreement

locaux communs common premises

communication communication

communication externe external communication

communication interne internal communication

en communication avec un atelier communicating with a workshop

compactage compaction

compagnie *(see below)*

compagnie agréée admitted company

compagnie apéritrice leading company

compagnie communautaire (une société d'assurance dont le siège se trouve dans l'un des pays membres de l'Union Européenne) community company (an insurance company whose head office is in a Member State of the European Union)

compagnie d'assurance toutes branches composite insurance company

compagnie mère parent establishment/company

comparaître *(see below)*

comparaître devant les tribunaux to appear in court

comparaître en justice to enter an appearance

comparer les prix avant d'acheter to shop around

comparution appearance in court

compatible avec compatible with, consistent with

logiciel compatible avec le nouveau matériel software compatible with the new hardware

compensation compensation

compensation des risques balancing of portfolio, equalisation of risks

compensation pour la clientèle (le fonds commercial) compensation for goodwill

compensatoire compensatory

compenser (qqch.) to compensate for, to offset, to make good (sthg)

compétence competence

avoir compétence pour faire qqch. (tribunal) 288 to have jurisdiction to do sthg

compétent en matière de qqch. conversant with sthg

complémentaire *(see below)*

garantie complémentaire additional cover

compléter to complete

complice accomplice, accessory

complicité complicity

avec la complicité de qqn with sb.'s complicity

composant 186 component

(se) composer de to consist of

compositeur *(see below)*

deux arbitres ayant pouvoir d'agir comme amiables compositeurs two arbitrators entitled to act as amicable arbitrators

comprendre *(inclure)* to include, to comprise

les deux jours compris 092 both days inclusive

ne pas comprendre qqch. to be exclusive of sthg

compresseur compressor

comprimé compressed

air comprimé compressed air

compromettre la production to impair production

compromissoire *(see below)*

clause compromissoire arbitration clause

comptabilité accountancy, bookkeeping

méthode de la comptabilité d'exercice 001 accrual basis method of bookkeeping

comptable *(adj.) (see below)*

erreur comptable accounting error

être comptable de qqch. auprès des Autorités to be accountable to the Authorities for sthg

exercice comptable accounting year

période comptable accounting period

plan comptable accounting plan

principes comptables accounting principles

sous les renseignements comptables under the accounting information

comptable *(n.)* accountant, bookkeeper *(to keep the books)*

comptant cash

au comptant on a cash basis

la primes est payable au comptant the premium is payable cash

sinistre au comptant (ré.) cash loss

compte *(see below)*

compte clients receivables, accounts receivable, book debts

compte de caisse d'épargne savings account

compte de prévoyance contingency account

compte de résultat d'une entreprise profit and loss account of a company

compte tenu de taking into consideration

arrêter un compte to close an account

assurance pour le compte de qui il appartiendra insurance for account of whom it may concern

au compte de in respect of

être porté sur le compte de qqn to be for sb.'s account

il est tenu compte de 214 it is taken account of

il sera tenu compte de ... account will be taken of...

le règlement de l'indemnité est fait par pour compte the settlement of indemnity is made by individual account

paiement à compte payment on account

pour compte propre/pour son propre compte for one's own account

pour le compte de qqn on sb.'s behalf

prendre en compte 004 to bring into account

risque pour compte risk for own account

tenir compte de qqch. to allow for something

compte(-)rendu report

compte(-)rendu d'activité progress report

compte(-)rendu de la perte reporting of the loss

compter *(see below)*

à compter de 106 as from, as of

compteur *(gaz, électricité)* meter

conception *(see below)*

conception de programme programme design

conception d'un produit design of a product

concernant 137 relating to

concerner *(see below)*

en ce qui concerne qqch. with regard/respect to sthg

concerté *(see below)*

des efforts concertés concerted efforts

concierge doorkeeper, janitor *(US)*

conciliation conciliation

procédure de conciliation conciliation procedure

conclusion du marché striking of the deal

concomitant à concurrent with

survenir de façon concomitante à qqch. 181 to happen concurrently with sthg

concordat de faillite composition and arrangement, scheme of arrangement

concorder avec 253 to be concurrent with

concours *(see below)*

apporter son concours à qqch. 079 to concur in sthg

(se) concrétiser to materialise

concubin, concubine partner, cohabitee

concurrence competition

concurrence déloyale unfair competition

à concurrence de 119 up to

être jugé pour concurrence déloyale to be judged for passing off, for unfair competition

condamnation *(see below)*

condamnation à un montant supérieur sentence to pay a higher amount

moyen de condamnation des ouvertures means to board up the openings

poursuivre qqn en justice en vue d'une condamnation 237 to prosecute sb. to a conviction

condamner les ouvertures to board up the openings

condensation condensation

condition condition

condition préalable prerequisite

condition préalable à tout droit à une action en justice condition precedent to any right to an action

condition suspensive suspensive condition

à condition que provided that

conditions *(maintenant remplacé par dispositions)* terms, provisions

conditions générales general conditions

conditions implicites implied conditions

Conditions particulières 99 the Schedule

conditions d'échelonnement de la prime premium instalment terms

conduire la défense d'un recours (de la part de l'assureur) to conduct the defence of a claim

conduire ses affaires to conduct one's business

conduit d'aération vent pipe

conduite *(f.)* conduct *(behaviour)* ; main *(water)*

conduite d'aspiration suction pipe

conduite d'évacuation des eaux de pluie down spout

conduite de tout commerce ou toute profession carrying on of any trade or profession

conduites d'eau souterraines underground water pipes

conférer qqch. à qqn to confer sthg upon sb.

confidentialité confidentiality

confier *(see below)*

confier qqch. à qqn to entrust sb. with sthg/ to entrust sthg to sb.

des biens confiés en dépôt property deposited for safe custody

dommages causés aux biens confiés damage to property held in trust

confins *(see below)*

l'eau qui s'échappe des confins normaux de cours d'eau naturels ou artificiels escape of water from normal confines of any natural or artificial watercourse

confirmer un contrat to affirm a contract

confiscation confiscation

conflagration *(incendie de grande envergure qui implique de nombreux bâtiments)* conflagration *(large destructive fire involving numerous buildings)*

conflits du travail labour disturbances

conforme à l'échantillon up to sample

conformément à 261 in compliance with, pursuant to, in accordance with, as per

(se) conformer à qqch. to comply with/to conform to sthg

(se) conformer aux exigences to meet the requirements

conformité conformity

confronté à faced, confronted with

congé leave, holiday

être en congé maladie to be on sick leave

congélateur deep freezer

congelé frozen

congruence des actifs matching of assets

conjoint(e) *(n.)* spouse

conjoint *(adj.)* joint

requête conjointe joint request

responsabilité conjointe et solidaire joint and several liability, liability in solidum

conjointement jointly

conjointement et solidairement responsable jointly and severally responsible

en conjonction avec in conjunction with

connaissance *(see below)*

à la connaissance de l'Assuré 098 to the best of the Assured's knowledge

avoir connaissance de qqch. 184, 290 to be privy to sthg, to have privity of sthg; to be aware/cognisant of sthg

avoir de bonnes connaissances à propos de qqch. to be knowledgeable about sthg

dès qu'il aura connaissance de la perte, l'Assuré 288 upon knowledge of the loss the Assured

en toute connaissance de cause knowingly

connivence 203 connivance, connivence

être de connivence dans qqch. to connive at sthg

connu de qqn known to sb.

conscient

être conscient de qqch. to be cognisant of sthg, to be aware of sthg

consécutif running, consecutive

être consécutif à 281 to be consequent upon, to result from, to arise from, to be consequential on

10 jours consécutifs 10 running days (r. d)

Conseil des prud'hommes Industrial Tribunal *(equivalent)*

conseiller consultant

conseiller en gestion de risques risk management consultant

conseiller juridique attorney

consentement consent

consentir to consent, to grant

consentir un prêt to grant a loan

conséquence consequence

être la conséquence de to be consequent on

en conséquence 248 consequently

en conséquence de 048 as a result of

conservation du risque 071, 336, 349 risk assumption, retention of risk

plein de conservation retention limit

conserver *(see below)*

conserver le bâtiment en bon état to keep the building in good repair

conserver les franchises à sa charge to be one's own insurer for the excesses

consignation consignment

en consignation on consignment

consigner qqch. sur un document to enter sthg in a document

consignes *(see below)*

consignes d'incendie fire regulations

consignes de sécurité safety instructions

consister à to consist in *(+ V + -ing)*

console console

consommateur final ultimate consumer

constat report

constat d'accident report of an accident

dresser/établir le constat to draw up the report

constater les dommages to ascertain the damage

constituer to constitute, to build up

constitution *(see below)*

constitution d'une provision (bilan) building up of a provision

frais de constitution de dossier charges to set up a file

constructeur en bâtiment building constructor

construction construction

construction en dur standard construction

construction légère flimsy/non-standard, non-massive construction

construction et couverture des locaux construction and roofing of the premises

bâtiment en construction building under construction

construit en dur brick or stone built and slated or tiled

consultant consultant

consultant en réassurance reinsurance consultant

consulter qqn to consult (with) sb.

(se) consumer to consume, to burn out

contagieux contagious

maladie contagieuse contagious disease

contamination contamination

contaminer to contaminate

contentieux *(adj)* contentious

contenu 173 contents *(pl.)*

police 'contenu' contents policy

contester to contest

contester la pertinence de qqch. to query the relevance of sthg

contigu à qqch. adjoining sthg, adjacent to sthg

contiguïté contiguity

continuer to remain, to continue

continuer à jouer to remain operative

continuer une police to continue a policy

contracter *(see below)*

contracter une assurance to effect, to take out an insurance

contracter une dette to contract debt

contracter une obligation to enter into an obligation

contraction *(rétrécissement)* shrinkage

contractuel contractual

obligation contractuelle contractual obligation

contradiction inconsistency

être en contradiction avec qqch. 139 to be contrary to sthg, inconsistent with sthg, to conflict with sthg

en cas de contradiction entre les clauses 090 in the event of inconsistency between the clauses

contradictoirement *(see below)*

les défauts d'emballage doivent être constatés contradictoirement defects in packing must be ascertained jointly

contrainte stress, constraint

contrainte appliquée (const.) applied stress

contraire contrary

sauf si nous vous avisons du contraire par écrit 122 unless we send you a written notice to the contrary

sauf stipulation contraire unless otherwise stipulated

contrairement à contrary to,-unlike

contrat *(mot que l'on emploie maintenant au lieu de police)* contract, policy

contrat à durée déterminée (**CDD**) fixed-term contract

contrat accessoire collateral contract

contrat d'approvisionnement requirements contract

contrat d'assurance insurance policy

contrat de base underlying policy

contrat de maintenance 216 maintenance contract

contrat de travail contract of employment

contrat garantissant la responsabilité pécuniaire des comptables accountant's liability insurance

contrat perte d'exploitation après incendie (**PEI**) policy against business interruption ensuing a fire

contrat synallagmatique bilateral contract

contrat tacite tacit contract

contrat type standard policy

distribution effectuée par contrat contract distribution

toute alarme d'intrusion faisant l'objet d'un contrat de maintenance any intruder alarm serviced by a maintenance contract

contravention *(see below)*

en contravention de la loi quant à in violation of the law as to

contre *(see below)*

par contre 255 conversely

contrefort buttress

contre-expertise du second expert ordonnée pour contrôler la première second expert appraisal to check the first one

contre-interrogatoire cross-examination

contre-valeur value in exchange

contrebande contraband

marchandises de contrebande contraband goods

contrecarrer qqch. to counter sthg

contrefaçon counterfeiting

produit de contrefaçon counterfeit product

contrepartie 141 considération

en contrepartie de in consideration of

contreplaqué plywood

contrer to counter

contresigner to countersign

contrevent shutter

contribuer à qqch. to contribute to sthg

contribuer de façon égale aux dépenses to contribute equally to the expenses

contributif contributive

contrôle control, monitoring

autorités de contrôle supervisory authorities

contrôle de fissure crack detection

contrôle de processus process control

contrôle différé batch control

contrôle du pays d'accueil host country control

contrôle par sondage spot control

contrôle technique technical control

poste de contrôle control panel

contrôler to check, to control

toutes les circonstances que l'on peut contrôler all circumstances within one's control

contrôleur régional regional controller

convaincre qqn que 230 to convince sb. that, to satisfy sb. that

si nous sommes convaincus que l'incapacité au titre de ... if we are satisfied that disability under ...

être convaincu d'un délit 301 to be convicted of an offence

convenable appropriate, proper

convenable pour qqch. fit for sthg

convenir *(see below)*

il est de plus convenu que it is further agreed that

convention convention, agreement, covenant **convention conclue entre** agreement by and between

convention de durée ferme 207 long-term agreement

convention de location (imm.) tenancy agreement

convention tarifaire rating agreement

conventionnel *(see below)*

garantie conventionnelle contractual warranty

convivial *(see below)*

appareil convivial user-friendly apparatus

convoyer to convey, to accompany

argent/fonds convoyé(s) par un convoyeur/coursier money conveyed by a messenger

convoyeur escort, conveyor

convulsions de la nature convulsions of nature

copie copy

copie conforme true copy

copie légale (inf.) legal duplicate record

garder les copies dans des armoires ignifugées to keep duplicate records in fireproof cabinets

copropriétaire co-owner

copropriété co-ownership *(UK)*, condominium ownership *(US)*

logement en copropriété co-ownership, joint ownership (UK), condominium (US)

cordon de police police cordon

être tenu à l'écart par un cordon de police to be cordoned-off by the police

corollaire de qqch. corollary of sthg

corporel *(see below)*

dommages corporels personal/ bodily damage

corrélatif concurrent

conditions corrélatives concurrent conditions

corrélation *(see below)*

mettre en corrélation 030 to correlate

corriger to correct

corriger un défaut de conception to rectify a defect in design

corrosif corrosive

corrosion corrosion

«cote d'alerte» 040 guarantee fund

cotisation *(remplace maintenant prime)* premium

cotisations sociales social contributions

couche *(see below)*

couche d'argile bed of clay

couche de peinture coat of paint

coudée *(see below)*

avoir les coudées franches to have leeway

coulage leakage

coulée de boue mud flow

coulissant sliding

toit coulissant sliding roof

coup blow

au coup-par-coup on a case-by-case basis

coup de chaleur overheating

coup de feu probable probable fire loss

coup d'état coup

coup de foudre thunderbolt

coupure *(see below)*

coupure de courant failure of power supply

coupure de la mi-journée half-day break

cour yard; court

cour de dernier recours court of last resort

courant *(adj.) (see below)*

bonne qualité courante fair average quality

dépenses courantes running expenses

courbe des sinistres loss graph

courir to run, to accrue

faire courir les intérêts 166 to have the interests accrue

la police court à partir de ... the policy runs from ...

le risque ne court pas the risk does not attach

intérêts courus accrued interest

courrier électronique E-mail *(electronic mail)*

cours *(see below)*

au cours des activités commerciales habituelles during the ordinary course of trading

avoir cours légal to be legal tender

cours d'une devise rate of a currency

en cours in progress

en cours de contrat 164 during the currency of the contract

biens en cours de nettoyage, de réparation ou de

restauration property undergoing a process of being cleaned, repaired or restored

en cours de montage in the process of assembling, in the process of erection

garantie en cours current cover

produits en cours products being manufactured

risques en cours unexpired risks

sinistres en cours 059 outstanding losses or claims

travaux en cours work in progress

coursier *(personne)* 290 messenger

court terme short term/period

taux pratiqués pour le court terme short-period rates

court-circuit short-circuit

courtage brokerage

courtage d'immobilier résidentiel residential real estate brokerage

courtier broker

coût cost

coût d'acquisition 002 acquisition cost

coût de gestion et d'administration (ass.) loading

coûts d'exploitation operating costs

coût de relogement temporaire cost of temporary accommodation

coût de remplacement des biens replacement cost of the property

coût du sinistre pur 330 burning cost

coût du travail cost of working

coutumier customary

couverts *(de table)* cutlery

couverture *(see below)*

couverture (ass.) cover, coverage

couverture (imm.) roofing

couverture (marché à terme des denrées) 232 hedging (for commodities)

couverture de lit bed blanket

couverture en ardoises slate roof

couverture de chaume thatched roof

couverture en tuiles tile roof

couverture forfaitaire lump-sum cover

couverture géographique d'une compagnie spread of a company

couverture globale blanket cover

couverture provisoire interim cover

couvrir to cover

être couvert de façon globale to be covered on a blanket basis

cratère crater

créances debts

créances à recouvrer book debts

créances douteuses 256 bad debts

créancier *(see below)*

créancier hypothécaire (prêteur hypothécaire) mortgagee

créancier hypothécaire de premier rang first mortgagee

créancier nanti/garanti secured creditor

crédibilité credibility

crédit credit

encadrement du crédit credit squeeze

crépi roughcoat

creusement digging

creuser des tranchées to excavate trenches

creux *(n. & adj.)* hollow

crevasse crack

crise crisis *(pl.* crises)

gestion de crise crisis management

critère criterion *(pl.* criteria)

criticité criticality

crocheteur de serrure picklock

croire to believe

en arriver à croire to come to believe

crue spate, flood

torrent en crue torrent in spate

culminer to culminate

culture commerciale cash crop

culture vivrière food crop

cumul 328 aggregation

cumul des indemnités accumulation of benefits, overlapping of benefits

cumulatif *(see below)*

assurances cumulatives double insurance, other insurance

curateur, curatrice curator

cuve à essence petrol tank

cuvette de lavabo washbasin, wash bowl

cuvette des toilettes lavatory pan

cycle de vie life cycle

cyclone cyclone

cylindrique cylindrical

D

dallage paving, pavement

dalle *(see below)*

dalle de béton concrete slab

dalle de verre glass block

dangereux dangerous, hazardous

dangers du lieu de travail workplace hazards

date date

date butoir time-limit

date d'acceptation acceptance date

date d'échéance maturity/due date

date d'effet 101 inception/ attachment/effective date

date d'émission issue date

date d'établissement d'un document completion date of a document

date de prise de risques attachment/effective date

date de rachat (effets de commerce) redemption date

date de renouvellement renewal date

à dater de as from, as of

de facto de facto

de quoi whereof, of which

débâcle breaking up of ice

débarras *(pièce)* box room

(se) débarrasser de to dispose of

débattre *(see below)*

débattre de qqch. to arrange for sthg

moyennant surprime à débattre in consideration of an additional premium to be arranged

débaucher le personnel de qqn to entice sb.'s staff

débit debit ; flow

débit automatique automatic debit/ debiting

débit d'eau water flow

débit d'une somme debit of an amount

débit des lances nozzle delivery rate

compte débit debit account

débitant de tabac tobacconist

débiter to debit

débiteur *(n.)* debtor

débiteur hypothécaire mortgagor

déblaiement clearing

frais de déblaiement debris removal costs (UK), demolition costs (US)

coût du déblaiement du site cost of clearing the site

déblaiement après un incendie clearing up after a fire

taux de déblaiement clear-up rate

déblais debris

enlèvement des déblais 191 removal of debris

déblayer un site to clear a site

débordement overflowing

débordement des sources overflowing of springs

déborder sur *(see below)*

période qui déborde sur une autre overlapping period

débours 201 outlay, disbursements

débourser to disburse, to lay out

débris debris, rubble

débroussaillement clearing

débroussaillement des terres par le feu clearing of lands by fire

début *(see below)*

début de l'activité dans les locaux assurés commencement of business in the insured premises

début de la validité de la police inception of the policy

décaissement paying out of cash

décaissements immédiats 314 immediate payments

décalage *(l'intervalle de temps entre deux phénomènes liés, par exemple une cause et son effet)* time-lag *(an interval of time between two related phenomena, for example a cause and its effect)*

décelable discoverable

déceler l'existence d'un défaut to detect a defect

décennal *(see below)*

période décennale ten-year period

responsabilité décennale des constructeurs builders' ten-year liability

décharge *(see below)*

site de décharge d'ordures landfill site

décharger qqn d'une obligation to release/discharge sb. from an obligation

déchéance 024, 038, 084, 132 forfeiture, lapse

déchéance des droits forfeiture of rights

déchéance d'une police 048 lapse of a policy

police tombée en déchéance lapsed policy

déchets waste

déchets dangereux hazardous waste

déchets radioactifs radioactive waste

déchets nucléaires nuclear waste

déchirure tear

déchoir *(see below)*

être déchu de tout droit à l'indemnité to forfeit any right to indemnities

décision du tribunal rule of court

déclaration *(contrat : exposé des faits)* 025 statement, declaration, return, representation, disclosure

fausse déclaration false representation, misrepresentation

déclaration contenant la preuve de la perpétration d'un cambriolage statement containing evidence of the commission of a burglary

déclaration (constat) à la police reporting to the police

déclaration d'accident accident report

déclaration d'assurance (lors de la prise d'assurance) 032 disclosure and representation

déclaration de revenus income return

déclaration d'intérêt spécial à la livraison declaration of special interest in delivery

déclaration de sinistre notification of loss/claim

déclaration des autres assurances 163 other insurance

déclaration des circonstances representation of circumstances

déclaration en douane customs declaration

déclaration incomplète incomplete disclosure

déclaration inexacte misrepresentation, false statement, false representation

déclaration sous serment 065 sworn statement **déclaration sous serment de l'Assuré devant un officier ministériel ou celle de sa banque de dépôt spécifiant le montant et la cause du dommage sera acceptée** affidavit of the Assured or the Assured's bank of deposit setting forth the amount and cause of loss shall be accepted

déclaration tardive belated declaration

fausse déclaration 095 misrepresentation, false statement

fausse déclaration intentionnelle fraudulent misrepresentation

fausse déclaration non intentionnelle innocent misrepresentation

déclarer *(de la part de l'assuré lors de la prise d'assurance)* to disclose *(on the part of the insured when taking out an insurance)*

déclarer un sinistre to notify a loss

sinistre déclaré notified loss/damage

déclenchement différé 219 time trigger

déclencher to spark off, to trigger

déclin *(see below)*

être sur le déclin to be on the wane

décliner toute responsabilité to disclaim any liability

décollage économique economic takeoff

décoloration d'un timbre fading of a stamp

décomposer en to break down into, to split down into

décompte statement

décompte de prime premium statement

décompte des dommages claim statement

décompter qqch. de to deduct sthg from

déconfiture insolvency, failure

décontamination des données informatiques decontamination of data

décorateur interior designer

décoration decoration

découler de to arise from/out of, to result from, to stem from

découler implicitement de qqch. to be implied from sthg

découvert *(franchise)* excess, non-insured quota

découvert bancaire 210 overdraft

découvrir to discover

décret decree

dédommagement compensation

dédommager qqn pour qqch. to compensate sb. for sthg

dédouanement clearance through customs

déductibilité deductibility

déductible deductible

déduction deduction, allowance, relief

déduction du neuf au vieux deduction new for old

déduction faite de 256 less

déduire de *(conclure ; décompter)* to deduce from ; to deduct from, to take off from

défaillance failure, default

défaillance de paiement failure to pay

défaillance des appareils de sécurité failure of the safety devices

défaillance financière financial default

défaillance d'entreprises failure of enterprises

défaillant 321 defaulting

défaut defect, flaw, fault, bug

défaut d'entretien defective maintenance; lack of maintenance

défaut de comparution failure of appearance

défaut de conception faulty design

défaut de fabrication defective manufacture

défaut de nouvelles absence of news

défaut de paiement 226 failure to pay

défaut de paiement de prime fractionnée 045 instalment premium default

défaut de réparation defective repair

défaut de sécurité lack of safety

à défaut 278 failing which

à défaut de cela failing this

à défaut par vous de ce faire 096 failure to do so, you

le Souscripteur ou à défaut l'Assuré the Policyholder or if not the Insured

défavorable *(see below)*

avoir un effet défavorable sur qqch. to have an adverse effect on sthg

défectueux defective, faulty

travail défectueux (sens général) defective workmanship

défectuosité defectiveness

défectuosité de l'installation électrique defective electrical installation

défendeur, défenderesse 260, 308 defendant

défendre to defend

défense-recours *(see below)*

assurance défense-recours defence costs insurance

déficitaire *(see below)*

branche déficitaire loss-making class

définitif final

règlement définitif final full settlement

la décision sera définitive et engagera les parties 129 the decision shall be final and binding on the parties

déformation *(const.)* strain

déformation causée à un récipient deformation caused to a vessel

(se) déformer latéralement to bulge

défraîchi shop-soiled

article exposé et défraîchi shop-soiled article

défrichement *(végétal)* clearing

dégagement *(sortie ; espace)* exit way, means of egress; clear space

dégagement de chaleur exuding of heat

dégager des bénéfices to make profits

dégâts *(m. pl.)* **des eaux** water damage

dégâts aux biens/dégâts matériels property damage

dégel thawing

dégeler to thaw

dégorgement des chêneaux discharging of gutters, overflow of gutters *(UK)*

dégradation deterioration, impairment

dégradation contrôlée (inf.) fail-soft

(se) dégrader to deteriorate

degré *(see below)*

à un degré moindre to a lesser extent

dégressif degressive, tapering

déjeter *(pour un mur)* to bulge

déjouer to foil

tentative de vol déjouée foiled attempted theft

délai period of time

délai d'attente (ass.) waiting time

délai de carence waiting time

délai de découverte discovery period (of fidelity bonds)

délai de livraison time of delivery, delivery deadline

délai de réflexion/d'étude cooling-off period

bénéficier d'une période de réflexion : pour l'assuré avant de signer le contrat cooling-off period: for the insured before he signs the insurance contract

délai de remplacement du matériel informatique time necessary to replace computer equipment

délai réglementaire prescribed time

sans délai without delay, forthwith

délaissement 026 abandonment

faire délaissement des biens à l'assureur to abandon property to the insurer

délégation delegation

lettre de délégation letter of delegation

délibéré *(adj.)* 203 deliberate, wilful, gross

acte délibéré wilful act

inobservation délibérée de wilful non-compliance with

délibérément wilfully, deliberately

délicat *(difficile)* awkward

délictueux 289 felonious, tortious

entrer de façon délictueuse dans les locaux to make felonious entry into the premises

soustraction délictueuse 289 felonious abstraction

délinquant offender

délit offence

délit civil 081 tort

délit de trouble 247 tort of nuisance

délit diurne 012 daytime offence

délit sexuel sexual offence

délivrer une police 228 to deliver, to issue a policy

déloyauté infidelity

demande demand, request

demande de garantie 143 application for cover

demande d'indemnisation d'un sinistre claim

demande d'indemnité tardive belated claim

demande de remboursement claim for refund

demande reconventionnelle counterclaim

à la demande de qqn 135 at sb.'s request

à première demande on first demand

service à la demande on-demand service

sur demande 097 on request, on demand

demander une indemnité au titre d'une police to claim under a policy

demanderesse, demandeur plaintiff

démantèlement dismantling

démanteler to dismantle

démarchage *(ass.)* insurance canvassing

démarcher des clients to canvass clients

démarcheur canvasser

déménagement move, removal

déménageur furniture remover

démission resignation

donner/présenter sa démission to tender one's resignation

démolition demolition

démontable collapsible

démontage 205 dismantlement, dismantling

démonter to dismantle

dénombrement counting

dénoncer *(see below)*

dénoncer un contrat to cancel a contract **la police sera dénoncée** 116 the policy shall terminate

dénonciation d'un contrat *(maintenant remplacé par résiliation)* cancellation/termination of a contract

denrées 232 goods, commodities

déontologie deontology

dépannage *(inf.)* corrective maintenance, repair

solution de dépannage alternative solution

dépassement n'excédant pas 12 mois *(échéance d'une police)* odd time not exceeding 12 months

dépasser *(excéder)* to exceed

dépasser la somme requise to be in excess of the sum required

dépendances *(f. pl.) (bâtiments)* outbuildings, outdoor buildings

dépendre de to depend on, to be conditional on *(condition)*

dépens *(m. pl.) (see below)*

aux dépens de qqn at sb.'s expense

charges et dépens charges and outlay

dépenser de l'argent pour qqch. to spend money on sthg

dépenses expenses, expenditures

dépenses de fonctionnement operational expenditures

dépenses sinistres 019 : **dépenses directement afférentes au règlement des sinistres (honoraires du régleur de sinistres, frais judiciaires** ...) claims expenses: relating directly to the settlement of claims (loss adjuster's fees, court fees...)

dépenses traitement des sinistres 020 **: dépenses encourues lors du règlement des sinistres qui ne sont pas afférentes à un sinistre en particulier, telles que salaires et frais généraux du service des sinistres** claims handling expenses: expenses incurred in the settlement of claims which cannot be related to specific claims. These include such items as salaries and overhead expenditures incurred in relation to a claims department

déperdition d'électricité leakage of electricity

déplacement *(see below)*

déplacement du mobilier removal of furniture

déplacement des biens dans des locaux provisoires et réinstallation removal to and from

être en déplacement professionnel to be on a business trip

frais de déplacement travelling expenses

déplacer qqch. *(le mettre au mauvais endroit)* to misplace sthg

dépliant folder

dépollution depollution

déposant depositor, bailor *(US)*

dépose removal

déposer *(see below)*

déposer des titres en garde to deposit securities in safe custody

déposer son bilan to file one's statement of affairs, to file for bankruptcy

déposer (retirer) **un appareil** to remove an apparatus

déposer une demande de brevet to file an application for a patent

déposer une plainte auprès de qqn 255 to lodge a claim with sb.

déposer une plainte contre qqn to file a claim against sb.

l'Assuré déposera auprès des Assureurs la preuve du dommage, circonstanciée et dûment attestée sous serment par devant un officier ministériel the Assured shall file with the Underwriters affirmative proof of loss, itemised and duly sworn to

dépositaire bailee, depository

dépositaire de biens confiés (contrat) bailee (US), trustee, depository (UK)

être le dépositaire de qqch. pour le compte de qqn

to hold sthg in trust for sb.

dépôt deposit

dépôt de prime (ré.) premium deposit

dépôt de bilan filing of one's petition *(in bankruptcy)*

dépoussiérage dusting off, dedusting

dépréciation 028 depreciation

dépréciation des titres depreciation of securities

dérangement outage *(US)*, failure *(UK)*

dérèglement malfunction

dérive *(see below)*

aller à la dérive to go adrift

dériver de 131 to arise from

dernier *(see below)*

ce dernier, ces derniers the latter

les dernières statistiques the latest statistics

le dernier the last

dérober qqch. à qqn to steal sthg from sb., to rob sb. of sthg

dérogation à qqch. 128 derogation of/from/to sthg

en dérogation à in derogation of

déroger to derogate

déroulement *(see below)*

déroulement des procédures 212 execution/ sequence of procedures

déroulement des règlements des recours et des provisionnements concernant un ensemble de sinistres run off of claims

dès *(see below)*

dès mardi as early as Tuesday

dès notification 174 on/upon notification

dès réception 114 upon receipt

dès réception d'une déclaration de sinistre 122 upon notification of a claim

dès lors thereupon

désaccord disagreement

désaccord à propos de qqch. disagreement over sthg

désaffecté disused

usine désaffectée disused plant

désarchivage de-archiving

descendant descendent

descente *(see below)*

descente d'eaux de pluie down-spout

désignation *(see below)*

désignation des biens à assurer (dans le tableau d'une police) description of property to be insured

désignation d'un expert nomination of an assessor

fausse désignation misdescription

désigner *(see below)*

les locaux désignés au contrat the premises described in the contract

désinfection fumigation

désintéresser *(see below)*

les créanciers qui n'ont pas été désintéressés the creditors that have not been satisfied/paid off

désirer *(see below)*

laisser beaucoup à désirer to leave a great deal to be desired

désistement waiver

désordre nuisance

désordre caché hidden defect

désormais henceforth

se dessaisir de qqch. to part with sthg

dessein *(see below)*

dans le dessein de with the view of, with a view to (+ V + -ing)

desservir *(transport)* to serve

le central téléphonique desservant les locaux the telephone exchange serving the premises

les câbles souterrains desservant le Bâtiment underground cables servicing the Building

dessin drawing, design

dessus de verre glass top

destination destination, purpose

destiner *(see below)*

destiné à faire qqch. meant/designed to do sthg

destiné à qqn meant for sb.

destruction volontaire du matériel *(inf.)* wilful destruction of hardware

désuétude disuse

tomber en désuétude to fall into disuse

détachable *(see below)*

volet détachable d'un document detachable volet (of a tryptic), detachable part of a document

détacher qqch. de to remove sthg from, to detach sthg from

détails details, particulars

tous les détails (particularités) the full particulars

détecter to detect

détecteur detector

détecteur de chaleur heat detector

détecteur d'étincelles sparks detector

détecteur de flammes flame detector

détecteur de fumée smoke detector

détecteur de surchauffe overheating detector

détecteur d'incendie fire detector

détecteur d'intrusion intrusion detector

détecteur périmétrique perimetric detector

détecteur thermique thermal detector

détecteur volumétrique volumetric detector

détection detection

détection d'anomalie fault detection

détenir to hold

détenteur holder

détérioration deterioration

détérioration immobilière deterioration to building

détérioration lente et graduelle wear and tear

déterminer to assess, to ascertain

déterminer l'indemnité to assess the indemnity

déterminer le bénéfice 058 to ascertain the profit

montant déterminé specific amount

détournement *(see below)*

détournement (moyen de transport) high-jacking

détournement de biens misappropriation

détournement de clientèle poaching of customers

détournement de fonds embezzlement, misappropriation

détournement de fonds et de valeurs par le personnel misappropriation/embezzlement of money and securities by the staff

détournement du produit 246 misuse and abuse of the product

détourner les clients de qqn to poach sb.'s clients

détriment detriment

au détriment de qqn at the expense of sb.

détritus debris, rubbish, waste

devant *(see below)*

action en justice devant un tribunal prosecution before a tribunal

devanture de magasin shop front

développer un climat favorable aux investissements to foster a favourable investment climate

déversement d'appareil à eau discharging of water apparatus

déversement d'hydrocarbures oil spilling

(se) déverser to discharge, to empty (itself)

l'eau déversée ou fuyant de toute installation d'extincteur automatique à eau water discharged or leaking from any installation of Automatic Sprinklers

déversoir overflow

dévidoir reel

dévidoir à tuyau hose reel

devis estimate

devise currency

dévoiler un plan to disclose a plan

devoir *(n.)* duty

dévolu à qqn devolving on sb., vested in sb.

diagnostic diagnosis

diagnostiquer to diagnose

DIC *(see below)*

classification DIC (disponibilité/intégrité/confidentialité informatique) availability/integrity/confidentiality classification

diffamation slander *(diffamation verbale)* ; libel *(diffamation ayant un support de caractère permanent)*

différence difference

à la différence de contrary to

différenciation differentiation

différencier qqch. de qqch. d'autre to differentiate sthg from sthg else

se différencier de to differentiate from

différend difference, dispute

différer to defer

diffuseur sprayer

digne de foi reliable

dilatoire dilatory

appel dilatoire dilatory appeal

diligemment *(see below)*

agir diligemment to act with due diligence

diligence diligence

avec une diligence raisonnable with due diligence

diminuer to diminish, to reduce, to minimise

diminuer toute interruption ou réduction des activités 202 to minimise any interruption of or interference with the business

le montant diminué de la valeur de sauvetage the amount with the salvage value deducted from it, the amount less the salvage value

diminution diminution, decrease

diminution du risque diminution of risk, decrease in risk

en diminution on the decrease

dire *(n. m.) (see below)*

valeur à dire d'expert (maintenant remplacé par : estimation par un expert de la valeur d'un bien endommagé) 083 value assessed by the surveyor

direct direct, proximate

affaires directes direct business

assureur direct direct insurer

cause directe (immédiate) 192 proximate cause

risque direct physical damage

directement directly, proximately

directeur *(adj.) (see below)*

les principes directeurs en matière de réassurance the governing principles in reinsurance

directeur *(n.)* manager, director

directeur commercial commercial manager

directeur clientèle customer services manager

Direction d'une entreprise management of a company

directive directive

Directives de deuxième génération Second Directives

Directives de première génération First Directives

Directives de troisième génération Third Directives

sous réserve de nos directives subject to our directions

discrétionnaire *(adj.) (see below)*

droit discrétionnaire discretionary right

discrimination discrimination

discrimination illégale unlawful discrimination

être l'objet de discrimination to be discriminated against

sans discrimination indiscriminately

discutable questionable, disputable

disfonctionnement malfunction

disparaître to disappear

si son nom disparaît du fichier (inf.) 219 if one's name is deleted from the file

disparité disparity

disparition disappearance

dispensé de exonerated from, exempted from

disponibilité availability

disponible available

disposer de qqch. to have sthg at one's disposal, to dispose of sthg

dispositif device, system

dispositif d'alarme warning system

disposition layout; provision; disposal, arrangement

disposition contractuelle provision of the contract

disposition du contrat provision of the contract

disposition de l'Article 1 provision of Article 1

dispositions tarifaires tariff regulations

à la disposition de qqn at sb.'s disposal

nous prendrons les dispositions pour que les travaux soient effectués we will arrange for the works to be done

pour l'application des dispositions 276 for the provisions to operate

prendre les dispositions propres à éviter la perte to take the necessary steps to avoid the loss

disproportion disproportion

disproportionné par rapport à out of proportion with

dispute dispute

disque dur hard disk

disquette diskette

disquette maîtresse master diskette

dissimulation 095 concealment; non-disclosure

dissimulation délibérée (const.) deliberate concealment

dissimuler qqch. *(taire)* to withhold sthg

dissolution d'une entreprise dissolution of a company

distorsion distortion

distributeur slot machine

distributeurs de billets de banque (DAB) automated teller machines (ATMs), cash dispensers

distribution d'eau froide cold water supply

distribution de force power mains, power feeder

divagation *(see below)*

animal en divagation escaped animal

divers miscellaneous

dispositions diverses miscellaneous provisions

divulgation d'un secret professionnel divulgence of a professional secret

divulguer to divulge

Document Administratif Unique (DAU) Single Administrative Document (SAD)

document(s) apportant la preuve documentary evidence **dol** *(m.) (faute dolosive ; maintenant remplacé par tromperie ou faute)* wilful misconduct

doléances complaints, grievances

dolosif fraudulent

acte dolosif fraudulent act

domaine *(see below)*

domaine d'application d'un contrat field of application of a contract

domaine public public domain

domicile domicile

à son dernier domicile connu 014 at one's last known address

dommage *(see below)*

dommage causé à l'aspect extérieur de marring of

dommage causé à l'environnement 244 environmental impairment

dommage corporel 295 bodily injury

dommage corporel causé par l'utilisation de violence extérieure visible bodily injury caused by violent, external and visible means

dommage d'eau de pluie rainwater damage

dommage de fumée smoke damage

dommage de mouille 178 sweating damage, deterioration through wetting

dommage direct physical damage

dommage moral moral damage

dommage par acte de malveillance malicious damage

dommage(s) à qqch. damage to sthg

dommages délibérés deliberate damage

dommages aux biens d'autrui damage to property of others, of third parties

dommages corporels bodily/ personal injuries, injuries to persons

dommages graves/mineurs heavy/ minor damage

dommages immatériels 261consequential damage/ loss

dommages matériels physical damage

dommages ménagers household damage

dommages nucléaires nuclear damage

dommageable 160 damageable, wrongful

dommages-intérêts damages

dommages-intérêts fixés au contrat liquidated damages

dommages-intérêts fixés auparavant liquidated damages

dommages-intérêts fixés par décision judiciaire unliquidated damages

dommages-intérêts punitifs ou exemplaires punitive or exemplary damages

données data

banque de données data bank

donner *(see below)*

donner lieu à 065, 334 to give rise to

donner quitus au gérant to give the manager discharge

donner sur l'extérieur to look onto the outside

il est donné acte à l'Assuré du fait qu'il agit en tant que dépositaire de biens it is herein acknowledged that the Insured acts as bailee

il lui sera donné confirmation par écrit de cette demande he will be given written acknowledgement of such request

donneur d'ordre 311, 327 principal

donneur d'aval guarantor

donneur d'ordre (Cédant, Crédoc.) applicant, orderer

dorénavant henceforth

doré gold-plated

objets dorés gold-plated ware

dos *(see below)*

au dos overleaf

au dos du document on the back/ reverse of the document

être le dos au mur to go to the wall

dossier file, record

dossier d'analyse et de programmation analysis and programming file

dossier de procédure brief

dossier de sinistre 018 claim file

dossier médical de qqn sb.'s medical record

doter qqn de qqch. to endow sb. with sthg

Douane Customs Authorities

douane *(le bâtiment)* custom-house, customs house

douanier customs officer

double duplicate, duplicate record

double vitrage double-glazing

doublement de la franchise doubling of the excess/deductible

doute doubt

il n'y a pas de doute que there is no doubting that

douter de qqch. to doubt sthg

douteux dubious

créances douteuses bad debts

doux mild

dresser un état des lieux to draw up the landlord's inventory of fixtures

droit right, entitlement ; law ; duty

droit (**à qqch.**) 067, 246, 346 right, entitlement (to sthg)

droit applicable applicable law

droit au préavis notice entitlement

droit de recours right of recovery/ recourse

droit de résiliation right of cancellation

droit des assurances insurance law

droit pénal criminal law

droits de douane customs duties

Droits de Tirage Spéciaux (DTS) Special Drawing Rights (SDRs)

à qui de droit to whom it may concern

avoir droit à qqch. to be entitled to sthg

être en droit de to be entitled to

dû *(see below)*

sommes dues monies due

dûment duly

présenter sa demande d'indemnité dûment accompagnée des pièces justificatives to present one's properly documented claim

duplicata duplicate

garder les copies (les doubles d'enregistrements) **dans une armoire ignifugée** to keep duplicate records in a fireproof cabinet

durable lasting

effet durable lasting effect

durée 084 duration, currency, term

durée de vie d'une machine working life of a machine

durée du contrat 168 duration/ term of the contract

durée du risque period of cover

durement frappé hard hit

E

eau water

eau d'infiltration seepage water

eau de pluie rainwater

eau de puits well water

eau de ruissellement surface water, runoff

eau douce fresh water

eau potable drinking water

eaux usées waste water

éboulement *(affaissement ; glissement)* caving in; landslide, landslip

éboulement du mur falling in/ collapse of the wall

éboulis debris, rubble

écaillage de peinture peeling of paint

échafaudage scaffolding

échange exchange

échange réciproque *(ré.)* reciprocal exchange

en échange de 150 in exchange for

l'échange de qqch. contre qqch. d'autre the exchange of sthg for sthg else

échangeable exchangeable

échanger qqch. contre qqch. d'autre to exchange

sthg for sthg else

échantillon sample

échantillon aléatoire random sample

échantillon professionnel trade sample

sur échantillon by sample-

échapper, s'échapper to escape

l'échapper belle to have a narrow escape

l'eau s'échappant brusquement et de façon accidentelle d'un appareil de chauffage water suddenly and accidentally escaping from a heater

échéance maturity, due date, expiry

échéance anniversaire de la prise d'effet de l'assurance anniversary of the starting date of the insurance

échéance principale 157 main due date

à chaque échéance annuelle on each annual due date

échelle de Richter Richter scale

échelonnement du crédit spreadover of the credit

échelonner sur une période 148 to spread over a period of time

échelonné dans le temps 224 spread over a period of time

échoir to fall due

les créances à échoir debts to be paid

échu due, outstanding

éclair lightning

éclairage lighting

éclatement bursting

éclatement dû à l'usage de la force ou de la violence 204 forcible or violent bursting

éclatement des citernes bursting of the tanks

éclatement et débordement des citernes bursting

and overflowing of tanks

éclater to burst; to break out *(conflict)*

économiseur economiser

écouler *(see below)*

l'année d'assurance écoulée the past insurance year

écran screen

écrit *(see below)*

par écrit 107 in writing

écriture *(inf.)* 220 writing, entry, recording, input

écriture comptable book entry

écrou bolt

écroulement d'un bâtiment collapse of a building

édicter to enact

EDIFACT (Échange des Données informatiques pour l'Administration, le Commerce et le Transport) EDIFACT (Electronic data Interchange for Administration, Commerce and Transport)

effacement erasure

effectif *(n.)* staff

effectif permanent permanent staff

effectif *(adj.)* effective, actual

effectuer un paiement to make, to effect a payment

effet *(see below)*

effet de boule de neige snowball effect

à cet effet to that effect

effet négociable, effet de commerce commercial paper

effets et objets mobiliers professionnels 295 trade contents

effets d'un risque operation of a risk

effets personnels belongings, personal effects

effets secondaires side effects

remplacement en effet replacement in kind

sous l'effet du gel under the influence of frost

effluent effluent

(s')effondrer *(prix)* to plummet

effondrement d'un bâtiment collapse of a building

effraction *(see below)*

entrée par effraction forcible entry

entrée par effraction des bâtiments by forcible entry into the Buildings

entrer par effraction dans les locaux to break into the premises

par effraction des locaux by forcible entry into the premises

s'introduire par effraction to break in

traces d'effraction ou de bris forcible opening

vol commis par effraction de la porte d'entrée theft committed by breaking the front door

vol commis sans effraction ou sans violence theft committed without forcible entry or exit or without violence

(s')effriter to crumble away

égal à equal to

égard *(see below)*

à cet égard in this respect

à quelque égard in any respect

à tous égards in all respects

égout *(conduit)* sewer

égouts (réseau) sewage

élaguer les arbres to prune, to lop trees

élargi enlarged

le marché élargi the enlarged market

élargir un programme to broaden a programme

électricité statique static electricity

électrique electric(al)

électrocution du bétail electrocution of the cattle

électroniquement electronically

élément *(see below)*

élément d'actif 004 asset

élément d'équipement électronique item of electronic equipment

éléments porteurs d'une construction bearing elements of a construction

élémentaire *(see below)*

les règles élémentaires de sécurité the basic rules of security

élevage stockfarming

élévation de température increase in temperature

élire domicile to take up one's abode

éloge *(see below)*

faire l'éloge de qqch. to praise sthg

émaner de to emanate from

emballage packing

embargo embargo, ban

imposer un embargo sur to impose an embargo on

lever l'embargo to lift the embargo

embauche *(see below)*

lors de l'embauche de qqn when hiring sb.

embaucher qqn to hire sb.

embrasement conflagration

embruns spray

embryonnaire *(adj.) (see below)*

techniques embryonnaires budding techniques

émettre to issue

émettre des réserves sur un document

to qualify a document

émettre une caution to issue a bond

émeute riot

(s')émietter to crumble

émission *(document)* issuance, issue

émission d'une caution pour libérer une saisie

issuance of a bond to release an attachment

émonder un arbre to lop, to prune a tree

empêcher to prevent, to impede

empêcher la propagation du feu to prevent the spread of fire

empiètement des banques dans le domaine des assurances encroachment of banks into insurance

emplacement *(see below)*

emplacement dans un cimetière cemetery plot

emplacement des ordinateurs location of the computers

employé *(n.)* employee, servant

employé de bureau clerical worker

employer *(see below)*

employer qqn moyennant rémunération to employ sb. for hire

être employé pour n'importe quelle fonction to be employed in any capacity

être employé régulièrement par qqn to be in sb.'s regular employ

l'emporter to be paramount

emprisonnement imprisonment

emprisonner qqn to imprison sb.

emprunt loan

emprunter qqch. à qqn to borrow sthg from sb.

emprunteur borrower

émulsionner to emulsify

en soi *(see below)*

un défaut en soi a defect per se/in itself

en sus de above and over

coûts en sus de ceux déjà encourus costs beyond those already incurred

en-tête letter head

encaissement des primes collection of premiums

encaissement des primes (revenus générés par les primes) premium income

encaisser *(see below)*

encaisser les primes to collect the premiums

encastré built-in

enceinte *(n. f.)* precinct

mur d'enceinte boundary wall

appareil se trouvant dans l'enceinte des risques spécifiés dans la police apparatus within the precinct of the risks specified in the Policy

enclin à prone to

enclos 158 enclosure

encombrant cumbersome

encontre *(see below)*

prendre des mesures à l'encontre de qqn to take measures against sb.

aller à l'encontre de qqch. to run counter to sthg

encourir *(see below)*

encourir des pertes to incur/sustain losses

encourir des pénalités to be liable to penalties

encours *(see below)*

les encours (paiement) outstandings

les possibilités d'encours 314 possibilities of encashments

encre *(see below)*

à l'encre rouge in red ink

endetté indebted

endettement indebtedness

endiguer to stem

endommager qqch. to damage sthg

pour endos by endorsement

endosser to endorse *(UK)*/indorse *(US)*

endosser des responsabilités to endorse/shoulder responsibilities

ce document doit être endossé this document requires endorsement

endroit *(see below)*

les biens dans un endroit découvert property in an open space

enduire to coat (with)

enduit de coated with

enduit *(n.)* coating

endurer to endure

enfant en nourrice, enfant en pension 300 foster child

(s')enflammer to ignite

enfreindre to infringe, to contravene

si l'entreprise persiste à enfreindre la loi en vigueur dans le pays membre if the company keeps infringing the law in force in the Member-Country

engagement 085, 324 commitment, undertaking; warranty

engagement dans qqch. commitment to sthg

engagement de frais supplémentaires incurrence of extra costs

engagement express (de la part de l'assuré) express warranty

engagement maximum (ré) top limit

engagement réciproque 100 reciprocal undertaking

engagements à venir 003 future liabilities

engager *(see below)*

engager des dépenses to incur expenses

engager la responsabilité de qqn to be binding on sb., to bind sb.

engager une action en justice contre qqn en se prévalant d'un contrat to institute an action against sb. upon a contract

les frais engagés 213 the costs incurred

notre responsabilité ne sera pas engagée 229 we shall not be liable

s'engager à to bind oneself to, to undertake to

engin *(see below)*

engin d'entretien maintenance equipment

engin de terrassement earth-moving equipment

engin spatial 179 aerial device, spacecraft

englober to encompass

engorgé *(see below)*

canalisations engorgées backed-up drains

engorgement choking up, obstruction, clogging

engorgement des canalisations back-up of drains

engrais fertiliser

enjeu stake

enlèvement *removal*

enlèvement de qqn kidnapping of sb.

enlèvement des déblais removal of debris

enlèvement du coffre-fort 278 removal of the safe

énoncer *(spécifier)* 119 to set forth/out

enquête investigation, inquiry

enquête à propos de qqch. investigation into sthg

enrayer qqch. to check sthg

enregistrement *(inf.)* record, recording; registration

enregistrement d'un sinistre recording of a claim

enregistrement d'une licence registration of a licence

enregistrement de systèmes informatiques computer systems records

enregistrer *(immatriculer)* to register

enregistrer une hausse des primes to record an increase in the premium

enseigne sign

enseigne extérieure external sign

enseigne au néon neon sign

ensemble 248 aggregate

ensemble de porte et huisserie door set

(s')ensuivre to ensue

entacher la réputation de qqn to blacken sb.'s reputation

entamer des poursuites contre qqn to commence proceedings against sb.

entendre *(comprendre) (see below)*

on entend par matériel 217 equipment is taken to understand

étant entendu et admis que it being understood and acknowledged that

enterré *(see below)*

câble enterré underground cable

enthousiaste à propos de qqch. enthusiastic about sthg

entièrement entirely, wholly, outright, in full

construction entièrement métallique all-metal construction

accomplir entièrement to accomplish in full

entièrement responsable fully responsible

façade entièrement vitrée all-glass façade

entraîner *(avoir pour conséquence)* to entail, to bring about

entraîner la garantie to trigger the cover

entrave obstacle, shackle, fetter

exercice sans entrave d'un droit 247 unimpeded exercise of a right

entraver to hinder

entraver le cours de la justice to obstruct justice

entre *(see below)*

convention conclue entre agreement by and between

entre autres inter alia

entrée entry

après l'entrée en vigueur de la police after the policy attaches

entrée des données data entry

entrée en vigueur de la police 323 inception of the policy

entrée en vigueur de règlements entry into force of regulations

entrée en vigueur et durée commencement and term

entrée ou sortie des locaux de façon violente ou par effraction entry to or exit from the premises by forcible and violent means

entrée par effraction breaking in

entreposage *(entrepôt sous douane)* bonding

entreposer *(see below)*

biens à usage professionnel entreposés 155 in-storage business property

entrepôt warehouse

entrepôt sous douane bonded warehouse

prix en entrepôt de douane bonded price

entrepreneur principal 319 leading contractor, main contractor

entreprise d'assurance(s) insurance company

entrer en vigueur to become effective

entretenu par *(see below)*

tout sinistre entretenu par 238, 287 any damage contributed to by

entretien maintenance/upkeep

énumérer to list, to enumerate

envergure *(see below)*

de grande envergure far-reaching

envers vis-a-vis

environ *(see below)*

ou environ or thereabouts

environnement environment

environs *(m. pl.)* vicinity, surroundings

envisager de to consider *(+ V + -ing)*, to contemplate *(+ V + -ing)*

épauler to shoulder

éphémère transient

épidémie epidemic

épineux thorny

époux, épouse spouse

épuisement exhaustion, absorption

épuiser to exhaust, to absorb

jusqu'à ce que les droits de l'Assuré au titre des polices incendie ordinaires soient épuisés until the Assured's right under ordinary fire policies are exhausted

équipé de equipped with, fitted with

équipement *(see below)*

équipement de levage hoisting equipment

équipement sanitaire sanitary equipment/fittings

équivalent à equivalent to

les biens de qualité équivalente property of like quality

éraflure scratch

érection erection

ergonomie ergonomics

ériger to erect, to mount

érosion erosion

erreur error
erreur comptable accounting error
erreur d'archivage misfiling
erreur d'écriture clerical error
erreur dans la description/ désignation, fausse description misdescription
erreur de conception error in design
erreur de livraison misdelivery
erreur de rangement des informations misplacing of information
erreurs et omissions errors and omissions (E&O)

erroné erroneous
présentation erronée des faits misrepresentation
déclaration erronée par imprudence negligent misstatement, misrepresentation

éruption volcanique volcanic eruption

escalade *(see below)*
vol commis par escalade des bâtiments cat-burglary

escalader to scale
que l'on peut escalader scalable

escaliers *(m. pl.)* stairways
escaliers de secours fire stairs

escomptable *(see below)*
sinistre raisonnablement escomptable probable maximum loss

escompte discount

escompter to discount
escompté discounted; anticipated

escorte escort

escroc swindler

escroquerie swindle

Espace économique européen (EEE) European Economic Area (EEA)

espèces *(f. pl.) (monnayées)* 280 cash, kinds, species/specie
espèces en caisse cash in/on hand
espèces en caisse ou dans un meuble cash in the till or in a piece of furniture
espèces en cours de transport cash in transit
espèces en dépôt cash in deposit
espèces hors coffre cash out of safe
payer en espèces to pay in specie

espéré *(see below)*
rendement espéré de la récolte hoped-for yield of the crop

espionnage industriel industrial espionage

essentiel à material to

estampille de contrôle control stamp/mark

estampiller to stamp

estimation appraisal, valuation

estimer to estimate
marge brute estimée estimated gross profit

(s')estomper to become blurred

estuaire estuary

établir *(see below)*
établir l'existence d'un sinistre to substantiate a claim
établir le cahier des charges to draw up the specifications

établir un document to make out a document

établir une captive to establish a captive

pratiques établies depuis longtemps long-standing practices

établissement 158 establishment

établissement d'un document making out of a document

date d'établissement d'un document completion date of a document

étage *(immeuble [palier] ; immeuble [étage] ; niveau)* floor; storey; tier

appartement situé en étage dans un immeuble sans ascenseur walk-up

surprime pour étage additional premium for storied risk

un entrepôt à deux étages a two-storey warehouse

un système à deux étages a two-tier system

étagère (exposition, rangement) shelf, rack

étain pewter

objets en étain pewterware

étamage silvering

étanchéité watertightness

étançonner to brace

état 025, 113 state; statement, condition

en bon état de marche in good working order

en état normal d'entretien 156 in a fair condition of maintenance

en l'état as is

en l'état des choses as matters stand

état de l'art et de la technique state of art of the technique

état des lieux inventory of fixtures (as between an owner and a tenant), condition of premises

état des matières bill of materials

état estimatif détaillé 113 estimated detailed statement

état extérieur du colis apparent condition of the package

état financier financial statement

État-Membre 243 Member-Country

valeur à l'état sain 007 sound value

étayer to shore up

(s')éteindre *(see below)*

éteindre l'incendie to put out the fire

droit éteint à l'expiration du délai the right extinguishes on expiry of the period of time

la responsabilité est éteinte the responsibility extinguishes

un privilège s'éteint a lien runs off

étendre to extend

s'étendre à to extend to

la garantie ne s'étend pas à 235 the cover does not extend to

la garantie est étendue the cover is extended

étendue *(n.)* extent

étendue de la couverture extent of cover

étendue des engagements extent of the liabilities

étendue du dommage extent of the damage

étendue géographique de la garantie geographical extent of the cover

étiquetage *(n. m.)* labelling

étiquetage électronique electronic labelling

étourdissement dizziness

étranger *(adj.) (see below)*

être étranger à qqch. to be foreign to sthg

les personnes étrangères au personnel persons not belonging to the staff

étroit narrow, tight

travailler en étroite collaboration avec qqn to work in close collaboration with sb.

étroitement closely, tightly

étroitement lié à qqch. closely linked to sthg

étude study

étude de faisabilité feasibility study

étude de marché market survey

être à l'étude to be under study

évacuation *(déchets)* disposal

évacuation des locaux evacuation of premises

évaluation valuation, appraisal, assessment, estimation

évaluation actuarielle 003 actuarial evaluation

évaluation de sécurité security evaluation

évaluation du montant 007 appraisal as to amount, assessment of the amount

évaluation du risque risk assessment

évaluer to evaluate, to estimate, to assess, to appraise

événement *(see below)*

événement assuré 239 insured event

événement climatique climatic event

éventail *(gamme)* range

large éventail wide range

éventuel contingent

éviter *(+ de)* to avoid *(+ V + -ing)*

éviter la faillite to avert a bankruptcy

éviter un risque to avert a risk

évoluer to evolve

évolution evolution

évolution du dossier advancement of the file

exact accurate

exactitude des déclarations de l'assuré accuracy of the Insured's disclosure and representation, of the Insured's declaration

examen de sang blood test

excavation excavation

faire une excavation to make an excavation

excédent 117 excess, surplus

excédent de petits et moyens sinistres *(stop loss)* 351 stop loss

excédent de sinistres excess of loss

excédents d'assurances 196 over-insurances

colis en excédent package in excess

excéder to exceed

exception exception

exception à un principe exception to a principle

à l'exception des dimanches et fêtes Sundays, Holidays excepted (S.H. ex.)

exceptionnel *(see below)*

événement exceptionnel one-time event

excessif excessive

pression excessive excessive pressure

exclure to exclude

exclure du champ d'application d'une directive to exclude from the scope of a directive

risques exclus excluded risks

en excluant tous imprévus barring unforeseen events

exclusion 176, 222, 238 exclusion

exécuter *(étude, travail etc.)* to carry out

exécuteur testamentaire executor of estate

exécution enforcement, execution, performance

frais encourus dans l'accomplissement/l'exécution de ses devoirs charges incurred in pursuance of one's duties

exécution du contrat fulfilment of the contract

exécutoire enforceable, binding

décision exécutoire binding decision

décision judiciaire exécutoire enforceable court decision

exemplaire copy, form

exemplaire de proposition proposition form

exempter qqn de to exempt sb. from

exempté de exempt from

exemption de exemption from

exercer *(see below)*

cette garantie s'exerce de jour et de nuit 277 this cover operates by day and night

exercer un droit to exercise a right

exercer un recours to make a recourse

exercer une action en garantie contre sa compagnie d'assurance to claim on one's insurance

exercer une action en se prévalant de la responsabilité de qqn to claim on sb.'s responsibility

exercer une action récursoire contre qqn to exercise an action for recovery against sb.

exercer une profession to carry on a profession

exercer des activités d'assurance to write insurance

exercice (financial) year ; drill ; exercise

exercice antérieur au sinistre 267 year preceding the damage

exercice comptable accounting year

exercice d'évacuation exit drill

exercice d'incendie fire drill

exercice d'un droit exercise of a right

exercice d'une liberté exercise of a liberty

exercice de sécurité emergency drill

exercice de survenance year of (the) occurrence

exercice écoulé past year

exercice ouvert 058 open year

rassemblement pour effectuer des exercices de sécurité emergency muster and drills

stock à la fin de l'exercice closing stock

stock au début de l'exercice opening stock

exiger to require

exigible payable, claimable

devenir exigible to fall/become due

existant

dommages aux "existants" damage to the existing property

exister *(see below)*

s'il en existe un(e) if any

il existe une solution there exists a solution

la proportion égale à celle qui existe entre cette somme et la prime totale the proportion this amounts bears to the aggregate premium

exonération exemption

exonération d'impôts tax exemption

(s')exonérer

s'exonérer de ses responsabilités to exonerate oneself from one's liabilities

exonéré de exempt from

expansion expansion

expatriation expatriation

expédier des documents par avion to airmail documents

expéditeur consignor

expert appraiser, assessor, surveyor, adjuster

expert comptable chartered accountant (UK), certified public accountant (US)

expert de la société d'assurance adjuster of the insurance company

expert diplômé chartered surveyor

expert en système de rémunération (d'une entreprise) compensation and benefit manager

expert sinistres (pour l'assuré) 053 loss assessor

expert sinistres 052 loss adjuster

expertise survey, appraisal, assessment, valuation, expertise *(skill)*

contre-expertise resurvey

expertise amiable contradictoire 036 amicable control survey

expertise contradictoire joint survey, control survey

expertise des dommages loss assessment

expertise-sauvetage 036 salvage appraisal

expiration expiry, expiration

à l'expiration on expiry

à l'expiration de l'assurance at the expiration of the insurance

expirer to expire

exploser to explode, to blow up, to burst

explosif explosive

explosion explosion

explosion d'un bâtiment blasting of a building

exposant exhibitor

exposer *(see below)*

exposer des marchandises dans une vitrine to display goods in a shop window

exposer à un danger to expose to a danger

exposer qqn à un risque to put sb. at risk, to expose sb. to a danger

exposé borne, incurred; exhibited, displayed; exposed

les dépenses raisonnablement exposées the expenses reasonably incurred

les frais exposés the costs incurred

les frais que l'Assuré a pu exposer pour la récupération des biens the expenses borne/incurred by the Assured to recover the property

marchandises exposées en vitrine mercantile open stock

vol d'objets exposés dans les vitrines de devanture theft of items displayed in the shop windows

exposition exposure; display, exhibition

exposition à un danger exposure to a danger

exposition aux risques risk exposure, exposure to risks

produit en exposition product on display

express express

expression de son opinion rendering of one's opinion

expropriation expropriation

extension extension

extension à la garantie responsabilité patronale extension to the Employer's Liability

extension carence des fournisseurs suppliers and subcontractors extension

extension de garanties extension of covers

extension du bâtiment addition to the building

les extensions jouxtant ou communiquant avec les Bâtiments principaux extensions adjoining or communicating with the main Buildings

extérieur external

société extérieure (société d'assurance dont le siège est situé dans un pays en dehors de l'Union européenne) external company (an insurance company whose head office is located in a country outside the European Union)

extincteur extinguisher

extincteur à main hand extinguisher

extincteur à mousse chimique chemical foam extinguisher

extincteur à poudre sèche dry powder extinguisher

extincteur automatique à eau sprinkler

installations d'extincteurs automatiques à eau 180 automatic sprinkling systems

extincteur commandé à distance remotely-operated extinguisher

extincteur mobile mobile extinguisher

extincteur sur roues wheel extinguisher

exutoire vent

exutoire de toiture roof vent

F

façade de la boutique shop front

facilité *(see below)*

facilité de paiement payment facility

facilité de référence ease of reference

faciliter to facilitate

façon *(métier, maîtrise)* workmanship

travail à façon customised work, work to custom, tailored work

façon *(manière) (see below)*

de façon à so as to

de façon alarmante alarmingly
augmenter les primes de façon générale to raise the premiums across the board

contribuer de façon égale aux dépenses to contribute equally to the expenses

facteur aggravant aggravating factor

factuel factual

information(s) factuelle(s) factual information

facturation 210 invoicing, billing *(US)*

facturette de carte de crédit 276 credit card sales voucher

facultatif *(ré.)* optional, facultative

garanties facultatives optional covers

faculté option, right

faculté de résiliation right of cancellation

avoir la faculté de payer ou d'indemniser to have the option to pay or to indemnify

il a la faculté de 069, 125 it is optional with him to, he has leave to

failli *(n.)* bankrupt

faillible fallible

faillir to fail

faillite bankruptcy

faire *(see below)*

faire apparaître (dans un document) to disclose

faire appel à qqn to call for sb.

faire appel d'une décision 302 to appeal a decision

faire assurer qqch. 282 to have sthg insured

faire courir les intérêts 166 to have interests accrue

faire faillite to go bankrupt

faire foi to give proof

faire foi jusqu'à preuve du contraire to be prima facie evidence

faire l'objet de to be the subject of

faire la part de qqch. to allow for something

faire opposition to put an objection, to oppose

faire opposition à un chèque to stop a cheque

faire partie de to be part of, to form part of

faire partie intégrante de qqch. 100, 103 to be, to form an integral part of

faire perdre connaissance à qqn to render sb. unconscious

faire preuve de diligence raisonnable 202 to use due diligence

faire ressortir 145 to show

faire signer une autorisation 199 to cause an authorisation to be signed

faire un croquis des locaux to draw a plan of the premises

faire une déclaration de sinistre to make a claim

faire une demande d'indemnité to make a claim

faire une demande de garantie to apply for a contract of insurance

faire valoir ses droits 079 to exercise one's rights, to enforce one's rights *(legal)*

ne pas faire to fail to do

faisabilité (étude de) feasibility study

faisable 110 feasible, practicable

lorsque cela est faisable where practicable

fait *(n.)* act, fact

fait d'un tiers/d'autrui act of third party

fait générateur d'un sinistre act/fact generating the damage

faits à prendre en considération pour l'appréciation du risque à couvrir material facts to assess the risk

faits de guerre Acts of Queen's enemies (UK)

faits de guerre étrangère Acts of Foreign Enemy

insolvabilité de fait actual insolvency

du fait de on account of, owing to

ne pas être du fait de qqn to be beyond sb.'s control

falaise cliff

fallacieux fallacious

falsification falsification

falsifier des documents to tamper with documents

fauche *(dans les entreprises)* pilferage

faute fault, wrongful act, error

faute de quoi failing which

faute d'accord 007 failing agreement, failing to agree

faute dolosive serious offence

faute intentionnelle ou inexcusable wilful misconduct or gross negligence

faute lourde gross negligence

faute professionnelle malpractice, professional misconduct

avoir fait l'objet d'une demande d'indemnité pour faute professionnelle to have a claim for malpractice been made against oneself

faux *(adj.)* forged

fausse déclaration 095 misrepresentation, misstatement, false statement

fausse désignation misdescription

fausses clefs skeleton keys

fausse pièce de monnaie counterfeit coin

faux malade malingerer

faux plafond suspended ceiling

faux plancher (inf.) access floor

faire une fausse déclaration (présentation erronée des faits) to misrepresent

faux *(n.)* forgery

faux/contrefaçon commis(e) par qui que ce soit forgery by whomsoever committed

fenêtre window

fenêtre à battants casement window

fenêtre à double vitrage double-glazed window

fenêtre à l'italienne awning window, top projected window

fenêtre à guillotine sash window

fenêtre cintrée compass window

fer blanc tin

en fer blanc tin plated

fermentation fermentation

dommage par fermentation damage by fermentation

fermer to close, to shut

fermer à clef to lock

fermer à clef par combinaison to lock by combination

fermer définitivement (usine, etc.) to close down

moyens d'accès bien fermés à clef means of access securely locked

fermeture closure

fermeture prolongée des locaux long period of closure of the premises

pendant les heures de fermeture des locaux when premises are closed for business

ferraille iron scrap, scrap iron

feu fire

feu circonscrit fire under control

feu courant running fire

feu souterrain subterranean fire

feuille de paie pay slip

fiabilité reliability

fiable reliable

fibre de verre fibreglass

fibrociment *(see below)*

couverture en fibrociment asbestos-cement roofing

fiche *(see below)*

fiche électrique (prise) plug

fiche d'accumulation des risques risk index, aggregate liability index

fiche de connexion femelle socket

fiche de situation du risque street card

fiche de souscription (Lloyd's) 076 slip

fiche valant police 077 slip policy

fichier file

fichier à accès direct random-access file

fichier archivé archived file

fichier d'expertise/de vérification audit/review file

fichier de données uniquement lues 220 read-only data file

fichier de prospects file of prospects

fichier de récupération recovery log

fichier de sauvegarde backup file

fichier des risques par situation street file

fichier papier paper file

fichier principal master file

fictif fictitious

fidéicommis *(see below)*

détenir qqch. en fidéicommis to hold sthg in trust for sb.

figurer sur 090, 124 to be shown on

dont le nom figure dans les Conditions particulières 021 whose name is shown in the Schedule

le montant figurant dans les Conditions particulières the amount shown in the Schedule

fil de terre ground wire

filet de sécurité safety net

filiale subsidiary

filigrane ombré *(d'un document)* embossment

fils *(m. pl.)* **aériens et leurs supports** aerial fittings and their masts

fin *(n.) (see below)*

fin de l'intervention cessation of the intervention

fin du risque termination of the risk

à cette fin to this end

article de fin de série oddment

aux fins de for the purpose(s) of

finalité 212 purpose

financement financing, funding

financement des risques risk funding

financement reposant sur les actifs asset-based financing

fioul fuel

fisc *(see below)*

les services du fisc Internal Revenue Services (US), Inland Revenue Services (UK) (IRS)

fissuration cracking

fissuration d'un mur cracking of a wall

fissure crack

fissure de retrait shrinkage crack

fissure due au tassement crack due to settlement

fixation assessment

fixation de la prime assessment of premium

fixation de plein assessment of limit

fixer *(see below)*

fixer les scellés to attach the seal

fixer une taxe to assess a tax

fixé de gré à gré 036 mutually agreed upon

lavabo fixé fixed washbasin

perte totale fixée par transaction arranged total loss

flagrant *(see below)*

être pris en flagrant délit to be caught red handed

risque flagrant clean risk

fléau plague

flexion bend, bending

flotte d'entreprises fleet of enterprises

flou *(n.)* blurred

flux *(m. sing. & pl.)* flow

flux magnétique magnetic flux

flux et reflux de la marée ebb and flow of the tide

méthode des flux tendus method of zero-stock, just-in-time method

foi faith

bonne foi Bona Fides, good faith

de bonne foi in good faith

de la bonne foi la plus absolue uberrimae Fidei, of the utmost good faith

en cas de mauvaise foi 164 in the event of bad faith

en foi de quoi in witness whereof

faire foi to give proof

faire foi jusqu'à preuve du contraire to be prima facie evidence

mauvaise foi Mala Fides, bad faith

sur la foi de qqch. on the strength of sthg

vendeur de bonne foi Bona Fide seller

vendeur de mauvaise foi Mala Fide seller

foire fair

fonction function

agir dans le cadre de ses fonctions to act within the scope of one's employment

en fonction de 151 in proportion to

fonctionnalité functionality

fonctionner to work, to operate

fondations foundations

fondations d'un bâtiment foundations of a building

fondé de pouvoir proxy, authorised representative

fondé sur grounded, founded on

fonder sa décision sur qqch. to ground one's decision upon sthg

fonds *(sing.& pl.)* 332 funds, capital; money, monies, moneys, cash; fund

fonds d'amortissement sinking fund

fonds de commerce business

fonds de compensation equalisation fund

fonds de garantie guarantee fund

fonds de prévoyance contingency fund

fonds de réserve reserve fund

fonds de roulement working capital

fonds en caisse cash in/on hand

avoir des fonds to be in cash

détournement de fonds embezzlement, misappropriation

être à court de fonds to be out of cash

transport de fonds conveyance of money and valuables

fongible fungible

fonte cast iron

force *(see below)*

Force Majeure Force Majeure, Act of God (natural disaster)

appropriation par la force forcible taking of property

avoir force de loi to have force of law

entrée dans un bâtiment par la force forcible entry into a building

être détenu de force to be forcibly detained

forclusion foreclosure

forfait lump-sum

forfaitaire flat rate, all-in, for a fixed consideration

acheter qqch. à un prix forfaitaire to buy sthg outright

couverture forfaitaire (ass.) lump-sum cover

évaluation forfaitaire estimate by/ on contract

prime forfaitaire flat rate premium, fixed premium

forfaitairement by contract

formatage formatting

formation *(see below)*

formation continue vocational training

formation du contrat 167 formation of the contract

forme form, shape

sous forme de in the form of

sous forme de demande reconventionnelle ou d'exception by way of counterclaim or set-off

formulaire form

formulaire de déclaration de sinistre claim form

formulaire de proposition proposal form

formulaire de souscription 097 application form

formulaire de vol à l'intérieur et à l'extérieur interior and exterior robbery form

formule formula *(pl.* formulae, formulas)

formule de révision des prix price revision formula

fortuit fortuitous

événement fortuit chance event

fortune de guerre misfortune of war

fosse sceptique septic tank

fossé *(n.)* ditch

foudre lightning

chute de la foudre stroke of lightning

fouiller qqn/les locaux to search sb./the premises

fourchette bracket

resserrer la fourchette to shorten the bracket

fourneau furnace

explosion du fourneau furnace explosion

fournir qqch. à qqn to provide/ supply sb. with sthg

fournir à l'assureur 113, 165 furnish to the Insurer

fournir des preuves to give evidence

fourniture supply

fournitures de bureau stationery

fourrage fodder

fourreur furrier

fourrure fur

foyer household ; source

foyer de l'incendie source of fire

les personnes vivant à titre habituel et gratuit au foyer de qqn the persons being usually part of sb.'s household

fraction *(see below)*

fraction de prime premium instalment

fraction du risque portion of risk

fraction mensuelle 045, 105 monthly instalment

fractions de taxe 195 portions of tax

fractionnable apportionable

contrat fractionnable apportionable contract

fractionnement de la prime instalment of the premium

fractionner en to stagger, to break/split into

fracture fracturing

fracturer to break open

fragile brittle, fragile

casse des articles fragiles breakage of articles of a brittle nature

frais costs, expenses, charges

frais additionnels/accessoires subsidiary/supplementary charges

frais d'acquisition acquisition costs

frais d'administration administration/administrative expenses

frais d'agrément licence fees

frais d'encaissement collection costs

frais d'enquête investigation expenses

frais d'expertise survey charges

frais de constatation ascertainment charges

frais de déblais cost of debris removal

frais de découcher lodging expenses

frais de défense et recours legal expenses

frais de démolition cost of demolition

frais de démonstration demonstration costs

frais de déplacement et de replacement cost of removing and replacing

frais de déplacement et de séjour du personnel chargé de la remise en état travelling expenses and subsistence allowances of the staff in charge of the reinstatement

frais de dépose-repose cost of dismantling and erecting again

frais de justice legal costs

frais de présence au tribunal court attendance expenses

frais de procédure et de justice legal expenses

frais de procès lawsuit expenses

frais de quittance receipt expenses

frais de recherche des fuites cost of detecting leaks

frais de reconstitution des médias 215 cost of reinstating the media

frais de reconstitution et d'opposition pour les warrants et les lettres de changes cost of reinstating and opposing warrants and bills of exchange

frais de relogement relocation expenses

frais de représentation entertainment costs

frais des placements (ré.) placement expenses

frais fixes standing charges

frais funéraires funeral expenses

frais généraux overheads, overhead expenses

frais généraux permanents 201 standing charges

frais non remboursables non-returnable charges

frais supplémentaires d'exploitation increased cost of working, extra working expenses

à ses propres frais at one's cost and expense

exécuter qqch. aux frais de qqn to execute sthg at sb.'s expense

franc-alleu *(see below)*

propriété en franc-alleu (en libre propriété) freehold

France continentale mainland France

franchise *(ass.)* 124, 282 excess, deductible (ded.), franchise

franchise à réduction progressive disappearing deductible

franchise absolue straight deductible

franchise atteinte, simple, relative ordinary franchise, flat deductible

franchise en temps time deductible

franchise globale annuelle aggregate annual deductible

franchise intermédiaire corridor deductible

franchise opposable aux tiers excess invoked against third parties

franchise proportionnelle percentage deductible

montant de la franchise à la charge de l'assuré amount of the excess to be borne by the assured

franchissable *(mur)* scalable

frappant *(see below)*

exemple frappant glaring example

frapper *(see below)*

être frappé par la foudre to be hit by lightning

fraude 237 fraud

fraude informatique computer crime

frauder to defraud

fraudeur fraudster

frauduleux fraudulent

demande d'indemnité frauduleuse 038 fraudulent claim

utilisation frauduleuse d'une carte de crédit fraudulent use of a credit card

freiner qqch. to curb sthg

fréquence des sinistres claims frequency

fuir to leak

fuite leak, leakage

fuite accidentelle 180 accidental leakage

fuite d'informations leak of information

recherche de fuite leakage location

fumée smoke

fumée épaisse smudge

fumées (vapeurs) fumes

fumigation fumigation

fumigène smudge

fumiger to fumigate

fuseau horaire time zone

fusible fuse

fusion merger

opérations de fusions-acquisitions operation of mergers and acquisitions

G

gage pledge

gagner en importance to gain importance

garant 311, 327 surety, guarantor *(Doc. Cred.)*

se porter garant de qqn to become surety for sb.

garantie 230 bond, cover, coverage, guarantee, warranty, surety

garantie accordée cover granted

garantie acquise 255 (la garantie est acquise) the cover operates

garantie additionnelle additional coverage

garantie bancaire Bank guarantee

garantie basée sur la survenance cover on an occurrence basis

garantie "contenu" contents cover

garantie contre l'expropriation expropriation cover

garantie conventionnelle contractual warranty

garantie d'admission temporaire 318 temporary admission bond

garantie de base basic cover, underlying cover

garantie de bonne fin performance guarantee/bond

garantie de change exchange cover

garantie de contrat contract cover

garantie de faux en écriture forgery bond

garantie de frais généraux permanents standing charges cover

garantie de l'intérêt du créancier hypothécaire mortgagees' interest policy

garantie de main-d'œuvre et des fournisseurs labour and material payment bond

garantie de rapt 292 kidnapping cover(age)

garantie de rendement guarantee of performance

garantie des objets confiés bailee coverage (US)

garantie "détournement de fonds" fidelity coverage

garantie du produit product guarantee

garantie en valeur à neuf reinstatement value cover

garantie facultative 186 optional cover

garantie flottante floater

garantie globale blanket cover

garantie implicite implied warranty

garantie judiciaire 049 legal indemnity

garantie liée à l'exercice d'une profession occupation-related cover

garantie maladie critique critical illness cover

garantie maximum maximum guarantee

garantie perte d'instrument financier 309 lost instrument bond

garantie principale 252 primary cover

garantie provisoire interim cover

garantie responsabilité civile normale regular liability coverage

garantie risques de change exchange risk cover

garantie souscrite sur la base du risque nommé policy written on a peril-named basis

garantie totale du contrat full policy cover

garanties annexes à l'assurance extended coverage

principe de garantie 043 indemnity principle

garantir to cover; to warrant, to guarantee

garantir la performance d'un produit to guarantee the performance of a product

événement garanti insured-against peril

garde *(see below)*

à la garde de qqn, sous la garde de qqn in sb.'s custody

avoir la garde de qqch. 290 to have the custody of sthg

la bonne garde safe custody

prendre garde à qqch. to beware of sthg

garde-meubles *(m. inv.)* furniture depository

garder to keep ; to guard

garder à l'esprit to bear/keep in mind

les locaux sont constamment gardés the premises are constantly guarded

gardien watchman; custodian

gardien responsable du bien confié legal custodian

gardiennage 284 security; guarding

frais de gardiennage security costs

gardienner un entrepôt to guard a warehouse

gauchi warped

gel frost, freezing

gel pendant que les locaux que l'Assureur possède ou loue sont vides ou inutilisés freezing whilst the premises in the Insured's ownership and/or tenancy are empty or not in use

geler to freeze

gêne nuisance, hindrance

être dans la gêne to be hard up

gêner *(handicaper)* to hinder

générateur *(n. & adj.)* *(see below)*

générateur à mousse foam generator

fait générateur 254 generating fact

générique generic

génie civil *(see below)*

projet de génie civil civil engineering project

genre *(sexe)* gender

gérant manager

gérer *(traiter)* to handle

gestion management

gestion de risques risk management

gestion des sinistres claims handling

gestionnaire manager, administrator

gestionnaire d'assurance insurance manager

gestionnaire de base de données (GBD) database administrator (DBA)

gestionnaire de risques et d'assurances risk and insurance manager

gestionnaire du traitement des données data processing manager (DPM)

gibier game

gîte et couvert board and lodging

glace plate glass

glace fixe fixed glass

glissement de terrain 206 landslide, landslip

global *(adj.)* total, aggregate

police globale blanket policy *(US)*, comprehensive policy *(UK)*

somme globale de 1 000 livres Sterling aggregate amount of £1,000

globale *(n.) (see below)*

globale de banque banker's blanket bond

globale de chantier contractor's all risks

globalisation globalisation; blanketing

gonflable inflatable

gonflement swelling

gonflement latéral bulging

gonflement par le gel frost swelling

goulet/goulot d'étranglement bottleneck

gouttière eaves gutter, roof gutter

gracieusement gratuitously

gracieux *(see below)*

versement d'une indemnité à titre gracieux 035 ex-gratia payment

gradation grading

gradation de l'incertitude grading of uncertainty

graduelle *(see below)*

pollution graduelle gradual pollution

grand *(see below)*

être de la plus grande importance to be of the utmost importance

Grands risques Large Risks

les grands risques RC large liability risks

graphique graph

gratuit gratuitous; free

à titre gratuit gratuitously

acte gratuit wanton act

gravement endommagé badly damaged

gravier gravel

gravité d'un problème seriousness of a problem

gré *(see below)*

à son gré at one's discretion

absolument au gré de qqn in sb.'s absolute discretion

contre le gré de qqn against sb.'s consent

de gré à gré 036 by private treaty, mutually agreed upon

grêle hail

grêlon hailstone

grenier attic

grès sandstone

grève strike

grever to burden, to encumber

propriété grevée d'hypothèques encumbered property

grille *(d'accès)* gate

grille d'aération air grate, grid

gros temps heavy weather

par gros temps through stress of weather

grue crane

guerre et opérations assimilées war and warlike operations

guichet *(see below)*

assurance au guichet insurance over the counter

guide des assurances insurance guidelines

guise *(see below)*

en guise de by way of

H

habilité à empowered to

habitant inhabitant

habitation dwelling

habituel regular, usual

handicapés *(m. pl.)* the disabled

hangar hangar *(aviation)*, shed

harmonisation harmonisation

hasard *(see below)*

au hasard at random

ce n'est pas par hasard que it is no accident that

hausse *(see below)*

hausse des primes increase in premiums

ajuster à la hausse to adjust upwards

haut de gamme upmarket

haute tension high voltage

hauteur *(see below)*

à hauteur de up to

les rues étaient remplies d'eau jusqu'à hauteur de ... streets were ...-high with water

HAZOP HAZOP (hazard and operability study)

héritier de qqn heir to sb.

hermétique airtight

hétérogène heterogeneous

heure *(voir ci-dessous)*

heures creuses off-peak hours

heures de coupure de la mi-journée half-day break closing hours

heures de pointe peak hours

heures d'ouverture 296 business hours

en dehors des heures de travail ou de service outside business hours

paiement des heures supplémentaires 269 overtime payment

pendant les heures de fermeture des locaux 273 when the premises are closed for business

pendant les heures de travail ou de service during business hours

heurt, contact avec des corps fixes, mobiles ou flottants contact with fixed, movable or floating objects

se heurter à des difficulté to run into difficulties

horizontalement horizontally

homicide involontaire manslaughter

accusation d'homicide involontaire charge of manslaughter

homme-clé key man

homogène homogeneous

homologation approval

homologation d'un tarif official approval of a tariff

homologation judiciaire de la sentence arbitrale judicial acceptance of the award

honoraires *(m. pl.)* fees

honorer ses dettes to meet one's liabilities

hotte exhaust hood

huissier bailiff

humidité dampness; humidity; moisture

hypothèque 315 mortgage

hypothèque de 1er rang a first mortgage

assurance garantie d'une hypothèque Mortgage Protection Insurance

I

IARD (Incendie, Accidents et Risques Divers) Fire, Accidents and miscellaneous risks

IARDT (**Incendie, Accidents, Risques Divers et Transports**) Fire, Accidents, miscellaneous risks, Transit

identifiable 172 identifiable

identification identification

identification du risque risk identification

identique à identical to, like

des biens de nature et de qualité identiques 125 property of like kind and quality

se réinstaller dans des conditions identiques to relocate in identical conditions

idiosyncratique idiosyncratic

ignifugation fire-proofing

ignifuge fire-proof, fire-resistant

ignifuger to make fireproof

illégal illegal, wrongful

illicite 285 unlawful

occupation illicite des locaux unlawful occupancy of the premises

illimité unlimited

image de marque *(produit, société)* brand image; corporate image

immatériel *(see below)*

les immatériels (bilan) intangible assets

immatriculation registration

immatriculer to register

immédiate *(see below)*

cause immédiate 066, 192 proximate cause (≠ remote)

immeuble building

immeuble à usage commercial building for business purposes

immeuble à usage uniquement d'habitation building for dwelling purposes only

immeuble collectif apartment house (US), block of flats (UK), multiple dwelling, tenement (in poor districts)

immeuble de grande hauteur (IGH) high rise building (HRB)

immeuble en copropriété condominium (US), building in co-ownership (UK)

immeuble par destination additional fixtures and fittings

immeubles en communication communicating buildings

imminent impending

hostilités déclarées ou imminentes actual or impending hostilities

immobiliser *(see below)*

capital immobilisé tied up capital

immunisé contre qqch. immune to/from sthg

imparfait *(formulation)* inchoate

imparti *(see below)*

dans les délais impartis within the time limit granted

impartial 007 disinterested, impartial

impeccable flawless

copie impeccable (sans erreur) errorproof copy

impératif *(n.)* imperative

imperfection imperfection

impéritie lack of the necessary skills, incompetence

imperméabiliser to make watertight

implicitement *(see below)*

découler implicitement de qqch. to be implied from sthg

impliquer *(comprendre, mettre en cause)* to involve, to implicate

impliquer qqn dans une fraude to implicate sb. in a fraud

une partie impliquée dans un contrat 311 a party to a contract, a contracting party

implosion implosion

importance importance; extent; magnitude

importance des dommages 113 extent of the damage

être de la plus grande importance to be of the utmost importance

important important; large; significant, substantial

être peu important to be immaterial

imposer *(see below)*

imposer à qqn de faire qqch. (jur.) to obligate sb. to do sthg

imposer qqch. à qqn to impose sthg on sb.

imposer un embargo sur qqch. to impose an embargo on sthg

impossibilité *(see below)*

être dans l'impossibilité de to be precluded from

impossibilité ou interdiction d'accès aux locaux 268 prevention of access to the premises

imposte impost

imposte en éventail fanlight

imprégner *(see below)*

une culture dont toute la compagnie devrait être imprégnée a culture that should be imbued throughout the company

imprévisible unforeseeable, unpredictable

imprévu unforeseen

imprimé *(n.)* form

improbable unlikely

improductif *(fonds)* idle

impropre inaccurate, inappropriate

imprudent imprudent

imputable *(see below)*

cela vous est imputable 251 you are liable for this

dommage imputable au non respect 183 damage arising from non-compliance

imputable à qqch. 146 attributable to, chargeable to/against sthg

toute taxe imputable aux bénéfices any taxation chargeable on profits

in solidum *(see below)*

responsabilité in solidum joint and several responsibility

inaccessible inaccessible

inachèvement non-completion

inadéquat inadequate

inapproprié unfit

inassurabilité uninsurability

inattendu unexpected

incandescent incandescent

incapacité inability

incapacité permanente partielle permanent partial inability

incapacité permanente totale d'exercer toute profession permanent total inability to undertake any occupation

incapacité temporaire temporary inability

incapacité totale temporaire d'exercer son activité habituelle temporary total inability to attend to one's usual occupation

incendiaire arsonist, incendiary

prime versée à qui permet d'arrêter l'incendiaire arson award

incendie 201 fire

incendie circonscrit fire under control

incendie d'origine criminelle arson

incendie sismique seismic/seismatic fire

incendier qqch. to set sthg on fire

bâtiment incendié burnt down building

incertain uncertain

incertitude uncertainty

incertitude à propos de qqch. uncertainty over sthg

incidence *(see below)*

avoir une incidence sur qqch. to have an incidence on sthg

incident incident

incitant fiscal tax incentive

inclinaison de la toiture slope of the roof

incomber à qqn de faire qqch. 195 to fall on sb, to rest with sb, to be incumbent on so to do sthg, to be chargeable to

incombustible noncombustible, incombustible, fireproof, fire-resistant

matériau incombustible fire-proof material

incompatibilité avec inconsistency with, repugnance to

incompatible avec repugnant to, incompatible with, inconsistent with

incompressibilité incompressibility

inconnu (de qqn) unknown (to sb.)

incontestabilité undisputableness, indisputability

incontestable undisputable, indisputable

incorporer to incorporate

incorporer qqch. dans un texte to incorporate sthg into a text

considéré comme incorporé dans la présente 094 deemed incorporated herein

incorrect *(see below)*

conduite incorrecte improper conduct

incriminé *(see below)*

les fournitures incriminées, les fournitures faisant l'objet d'une réclamation supplies complained of

inculpé *(n.)* the accused

incurie negligence

indélébile indelible

indélicatesse *(see below)*

acte d'indélicatesse dishonest act

indemnisable 123, 126 recoverable, collectible, indemnifiable

indemnisation indemnification, compensation, indemnity

convention d'indemnisation indemnity agreement

indemniser qqn de qqch. to compensate, to indemnify sb. for sthg

indemnitaire *(adj.)* indemnificatory

caractère indemnitaire de l'assurance indemnificatory character of insurance

indemnité allowance, indemnity, benefit, compensation

droit à l'indemnité right/entitlement to compensation

indemnité accordée par le tribunal award by the tribunal

indemnité forfaitaire flat indemnity

indemnités de licenciement severance payment

indemnités de nourriture subsistence allowances

indemnités ordinaires above-the-line benefits

indemnités pour accident personnel Personal Accident Benefits

indemnités pour perte de travail work loss benefits

la demande d'indemnité ne sera pas valide/recevable the claim shall be invalid

indépendamment de independently of, regardless of, irrespective of

indexation 044 index-linking

indexé index-linked

indexer le prix de qqch. sur qqch. d'autre to peg the price of sthg to sthg else

indice 159 index *(pl.* indexes, indices)

indice (la valeur en francs de l'Indice Risque Industriel publié par l'Assemblée plénière des Sociétés d'Assurances, contre l'Incendie et les Risques Divers dénommé "Indice RI" dans le texte) Index (the value in Francs of the Index of Industrial Risk released by the Fire Offices' Committee, against Fire and miscellaneous risks, called "Index RI" in the text)

indice du coût de la vie cost of living index

Indice Risque Industriel Index of Industrial Risk

indirect 118 indirect; consequential, ensuing; remote (≠ proximate)

indirectement remotely

découlant indirectement de remotely arising out of/from

indiscutable unquestionable

indispensable à indispensable to

indisponibilité unavailability

indisponible unavailable

individuellement ou solidairement individually or jointly

indivisible indivisible

induire qqn en erreur to mislead sb.

induit *(see below)*

induit par un événement induced by an event

surdité induite par le bruit noise-induced deafness

industrie industry

industrie du bâtiment construction industry

industrie mécanique légère light-engineering industry

industriel *(n.)* industrialist

industriel *(adj.)* industrial

inégalement unevenly

inéluctable ineluctable

inévitable unavoidable

inexact inaccurate

inexactitude inaccuracy

inexécution non-completion

inexécution d'une convention 310 non-performance of an agreement

pénalités pour inexécution penalties for non-completion

inexpérimenté inexperienced

inexpliqué unexplained

infectieux infectious

maladie infectieuse infectious disease

infection informatique computer contamination

inférer to infer

inférieur à inferior to; lower than

infiltration seepage

(s')infiltrer to seep

infirmité *(see below)*

maladie ou infirmité disease or illness

inflammabilité flammability

inflammable flammable

inflammation inflammation, ignition

point d'inflammation ignition point

infligé sur inflicted on

influer sur qqch. to have an influence on sthg

information(s) information, data

information sensible sensitive information

informatique *(f.)* computer science, data processing

informatique de gestion administrative data processing, business data processing

informatique de 'production' 'production' data processing

informatisation computerisation

informé *(see below)*

pour plus ample informé for further information

tenir qqn informé to keep sb. informed

infraction *(see below)*

infraction à une réglementation infringement of a regulation

infraction pénale criminal offence

se trouver dans un lieu en infraction 285 to be in a place as a trespasser

ingénierie de service service engineering

ingénieur conseil consulting engineer

inhabitable uninhabitable, untenantable

si ce bâtiment est inhabitable if this building cannot be lived in

inhabitation unoccupancy *(the house is furnished)*; vacancy *(the house is empty)*

inhérent à 234 inherent in

inhiber to inhibit

inhibiteur *(adj.)* inhibiting

ininflammable fireproof

ininterrompu continuous

injonction injunction

injuste unfair

injustifié groundless, unjustified

inobservation 084 non-compliance

inobservation des obligations de déclaration non-compliance with obligations of declaration

inoccupation unoccupancy

être considéré comme interrompant l'inoccupation

des locaux to be considered as discontinuance of unoccupancy of the premises

inoccupé unoccupied

inondable *(see below)*

plaine inondable flood plain

inondation flood

inondation par la mer inundation from the sea

inopérant inoperative

inopportun untimely

inoxydable rustless, stainless

insecte insect

insectes nuisibles pests

insectes térébrants borers

inséparable de incidental to

insolvabilité insolvency

insolvabilité de fait actual insolvency

insolvable insolvent

inspecteur *(see below)*

inspecteur sinistre claims inspector

inspecteur vérificateur surveyor

inspection inspection

inspirer *(see below)*

inspirer à qqn la crainte de la violence to put sb. in fear of violence

inspirer de la peur à qqn to put sb. in fear

installateur installer

installation *(local)* facility

installation de protection contre l'incendie fire protection installation

installation électrique electrical wiring

installations fixes (acquises avec la résidence) permanent installations (acquired with the residence)

installation sous air dry pipe installation

installation sous eau wet pipe installation

installation téléphonique telephone installation

installations de plomberie plumbing fixtures

installations et agencements fixtures and fittings

installations sanitaires 154, 259 sanitaryware, sanitary arrangements

instance *(see below)*

jugement en instance d'appel judgement pending appeal

instigateur instigator

institutionnel institutional

instructions d'emploi instructions of use

à l'insu de qqn without sb. knowing it

insuffisamment assuré 196 under-insured

insuffisance insufficiency

éventuelle insuffisance de l'actif du débiteur 321 possibility of insufficient assets of the debtor

insuffisance d'assurance underinsurance

insuffisant inadequate

insurrection insurrection

intégralement in full

être payable intégralement to be payable in full

intégralité entirety

intégration ordinateur/téléphonie computer/telephony integration

intégrité integrity

dommage causé à l'intégrité physique de qqn harm done to sb.'s bodily integrity

intégrité physique de qqn bodily integrity of sb.

intégrité psychique de qqn mental integrity of sb.

intempérie bad weather

intensif intensive

intensité intensity

intenter *(see below)*

intenter un procès à qqn to serve a process upon sb.

intenter une action contre qqn to bring an action against sb.

intention intent, intention

attaque avec intention malveillante 295 malicious attack

avoir l'intention de to intend to

une personne avec des intentions malveillantes a person of malicious intent

intentionnel intentional

provoquer des dommages intentionnels to act maliciously

intentionnellement *(see below)*

déclaration intentionnellement erronée intentional misrepresentation

inter communautaire intra-community

intercalaire de police specification

interdiction de qqch. 120 bar to sthg

interdire *(see below)*

interdire ou gêner l'accès aux locaux to prevent or hinder access to the premises

s'interdire de 115 to undertake not to

intéressé *(see below)*

toutes les parties intéressées all interested parties

intérêt interest; risk

intérêt aléatoire contingent interest

intérêt assurable 046 insurable interest

intérêts compensatoires compensatory interests

intérêts composés compound interests

intérêts courus accrued interests

intérêts moratoires interests in arrears, interests of default

avoir un intérêt assurable dans qqch. qui permet de souscrire une assurance to have an insurable interest in sthg

il est de l'intérêt de l'Assuré de it is in the interest of the Assured to

ils ont intérêt à le faire it is their interest to do so

intérieur interior

intérieur des locaux interior of the premises

à l'intérieur des locaux inside the premises

décoration intérieure interior decoration

intérimaire temporary

personnel intérimaire temporary staff

intermédiaire *(n.)* intermediary

par l'intermédiaire de through

intermédiaire *(adj.)* intermim

effectuer des paiements intermédiaires to make interim payments

interprétation *(see below)*

interprétation d'un texte rendering/construction of a text

interprétation d'une police construction, interpretation of a policy

interpréter les clauses d'un contrat to interpret, to construe the clauses of a contract

interrompre *(see below)*

interrompre l'habitation to discontinue occupancy

l'activité est interrompue de façon permanente business is permanently discontinued

interrupteur switch

l'interrupteur électrique est fermé the electrical switch is turned off

interruption disruption, interruption, suspension

interruption d'un service rendu interruption of a service rendered

interruption de fourniture de gaz 259 failure to supply gas

interruption de la garantie suspension of cover

interruption de service *(inf.)* 223 interrupt of service

interruption de traitement informatique 212 disrupt of data processing

interruption externe *(inf.)* 212 external interrupt

interruption ou réduction d'activité 268 interruption of or interference with business

interstice interstice, crack

intervalle *(see below)*

dans l'intervalle in the meantime

intervenir to intervene

intimer à qqn de faire qqch. to intimate to sb. to do sthg

intitulé *(n.)* heading

intitulé abrégé short title

intitulé de l'acte de propriété abstract of title

intitulé d'une clause heading of a clause

intituler *(see below)*

la section intitulée 'Description' the section headed 'Description'

intoxication alimentaire food or drink poisoning

intrinsèque intrinsic

introduire *(see below)*

introduire des poursuites en justice 078 to take proceedings

introduire un pourvoi to bring an appeal

introduire une procédure en justice to initiate proceedings

introduire une réclamation to initiate a claim

intrus trespasser

intrusion intrusion

inutilisable unusable

invalide invalid

invalider un contrat to invalidate a contract

invalidité disablement, disability; invalidity

invasion invasion

inventaire inventory *(US)*, stock *(UK)*

faire l'inventaire to take stock (UK), to make an inventory (US)

fournir un inventaire complet de toutes les marchandises volées ou endommagées to furnish a complete inventory of all merchandise stolen or damaged

inventaire des biens à assurer inventory of the property to be insured

marchandises manquantes lors de l'inventaire goods missing at stocktaking

perte découverte lors de l'inventaire loss discovered upon taking stock

à l'inverse de contrary to, unlike

inverser une tendance to reverse a trend

investisseur institutionnel institutional investor

invoqué par put forward by

invoquer *(see below)*

invoquer le bénéfice de l'article 1 to claim the benefit of Article 1

ionisation ionisation

irrecevabilité invalidity, unacceptableness

irrecevable invalid

la demande d'indemnité est irrecevable the claim shall be invalid

irrécupérable irrecoverable

perte de salaire irrécupérable lorsque qqn est mandé pour faire partie d'un jury loss of irrecoverable wages when sb. is called for jury

irréductible 005 irreducible

irréfutable conclusive, indisputable

irrémédiablement irretrievably

irrévocable irrevocable

isolant *(n.)* insulating material

isolation isolation; insulation *(heat)*

isoler to isolate; to insulate *(heat)*

isotherme isothermal

issue way out, egress; outcome

issue de secours fire escape

issue de la négociation outcome of the negotiation

J

jachère fallow

jardin garden

jardin d'hiver conservatory

jardin paysager landscaped garden

perte de jardin paysager landscaping loss

jet de vapeur steam blast

jeter un doute sur qqch. to cast doubt on sthg

jeton token

jetons de présence attendance fees

joindre un document 134 to attach, to enclose a document

joint à et faisant partie de attaching to and forming part of

jouer *(fonctionner)* to operate

jouissance enjoyment, use

entrer en jouissance to enter into possession (property, premises)

conserver la jouissance du bâtiment to keep possession of the building

privation de jouissance loss of use

jour *(see below)*

jour chômé public holiday, public day

jour et nuit day and night
jour férié legal holiday
jour franc clear day
jour ouvrable working day
jour ouvré worked day
à ce jour to date

jouxter qqch. to adjoin sthg

joyau gem

judiciaire judicial
règlement judiciaire court settlement

juge commissaire 069 *(official)* receiver

jugement déclaratif de faillite adjudication in bankruptcy

juger to think *(opinion)*; to adjudicate *(law)*
juger à propos to think expedient
juger bon to think fit
les tribunaux appliquent des normes strictes lorsqu'ils jugent la négligence courts apply strict standards in adjudicating negligence

juré *(n.)* juror

juridiction jurisdiction

juridiquement responsable liable at law

jurisprudence case law

jury jury

juste valeur du loyer fair value of the rent

justificatif voucher, relevant document, documentary evidence, supporting document
garantie sur justificatifs cover subject to documentary evidence

justifier to justify, to evidence
violence dûment justifiée duly evidenced violence
dommages/préjudice justifié proven damage/prejudice

L

laine de verre glass-wool

lambris wainscot, panelling(s)

lambrissé panelled

lance *(see below)*
lance à incendie fire nozzle
lance à mousse air-foam nozzle

lancement d'un satellite launching of a satellite

lancer *(see below)*
lancer un appel d'offres to invite for tenders/to tender
se lancer dans qqch. to embark on sthg

lanterneau stair skylight, rooflight
lanterneau en coupole dome light

laps de temps raisonnable lapse of a reasonable time

larcin larceny

largeur breadth, width

las de tired of

latent latent

latitude *(see below)*

avoir toute latitude pour to have full discretion to

lavabo sur pied pedestal washbasin

lave-linge washing machine

lave-vaisselle dish washer

lecture attentive d'un document careful perusal of a document

lecture uniquement *(inf.)* read-only

ledit, ladite, etc. 127, 248 the said

légalement responsable legally responsible

légaliser to legalise

légende *(document)* caption

léger light, slight

matériau léger non-standard building material

les tissus les plus légers the flimsiest fabrics

législation sur la protection des données data protection legislation

légitime legitimate

légitimement legitimately

lentille *(vision, photographie)* lens

lequel *(see below)*

par lequel, par laquelle, etc. 330, 339 whereby

léser to injure

personne lésée 198 injured, aggrieved person

lettrage lettering

lettre letter

lettre d'assentiment consent letter

lettre d'engagement *(lettre par laquelle le signataire d'un contrat s'engage à remplir certaines conditions)* letter of undertaking

lettre de change bill of exchange

lettre de couverture slip, cover note

lettre de crédit irrévocable irrevocable letter of credit

lettre de garantie bancaire letter of indemnity

lettre de garantie simple (Crédoc.) letter of guarantee

lettre de rappel letter of reminder

lettre de subrogation letter of subrogation

lettre recommandée avec accusé de réception registered letter with recorded delivery

en lettres in words

en lettres majuscules/capitales in block/capital letters

levage *(see below)*

engin de levage lifting device

levée des réserves release of reservations

lever une annulation to waive a forfeiture

lézardé *(see below)*

mur lézardé wall with cracks

en liaison avec in connection with

libellé d'un contrat wording of a contract

libeller un contrat to word a contract

libération d'une dette à recouvrer discharge of an outstanding debt

libérer to free, to vacate, to release, to discharge

libérer qqch. de to discharge sb. from

libérer qqn sous caution to bail sb. out

libérer une caution 322 to release a bond

se libérer de to free oneself of

se libérer de toute autre responsabilité to absolve oneself of any further liability

se libérer par acomptes 263 to pay the indemnity

by instalments

capital libéré paid-up capital

liberté *(see below)*

liberté d'établissement Freedom of Establishment

avoir la liberté de to have liberty to, to have the liberty of (+ V + -ing), to be at liberty to

Libre prestation de services (LPS) Freedom to Provide Services

LPS active Active Provision of Services

LPS passive Passive Provision of Services

dans le cadre de la LPS within the framework of Freedom to Provide Services

licence licence *(UK)*, license *(US)*

licenciement *(renvoi ; économique, sureffectif)* 219 dismissal, firing; layoff, redundancy

licite lawful

licité lawfulness, legality

lié à *(en relation avec)* 238, 350 relating to; tied to

liège cork

lien link, tie; bond

lieu *(see below)*

lieu d'assurance situation/location of risk, of insurance

lieu de l'accident scene of the accident

lieu de résidence place of residence

lieu de souscription place of signature

lieu du jugement venue

au lieu et place de qqch. 077 in lieu of sthg

au lieu et place de qqn 326 in sb.'s stead

donner lieu à to give rise to

en tout premier lieu in the first instance

il y a tout lieu de croire it is fair assumption

s'il y a lieu 208 if need be, if required

sur les lieux on the premises

ligne 050, 339 layer, line

ligne à haute tension high voltage transmission line

ligne de conduite course of action, guideline

assurance de première ligne underlying policy, master policy

montage des informations par lignes successives data layering

limitation limit

limitation contractuelle d'indemnité (LCI) limit of indemnity, loss limit

limitation de responsabilité limit of responsibility

limitation globale par année annual aggregate limit

limitation par branche line limit

garantie sans limitation de somme unlimited cover

limite boundary, limit, limitation

limite de charge load limit

limite de responsabilité limit/limitation of liability

limite des engagements de l'Assureur limitation of the Underwriters'/Insurers' liabilities

limites de garanties limitations of coverage

dans la limite des sommes fixées dans les Conditions particulières within the limit of the amounts set out in the Schedule

dans les limites convenues to the extent agreed

limiter to limit

montant limité ou illimité de l'indemnisation limited or unlimited amount of the indemnity

limitrophe à adjoining to, bordering on

linéaire *(see below)*

amortissement linéaire straight-line depreciation

linge de maison linen

lingot ingot

liquidateur liquidator

liquidation *(see below)*

liquidation d'un sinistre settlement of a claim

liquidation d'une société liquidation, winding up of a company

liquidation de courte durée 074 short-tail business

liquidation de(s) sinistres 072 run/running off of claims

liquidation judiciaire winding up by decision of court

liquidation volontaire d'une société voluntary winding up of a company

risque de responsabilité à liquidation lente long-tail liability risk

sinistre à liquidation lente long-tail loss

lisibilité legibility

lisible legible

liste des sinistres *(accidents, personnes)* casualty list

litige litigation, dispute

litige à propos de qqch. dispute over sthg

litige du travail employment dispute

être en litige, être l'objet d'un litige to be in dispute

somme en litige amount in dispute

livre de caisse cash book

livret booklet

localisation location

localisation de la garantie location of the risk

localisation des actifs location of assets

locataire *(m./f.)* tenant

nous ne couvrons rien de ce qui appartient à un pensionnaire ou un locataire sans lien avec l'assuré we do not cover anything owned by a roomer, boarder or tenant not related to the insured person

locatif *(see below)*

risque locatif tenant's risk, tenant's liability

location rental ; tenancy *(real estate)*

contrat de location-vente hire-purchase contract

locaux 290 premises

locaux commerciaux trade premises

en dehors des locaux off premises

lock-out lockout

ouvriers faisant l'objet d'un lock-out locked-out workers

logement dwelling

logement individuel one-family dwelling

marché du logement housing market

logiciel software

logiciel d'exploitation 220 operating software

logiciel de transition bridgeware

loi act, law

loi et coutume en vigueur governing law and practice

loi en vigueur law in force

la loi et les usages law and practice, law and customs

niveau minimum de garantie prévue par la loi statutory minimum level of cover

régi par la loi et les coutumes françaises governed by French Law and Customs

longueur length

lors *(see below)*

lors de l'embauche de qqn when hiring sb.

lors de la souscription d'un contrat d'assuranceon taking out a contract of insurance

lot lot

si les marchandises ou les produits d'un lot préparé ou acheté causent des dommages corporels if merchandise or products from one lot prepared or acquired cause bodily injuries

lotissement housing estate *(UK)*, subdivision *(US)*

louage d'ouvrage work by contract agreement

louer to let *(UK, real estate)*, to rent *(property, car, real estate)*, to hire *(UK, car, equipment…)*, to lease *(real estate, car)*

louer les services de qqn to employ sb. for hire

loueur lessor

loyer rent

perte de loyer 190 loss of rent

lucarne (attic) skylight

lucarne à tabatière hinge skylight

à la lumière de in the light of

lutte contre l'incendie fire-fighting

à l'occasion de la lutte contre l'incendie when fighting the fire

M

machines machinery

machines et équipements plant, machinery and equipment

machines, matériel ou installations, figurant à l'inventaire prévu aux Conditions particulières plant, machinery or equipment listed on the inventory shown in the Schedule

maçonnerie masonry

maçonnerie en pierres de taille ashlar masonry

maillage network

main hand *(see below)*

à la main by hand

de la main à la main directly

écrire qqch. à la main to handwrite sthg

écrire qqch. de sa main to write sthg in one's hand

exécuté à la main hand-made

main-d'œuvre labour

mainlevée *(see below)*

mainlevée d'une caution 322 release of a bond

mainlevée d'une opposition withdrawal of an opposition

maintenance maintenance

maintenance corrective remedial, corrective maintenance

maintenance périodique 216 scheduled maintenance

maintenance préventive preventive maintenance

maintenance systématique scheduled maintenance

maintenance tierce third party maintenance

maintenir to keep, to maintain

maintenir en bon état to maintain in good repair

maintenir en vigueur to keep in force

maintenir ses efforts to maintain one's efforts

les dispositions de la présente extension seront pleinement maintenues the provisions of this extension shall be maintained

les garanties sont maintenues 162 the covers shall continue to operate

maïs maize *(UK)*, corn *(US)*

maison house

maison de titres securities house

maison indépendante detached house

maison individuelle one-family house, private dwelling house

maître *(see below)*

maître d'œuvre architect (employed by the owner), engineer for the work, project manager

maître d'ouvrage (const.) 310, 327 owner, client, employer; contracting authority, principal

majoration *(see below)*

majoration de la prime increase in the premium

majoration de sécurité loading for contingencies

majuscules *(see below)*

en (lettres) majuscules in block/ capital letters

mal *(see below)*

mal avisé ill advised

mal défini ill defined

malade *(see below)*

société malade unsound/failing company

maladie illness, disease

maladie à déclarer aux autorités notifiable disease

maladie contagieuse contagious disease

maladie infectieuse infectious disease

maladie liée à une profession occupation-related disease

maladie ou affection 233 illness or disease

maladie professionnelle occupational disease

malfaçon defect, faulty workmanship

malfaiteur 280 wrongdoer, tortfeasor

malhonnêteté 237, 311 dishonesty

malus penalty for bad loss

malveillance *(see below)*

acte de malveillance malicious act

malveillant 218, 219, 254 malicious

attaque avec intention malveillante 295 malicious attack

personne ayant des intentions malveillantes person of malicious intent

la Manche the Channel

mandat *(see below)*

mandat de saisie exécution warrant of execution

mandat postal money order

avoir mandat de qqn 169 to be given power of attorney by sb.

risque couvert en vertu d'un mandat 057 risk covered under a binding authority

mandataire *(see below)*

mandataire nommé judiciairement 306 court- appointed official

mandataires sociaux directors and officers

mandater qqn to give sb. power of attorney

mandaté pour faire qqch. commissioned to do sthg

le représentant dûment mandaté de l'Assureur duly-authorised representative of the Underwriter

manière manner

de la manière spécifiée dans les Conditions particulières in the manner specified in the Schedule

de manière licite in a lawful manner

de manière semblable in like manner

de manière usuelle as is customary

de quelque manière que ce soit howsoever

de toute autre manière in any other wise

perte ou dommage causé par un incendie de

quelque manière que ce soit loss or damage by fire howsoever caused

manifestation d'une maladie outbreak of a disease

manifeste *(see below)*

acte délictueux manifeste 290 overt felonious act

risque manifeste 022 clean risk

manipulation de qqch. 234 handling of sthg

manquants à l'inventaire inventory shortage

manque *(see below)*

manque à gagner profit missed

manque de lack of

manquement failure, default; breach

manquement à une obligation breach of duty

manquement aux obligations professionnelles, au devoir professionnel breach of professional duty

manquer 172 to miss

manuel *(n.)* manual

manuel *(adj.)* manual

manuscrit manuscript

manutention handling

mappage mapping

mappage assisté par ordinateur 030 desktop mapping

marbre marble

marchandises exposées en vitrine mercantile open stock

assurance cambriolage des marchandises

exposées en vitrine mercantile open stock burglary insurance

marché *(see below)*

marché de l'assurance insurance market

marché général 057 open market

marché public 317 public contract

marché réglementé regulated market

Marché unique Single Market

travaux faisant l'objet du marché contract works

marée tide

marée noire oil spill

marge margin

marge bénéficiaire profit margin

marge brute gross profit

marge brute d'auto-financement cashflow

marge brute estimée 253 estimated gross profit

marge d'appréciation margin of evaluation

marge de solvabilité : correspond au patrimoine de l'entreprise, libre de tout engagement prévisible, déduction faite des éléments incorporels 004 solvency margin

avoir une marge de manoeuvre to have leeway

marquer to mark

masse *(see below)*

masse d'un failli estate of a bankrupt

masse de l'assistance crédits bulk of credit assistance

masse des affaires nouvelles bulk of the new business

masse des créanciers mass/body of creditors

masse salariale payroll

masse successorale estate

masses de neige en mouvement drifting masses of snow

montant de la masse salariale total payroll

massif *(see below)*

argent massif solid silver

(se) matérialiser 312 to take the form of

matérialité *(see below)*

matérialité des faits 093 material facts

matérialité du risque material risk factor

matériau material

matériau léger light material

matériaux de construction building materials

matériel *(n.)* *(inf.)* 177 equipment; hardware

matériel d'entretien maintenance equipment

matériel d'environnement 209 peripheral

matériel de bureau 173 office equipment

matériel de lutte contre l'incendie fire-fighting equipment

matériel de traitement de l'information information processing equipment

matériel informatique 209 computer equipment

matériel mobilier et agencements furniture and equipment

matériel sanitaire sanitaryware

matériel *(adj.)* material

dommage matériel property damage

matière *(see below)*

matières d'or et d'argent bullion

matières en fusion molten materials

matières premières raw materials

matières transformées processed materials

en matière de 170 in respect of

matrice *(outil)* die

mauvais bad

mauvais fonctionnement de l'équipement

equipment malfunction

mauvaise utilisation misuse

vendeur de mauvaise foi bad faith seller, mala fide seller

maximum *(see below)*

maximum de conservation maximum retention

sinistre maximum probable probable maximum loss

mécaniquement mechanically

médecin expert medical expert

médias media

Médiateur des Assurances Insurance Ombudsman

médiocre *(see below)*

état médiocre d'entretien 171 poor state of repair

membre member; limb *(body)*

membre souscripteur 056 underwriting member

membres d'une famille members of a household

responsabilité entre membres d'une même famille intra-family liability

même *(see below)*

ces mêmes dispositions 167 such provisions

de même likewise

être à même de to be in a position to

mémoire memory

mémoire auxiliaire auxiliary memory

mémoire centrale 217 main storage

mémoire de masse bulk memory

mémoire de sauvegarde backing store

mémoire externe external memory

mémoire non-modifiable/à lecture uniquement

read-only memory (ROM)

mémoire principale main memory

mémoire secondaire secondary memory

information en mémoire dans un ordinateur domestique information stored in a home computer

menace threat

faire faire qqch. à qqn par la menace to threaten

sb. into doing sthg

violence ou menace de violence violence or threat thereof

menacer to threaten

mener des activités 261 to carry on business

mensuel *(see below)*

cotisations mensuelles monthly dues

mentionner to mention, to set out/ forth *(contract)*

comme mentionné auparavant as aforesaid

mention(s) *(détail)* particulars

en cas d'absence de mention, la garantie sera réputée non souscrite 266 in the event of absence of particulars, the cover shall be deemed not effected

selon la mention aux Conditions particulières as specified in the Schedule

menu vol pilferage

au mépris de 222 in contempt of

messager messenger

mesure measure, step; position

mesure d'indemnité measure of indemnity

mesure de prévention contre l'incendie fire prevention measures

mesure de référence 040 yardstick

mesures conservatoires 191 steps to avoid or mitigate the risk, protective measures

dans la mesure où 321 to the extent that, insofar as

être en mesure de to be in a position to

faire un programme sur mesure to tailor-make a programme

prendre les mesures nécessaires pour éviter une perte to take all the necessary steps to avert a loss

sur mesure tailor-made, customised, tailored

métal metal

métal précieux precious metal

objets en métal metalware

méthode analyse-programmation analysis-programming method

mettre *(see below)*

mettre à jour to update

mettre à l'actif de qqn to put to sb.'s credit

mettre à l'écart to disregard

mettre de côté to set aside

mettre qqn en cause to implicate sb.

mettre en évidence to pinpoint

mettre en garde contre to warn against

mettre en péril to imperil, to jeopardise, to endanger

mettre en place 212 to implement

mettre en quarantaine to quarantine

mettre en question to question

mettre en repos (chaudière, etc.) to lay off

mettre en service un système d'alarme 284 to put an alarm system into full and effective operation

mettre en vigueur avec effet rétroactif to backdate

mettre fin à un contrat to terminate a contract

mettre l'accent sur qqch. to lay stress on sthg

mettre la vie de qqn en danger to endanger sb.'s life;

to put sb.'s life in danger

mettre le feu à qqch. to set fire to sthg

mettre qqch. à la disposition de qqn to put sthg at sb.'s disposal

mettre qqn en demeure de to give sb. formal notice to

mettre un terme à/fin à to put an end to

mettre une politique en place to implement a policy

se mettre en règlement judiciaire to go into receivership

événement qui met en jeu la garantie de base event that triggers the underlying cover

le système d'alarme est mis en service the alarm system is put into operation

meuble *(n.)* piece of furniture

meubles inamovibles/incorporés fittings, fixtures and fittings

enlèvement des meubles removal of furniture

meuble *(adj.) (see below)*

terrain meuble loose earth, soil, ground

meubler to furnish

appartement meublé furnished flat

mévente des contrats mis-selling of policies

mildiou mildew

milieu *(see below)*

milieu du commerce trade circle

trouver un juste milieu to find a happy medium, to strike a balance

mineur *(adj.)*

addition mineure minor addition

préjudice mineur minor injury

minimal *(see below)*

montant de garantie minimale minimum sums insured

minimiser les dommages to minimise damage *(the loss)*

minoration decrease

minoré decreased

miroir fixe fixed mirror

miroitier glazier

mise *(n.) (see below)*

mise à jour d'un dossier updating of a file

mise à jour updating

mise de fonds outlay

mise en commun des risques pooling of risks

mise en demeure formal notice; injunction

mise en entrepôt storing in warehouse

mise en état des lieux reinstatement of the premises

mise en fonctionnement d'un appareil de chauffage putting into service of a heating apparatus

mise en garde warning

mise en jeu de cette garantie 279 this cover shall operate

mise en place d'une politique 270 implementation of a policy

mise en recouvrement remittance for collection

mise en risques attachment of risk, commencement of risk

mise en service d'une machine 209 putting into service of a machine, commissioning of a machine

mise en service d'une usine commissioning of a plant

mise en vigueur (jur.) enforcement

mise hors eau (constr.) roofing-in

mitoyen *(see below)*

mur mitoyen party wall, common wall (US)

mixité d'usage d'un bâtiment multi-purpose use of a building

mixte *(see below)*

entreprise mixte composite enterprise

mobile *(see below)*

cloison mobile sliding partition

tantième mobile 336 moving percentage

mobilier furniture, fixtures and fittings

mobilier commercial furniture of offices or shops

mobilier en kit ready-to-assemble furniture

mobilier personnel personal furniture

modalités terms, arrangements

modalités de la Condition générale n°1 the terms of General Condition 1

modalités d'un contrat terms and conditions of a contract

modalités négociées avec 338 terms and conditions negotiated with

établir des modalités to make arrangements

mode dégradé 224 fail soft system, graceful degradation

modèles et dessins models and drawings

modéré moderate

modification amendment *(Doc. Cred.)*; alteration

modification de la structure alteration to the structure

modifier to modify, to alter

la police à moins d'être modifiée par un avenant ... the policy unless endorsed ...

module module

moduler une prime d'assurance to adjust an insurance premium

moellon rubble, quarry stone

moindre lesser

dans une moindre mesure to a lesser extent

un montant moindre a lesser amount

le moins disant *(pour une offre)* the lowest tenderer

moins-value 028 depreciation, decrease in value; capital loss

moisi moulded

moisissure mold *(US)*, mould *(UK)*

de moitié by half

molestation molestation

momentanément momentarily

montage *(see below)*

montage d'une machine 205 erection of a machine

montage par tranches layering

montant amount, sum

montant de garantie amount of cover

montant forfaitaire 323 lump-sum amount

montant total de 1000 FF aggregate amount of Ffr 1,000

mortalité mortality

mortel fatal

accident mortel fatal accident

mot clé keyword

entrée du mot clé keyword entry

mot de passe password

motif *(see below)*

motif de réclamation ground for claim

pour un autre motif que on another ground than

sans motif groundless

motiver *(see below)*

motiver les réserves to specify the grounds for the reservation

motivé de façon précise supported by precise reasons

motivé par 132 grounded on

réponse motivée answer and the reasons for it

réserves motivées reservations and the grounds for them

mouille *(see below)*

dommage de mouille 178 deterioration through wetting, sweat damage

mousse *(f.)* foam

mousse à usages multiples multi-purpose foam

mousse de plastique plastic foam

mousse légère high expansion foam

mousse liquide liquid foam

mousse lourde low expansion foam

mouvement *(see below)*

mouvement de terrain ground movement

mouvement du bâtiment building movement

mouvements populaires civil commotion

moyen *(n.)* means *(sing. & pl.)*; equipment

moyen de dissuasion deterrent

moyens d'accès bien fermés à clé means of access securely locked

moyens d'échapper au feu means of escape

(Fire insurance)

test des moyens 056 means test

moyen *(adj.)* average, mean

taux moyen average rate

moyennant surprime 067, 153 in consideration of an additional premium

moyenne *(n.)* average

moyenne gamme supérieure upper middle range

en moyenne on average

multiple *(see below)*

en cas d'assurances multiples in the event of more than one insurance

multirisques *(see below)*

assurance multirisques commerciale commercial comprehensive insurance, commercial block

insurance (US)

assurance multirisques habitation householder's comprehensive insurance, dwelling package

insurance (US)

police multirisques all-in, comprehensive (UK), blanket (US) policy

muni de fitted with

municipal municipal

autorité municipale municipal authority

mur wall

mur anti explosion anti-blast wall

mur aveugle blind wall

mur coupe-feu fire division wall, cut-off

mur d'ancrage anchor wall

mur d'appui breast wall

mur d'enceinte enclosure wall, boundary wall

mur de clôture enclosing wall, boundary wall (UK), property line wall (US)

mur de façade face wall

mur de gros œuvre main wall

mur de soutènement retaining wall

mur frontal face wall

mur mitoyen common wall (US), party wall (UK)

mur plein blind wall

mur porteur bearing wall

muret dwarf wall

mutation d'intérêt transmission of interest

mutuel *(adj.)*

société de secours mutuel friendly society

mutuelle *(n.)* mutual society/ company

mutuelle agricole farming mutual

N

nantissement collateral

nappe *(see below)*

nappe phréatique 206 water table

changement du niveau de la nappe phréatique change in the water table level

en nature in kind

né de arising from

néant *(see below)*

être réduit à néant to be reduced to nil

nécessaire requisite, necessary

nécessiter to require, to necessitate

nécessiter l'arrêt immédiat d'une machine

to necessitate immediate stoppage of a machine

négligeable negligible

négligence negligence

négligence délibérée gross negligence

négociable negotiable

Négociation *(Crédoc.)* Negotiation

négocier to negotiate

neige fondue *(qui tombe)* sleet

néon neon

enseigne au néon neon sign

net de réserves clean

nettoyage du chantier cleanup of the site

nier qqch. to deny sthg

niveau level

rester au même niveau que to keep pace with

niveler to level off

nivellement levelling

nivellement des primes premiums levelling

nocif harmful, noxious

substances nocives harmful substances

nom *(see below)*

nom commercial trade name

nom de famille, nom patronymique surname (UK), last name (US)

au Nom de (Crédoc.) Consigned to

nomination des arbitres appointment of the arbitrators

nommé judiciairement appointed by the court

non acquis *(see below)*

prime non acquise unearned premium

non assurable uninsurable

non autorisé unauthorized

tomber entre des mains non autorisées to fall into unauthorized hands

non cadres non-execs *(non-executives)*

non comparution non-appearance

non concluant inconclusive

non couru unexpired

la portion de la Période d'assurance non courue 014

unexpired portion of the Period of insurance

le risque non couru 082 the risk not yet expired

non(-)déchéance non-forfeiture

non perception des primes non-collection of the premiums

non prémédité 242 unintended

non recouvré unrecovered, outstanding

non récupérable unrecoverable

taxes non récupérables unrecoverable taxes

non contentieux *(see below)*

modes de règlement non contentieux des litiges

non-contentious settlement of disputes

non déclaration 093 failure to disclose

non dénomination non-denomination

non identifiable unidentifiable

non-paiement de la prime 105 non-payment of the premium

non réalisation d'un risque non-occurrence of a risk

non reconnaissance de responsabilité non-admission of liability

non remboursable non-returnable

frais non remboursables non-returnable charges

non renouvellement non-renewal

non respect de qqch. 111 non-compliance with sthg

non responsabilité éventuelle contingent non-liability

nonobstant toute disposition contraire notwithstanding any provision to the contrary

normal *(see below)*

usure normale fair wear and tear

norme norm, standard *(technical)*

Norme Comptable Financial Accounting Standard

norme de talent et de soin standard of skill and care

normes de construction construction standards

normes de sécurité safety standards

notaire notary public

note *(see below)*

note d'acceptation (ré.) take note

note de couverture provisoire interim cover note, interim binder *(US)*

note de couverture (maintenant remplacée par attestation de garantie provisoire) 100 cover note

note explicative schedule

notification notice

notification de délaissement notice of abandonment

notification de résiliation notice of cancellation

notification de résolution notice of cancellation

notification et preuve de la perte 288 notice and proof of loss

notifier to notify, to give notice

notoriété notoriety

nucléaire nuclear

nuire *(see below)*

préjudice causé avec l'intention de nuire

malicious mischief

nuisance nuisance

nuisible à harmful to

nul void, null

être nul et de nul effet to be null and void

numéraire specie

numérique numerical

commande numérique numerical control

numéro number

numéro de série serial number

numéro vert toll-free number

numéroter to number

numismatique numismatic

O

objet *(see below)*

objet assuré 032 subject-matter/ property insured

objet confié object held in trust

objet de l'assurance subject-matter insured

objet de valeur valuable

objets mobiliers movables, moveables, loose property

objets personnels personal items

objets précieux precious items

être/faire l'objet de to be the subject of

obligation 084 duty, obligation, liability; bond *(security)*, warranty

obligation d'indemniser obligation to indemnify

obligation de déclarer (pour l'assuré) obligation to disclose

obligation de faire qqch. obligation to so sthg

obligation de résultat duty of result

obligation de soin duty of care

obligation éventuelle contingent obligation

être dans l'obligation de faire qqch. to be under an obligation to do sthg

ne pas être dans l'obligation de faire qqch.

to be under no obligation to do sthg

obligatoire compulsory, obligatory, mandatory

assurance obligatoire compulsory insurance

réassurance obligatoire obligatory reinsurance

(s')obliger à 182 to bind oneself to/ to undertake to

observation *(respect)* observance, respect, compliance

obstruction 231 obstruction

obstrué clogged

obturation avec des planches boarding up

obturer avec des planches to board up

obvier qqch. to prevent sthg

occasion *(see below)*

à l'occasion de la lutte contre l'incendie 197 when fighting the fire

en toutes occasions on all occasions

occasionner *(see below)*

les dommages occasionnés par the damage occasioned by

occasionnel *(see below)*

collaborateur occasionnel occasional collaborator

voleur occasionnel casual thief

occupant occupier, occupant

immeuble à occupants multiples building with more than one occupier

occupation occupation

occuper to occupy

octroi d'une garantie granting of a cover

octroyer un découvert to grant an overdraft

ODETTE (Organisation de Données Echangées par Télétransmission en Europe) ODETTE (Organisation for Data Exchange through Teletransmission in Europe)

odeur smell

office *(see below)*

office (dans un appartement) pantry

être garanti d'office to be automatically covered

oléagineux oleaginous

ombré *(see below)*

case ombrée shaded box

ombudsman ombudsman

omettre to omit

omission omission

omission ou inexactitude dans la déclaration du risque omission or inaccuracy when making a claim

onde wave

onde de choc 193 pressure wave

onde de choc terrestre earth-shock wave

ondulé corrugated

onéreux costly, onerous

à titre onéreux for reward, for valuable consideration, for money

opérationnel operational

opérations d'assurance insurance business

opérer to operate

opportun timely

opposable *(see below)*

aucune perte ne sera opposable à l'Assureur

the Insurer shall not be liable for any loss

être opposable à qqn 132 to be invoked against sb.

l'inexactitude du plan des lieux n'est pas opposable

à l'Assuré inaccuracy of ground plan shall not be invoked against the Insured

les franchises opposables aux tiers excesses invoked against third parties

nulle autre responsabilité ne lui sera opposable he shall be under no further liability

opposition opposition

or gold

objets en or goldware

orage thunderstorm

ordinateur hôte host computer

ordonnance order; ordinance, law

ordonnance de mise sous séquestre receiving order

ordonnance de saisie charging order

ordonnance de saisie-arrêt garnishee order

ordonnance ou loi réglementant la construction ou

la réparation ordinance or law regulating construction

or repair

ordre *(see below)*

ordre de grandeur des taux de prime rough estimate of the premium

ordre de paiement des sinistres order of payment of the claims

Organisation européenne pour l'agrément technique (OEAT) European Organisation for Technical Approval (EOTA)

orienter *(see below)*

avoir une politique orientée vers le service offert aux clients to be customer-service driven

original *(n.)* original copy *(document)* original record *(inf.)*

origine origin

origine douteuse d'un sinistre doubtful origin of a claim

être à l'origine de qqch. to be at the origin of

orner to ornament

ossature du bâtiment structure, frame of the building

d'où hence

oubli *(négligence)* oversight

ouragan hurricane

outil tool

outil de jardin à conducteur accompagnant pedestrian-controlled gardening implement

outrage offence

outrage à la cour contempt of court

ouverture *(see below)*

ouverture de la fissure crack width

ouverture des hostilités outbreak of war

ouverture par la force forcible opening

ouvrage *(see below)*

ouvrage d'art engineering work

ouvrage de génie civil civil engineering work

ouvraison further processing

ouvrier agricole farm hand

ouvrir *(see below)*

ouvrir droit à qqch. to entitle to

ouvrir (établir) **un dossier** 018, 141 to set up a file

oxydation oxidation

P

paiement à terme échu payment in arrears

paiement différé deferred payment

paiement échelonné sur payment spread over

paiement suivant règlement original (ré.) pay as may be paid

paiement en espèces cash payment

payer par paiements fractionnés to pay by instalments

paille straw

palissade fencc

palliatif à qqch. palliative to sthg

pallier qqch. to obviate sthg

panique panic

panne breakdown, failure

panne de courant failure of power supply

panne d'une machine breakdown of a machine

panne électrique electrical failure

panne mécanique mechanical breakdown

panneau publicitaire billboard

papier paper

papier d'apprêt lining paper

papier de verre sandpaper

papier en continu (inf.) continuous stationery

papier en rouleau (inf.) roll stationery

papier goudronné tarpaper

papier inhibiteur de corrosion corrosion-inhibiting paper

papier peint (tapisserie) wall-paper

les indemnités ne comprennent pas le prix du papier et autres fournitures indemnities do not include cost of stationery and other materials

papillon *(sur une police d'assurance)* attachment

par *(see below)*

par an per annum, per year

par contre conversely

par écrit in writing

par lequel, par laquelle, etc. 330, 339 whereby

par période any one period

par procuration Per Pro, pp. (Lat. per procurationem), by procuration

par sinistre 185 for any one loss

par suite de in consequence of

par survenance 240 for any one occurrence

être assuré par ailleurs to carry another insurance

parafer/parapher un document to initial a document

parafiscal parafiscal

parafoudre lightning arrester

paralysant crippling

paramédical paramedical

paramètre parameter

parapet parapet

paratonnerre *(tige, conducteur)* lightning rod, conductor

parc *(see below)*

parc de logements housing stock

pare-balles *(see below)*

vitrage pare-balles bullet-proof glazing

pare-feu *(forêt)* firebreak

parent *(see below)*

proches parents next of kin

parer aux effets de l'inflation to counter the effects of inflation

paritairement equally

parpaing concrete block

ouvrage en parpaing blockwork

parquet wood flooring

parrainage d'une banque backing of a bank

part *(see below)*

part brute (ré.) gross line

part cédée (ré.) quota cession

part nette (ré.) net line

part souscrite written line

de la part de l'Assuré on the part of the Insured

partager les risques to pool the risks

participant *(n.)* participant

participation *(see below)*

participation croisée cross-shareholding

participation dans une société stake/interest share in a company

traité en participation (ré.) quota-share treaty

participer à qqch. to participate in sthg

particulier *(adj.)* *(see below)*

en particulier in particular

être particulier à qqch. to be incident to sthg

particulier *(n.)* private person

un particulier assuré en tant que tel an individual insured in his private capacity

partie part; party

partie contractante contracting party, party to the contract

partie en litige litigant

partie lésée aggrieved/injured party

en partie partly

faire partie de to form part of

faire partie intégrante de to be/form an integral part of

partiel partial

partiellement ou entièrement partly or wholly

à partir de *(+ date)* on and after

parvenir *(see below)*

parvenir à s'introduire dans les locaux to gain admittance to the premises

passer *(see below)*

passer devant qqn (dépasser) to overtake sb.

passer qqch. à qqn to pass sthg to sb.

passer un contrat avec qqn to enter into contract with sb.

passer une commande à qqn to place an order with sb.

passerelle bridge, gangway

passible de pénalités liable to penalties

passif d'une compagnie liabilities of a company

patio patio

patrimoine patrimony, estate, assets

patrimoine d'une société assets of a company

patron *(modèle)* pattern

pavage paving

payer to pay

être payé en retour to get paid for one's effort

pays membre d'accueil host member-country

pêche fishing, fishery

pécuniaire pecuniary

conséquences pécuniaires des responsabilités suivantes pecuniary consequences of the following liabilities

perte pécuniaire financial loss

peigne comb

passer les registres au peigne fin to go through books with a fine-tooth comb

peine *(see below)*

peine d'emprisonnement prison sentence

sous peine des sanctions prévues à l'Article 1 under penalty of the sanctions provided for in Article 1

l'Assuré devra respecter les dispositions de l'Article 1 sous peine de perdre ses droits unless the Insured complies with provisions of Article 1, he will forfeit his rights

peinture painting

pelouse lawn

pénal penal, criminal

poursuite pénale criminal prosecution

pénalités de retard penalties for delay

pendant *(adj.)* pending

actions pendantes pending actions

pendant *(prép.)* *(see below)*

pendant les heures de travail when the premises are open for business

pendant tout le cours du risque throughout the currency of the risk

pendant toute la durée du contrat 273 throughout the duration/currency of the contract

pension *(gîte et couvert)* board and lodging

pensionnaire boarder

pensionnaire ou locataire sans lien avec l'Assuré boarder or tenant not related to the Insured

pente slope

pénurie scarcity

pépinière d'entreprises firm incubator

perception collection

perception d'un droit d'ouverture de dossier collection of a fee to set up a file

perception d'une prime collection of a premium

percevoir 330 to collect

la prime provisionnelle déjà perçue 027, 005 the provisional premium already collected

perdre to lose

perdre de vue le fait que to lose sight of the fact that

perdre des parts de marché au profit de la concurrence to lose market shares to the competition

perdre qqch. au bénéfice de qqn to lose sthg to sb.

perdre ses droits to forfeit one's rights

faire perdre connaissance à qqn to render sb. unconscious

père de famille *(see below)*

prendre tous les soins nécessaires d'un bon père de famille to take all the necessary care of a good husband

péril peril

périmé lapsed

période period

période comptable accounting period

période d'assurance antérieure ou postérieure à l'échéance odd time

période d'assurance en cours current insurance period

période d'assurance/de garantie/d'exécution de la police period of insurance

période d'indemnisation (PI) 201, 257 period of indemnity

période d'inhabitation unoccupancy period

période d'interruption period of interruption

période de carence waiting/qualifying period

période de maintenance maintenance period

période de réflexion cooling-off period

période de risque : la période pendant laquelle la responsabilité de l'assureur peut être engagée period of risk: the period during which the insurer can incur liability under the terms of the policy

période de sécheresse drought

période de souscription *(ré.)* underwriting period

Période transitoire Transitional Period

période de validité de la police 235 currency period of the policy, subsistence of the policy

période en cours current period

"**courte période**" (const.) short stop

"**longue période**" long stop

périodicité frequency

périodique *(adj.)* periodical

entretien périodique et préventif 216 scheduled and preventive maintenance

périphérique *(n.) (inf.)* peripheral

périphériques légaux (avantages hors salaire) perks, fringe benefits

permanence téléphonique helpline

permettre l'accès à 292 to give admittance to; to allow access to

permis *(n.)* permit, permission

permis de chasse hunting permit

permis de construire building permit

permis de construire *(urbanisme)* planning permission

"**permis de feu**" 199 "welding and cutting permit"

permis de travail work permit

permission permission, leave

perpétration d'un cambriolage commission of a burglary

perpétrer un cambriolage to commit a burglary

personne person

personne avec des intentions malveillantes person of malicious intent

personne dénommée named person

personne morale 161, 327 corporate body

personne physique 161, 327 an individual, a natural person

personnel personnel, staff

personnel sur le terrain field staff

perspective outlook, prospect

perspective de succès prospect of success

perte loss

perte d'espèces loss of cash

perte de bénéfices loss of trading profit

perte de chiffre d'affaires loss of turnover

perte de connaissance swoon, fainting fit

perte de jardin paysager landscaping loss

perte de jouissance loss of use

perte de loyer 190 loss of rent

perte de recettes loss of receipts

perte de réputation loss of reputation

perte de revenus loss of income

perte de souscription underwriting loss

perte directe ou indirecte direct or ensuing loss

perte économique economic loss

perte effective actual loss

perte encourue incurred loss

perte estimée totale après transaction compromised total loss

perte indirecte 118 consequential loss, ensuing loss

perte paralysante crippling loss

perte partielle partial loss

perte pécuniaire financial loss

perte réputée totale constructive total loss

perte sur change (ré.) loss on exchange

perte totale fixée par transaction arranged total loss

perte totale présumée presumed total loss

perte totale réelle ou réputée totale 285 absolute/actual or constructive total loss

perte(s) et avaries loss and damage

pertes d'exploitation trading loss

pertes immatérielles 118 consequential loss

c'est une perte pour qqn it is a loss to sb.

pertinence des prévisions relevance of the forecasts

pertinent relevant

fait pertinent relevant fact

perturbateur disturbing

peser plus que qqch. to outweigh sthg

pesticide pesticide

petit sinistre minor loss

peu important *(sans conséquence)* immaterial

peu profond shallow

fondations peu profondes shallow foundations

peur fear

inspirer de la peur à qqn to put sb. in fear

phase 270 phase

phénomène phenomenon *(pl.* phenomena)

philatélique philatelic

phonique *(see below)*

isolation phonique acoustic insulation

phytosanitaire phytosanitary

contrôle phytosanitaire phytosanitary check

pièce *(see below)*

pièce de monnaie coin

pièce de rechange spare part

pièce usinée workpiece

pièce usuelle 216 part requiring regular replacement

pièce vitrée glass room

pièces accessoires fittings

pièces détachées spare parts

pièces jointes (documents) enclosures

pièces justificatives 133 vouchers, supporting documents

pièces probantes documentary evidence

en pièces détachées completely knocked down (CKD)

pied foot; footing

sur un pied d'égalité on an equal footing

pierre stone

pierre angulaire cornerstone

pierre précieuse gem

piéton pedestrian

circulation des piétons pedestrian traffic

pillage d'un magasin looting of a shop

pilote *(adj.)* pilot, leading

l'entreprise pilote et ses sous-traitants the leading company and its subcontractors

pirate de l'informatique hacker

pirater to pirate

logiciel piraté pirated software

pivotant *(see below)*

structure pivotante slewing structure

placard closet

placement *(see below)*

placement des risques placement/placing of risks

placer *(see below)*

placer "en bouquet" (incluant la totalité du programme) (ré.) to place in a bouquet of treaties

placer un risque to place a risk

placier broker, placer *(US)*

plafond ceiling

plafond à caissons panelled ceiling

plafond vitré glass ceiling

plafonnement ceiling

plaignant plaintiff

se plaindre de to complain about

plainte complaint; claim

plan plan

plan comptable accounting plan

plan d'aménagement development plan

plan d'évacuation emergency plan

plan d'intéressement du personnel Employee Stock Ownership Plan (ESOP)

plan d'option sur actions stock option scheme

plan de reprise (inf.) 224 failure recovery plan

plan de rétablissement après sinistre loss recovery plan

plan de retraite pension scheme

plan de sauvegarde (inf.) backup plan

plan de secours (risk management) 270 contingency planning

plan de secours informatique 212 computer emergency scheme

plan des lieux ground plan

plan financier 040 financial scheme

plans d'exécution (const.) construction drawings

plancher floor

planification planning

plans et dessins maps and plans

plaque tournante turntable

plate-forme de forage oil rig

plein *(n.) (ré.)* 050 acceptance; limit, line, retention

plein de conservation retention limit

plein de souscription 086 underwriting limit, written line

plein maximum (maximum) limit

plein *(see below)*

de plein droit with full legal right, de jure

en plein air in the open

pleinement *(see below)*

être pleinement responsable de qqch. to be fully responsible for sthg

plier *(see below)*

plier à plat to fold flat

se plier à qqch. to comply with sthg, to abide by sthg

plinthe baseboard, mopboard

plomberie plumbing fixtures

pluie rain

pluralité 313 *(see below)*

pluralité de locataires avec bail d'un entrepôt multi-tenure of a warehouse

en cas de pluralité de locataires in the event of more than one tenant

en cas de pluralité d'assureurs 123 if there is more than one insurer, in the event of more than one insurer

pluridisciplinaire *(see below)*

équipe pluridisciplinaire multi-disciplinary team, multi-functional team

plus *(see below)*

plus-value capital gain, increase in value, appreciation in value

plus-value (amélioration du bien assuré en vertu d'un contrat d'indemnisation découlant de son remplacement ou de sa réparation) 011 betterment (the improvement in property insured under a contract of indemnity resulting from its reinstatement or repair)

plus-value de change profit on exchange

il est de plus convenu 129 it is further agreed

PME (Petites et Moyennes Entreprises) SMEs (Small and Medium-sized Enterprises) *(UK)*, mid-size enterprises *(US)*

poids weight

dégâts provoqués par le poids de la neige damage caused by the weight of snow

poids de la neige accumulé sur les toitures weight of snow on roofs

point *(see below)*

point d'eau water supply

point de vente Point of Sale (POS)

point éclair, point d'ignition flash(ing) point

opérations de travail par point chaud 199 welding and flame cutting work

police *(maintenant remplacée par contrat)* policy

police à bénéficiaire désigné policy to a named person

police à découvert unvalued policy

police à forfait policy for a specific amount

police à ordre policy to order

police à souches coupon/snap policy

police au porteur policy to bearer

police au premier risque 121 first loss policy

police au premier risque absolu 283 actual first loss policy

police cadre master policy

police carnets coupon/snap policy

police combinée combined policy

police construction builder's policy

police contenu de l'habitation homeowners contents policy

police créances à recouvrer book debts policy

police de base master policy, underlying policy

police détournement de fonds fidelity guarantee policy

police en premier excédent first excess policy

police en valeur agréée valued policy; agreed value policy

Police européenne European Policy

police globale : une police dans laquelle une seule somme garantit un certain nombre d'articles séparés sans être divisée pour chacun d'entre eux blanket policy: a policy in which a single sum insured covers a number of separate items without being divided up among them

police globale bijoutier jeweller's all risk policy (UK), jeweler's block policy (US)

police globale/multirisques all-in policy, comprehensive policy, blanket policy (US), block policy

police indexée index-linked policy

police multirisques habitation household comprehensive policy

police par article scheduled policy

police périmée/tombée en déchéance lapsed policy

police preuve d'intérêt 064 proof of interest policy

police sans évaluation open policy

police "sinistres notifiés pendant la période d'assurance" claims-made policy

police "stop loss" stop loss policy

police tous risques all-in/all risks policy

police Tout en Un all-in policy

police type standard policy

polluant *(adj.)* polluting

déchets polluants polluting waste

polluant *(n.)* pollutant

pollution pollution

pollution industrielle industrial pollution

polyvalent multi-purpose

pompage pumping

pompe pump

pompe à incendie fire pump

pompier fireman, fire-fighter

ponctualité punctuality

ponctuel punctual

portable portable

portance *(see below)*

éléments ayant une fonction de portance elements having a bearing function

portatif portable

porte door

porte blindée metal-covered door

porte coulissante patio door

porte coupe-feu automatique automatic fire door, self-operating fire door

porte coupe-feu fire proof door, fire-break door

porte de sécurité incendie fire-resisting door

porte-fenêtre french door, french window

porte pliante folding door

portée de la police extent of the policy

portefeuille portfolio

cession de portefeuille transfer of portfolio

portefeuille cédé portfolio ceded

portefeuille repris portfolio assumed

prime de portefeuille portfolio premium

reprise de portefeuille assumption of portfolio

porter *(see below)*

porter atteinte à l'image de marque d'une société to impair the corporate image of a company

porter atteinte à la réputation de qqn to blacken sb.'s reputation

porter atteinte à qqch. to impair sthg

porter atteinte au droit de qqn de 247 to interfere with a person's right to

porter le cachet/sceau de to bear the seal of

porter plainte auprès des autorités compétentes to lodge a claim with the competent authorities

porter préjudice à qqch. to prejudice sthg

porter qqch. à la connaissance de qqn to bring sthg to sb.'s notice

porter une date to bear a date

être porté au crédit de qqn to be credited to sb.

se porter caution pour qqn to become surety for sb.

porteur *(see below)*

être porteur d'une assurance 126 to carry an insurance

porteur d'informations *(inf.)* data bearer

porteur de fonds 290, 292 custodian

remettre une lettre par porteur to deliver a letter by hand

portier porter

portière door curtain

portion portion

poser *(const.)* to lay

poser les conduites de gaz to lay the gas pipes

poser un problème to raise, to pose a problem

positionnement positioning

possibilité/éventualité raisonnable d'une perte importante reasonable possibility of a significant loss

poste *(see below)*

poste d'eau fire hydrant, water point

poste de gardiennage watchroom

poste de travail desktop

postérieur à subsequent to

postuler pour un poste to apply for a position

pot-de-vin kickback

pour *(see below)*

pour autant 128 for all that

pour autant que 322 provided that, as far as

pour déclaration seulement 037 for declaration only

pour endos by endorsement

pour tout ou partie wholly or partly

pourcentage percentage

pourriture rot

pourriture humide wet rot

pourriture sèche dry rot

poursuite *(see below)*

poursuite en justice proceedings

poursuites pénales criminal proceedings

poursuivre qqn en justice 237 to prosecute sb.

être poursuivi en justice to be proceeded against, to be prosecuted

pourvoi appeal

pourvu que provided that

poussière dust

poutre beam *(wood)*, girder *(metal)*

poutrelle joist

pouvoir *(n.)* proxy, power of attorney

avoir pouvoir to have power of attorney

pouvoir de souscription à alimenter 057 line slip

pouvoir militaire ou usurpé military or usurped power

pouvoir *(v.)* *(see below)*

pouvoir prétendre à une indemnité to be entitled to indemnity

ne pas pouvoir prétendre à qqch. to be ineligible for sthg

praticien practitioner

pratique practice

pratique locale établie established local practice

il est de pratique courante it is common practice

pré-oblitéré pre-cancelled

timbre pré-oblitéré pre-cancelled stamp

préalable *(adj.)* previous, prior

accord préalable de qqn prior agreement of/ from sb.

au préalable previously

ce sera une condition préalable au droit à l'indemnité it will be a condition precedent to the right to indemnity

notification préalable prior notice

préalable *(n.)* prerequisite, precondition

préalablement à prior to

préambule à preamble to

préavis 014 notice

donner un préavis de dix jours to give ten days' notice

précaire precarious

précaution precaution

prendre toutes les précautions nécessaires pour sauvegarder les biens to take all precautions to safeguard the property

les réparations effectuées par mesure de précaution precautionary repairs

précédent foregoing, preceding

alinéa précédent foregoing paragraph

la section précédente the preceding section

les conditions précédentes *(dans un texte)* foregoing conditions

précieux precious

précipitations rainfall

précipitations annuelles moyennes average annual rainfall

précis *(see below)*

informations précises sur les conditions de souscription (**pour l'assuré**) precise information on underwriting

précision de mesure accuracy of measurement

précité *(adj.)* above-mentioned

les dispositions précitées aforesaid provisions

préconiser qqch. to advocate sthg

prédateur predator

prédécesseur predecessor

préemption pre-emption

préfabriqué prefabricated

préjudice prejudice

préjudice corporel bodily injury

préjudice économique economic loss

préjudice esthétique disfiguration damage

préjudice moral emotional distress, mental injury

préjudice occasionné dans l'accomplissement d'un acte licite misfeasance

préjudice pécuniaire pecuniary prejudice

au préjudice de to the prejudice of

l'Assuré subit un préjudice d'agrément the Insured party is unable to engage in leisure activities

porter préjudice à qqn to prejudice sb.

sans préjudice de without prejudice to

préjudiciable damageable, prejudicial

prélèvement *(see below)*

prélèvement automatique automatic debit(ing)

prélèvement direct 134 direct debit(ing)

payer ses fournisseurs par prélèvements mensuels to pay by monthly direct debit to one's suppliers

préliminaire introductory, preliminary

premier first, initial, prime

premier propriétaire initial owner

premier risque first loss

au premier risque absolu 283 on an actual First Loss basis

cause première remote cause

être de première importance to be of prime importance

expérience de première main first-hand experience

se prémunir contre qqch. to guard against sthg

prendre *(see below)*

prendre conscience de to become aware of

prendre conseil auprès de qqn to seek advice from sb.

prendre des dispositions (see below)

nous prendrons des dispositions pour que les travaux soient exécutés we will arrange for the works to be done

prendre effet 015 to become effective, to attach

prendre en considération to take into consideration

prendre feu to catch fire

prendre fin to terminate

prendre garde à qqch. to beware of sthg

prendre le pas sur qqch. to take precedence over sthg, to overrule/override sthg, to prevail over sthg

prendre naissance 178 to occur

prendre naissance avec 225 to arise from

prendre part à qqch. to take part in sthg

prendre possession des lieux to take possession of the premises

prendre qqn pour qqn d'autre to mistake sb. for sb. else

prendre ses fonctions to come into office

prendre son assiette (se tasser) to bed down

prendre tous les soins nécessaires d'un bon père de famille to take all the care incumbent on a good husband

prendre une assurance to take out an insurance

prendre une commande to book an order

il appartient à l'acheteur de prendre garde caveat emptor, let the buyer beware

la garantie prend effet à compter du … the cover attaches as from…

la résiliation prend effet 015 the cancellation becomes effective

les dommages de mouille ont pris naissance 178 the deterioration through wetting has occurred

pris par la glace frozen in

preneur d'assurance policyholder

prénom forename, first name *(US)*

préparer la voie pour to pave the way to

préposé *(n.)* 199 agent

préposé chargé du véhicule attendant of the vehicle

préposés pendant leurs heures de travail agents during their working hours

préretraite early retirement

prescription period of limitation

prescription des actions nées du contrat limitation of actions arising out of the contract

prescriptions des dommages-intérêts limitation of damages

non-respect de la prescription non-observance of limitation

prescrire *(see below)*

se prescrire/être prescrit to be statute barred

pendant le laps de temps prescrit in the prescribed time

prescrit (éteint) barred by limitation, barred by lapse of time

présence au tribunal 260 court attendance

présent *(see below)*

dans la présente police in this policy, herein

par la présente hereby

présentation presentation

présentation erronée des faits misrepresentation

Présentation Tardive (Crédoc.) Late Presentation

présenter *(see below)*

présenter sa demande d'indemnité dûment accompagnée des pièces justificatives to present one's properly documented claim

présenter une demande d'indemnisation to claim compensation

préserver qqch. de to preserve/safeguard sthg from

présomption presumption, assumption

présomption d'innocence presumption of innocence

présomption de responsabilité assumption of liability

pression pressure

bac de pression pressure tank

prestataire de services service hirer out, service provider

prestation *(see below)*

prestations *(indemnités)* benefits

prestations de services provisions of services

prestations sociales social insurance benefits

libre prestation de services freedom to provide services

présumer 230 to presume, to assume

perte présumée totale presumed total loss

valeur présumée assumed value

prêt *(n.)* loan

prêt à usage loan for use

prêt hypothécaire mortgage loan

prête-nom *(see below)*

assurance prête-nom fronting insurance

prétendre to pretend; to allege, to claim

pouvoir prétendre à qqch. to be eligible for sthg

pouvoir prétendre à une garantie to be eligible for an insurance

pouvoir prétendre à une indemnité 014, be entitled to an indemnity

prétention *(see below)*

justification des prétentions à l'indemnité proof of claim

prêteur hypothécaire mortgagee

prétexte pretence, pretext

sous prétexte que under the pretence that

pretium doloris et autres dommages moraux pretium doloris and other moral distress, pain and suffering and other moral distress

preuve proof, evidence

preuve de la perte ou du dommage 065 proof of loss or damage

document apportant la preuve de 033 documentary evidence of

fournir la preuve sous serment de la réalisation du sinistre to furnish affirmative proof of loss under oath

la charge de la preuve the burden/onus of proof

prévaloir to overrule, to prevail

se prévaloir d'un droit 078 to avail oneself of a right

se prévaloir d'une police pour poursuivre qqn en justice to sue sb. on a policy

prévenir *(see below)*

prévenir ou réduire un risque de pollution to prevent or mitigate a pollution hazard

prévenir un défaut to prevent a defect

mieux vaut prévenir que guérir prevention is better than cure

que l'on peut prévenir preventable

préventif *(adj.)* preventive

prévention prevention

prévention des risques loss control

prévention des sinistres loss prevention

prévention incendie fire prevention

prévention vol theft prevention

prévenu *(n.)* the accused

prévisibilité predictability, foreseeability

prévisible foreseeable

prévoir qqch. to forecast sthg; to foresee sthg, to anticipate sthg; to provide for sthg

les modalités prévues 069 the terms provided for

prévoyance *(see below)*

fonds de prévoyance contigency fund

prime *(maintenant remplacée par cotisation)* premium; incentive, bonus

prime à échoir premium due

prime acceptée (ré.) accepted premium

prime acquise earned premium

prime acquittée paid premium

prime annuelle annual/yearly premium

prime arriérée outstanding/ overdue premium

prime au comptant cash premium

prime brute gross premium

prime cédée (ré.) ceded premium

prime croissante increasing premium

prime de base 147, 330 underlying premium, basic premium

prime de licenciement redundancy payment, severance payment

prime de portefeuille portfolio premium

prime de renouvellement de la police 048 renewal premium

prime décroissante decreasing premium

prime différée deferred premium

prime forfaitaire flat/in-full premium

prime fractionnée instalment premium

prime indexée index-linked premium

prime initiale initial premium

prime nette 340 net premium

prime nominale nominal premium

prime non acquise 082, 116 unearned premium

prime non courue unexpired premium

prime originale (ré.) direct premium

prime payée d'avance 063 premium paid in advance

prime perçue premium collected

prime progressive increasing premium

prime prorata temporis prorata temporis premium

prime provisionnelle 027 deposit premium, provisional premium, advance premium (US)

prime ristournée return premium

prime supplémentaire extra premium

primes brutes nettes de ristourne *(ré.)* gross net premiums

primes brutes souscrites premiums written-gross

primes en cours premiums in force

primes encaissées premiums paid

primes nettes souscrites premiums written-net

primes "pipeline" 061 pipeline premiums

primer to be paramount

primer qqch. to overrule, to override sthg

principal et les intérêts principal and the interests

principe principle

principe d'indemnisation 043 indemnity principle

en principe 214 in principle

principes comptables accounting principles

prise *(n.) (see below)*

prise d'effet de la police 027, 167 inception/attachment of the policy

prise de participation shareholding

prise de risques attachment of a policy

prise de stabilité d'une structure bedding down of a structure

prise électrique murale/au sol wall-/floor-plug

prise en charge du sinistre admittance of liability

privatif private

privation de jouissance loss of use

priver *(see below)*

priver qqn de qqch. 190 to deprive sb. of sthg

privilège *(jur.)* lien

privilège du vendeur vendor's lien

avoir un privilège sur qqch. to have a lien on sthg

prix *(see below)*

prix d'ouverture opening price

prix de clôture closing price

à prix bradés at give-away prices

procédé *(n.)* process

procéder judiciairement 166 to initiate proceedings

procédure procedure

procédure de recours claims procedure

procédures de séparation des exercices cut off procedures (accounting)

procès lawsuit

procès-verbal de constat formal statement

processeur processor

processeur central central processor

processeur frontal front end processor

processus process

proche avenir near future

procuration proxy, power of attorney

par procuration Per Pro, pp (Lat. per procurationem), by procuration

producteur *(d'assurance)* business canvasser

producteur d'affaires nouvelles new business producer

production *(see below)*

production de ses écritures commerciales pour justifier une perte production of one's business books to evidence a loss

produire to produce

vous devrez produire tous les justificatifs you will have to produce all relevant documents

produire ses effets 105 to be effective; to remain effective

la clause n° 1 produit ses effets à compter de la date de renouvellement clause n° 1 shall be operative as of the date of renewal

si le contrat de maintenance ne produit plus ses effets should the maintenance contract no longer be effective

produit product

produit de contrefaçon counterfeit product

produit de la vente 073 proceeds (pl.)

produit financier 214 financial product

produit fini finished product

produit laitier dairy product

produits en cours de fabrication products in process

profession occupation, profession

profit profit

profit escompté anticipated profit

centre de profit profit centre

perdre qqch. au profit de qqn to lose sthg to sb.

renoncer à qqch. au profit de qqn 026 to relinquish sthg to the benefit of sb.

progiciel software package

programme *(see below)*

programme de paie 219 payroll file

programme informatique computer programme

programmeur 219 programmer

progresser lentement vers l'achèvement to inch towards completion

prohiber to prohibit

projet blueprint *(detailed plan);* project; draft

projet de contrat draft contract

proliférer to proliferate

prolongation extension

prolongation du contrat d'assurance extension of the insurance policy, continuation of the insurance

prolongation du délai extension of the time-limit

prolongé prolonged

la fermeture prolongée des locaux long period of closure of the premises

prompte notification prompt notice

promptement expeditiously

promptitude despatch

avec une promptitude raisonnable with reasonable despatch

promulgation enactment

propagation spread

empêcher la propagation de l'incendie to prevent the spread of fire

propager la chaleur to propagate heat

propice à propitious to

proportion *(see below)*

hors de proportion avec qqch. out of proportion to sthg

la proportion de l'indemnité the proportion of the indemnity

proportionnalité proportionality

proportionné commensurate

être proportionné à qqch. to be commensurate with sthg

proportionnel à proportional to, prorata to, proportionate to

contribution proportionnelle ratable/rateable contribution

proportionnellement à prorata to, in proportion to

proposant *(n.)* 100 proposer, applicant

proposer *(see below)*

cette garantie n'est pas proposée isolément this cover is not afforded alone

Proposition d'assurance et questionnaire 025 proposal, proposal form, proposal form and declaration

propriétaire landlord *(m.)*, landlady *(f.)*, real estate owner

propriétés d'un composant nucléaire properties of a nuclear component

propulser to propel

prorata pro rata to, in proportion to

proroger une police to extend a policy

prospect *(see below)*

client prospect prospective client

protection protection

protection de la confidentialité *(inf.)* privacy protection

les protections sont en place et opérantes the protections are in full and effective operation

protéger to shield, to protect

protêt protest

faire un protêt to note a protest

protocole protocol

prototype prototype

prouver to prove

il appartient à l'assuré de prouver que la perte ou le dommage ne fait pas partie de l'Exclusion 1 spécifiée ci-dessus burden of proving that the loss or damage does not fall within Exclusion 1 above set out shall be upon the Insured

provision provision; monetary deposit; reserve

provision en cas de 017 case reserve

provision pour primes non acquises reserve for unearned premiums

provision pour risques en cours reserve for unexpired risks

provision pour sinistres 055 loss reserve

provision pour sinistres à régler reserve for pending claims

provision pour sinistres survenus mais non déclarés reserve for incurred but not reported claims

provisions techniques 080 technical reserves

provisionnel provisional

prime provisionnelle provisional premium

provisoire interim, temporary, provisional

proximité vicinity

à proximité de 268 in the vicinity of

la proximité de qqch. proximity to sthg

prudence, verre beware glass

prudentiel prudential

contrôle prudentiel prudential control

public *(n.)* public

entrée du public public entrance

pulvérisation spraying

pyromane pyromaniac

Q

qualifié qualified

qualité loyale fair quality

quant à as to/as for

quantifier to quantify

quantum de l'indemnité 053 quantum of the claim

quarantaine quarantine

quel qu'il soit whatever, whatsoever

toute responsabilité, quelle qu'elle soit any liability whatsoever, whatever liability

à quelque moment que ce soit whensoever

querelle à propos de qqch. quarrel over, dispute over sthg

question *(interrogation)* query

questionnaire questionnaire

remplir le questionnaire to complete the questionnaire

queue de portefeuille *(ré.)* running off

quittance de prime receipt of premium

quitus discharge

donner quitus au gérant to give the manager discharge

quoi que ce soit whatever, whatsoever

quote-part 023 contribution, share

quote-part des fournitures aliquot supplies

quotité *(see below)*

quotité cédée (ré.) quota cession

quotité garantie proportion covered

R

rabais rebate, discount

raccord d'un appareil nipple of an apparatus

raccordement connecting, connection

coupure accidentelle d'approvisionnement public en électricité aux points de raccordement avec les locaux accidental failure of the public electricity supply at the terminal points of the supply authority's feed to the premises

raccorder les tuyaux to connect the hoses

raccourci *(n.)* shortcut

raccourcissement shortening

rachat de l'entreprise par les salariés (RES) leveraged buy-out (LBO)

radiation radiation

radioactivité radioactivity

rage *(maladie)* rabies

rails sur le sol et au plafond floor and ceiling guiderails

raison reason

raison commerciale trade name

raison de qqch. reason for sthg

en raison de qqch. by reason of sthg, on account of sthg

ralentissement des courants d'affaires slackening of business

ramonage de cheminée chimney-sweeping

rapatriement repatriation

rapatrier to repatriate

rappel *(see below)*

rappel d'échéance second notice

rappel de produits product recall/recapture (US)

rapport 123, 200 report; ratio

rapport des sinistres aux capitaux assurés (ré.) burning ratio

rapport d'expertise survey report

rapport d'huissier certified report

rapport de synthèse summary report

rapport des sinistres aux primes loss/claim ratio

rapport du total des sinistres réglés à l'encaissement

en primes nettes (ré.) burning cost

rapport médical medical report

accidents sans rapport avec l'activité/la profession accidents foreign to occupation

en proportion des primes payées par rapport aux primes qui auraient été dues in the proportion the premiums paid bear to the premiums that would have been due

en rapport avec qqch. 133 pertaining to, in connection with sthg

par rapport à as compared to/with

rapporter *(see below)*

rapporter un faible intérêt to carry/yield a low interest

se rapporter à 094 to relate to, to pertain to, to refer to

terrain rapporté filled soil

rapt 292 kidnapping

rare rare

métaux rares 297 rare metals

à ras de level with

ratio d'endettement 314 debt level

ratio d'impact informatique (RII) 214 ratio of computer impact

rayez la mention inutile 266 delete where necessary/inapplicable

rayon de recherche radius of the search

rayure *(éraflure)* scratch

raz-de-marée tidal wave

RC décennale ten-year liability

réalisation d'un événement occurrence of an event

réaliser un chiffre d'affaires 325 to make a turnover

réapprovisionner ses stocks to replenish one's stocks *(UK)*/inventory *(US)*

réassurance reinsurance

réassurance acceptée assumed reinsurance

réassurance cédée outwards/ceded reinsurance

réassurance de portefeuille portfolio reinsurance

réassurance des excédents surplus reinsurance

réassurance en excédent de perte annuelle annual aggregate stop loss reinsurance

réassurance en excédent de pertes stop loss reinsurance

réassurance en excédent de plein surplus reinsurance

réassurance en excédent de sinistres 328, 336, 350 excess of loss reinsurance

réassurance en premier excédent first surplus reinsurance

réassurance en quote-part/ participation 345 quota-share reinsurance

réassurance en répartition de pertes spread loss reinsurance

réassurance facultative 338 facultative reinsurance

réassureur reinsurer

réassureur pur 344 pure reinsurer

rébellion rebellion

récapitulatif recapitulative

état récapitulatif recapitulative statement

recensement census

récépissé receipt

réception acceptance; receipt

réception définitive des travaux final acceptance of works

réception définitive final acceptance (corresponds to certificate of making good defects)

réception provisoire provisional acceptance

recettes brutes gross receipts

recevable receivable, valid

une demande d'indemnité recevable au titre de la Clause 1 a valid claim under Clause 1

recharger une batterie to recharge a battery

recherche *(see below)*

recherche de documents (inf.) retrieval of documents

recherche de titre (propriété) title search

récidiviste second time offender

récipient vessel

réciprocité reciprocity

réciproque reciprocal

réclamant claimant

reclamation claim

réclamer to claim

réclamer réparation to claim relief

réclamer une indemnité to claim indemnity

récolte crop

récolte commerciale cash crop

récolte engrangée stored crop

récolte sur pied growing/standing crop

récolte vivrière food crop

recommander to recommend; to register

lettre recommandée avec accusé de réception registered letter with recorded delivery

par courrier recommandé 014 by registered post

reconduire un contrat tacitement 099 to renew a contract tacitly

reconfiguration d'une société re-engineering of a company

reconfigurer une société to re-engineer a company

reconnaissance admission, recognition

reconnaissance de caractères optiques OCR (Optical Character Recognition)

reconnaissance de responsabilité admission of liability

reconnaissance des codes barres bar code recognition

Reconnaissance mutuelle Mutual Recognition

reconnaître to admit, to acknowledge

reconnaître sa responsabilité to admit one's liability

reconstituer to reconstitute, to reinstate

reconstituer une somme to reinstate an amount

reconstitution 291, 346 reconstitution, reinstating (US), reinstatement

reconstitution d'archives reinstatement of records

reconstitution des médias 215 reinstatement of media

reconstitution dans l'état antérieur reinstatement as before

reconstitution de la somme assurée, de la garantie 067, 174 reinstatement of the sum insured

reconstitution des fichiers informatiques reconstitution of files

reconstruction *(see below)*

reconstruction du bâtiment rebuilding of the building

reconversion *(inf.)* reconversion

recourir à qqch. to resort to sthg

recours 321 claim, recourse

recours contre qqn recourse/claim against sb.

recours des locataires tenants' right of recovery

avoir recours au médiateur des Assurances to have recourse to the insurance Ombudsman

nuisance qui peut faire l'objet d'un recours actionable nuisance

préparer un recours au titre de la présente police to prepare a claim under this policy

un recours basé sur la présente police a été payé a claim has been paid on this policy

recouvrable 200 recoverable, collectible, collectable

perte recouvrable au titre d'un contrat loss recoverable under a contract

recouvrement recovery

mettre qqch. en recouvrement to remit sthg for collection

recouvrer les créances to recover debts

rectifier une déclaration to correct a representation

recto *(see below)*

au recto d'un document on the face of a document

reçu *(n.)* receipt

reçu d'entrepôt 309 warehouse receipt

reçu de paiement payment receipt

reçu de recommandation de l'expéditeur senders registry receipt

le reçu est une décharge définitive et libératoire pour la Compagnie the receipt is a full and final discharge to the Company

recul setback

récupérable recoverable

récupération recovery

récupération des biens volés recovery of stolen property

récupération de terre sur la mer reclamation of land from the sea

récupérer to recover

récurrent recurring

récursoire *(see below)*

exercer une action récursoire sur qqn to exercise

an action for recovery against sb.

rédacteur sinistres claims examiner

rédaction *(see below)*

rédaction d'une clause (libellé) wording of a clause

rédaction d'une police drafting of a policy

rédiger to draft, to draw up

redondance redundancy

redressement fiscal punitive taxation

redresser une situation to straighten up a situation

réduction reduction

réduction d'engagement (slip du Lloyd's) 075 signing down

réduction du chiffre d'affaires reduction in turnover

interruption ou réduction des activités 258, 268 interruption of or interference with the business

réduire *(see below)*

réduire la portée de la couverture to limit the scope of cover

réduire un risque to mitigate a risk

agir pour prévenir ou réduire un risque de pollution to act to prevent or mitigate a pollution hazard

rééchelonner une dette to reschedule a debt

réel real, actual

coût réel actual cost

valeur réelle 010 actual value

réengagement d'un employé licencié reinstatement/ re-engagement of a dismissed employee

réfaction percentage of depreciation

réfection d'un bâtiment rebuilding/ restoration of a building

référence 040, 229 reference, yardstick

le chiffre d'affaires de référence standard turnover

le différend auquel il est fait référence the difference referred to

nous ne serons pas responsables sauf si vous obtenez des références écrites concernant les trois années précédant l'embauche de tout employé we shall not be liable unless you obtain written references covering the previous three years before engaging any employee

référer to refer

s'en référer à qqn to refer to sb.

référés *(see below)*

tribunal des référés summary tribunal

reflux ebb

flux et reflux de la marée ebb and flow of the tide

reformater to re-format

réfractaire refractory

matériaux réfractaires refractory materials

refus refusal

refus de vente refusal to deal

refuser to refuse, to deny, to decline

refuser d'honorer un contrat to repudiate a contract

refuser de faire qqch. to refuse to do sthg

refuser de renouveler une police 189 to decline to renew a policy

refuser qqch. à qqn to deny sb. sthg

refuser qqch. to refuse sthg

réfuter to negative

réfuter une allégation to refute an allegation

regard *(see below)*

le nom apparaissant en regard de la clause 1 the name appearing against clause 1

régi par 102 ruled by, governed by, subject(ed) to

le présent contrat est régi par la loi et les usages this Insurance shall be governed by Law and Customs

régime *(see below)*

régime d'assurance 141, 343 insurance scheme

en régime de marche (machine) under working conditions

registre register

registre commercial business book

réglable adjustable

règle *(see below)*

Règle proportionnelle 010 Average, Condition of Average

règles comptables généralement admises Generally Accepted Accounting Principles

Règles et Usances Uniformes relatives aux Crédits Documentaires Uniform Customs and Practice for Documentary Credits

en règle générale as a rule

être subordonné à la Règle proportionnelle to be subject to the Condition of Average

règlement rule; settlement

règlement à l'amiable amicable/out of court settlement

règlement administratif bye-law

règlement d'un sinistre adjustment of a claim

règlement des sinistres 166, 171 settlement of claims

règlement du solde payment of the balance

règlement judiciaire rule of court

en règlement final in full discharge of all claims

réglementation regulation, restriction

réglementation d'utilisation 259 restricted use

date à laquelle s'appliquent les réglementations concernant les locaux date when restrictions on premises are applied

régler to settle; to adjust

régler un litige to settle a dispute

régler un sinistre to settle a claim

régler une avarie to adjust an average

régleur de sinistres loss adjuster

régularisation d'une police policy adjustment

régulier regular

rehausser *(surélever)* to stilt

rehausser l'image de marque d'une société to enhance the corporate image of a firm

réintégrer qqn *(dans ses fonctions)* to reinstate sb.

rejeter to negative

risque rejeté declined risk

relance de facturation 210 reminder of invoice

relatif à 005, 018 relating to

relation connection, relationship

relations d'affaires business connections

relations sociales labour and management relations

dans la relation "employeur/employé" in the relationship of master and servant

relevé *(n.)* statement, return

relevé de comptes statement of accounts

relevé des recettes réelles brutes de l'Assuré statement of the Assured's actual gross receipts

relever *(see below)*

relever de la compétence de qqn to fall within the competence of sb.

relier *(effectuer une liaison)* to link

reliquat balance

remblai embankment

remblayage backfilling

remboursement *(see below)*

remboursement de prime 070 premium refund

rembourser to refund, to pay back, to reimburse

rembourser une valeur to retire/to pay a security

remède remedy

remédier à qqch. 304 to remedy sthg

remettre *(see below)*

remettre qqch. à plus tard to postpone sthg

remettre qqch. à qqn 107 to hand sthg over to sb.,

to render sthg to sb.

remettre un document à qqn to lodge a document with sb.

remettre qqch. en état to reinstate sthg

remettre une somme d'argent to remit an amount of money

remettre sa démission to hand in one's resignation

s'en remettre à qqn to refer to sb.

colis remis consignment handed in

remise 256 discount; delivery, handover, rendering; reinstatement

remise d'un document handover of a document

remise de dette onéreuse accord and satisfaction

remise de l'état définitif des pertes 166 rendering of the final statement of losses

remise de l'offre 104 delivery of the proposal

remise en état des biens dans un état égal mais pas meilleur que celui qu'ils avaient à l'état neuf reinstatement of the property to a condition equal to but not better than its condition when new

remise en état des locaux reinstatement of the premises

remise en vigueur de la garantie reinstatement of the cover

valeur de remise en état/de reconstitution reinstatement value

remodelage remodelling

remplacement 011, 291 reinstatemen, replacement

remplacement en effet replacement in kind

devise/monnaie de remplacement alternative currency

remplacer to replace

remplacer qqch. par qqch. d'autre to replace sthg with sthg else, to substitute sthg by sthg else

remplir 097 to fill in *(UK)*/out *(US)*, to complete *(document)*; to fill up *(container)*; to fulfil *(condition)*

rémunéré *(see below)*

conseil rémunéré fee-based advice

rendement yield *(comp., money, farming)*

à haut rendement (machine) heavy-duty

travailler à plein rendement to work to full capacity

rendre *(see below)*

rendre inhabitable to make uninhabitable

rendre qqch. dommageable 181 to render sthg damageable

rendre qqch. égal à qqch. d'autre to equate sthg to sthg else

rendre qqn responsable de qqch. to render sb. responsible for sthg

rendre un service (prestataire) to render a service

rendre une police annulable to render a policy voidable

rendre une sentence arbitrale to make an award

se rendre caution d'une obligation 316 to become surety for an obligation

renfermer *(see below)*

les locaux renfermant les biens assurés the premises containing the property insured/covered

renflement d'un mur buldging up of a wall

renforcement strengthening, reinforcement

renforcer to strengthen

renforcer l'image de marque d'une société to enhance the corporate image of a firm

renoncer à qqch. 026 to relinquish, to waive, to renounce sthg

renoncer à exercer des recours contre 197 to waive right of recovery against

renoncer à un droit to relinquish a right

renoncer aux poursuites to abandon prosecutions

renonciation *(see below)*

renonciation à la clause conditionnelle de dommages aux biens material damage proviso waiver

renonciation à un recours waiver of recourse

renonciation de subrogation 227 waiver of subrogation

renouveler une police existante to renew an existing policy

renouvellement d'un contrat renewal of a contract

rénovation renovation

renverser une tendance to reverse a trend

renvoi *(d'une personne)* dismissal

réparable repairable

réparateur repairer, repairman

réparation compensation, remedy, relief; repair

droit à réparation 246 entitlement to remedy

être en réparation to be under repair

faire l'objet de réparations to be under repair

réparer to repair

répartir to spread, to split up, to share, to apportion

répartir les frais to apportion the costs

répartir les risques to spread the risks

répartir les tâches entre plusieurs personnes to split up the tasks between several people

répartir sur une période de to spread over a period of

être inégalement réparti to be unevenly spread

les frais sont répartis entre les assureurs 023 the costs are shared between the insurers

répartition des pouvoirs de contrôle allocation of supervisory powers

répertoire de toutes les communes post code directory

répondre *(see below)*

répondre aux exigences to meet the requirements

répondre de qqch. 172 to be accountable for sthg, to be liable for sthg

reporté sur 196 transferred on to

reporter *(écritures comptables)* 335 to carry forward

reporter les excédents d'assurance sur qqch. d'autre 196 to transfer the over-insurances on to sthg else

reprendre après qqn to take over from sb.

représailles reprisals

représentant dûment mandaté de l'assureur duly-authorised representative of the Underwriter

représentant légal legal representative

représenter to represent

reprise fallback *(comp.)*; recovery *(econ.)*; resumption *(work)*

reprise après avarie (inf.) failure recovery

reprise après coupure de l'alimentation (inf.) power-fail recovery

reprise de possession repossession

reprise des activités normales 270 recovery to normal business

reprise du travail resumption of work

réputation reputation

bonne réputation de la compagnie good name of the company

expert de bonne réputation appraiser of repute

réputé 286 *(see below)*

réputé incorporé dans 094 deemed incorporated in

l'événement est réputé s'être produit the event is deemed to have occurred

licenciement réputé abusif 239 constructive wrongful dismissal

perte réputée totale constructive total loss

requérant *(d'un agrément)* applicant

à la requête de qqn at the instance of sb.

requis requisite, required

réquisition commandeering, requisition

réquisition en vue d'appropriation ou d'utilisation requisition for title or use

réseau network

réseau dorsal *(inf.)* bearer network, backbone network

réserve reserve; reservation

réserves de primes 349 retained premium, reserve premium

réserves mathématiques mathematical reserves

réserve pour catastrophe, réserve de prévoyance catastrophe reserve

réserves stipulées dans un contrat the exceptions stipulated in a contract

sans réserve without any reservation

sous réserve de 005 subject to

se réserver le droit de to reserve the right to

réservoir reservoir

réservoir de chasse cistern

résidence residence

résidentiel residential

immobilier résidentiel residential real estate

résider *(see below)*

résider avec qqn 300 to reside with sb.

résider dans qqch. to lie in sthg

résiduel residual

résidus residues

résiliable cancellable, terminable

résiliation 013, 014, 069 cancellation, termination

résilier un contrat to cancel, to terminate a contract

résistance *(see below)*

résistance au feu fire endurance

à haute résistance (machine) heavy-duty

résistant *(see below)*

résistant au feu fire-resistant

résistant au gel frost-proof

résister à qqch. to resist, to withstand sthg

résolution *(see below)*

résolution d'un contrat termination of a contract

résolution d'un différend settlement of a difference/ dispute

résolution judiciaire d'un contrat judicial cancellation of a contract

résoudre un contrat to terminate a contract

respect d'une réglementation 279 compliance with, respect of, observance of a regulation

respecter to comply with, to abide by, to keep to

respecter la loi to abide by the law

respecter les termes et conditions d'un contrat 175 to keep to, to comply with the terms and conditions of a contract

respecter ses engagements to respect one's undertakings

responsabilité liability, responsibility

responsabilité à l'égard de qqn responsibility/liability to sb.

responsabilité acceptée/assumée : la responsabilité que l'assuré assume au titre d'un contrat assumed responsibility: any liability that an insured assumes under a contract

responsabilité civile 231 legal liability, liability to third parties

responsabilité civile après travaux liability after completion of work

responsabilité civile atteinte à l'environnement 244 environmental impairment liability

responsabilité civile du chasseur (ass.) hunting liability

responsabilité civile professionnelle Professional Indemnity (PI), malpractice liability

responsabilité civile travaux exécutés legal liability works performed/made

responsabilité conjointe joint responsibility/liability

responsabilité décennale ten-year responsibility

responsabilité des dirigeants D & O liability

responsabilité du fait d'autrui vicarious responsibility

responsabilité du fait du produit product liability

responsabilité entre les membres d'une même famille intra-family liability

responsabilité in solidum joint and several responsibility/in solidum liability

responsabilité locative tenant's liability

responsabilité patronale Employers' liability

responsabilité proportionnelle pro rata responsibility

responsabilité relative non-absolute responsibility

ne pas avoir la responsabilité de faire qqch. to be under no liability to do sthg

responsabilités croisées 228 cross liabilities

responsable *(see below)*

responsable de qqch. vis-à-vis de qqn responsible for sthg to sb.

être responsable vis-à-vis de qqn to be responsible to, to be liable to sb.

ressortie *(see below)*

lors de la ressortie de la prime the premium, when due

ressortissant d'un pays national of a country

restaurant d'entreprise canteen

restauration du terrain 298 land restoration

le reste de l'Europe the remainder of Europe

rester to remain

rester en vigueur to remain effective

rester en vigueur et produire tous ses effets to remain in full force and effect

la police restera acquise 106, 162, 255 the policy cover shall continue to operate

reste à savoir si it remains to be seen if

restitution return

à la restitution du certificat d'assurance on surrender of the certificate of insurance

restreindre to restrict

restriction à qqch. restriction on sthg

restructuration restructuring

résultat 256 result; income

résultat opérationnel operating income

résulter de to result from, to arise from/out of, to ensue

le dommage qui en résulte the damage arising therefrom

à moins qu'un incendie en résulte unless fire ensues

rétablir une police to reinstate a policy

rétablissement d'une situation financière straightening up of a financial position

retard *(see below)*

retard de livraison delay in delivery, late delivery

retard de paiement late payment

être en retard pour son loyer to be in arrears with one's rent

être en retard sur l'échéancier to be behind schedule

retarder to delay, to postpone

retarder une livraison d'une semaine to postpone a delivery by a week

retenir to withhold

retenir l'eau dans un bassin to impound water in a dock

retenir une partie de la prime to retain part of the premium

rétention 336, 349, 352 retention

réticence *(dissimulation)* 164 non-disclosure

réticent reluctant

retirer 273 to withdraw, to remove

se retirer des affaires to retire from business

retoucher un tableau to retouch a painting

retour *(see below)*

retour à la position avant contrat restitutio in integrum

retour de flamme backfire

donner un retour de flamme to backfire

par retour du courrier by return of post

retrait withdrawal; shrinkage *(contraction)*

retrait d'agrément withdrawal of authorisation

retraite professionnelle retirement

retrancher qqch. de qqch. d'autre to deduct, subtract, take away sthg from sthg else

rétrécissement shrinkage

rétroactif *(see below)*

mettre un document en vigueur avec effet rétroactifto backdate a document

rétrocédant retroceding

rétrocession retrocession

rétrocession de commission commission sharing

rétrocessionnaire *(ré.)* retrocessionnaire

retrouver trace de qqch. to trace sthg, to track sthg

revalorisation revaluation

revenant à *(acquis par)* accruing to

revenu 256 income

revers financier financial reversal

réversible reversible

revêtement coating, covering

revêtement de sol, de mur et de plafond 188 floor, wall and ceiling covering

revêtement de surface surface coating

révisable adjustable

prime révisable adjustable premium

réviser *(véhicule)* to overhaul

révision overhaul *(vehicle)*; review *(analysis)*

révision du matériel informatique 216 servicing of computer equipment

révoquer to revoke

rez-de-chaussée ground floor

rideau curtain

rideau à lames rolling shutter door, roll-up door

rideau d'eau water deluge, water curtain

rideau métallique à grille rolling grille door

risque risk

risque à étage storied risk

risque à protection renforcée (perte exploitation) highly protected risk (HPR)

risque accepté à titre commercial accommodation line, border line, oblige line

risque accepté underwritten/ accepted risk

risque aggravé aggravated/ increased risk

risque après livraison risk after delivery

risque après travaux risk after completion of works

risque assurable insurable risk

risque climatique climatic risk

risque conservé retained risk

risque courant/ordinaire run-of-the-mill risk

risque d'exploitation operational risk

risque d'interruption interruption risk

risque de catastrophe supplémentaire extra catastrophe risk

risque de change exchange risk

risque de développement development risk

risque de mise à bas foaling risk

risque de sécurité security risk

risque de souscription underwriting risk

risque de vol à main armée hold-up risk

risque économique economic risk

risque effectivement couru risk actually incurred

risque flagrant/manifeste clean risk

risque indirect consequential loss

risque industriel industrial risk

risque locatif tenant's liability/risk

risque matériel physical damage

risque non couru unexpired risk

risque politique political risk

risque pollution risk of pollution

risque rejeté declined risk

risque standard standard risk

risques accessoires/annexes allied lines (US), extra perils

risques contigus adjoining risks

risques de guerre war perils

risques de l'informatique computer risks

Risques de masse Mass Risks

risques divers miscellaneous risks, casualty business (US)

risques supplémentaires additional perils

aux risques et périls de qqn at the risk of sb.

consentir une garantie au premier risque absolu to grant a first loss cover not subject to Average

grands risques large risks

par risque in any one risk

risquer *(see below)*

la perte risque d'être supérieure the loss may be higher

ristournable returnable

ristourne 005 discount; return

ristourne de prime 013, 070 return premium

ristourne pour absence de sinistre (dans ce contexte, on remplace maintenant ristourne par "remboursement" ou "reversement à l'assuré d'une partie de prime ou cotisation") no-claim discount (NCD)

ristourne pour non prise d'effet return for non attachment

il est fait ristourne de la prime the premium is refundable/returnable

ristourner to return

robinet tap *(UK)*, faucet *(US)*

robinet d'incendie armé fire hydrant with hose and nozzle connected

robot robot

rogner *(see below)*

rogner la marge bénéficiaire to trim the profit margin

rogner les marges bénéficiaires jusqu'à l'os to pare profit margins to the bone

rompre un contrat to breach a contract

ronde round

ronde pointée recorded watch/round

rossignol de cambrioleur picklock

rotation *(see below)*

rotation de l'effectif/du personnel staff turnover

rotation des stocks stock turnover

effectuer une rotation to rotate

rouille rust

roussissement scorching

route d'accès approach road

requérir qqn to summon sb. *(legal)*

rubrique 157 heading, item

la rubrique 2 des Conditions particulières item 2 of the Schedule

rupture breach, termination; shortage

rupture abusive de contrat abusive termination of contract

rupture de contrat breach of contract

rupture de stock stock shortage

brusque rupture de contrat abrupt termination of contract

S

sabotage sabotage

sabotage immatériel 218 intangible sabotage

sacoche satchel

saisie seizure; capture

saisie par voie judiciaire seizure under legal process

saisie de données data capture

saisir *(see below)*

saisir un expert to appoint an adjuster

la compagnie doit être saisie de 144 the company must be informed of

saisonnier seasonal

fluctuation saisonnière seasonal fluctuation

salaire salary, wage(s)

salaire de base basic wage(s)

salaire de référence standard wage

salissure soiling

sanction sanction, penalty

sanctions en cas d'inobservation des obligations de déclaration 164 sanctions in the event of non-compliance with the obligation of disclosure and representation

sanitaires *(see below)*

installations sanitaires 154 sanitaryware

sans *(see below)*

sans condition unconditionally

sans conséquence (peu important) immaterial

sans délai without delay, forthwith

sans effet void, inoperative

sans fondement groundless

sans interruption continuously

sans motif groundless

sans parler de let alone

sans plus tarder without further delay

sans rapport irrelevant (adj.)

sans reconnaissance de responsabilité pour qqn without prejudice to sb.

sans retard without delay

sans sinistre claim-free

sans surveillance unattended

créancier sans garantie unsecured creditor

laisser les locaux sans surveillance 273 to leave the premises unattented

sapeur-pompier fireman, fire-fighter

sapeur-pompier professionnel permanent fireman

sapeur-pompier volontaire voluntary fireman

équipe de sapeurs-pompiers fire-brigade

satellite de communication communication satellite

à la satisfaction de qqn to sb.'s satisfaction

satisfaire à *(see below)*

satisfaire à l'obligation d'assurance imposée par la loi to comply with the compulsory insurance imposed by the law

satisfaire à une obligation to fulfil an obligation

satisfaire aux exigences de qqn 280 to meet sb.'s requirements

satisfait de satisfied with

sauf *(see below)*

sauf avis contraire de votre part (correspondance) unless we hear from you to the contrary

sauf contre note/avis contraire unless countermanded

sauf convention contraire aux Conditions particulières unless agreed to the contrary in the Schedule

sauf imprévu circumstances permitting

sauf stipulation contraire 099 unless otherwise stipulated

sauter *(fusible)* to blow (out)

sauvegarde 211 *(see below)*

sauvegarde des médias backup of the media

sauvegarder *(inf.)* 221 to save, to back up

sauvegarder qqch. de to safeguard sthg from

sauver et préserver les biens 165 to save/salvage and preserve the property

sauvetage 073 salvage, rescue

équipe de sauvetage rescue team

matériel de sauvetage rescue equipment

nous avons droit au sauvetage de tous les biens assurés we have a right to the salvage of any insured property

scellé sealed; fixed, anchored

les coffres-forts doivent être scellés 278 safes must be fixed/anchored

sciemment knowingly

seau-pompe water-bucket

sécheresse dryness

secours emergency

plan de secours informatique 212 computer emergency scheme

sortie de secours fire escape, emergency exit

secousse sismique earth tremor

secrétaire général company secretary

sécurité safety, security

avoir la sécurité de sa créance 319 to be a secured creditor

séisme sous-marin seaquake

selon 261 in accordance with, as per, pursuant to

selon les usages as is customary

selon police originale (expression utilisée dans la rédaction d'une convention de réassurance pour marquer que les modalités suivent celles de la police originale) as per original (a phrase used in the wording of a reinsurance agreement to denote that the terms and conditions follow those of the original policy)

semblable à similar to

tous autres termes semblables any other like terms

semence seed

semestriel half-yearly

semi- *(see below)*

semi-ouvré semi-finished

produits semi-fabriqués products in process

séminaire seminar

sens sense

au sens large in a broad sense

sensibilité à qqch. responsiveness to sthg

sensible *(information)* sensitive; material

changement sensible dans la composition de tout produit material change in the chemical composition of any product

sentence *(see below)*

sentence arbitrale 007 (arbitration) award

séparation division, partition

séparation coupe-feu fire wall

mur de séparation partition wall

séparer *(see below)*

structure séparée unattached structure

séquence de sequence of

série series

les dommages en série series of losses

sériel recurring

sinistres sériels recurring losses

sérieux *(n.)* **financier** financial soundness

serment oath

- **sous serment** under oath

serpentin de chauffage heating coil

serre greenhouse, conservatory

serrure lock

- **serrure à combinaison** combination lock
- **serrure d'une maison** lock to a house

serrurerie metalwork, ironwork

- **serrurerie de bâtiment** builder's hardware

service *(see below)*

- **service des sinistres** 020 claims department
- **service foncier** easement
- **service incendie** fire department
- **coût d'expédition en service express** expediting cost
- **employé qui n'est pas de service** off-duty employee
- **entreprises de service public** public utilities

servitude easement

seuil threshold

- **seuil de rentabilité** break-even point

un seul et même risque one and the same risk

sexe *(genre)* gender

sextuple sextuple

siège *(see below)*

- **siège administratif** main place of business
- **siège social** head office

sigle acronym

signal automatique d'alarme extérieure automatic external alarm signal

signataire du contrat signatory to the contract

signature signature

- **à la signature du document** 151 on/upon signing the contract
- **avant la signature du contrat** before signing the contract

en signe d'acceptation in token of acceptance

signification de sommation de comparaître 129 service of process

signifier qqch. à qqn *(jur.)* 114, 130 to serve sthg upon sb.

similaire similar

simplement merely

simultané simultaneous

simultanément simultaneously

sinistralité 330 claims experience

- **sinistralité escomptée** loss expectancy
- **sinistralité probable** loss probability
- **facteur de sinistralité** loss experience modifier

sinistre 160 loss, claim

- **sinistre accepté** admitted claim
- **sinistre au comptant** (ré.) 332 cash loss
- **sinistre au premier franc** ground-up loss
- **sinistre courant** run-of-the-mill claim
- **sinistre en cours** 059 outstanding claim

sinistre en suspens outstanding, pending claim

sinistre garanti loss/damage insured against, covered

sinistre maximum possible maximum possible loss

sinistre par année de compétence (ré.) underwriting year claim

sinistre payé claim paid

sinistre précédent previous loss

sinistre raisonnablement escomptable probable maximum loss

sinistre réalisé incurred loss

sinistres survenus 054 losses occurring

sinistres survenus non encore déclarés 042 IBNR claims (Incurred but Not Reported)

petit sinistre minor loss

sinistré *(see below)*

les biens sinistrés damaged property,

burnt property (fire)

sinon if not, otherwise

sismique seismic

situation *(see below)*

situation du risque location of risk

situation familiale marital status

situation financière financial position/standing

situé sur terre *(see below)*

des locaux situés sur terre land-based premises

sociétaire *(d'une mutuelle)* member

société *(see below)*

la Société (nom donné à une mutuelle dans un contrat d'assurance) Association (what a mutual is called in

an insurance contract)

société apéritrice 169 lead(ing) company

société d'assurances insurance company

société de cautionnement guarantee society

société de courtage broking firm, brokerage firm/house

société gérante leading company

société mère parent establishment/ company

sociétés d'assurance(s) mutuelles mutual insurance societies

former une société de personnes to enter into partnership

soi *(see below)*

un défaut en soi a defect per se/in itself

soin *(see below)*

avoir besoin de soins constants to need constant attendance (person)

biens au soin, à la garde ou sous le contrôle de qqn property under care, custody or control of sb.

tout le soin apporté pour éviter une perte avoidance of a loss

sol soil; ground

solde sale article; balance *(money)*

solde débiteur non recouvré 262 outstanding debit balance

solliciter un agrément/une autorisation auprès de qqn to seek authorisation from sb., to apply to sb. for authorisation

solidarité *(see below)*

sans solidarité entre eux 169 without any responsibility to each other

solidum *(see below)*

responsabilité in solidum liability in solidum, joint and several liability

solidification des matériaux solidification of materials

solive joist

solliciter to apply for

solliciter un prêt auprès de sa banque to apply to one's bank for a loan

solliciter une garantie to apply for a cover

solvabilité solvency

solvable solvent

sommaire *(adj.)* brief, summary

sommation injunction

faire courir les intérêts par sommation 166 to have the interests accrue through injunction

sommation d'exécuter (ctt) notice to perform

sommation de comparaître 129 process

somme amount, sum

somme en risque insured value, insured amount

somme forfaitaire lump-sum

somme globale aggregate amount

somme illimitée open amount

somme insignifiante nominal sum

somme totale total amount

sonar echo-sounding apparatus

sondage sounding, probing; survey

contrôle par sondage spot check

frais de sondage, pour une infiltration d'eau sounding cost to detect water seepage

sortie *(see below)*

sortie de portefeuille (ré.) withdrawal of portfolio

sortie de secours fire escape, emergency door/exit

sortie par effraction breaking out

sorties (débours) outgoings

soubassement basement

souche *(talon)* counterfoil, stub *(US)*

soudage welding

souder to weld

équipe bien soudée close-knit team

soudure weld

souffrir de to suffer from

souillé soiled

soulèvement *(see below)*

soulèvement de terrain 206 ground heave

soulèvement dû au gel frost heave/upheaval

soulèvement par le vent wind uplift

(se) **soulever** to heave

soumis à submitted to; subject(ed) to; referred to

soumis à qqn pour approbation submitted to sb. for approval

le différend sera soumis à arbitre pour règlement the dispute shall be referred to an arbitrator for settlement

soumission tender

soumissionnaire tenderer

soupirail cellar skylight

source *(eau)* spring

sourdre de to ooze out of

sous *(see below)*

sous clef under lock and key

sous diviser en to subdivide into

sous garantie under guarantee

sous le nom de known as, alias

sous les renseignements comptables under the accounting information

sous peine de non-garantie en cas de sinistre, l'Assuré s'interdit de 282 the Insured shall not be entitled to indemnity in the event of loss, unless he undertakes not to/if he

sous peine de under penalty of

sous réserve de 005 subject to

sous réserve de nos directives subject to our directions

sous serment under oath

acceptation sous réserve qualified acceptance

sous agence sub-agency

sous agent sub-agent

sous assurance under-insurance

sous-jacent underlying

sous-locataire sub-tenant

sous-louer to sublet

sous-produit by-product

sous-sol d'un bâtiment 206 basement of a building

sous tarifé under-rated

sous tarification under-rating

sous-traitance sub-contracting

sous-traitant sub-contractor

sous-traité *(n.)* subcontracted work

sous-traiter to sub-contract, to contract out

souscripteur *(maintenant : preneur d'assurance)* 062, 161 policyholder *(insured)*; underwriter *(insurer)*

souscription underwriting

souscription commune joint underwriting

souscription déficitaire underwriting in the red

souscription directe direct underwriting

à la souscription de l'assurance 164 when taking out the insurance

ristourne à la souscription introductory discount

souscrire *(de la part de l'assureur)* 088, 331 to write, to underwrite *(Lloyd's)*

souscrire une assurance 117 to effect an insurance

souscrire une assurance auprès d'une société d'assurance to take out an insurance with an insurance company

souscrire une caution 319 to file a bond

souscrire une police auprès de qqn to take out a policy with sb.

soustraction *(vol)* 289 abstraction

soustraire *(vol)* to abstract

soustraire tout ou partie des biens assurés to abstract all or part of property insured

soutènement *(see below)*

mur de soutènement retaining wall

soutenir *(see below)*

soutenir une action en contribution contre qqn to

maintain an action for contribution against sb.

un soin et une attention soutenus unremitting care and attention

souterrain *(adj.)* underground, subterranean

eau souterraine underground water

incendie souterrain subterranean fire

spécifier 065, 067, 090, 235 to set out, to set forth, to specify, to lay down *(rules)*

spécifique specific

sponsoring sponsorship

spontané spontaneous

combustion spontanée spontaneous combustion

sprinkler *(n.)* sprinkler

sprinkler à déclenchement rapide et extinction précoce early suppression fast response sprinkler

sprinkler à grande surface de protection extended coverage sprinkler

sprinkler à grosses gouttes large drop sprinkler

sprinkler à ouverture-fermeture automatiques on-off sprinkler

sprinkler à temps de réponse bref quick-response sprinkler

sprinkler d'habitation residential sprinkler

sprinkler encastré recessed sprinkler

tête de sprinkler sprinkler head

tête de sprinkler à haut pouvoir de diffusion spray sprinkler head

sprinkler *(v.) (see below)*

les grands entrepôts devront être sprinklés the large warehouses shall be sprinklered

stabiliser to stabilise

stagiaire trainee, intern *(US)*

standardiste switchboard operator

station de pompage pumping station

station terrestre fixe (EDI) fixed earth station

statique static

statistique statistic, record, experience

statistique accidents accident record

statistique actuarielle actuarial statistic

statistique des sinistres claims record

statistique du risque past loss experience

statistique incendie fire record

statue statue

statutaire statutory

statuts d'une société bylaws *(US)*, Articles and Memorandum of Association *(UK)*

stipulation stipulation, provision

stipuler to stipulate

stock stock *(UK)*, inventory *(US)*

stock à la fin de l'exercice closing stock

stock au début de l'exercice opening stock

stock disponible stock-in-hand

stockage stocking

stocker to store

store blind

strict tough, drastic

des normes strictes tough standards

structure des biens assurés structure of insured property

au su de qqn with the privity of sb., with sb. knowing it

subir 250 to undergo, to bear, to suffer, to experience, to incur

subir un sinistre total to bear/incur total loss

submerger qqn de travail to overwhelm sb. with work

subordonné *(adj.) (see below)*

emprunt subordonné subordinated loan

subordonné à 252 subject to, dependent upon

subrogataire *(n.)* subrogee

subrogation *(maintenant remplacé par "substitution de l'assureur à l'assuré aux fins de poursuite contre la partie adverse")* 078, 079, 236 subrogation

subroger to subrogate

l'Assureur est subrogé dans les termes de l'article L 121.12 du Code, jusqu'à concurrence de l'indemnité qu'il a payée, dans les droits et actions de l'Assuré, contre tout responsable du sinistre 321 the Underwriter is subrogated under the terms and Conditions of Article L 121.12 of the "Code", up to the amount he has paid, to the rights and actions of the Insured, against any person responsible for the damage

Subsidiarité Subsidiarity

substance *(see below)*

état en substance le même que ... a condition substantially the same as...

substituer qqch. à qqch. d'autre to substitute sthg for sthg else

substitution *(see below)*

instrument financier de substitution 309 substitute financial instrument

subvention grant, subsidy

subventionner to subsidise

succéder à qqn to succeed sb.

successif successive

propriétaires successifs successive owners

succession estate *(of a dead person)*

suie soot

suintement sweat, sweating, trickling

suintement d'un mur sweating of a wall

suinter to sweat, to trickle, to ooze

l'eau qui suinte le long du mur water that trickles down the wall

suite *(see below)*

suite au verso continued overleaf

suite de sequence of

les suites d'un événement 270 the aftermath of an event

par suite de/suite à as a/in consequence of

perte à la suite d'un dommage loss in consequence of a damage

suivi du dossier client follow up of client's file

suivre *(see below)*

suivre l'évolution de qqch. to keep abreast of sthg

super commission 343 overriding commission

superficie area

superficie développée total floor area, habitable floor area

assurance à la superficie insurance based on area

supérieur à (être) 211 *(excéder)* to be superior to; to be higher than, to exceed

supersonique supersonic

superviser qqn to oversee sb.

supervision supervision

supplémentaire additional, supplementary, extra; further

frais supplémentaires extra costs

information(s) supplémentaire(s) further information

risque supplémentaire additional risk

support *(see below)*

support d'un extincteur bracket of a fire extinguisher

support de données data medium

support informatique data medium (pl. media)

supporter to bear, to undergo

supporter des charges to bear charges/costs

supporter le risque soi-même (ne pas être assuré) to carry the risk oneself

une machine supportant une tension anormale ou une surcharge intentionnelle a machine undergoing

abnormal stress or intentional overloading

supposition assumption

surprime proportionnelle *(calculée au prorata temporis de taux de base apparaissant aux Conditions particulières)* prorata premium *(an additional premium calculated prorata of the rate shown in the Schedule)*

sur *(see below)*

sur ce thereupon

sur demande on demand

vérification sur place on-the-site verification

vous devez garder l'argent sur vous you must keep the money on your person

sûr safe, secure; reliable

sur-le-champ 110 forthwith

surarbitre umpire

surassurance overinsurance

surassurer to overinsure

surcapacité overcapacity

surchauffe overheating

surdité induite par le bruit noise-induced deafness

sureffectif overstaffing

surélevé elevated, stilted

surendettement des ménages overindebtedness of households

surestimer qqch. to overestimate sthg

sûreté 315 security

surévaluer to over-value

surface *(see below)*

surface d'appui 182 stand base

surface développée habitable surface area

surface utile effective area

surpasser qqn to outperform sb.

surprime additional/extra premium

surprime de fractionnement additional premium

for payment by instalments

surprime pour le court terme additional premium for short-term cover

surprime, le cas échéant additional premium, if required

sursis deferment

surtarifer to rate up

surveillance surveillance

surveillance des locaux 284 surveillance of the premises

sans surveillance 273 unattended

survenance 110 occurrence, happening

survenance du dommage 031 occurrence of loss or damage

survenance/réalisation d'un sinistre occurrence of a claim

survenir to occur, to arise

survie survival

survivre à 026 to survive (sthg), to outlive (sb.)

survoltage overrunning

susceptible de 165 likely to

susdit aforesaid

suspendre une police to suspend a policy

en suspens pending

sinistre en suspens pending loss

suspension suspension

suspension de garantie suspension of cover

suspension de la police suspension of the policy

syndic de faillite assignee/trustee in bankruptcy

synonyme de synonymous with

systématique systematic

système system, device

système à tolérance de panne (inf.) fault-tolerant system

système arborescent arborescent system

système d'alarme 284 alarm system; alarm device

système d'alarme précoce early warning system (EWS)

système d'évacuation des eaux d'un immeuble 259 drains of a building

système d'exploitation (inf.) 223 operating system

système d'extinction automatique sprinkler system

système d'extinction des incendies fire extinguishing system

système de traitement de l'information information processing system

système de traitement des données data processing system

système de transfert électronique de fonds electronic funds transfer system (EFTS)

système du lissage des prévisions seamless forecast system

système électrique d'un bâtiment electrical system of a building

système en circuit (inf.) on-line system

système informatique computer system, data processing system

T

table des contributions *(ass.)* schedule of contributions

tableau painting; table; panel

tableau des pleins table of limits

tableau des indemnités table of indemnities

tableau électrique electric panel

tabulateur spreadsheet

tâche task

se voir confier la tâche de faire qqch. to be tasked with doing sthg

tacite reconduction d'un contrat tacit renewal of a contract

se tailler un créneau to carve a niche

tain silvering

taire qqch. to withhold sthg

talent skill

talon *(souche)* counterfoil, stub *(US)*

talon des reçus receipt counterfoil/stub

tampon buffer

stocks tampon buffer stocks

tangible tangible

tank à lait milk tank

tant avant qu'après le sinistre both before and after the loss or damage

tantième percentage

tapis carpet

tapisserie tapestry, wall-covering, wallpaper

tapisseries et assimilés wallpapers and the like

tard *(adv.)* late

au plus tard at the latest, on or before

tardif belated

demande d'indemnité tardive belated claim

tarif rate, tariff

tarif de faveur preferential tariff

tarif des grands magasins (inc.) department stores tariff

tarif des risques industriels industrial risks tariff

tarif des risques simples (inc.) simple risks tariff

tarif général general rate

tarif sous 24h00/le jour même same day quotation

tarifaire *(see below)*

normes tarifaires rating standards

tarifer to rate

tarificateur tariff clerk

tarification rating

tarification forfaitaire flat rating

tarification par zone zone rating

tarification personnalisée individual rating

tarification sous réserve d'accord préalable prior approval rating

tartre scale

tassement *(see below)*

tassement d'une fondation settlement/bedding down of a foundation

tassement dc terrain land subsidence; ground settlement

taux *(see below)*

taux actuel current rate

taux d'erreurs dans les factures error rate on invoices

taux de base basic rate

taux de prime exprimé en pourcentage de la garantie (ré.) Rate On Line (ROL)

taux de révision adjustment rate

taux dégressif tapering rate

taux du bâtiment building rate

taux du contenu contents rate

taux forfaitaire flat rate

taxe à la valeur ajoutée (TVA) value added tax (VAT)

technique *(n.)* technique

technique *(adj.)* technical

tel quel as is

téléachat home-shopping

téléphone portable sans fil cordless handset

télésurveillance telesurveillance

télétraitement par lots remote batch processing

télévision television

télévision en circuit fermé closed-circuit television

biens protégés par télévision en circuit fermé CCTV-protected property

témoignage testimony

donner témoignage (tribunal) to give testimony

témoigner sous serment to testify under oath

témoin witness

températures extrêmes extreme temperatures

tempête storm

tempête de grêle hailstorm

tempête de vent gale

temporaire temporary

temporairement temporarily

temps time

temps de fonctionnement d'un système uptime of a system

temps moyen de dépannage mean time to repair

temps perdu à cause de l'environnement external loss time, environmental loss time

en tout temps at any time

tendance trend, tendency

teneur en poussière dust content

tenir *(see below)*

tenir qqch. à la disposition de qqn to keep sthg at sb.'s disposal

tenir qqn informé de to keep sb. informed about

tenir qqn responsable de qqch. to hold sb. responsible for sthg

se tenir au courant de to keep abreast of

tentative attempt

tentative de suicide attempted suicide

tentative de violation du système de sécurité attempt at violating the security system

tentative de vol 272 attempted theft

tenter to attempt

tenu *(adj.) (see below)*

être tenu de 264 to be bound to

être tenu couvert to be held covered (HC)

être tenu pour responsable de qqch. to be held responsible for sthg

il est tenu compte de 214 it is taken account of

ne pas être tenu de to be under no liability to

tenue *(n.) (see below)*

tenue d'une assemblée générale holding of a general meeting

tenue des livres bookkeeping

tenue du risque (inc.) housekeeping

terme *(see below)*

au terme de ce délai at the end of this period of time

terme de la police (le 1er juillet) expiry of the policy (July 1)

les termes échus et impayés sont seuls retenus it shall only be taken account of the payments due and overdue

les termes (le libellé) **d'une police** the wording of a policy

terrain ground, land, plot

terrain à bâtir building plot (UK), building lot (US)

terrain constructible building land, land released for development

terrain repris sur la mer reclaimed land

occupation du bâtiment ou du terrain occupation of building or land

pratiquement tout ce qui se trouve sur le terrain autour du bâtiment principal est couvert nearly everything on the ground around the main building is covered

restauration du terrain 298 land restoration

sur terrain appartenant à autrui on leased ground

terrassement *(see below)*

des travaux de terrassement earth works, navvying works, excavating

terre-plein exposé aux intempéries open space exposed to bad weather

terrestre *(see below)*

locaux terrestres land-based premises

territorialité territorial limits

terrorisme terrorism

acte de terrorisme act of terrorism

test test

test d'homologation acceptance test

test de conformité (inf.) conformance testing

tête de lecture reading head

texte en clair *(inf.)* plain text

textuellement *(see below)*

être incorporé textuellement dans un document to be incorporated verbatim in a document

ticket-restaurant luncheon voucher

tierce personne third party

tiers third party

tiers arbitre 007 umpire, third arbitrator

tiers étranger au personnel third party not belonging to the staff

tiers lésé third party injured/ aggrieved

compagnie de pays tiers third country company

timbre stamp

timbre de quittance receipt stamp

timbre fiscal tax stamp

tir croisé *(see below)*

être pris sous un tir croisé to be caught in a crossfire

tiré *(n.)* **d'une traite** drawee

Tiré sur … à X jours date à vue *(Credoc.)* Drawn on … at X days of sight

tire-au-flanc malingerer

tirer à sa fin *(période)* to draw to a close

tireur d'une traite drawer

tiroir-caisse till

tissu fabric

titre *(see below)*

titre d'éligibilité pour devenir membre membership qualification

titres (n. m. pl.) **et valeurs** 290 securities

à titre d'exemple as an example

à titre de complément de preuve by way of supplementary proof

à titre gratuit gratuitously

à titre indicatif for information only

à titre onéreux for valuable consideration, for reward

à titre personnel in one's private capacity

à titre professionnel 276 in one's professional capacity

au titre de 127 pursuant to, by virtue of, under, as per

au titre du présent contrat 127, 291 under this contract, hereunder

être employé à n'importe quel titre to be employed in any capacity

le titre est le rapport du poids du métal fin au poids total de l'alliage fineness: it is the ratio of the weight of fine metal to the total weight of the alloy

versement d'une indemnité à titre de faveur ex-gratia payment

titre restaurant luncheon voucher

titrisation securitisation

titulaire *(see below)*

le titulaire d'un contrat d'assurance the holder of an insurance policy

le titulaire d'un marché public 317 the holder of a public contract

titulaire d'un pouvoir de souscription 329 coverholder

l'entreprise titulaire du marché 303 the company in charge of the work

toile canvas

toit roof

toit vitré glass roof

les personnes habitant sous le toit de l'assuré the persons of the Insured's household

un bâtiment avec un toit de tuiles a building roofed with tiles

toiture endommagée 182 damaged roof

tôle ondulée corrugated steel plate

tolérable *(see below)*

niveau de bruit tolérable allowable noise level

tollé à propos de qqch. outcry over sthg

tomber *(see below)*

la garantie tombe de plein droit 104 the cover shall cease to be afforded with full legal right

tondeuse à gazon lawnmower

tornade tornado

en tort at fault

total des sinistres payés 060 paid losses or claims

totalement *(de plein droit)* **responsable de qqch.** fully responsible for sthg

totalité *(see below)*

être payable en totalité/ intégralement to be payable in full

toucher *(frapper)* to hit, to affect

tournée round

tourner autour de qqch. to hinge on sthg

tournesol sunflower

tout *(see below)*

tout ou partie de qqch. all or part of sthg, the whole or any part of

le tout premier souci the first and foremost concern

pour tout ou partie partly or wholly, wholly or in part

toxique toxic

trace *(see below)*

traces d'effraction marks of forcible opening

conserver une trace écrite de qqch. to keep (a) written evidence of sthg

trait *(see below)*

avoir trait à qqch. to refer to/to relate to sthg

les documents ayant trait de quelque façon que ce soit au sinistre déclaré papers bearing in any way upon the claim made

traite draft

traite de complaisance accommodation bill/paper

traité treaty

traité à règlements structurés (ré.) 353 Time & Distance Treaty

traité avec transfert du risque à l'échéance Prospective Aggregate Cover (PAC)

traité d'étalement de la sinistralité (ré.) Spread Loss treaty

traité d'excédent excess cover treaty

traité de cession et d'acceptation inward and outward treaty

traité de réassurance 347 reinsurance treaty

traité des excédents de pourcentage de sinistres excess of loss ratio treaty

traité en excédent de plein 352 surplus treaty

traité en excédent de sinistres excess of loss treaty

traité en premier excédent first line treaty

traité facultatif obligatoire 337 facultative obligatory treaty

traité non proportionnel de réassurance non-proportional reinsurance treaty

traité obligatoire 341 obligatory treaty

traité ouvert semi-obligatoire 342 open cover/treaty

traité proportionnel de réassurance proportional reinsurance treaty

traitement treatment, handling; processing

temps de traitement des sinistres claims processing time

traitement de dossiers handling of files, processing of files (comp.)

traitement des données à caractère personnel processing of personal data

traitement d'urgence (les premiers soins apportés à un blessé) emergency treatment of an injury

traitement électronique des données EDP (Electronic data Processing)

traitement en accès direct tele-processing

traitement en éclaté 224 split processing

traitement par lots 224 batch processing

traiter to handle; to process *(data)*

traiter les sinistres to handle claims ; to process claims

tranche 050, 336 line, layer

tranche de salaire salary bracket

trancher un litige to accommodate a dispute

transaction *(maintenant remplacée par "accord ou entente sur le montant de l'indemnisation")* transaction; agreement

transférable transferable

transférer to transfer, to assign; to remove

transférer les déchets 243 to remove the waste

transfert *(see below)*

transfert d'une police assignment of a policy

transfert de contrat contract transfer

transfert de portefeuille portfolio transfer

transfert de responsabilité transfer of liability

transfert des biens assurés 162 removal of property insured

Transfert électronique de fonds sur le lieu de vente Electronic Funds Transfer at Point of Sale (EFTPOS)

transfert du risque risk transfer

transformateur transformer

transformation des produits agricoles processing of agricultural products/of produce

transformer to process

transfrontalier cross-border

transiger avec qqn 198 to come to an understanding with sb.

transmettre *(see below)*

transmettre des fonds to transmit funds

transmettre le titre de propriété des marchandises to convey the title in/to the goods

transmissible transferable, assignable

transparence transparency

transparent transparent

transport 297 carriage

transport de fonds cash/money in transit

transport par voie de terre land conveyance

transporter *(see below)*

espèces transportées à l'extérieur money in transit

transporter des fonds to convey money and valuables

transposition *(see below)*

date de transposition et entrée en vigueur date of incorporation and entry into force

traumatisant traumatic

traumatisme trauma

travail work

travail de bureau clerical work

travail indépendant self-employment

travail par point chaud welding and flame cutting work

travaux de terrassement earth works

travaux en cours work in progress

travaux faisant l'objet du contrat contract works

travaux publics public works

travaux souterrains underground work(s)

travailleur indépendant self-employed person

au travers de qqch. through sthg

traverser des difficultés to go through difficulties

tremblement de terre earthquake

très haute fréquence (THF) very high frequency (VHF)

trésorerie *(see below)*

améliorer sa trésorerie 314 to improve one's financial statement

subir une charge de trésorerie 250 to sustain/bear a cash burden

cycle de trésorerie d'une société treasury cycle of a company

tribunal des référés summary tribunal

triennal triennial

période triennale triennial period, three-year period

trier to sort

trimestre quarter

trimestriel quarterly

trombe d'eau waterspout

tromperie *(inf.)* spoofing

trop-perçu overcharge, overpayment

le trop-perçu sera remboursé overpayment will be refunded

trop-plein overflow

trottoir pavement, sidewalk *(US)*

trouble disturbance

trouble de jouissance disturbance of enjoyment/of possession (fire)

troubles ouvriers labour disturbances

trouver trace de l'argent dû à qqn et le recouvrer to trace and collect money owed to sb.

tube *(inf.)* tube

tuile tile

tunnel tunnel

tuyau pipe

tuyau d'incendie fire hose

tuyau de descente des eaux waterspout

tuyau flexible hose

tuyauteries pipes

type *(see below)*

avenant type standard endorsement

typhon typhoon

U

ultérieur subsequent, further

ultérieurement 230 subsequently

unicité ou pluralité d'assurés one or more insured(s)

unilatéral unilateral

union *(see below)*

Union de Berne (créée en 1934, association d'assureurs privés et étatiques de crédit et d'investissement) Berne Union (created in 1934, an associationof private and government credit and investment insurers)

Union douanière Customs Union

Union Européenne Monétaire (UEM) European Monetary Union (EMU)

unique sole

un arbitre unique a sole arbitrator

uniquement lu *(see below)*

fichier de données uniquement lu 220 read-only data file

unitaire *(see below)*

valeur unitaire unit value

unité *(see below)*

unité à cartouche (inf.) cartridge drive

unité centrale processing unit, mainframe

unité centrale de traitement 217 central processing unit (CPU)

unité de compte unit of account (acc.); currency unit

unité de contrôle control unit (CU)

usage usage, practice; purpose, use

les usages customary practices

les usages reconnus de commerce recognised trade practice

à usage domestique 299 for domestic purposes

bâtiment uniquement à usage d'habitation building for dwelling purposes only

maison à usage d'habitation privée private dwelling house

par usage de commerce by usage of trade

par usage de fausse qualité by using false capacities

par usage de faux noms by using false names

être régi par la Loi et les Usages 102 to be governed by Law and Customs

selon les usages as is customary

usine à gaz Gas Works

les bâtiments ne faisant pas partie d'une usine à gaz buildings not being part of a Gas Works

usiner des pièces mécaniques to manufacture mechanical parts

ustensile utensil

usuel customary

de manière usuelle in a customary manner

usuraire usurious

taux usuraire usurious rate

usure 028 wearing out, wear and tear; usury

usure normale fair wear and tear

utilisateur final end user

utilisation use, means

mauvaise utilisation misuse

par utilisation de la force et de la violence by forcible and violent means

V

vacant vacant

les locaux qui sont vides ou inoccupés premises which are vacant or unoccupied

vague *(f.)* wave

valable valid

valable auprès de … par … (Crédoc) Available with … by …

valeur value

valeur à neuf 209 full value, value as new, reinstatement value (US)

valeur actuarielle actuarial value

valeur actuelle current value

valeur agréée agreed value

valeur assurée insured value

valeur au comptant cash value

valeur avant sinistre value before loss, sound value

valeur comptable d'une entreprise book value of a firm

valeur conventionnelle 211 (c'est la valeur de remplacement du bien informatique déduction faite de l'abattement fixé au contrat) contractual value (it is the replacement value of the item of computer equipment less the deduction provided for under the policy)

valeur d'assurance actual cash value; insurable value

valeur d'usage value of use

valeur de base basic value

valeur de rachat d'un produit loué surrender value of a leased product

valeur de reconstitution vétusté déduite replacement value less an allowance for wear and tear

valeur de remplacement 068 replacement value

valeur de remplacement à neuf full replacement value

valeur de remplacement au cours du jour current replacement value

valeur de remplacement dépréciée depreciated replacement value

valeur de sauvegarde 211 backup value

valeur de sauvetage salvage value

valeur économique (remplace maintenant valeur vénale) 083 market value, cash value

valeur estimative assumed value

valeur intrinsèque intrinsic value

valeur locative rental value

valeur nominale nominal value

valeur présumée assumed value

valeur résiduelle (maintenant remplacée par valeur du bien après sinistre) residual value, value after damage

valeur saine sound value

valeur totale en risque total value at risk

valeur vénale (maintenant remplacée par valeur économique) 029, 286 market value, cash value

valeurs securities

détournement de fonds et valeurs par le personnel misappropriation of money and securities for money by the staff

titres et valeurs 290 securities

tous les documents ayant valeur d'argent all documents representing money

valide valid; able-bodied

adulte valide able-bodied adult

valider 212 to validate

valoir *(see below)*

faire valoir ses droits to enforce one's rights

vandale vandal

vandalisme vandalism

acte de vandalisme act of vandalism

vapeurs réfrigérantes refrigerant fumes

vaporisation spraying

variable variable

élément variable variable element

variation change

variation anormale de température abnormal change in temperature

vasistas fanlight *(UK)*, transom *(US)*

véhiculer une bonne image de marque to convey a good corporate image

à la veille de on the eve of

veiller *(see below)*

veiller à ce que to see to it that

veiller à faire qqch. to see to doing sthg

veiller à qqch. to see to sthg

vente sale

vente aux enchères auction sale

vente directe en assurances direct sale in insurance

vente en gros wholesaling

vente liquidation clearance sale

vente par correspondance mail order selling

en vente for sale

société de vente par correspondance mail order business

ventilation apportionment; ventilation

ventilation des frais subsidiaires ancillary costs apportionment

ventilation par branches (ass.) breakdown by class

ventiler to ventilate; to apportion

véranda verandah

verbal verbal

avis verbal de sinistre verbal notice of claim

verbalement contre récépissé orally against receipt

verger orchard

verglas black ice

vérification *(see below)*

vérification du matériel informatique hardware check

lors de la vérification on inspection

vérifier to check

vérifier les comptes to audit the accounts

vérifier les écritures par rapport au relevé bancaire to check the entries against the bank statement

vermine vermin

verre trempé tempered safety glass

verrerie glassware

verrouillable *(see below)*

installations verrouillables lock-up facilities

verrouiller par combinaison to lock by combination

versement *(argent)* remittance

versement d'un dépôt remittance of a deposit

versement intermédiaire interim remittance

verser des fonds to remit money

au verso overleaf, on the back

vertige dizziness

vertu *(see below)*

en vertu de l'Article 125 317 pursuant to Article 125

en vertu du présent contrat under this contract

vestimentaire *(see below)*

effets vestimentaires ou personnels clothing or personal effects

vêtements et objets du personnel clothing and personal belongings of employees

vétérinaire veterinary

veto veto

vétusté wear and tear

viable viable

vibration vibration

vice *(see below)*

vice apparent apparent defect

vice caché latent defect, hidden defect; defective manufacture

vice de conception defective design

vice de construction flaw in construction, faulty construction

vice de forme (jur.) informality, irregularity

vice de forme (document) faulty drafting

vice propre inherent defect/vice

vicier *(see below)*

vicier un contrat to vitiate a contract

matériel vicié damaged equipment

victime victim

vide *(n.)* void

vide juridique loophole

vide-ordures garbage chute *(UK)*, trash chute *(US)*

vider les lieux to vacate the premises

vieillissement ageing

vieux *(see below)*

les sinistres seront réglés sans déduction du vieux au neuf claims will be settled without deduction of new for old

vigueur *(see below)*

avenant en vigueur operative endorsement

en vigueur in force

la loi et la coutume en vigueur governing law and practice

mise en vigueur enforcement

période de vigueur du contrat validity period of the contract

violateur violator

violation 231 breach, infringement; trespass *(land)*

violation d'engagement 120 breach of warranty

violation de la vie privée infringement of privacy

violation de réglementation infringement of regulation

violation du secret professionnel breach of professional secrecy

violence violence

vol avec violence violent theft

délit avec utilisation de la violence violent offence

virus informatique computer virus

viser 094 *(see below)*

viser un document to certify a document

les frais visés à l'Article 1 the charges referred to in Article 1

visible visible

marques visibles faites par des outils, des explosifs, des produits chimiques ou l'électricité visible marks made by tools, explosives, chemicals or electricity

visites aux clients, visites de clientèle calls on customers

vitrage glazing

tout vitrage incorporé dans la construction ou la couverture des locaux any glazing incorporated in the construction or the roofing of the premises

vitrail *(pl.* **vitraux***)* stained-glass window(s)

vitre window pane

vitre pare-balles bullet-proof window (pane)

vitré *(see below)*

fenêtre vitrée glass window

vitrier glazier

vitrine shop window *(UK)*, show-window *(US)*; showcase *(inside a shop)*; display cabinet *(furniture)*

vitrine de devanture shop window, show-window

la vitrine de devanture n'ouvrant pas directement dans les locaux the show-window not opening directly into the interior of the premises

voie *(see below)*

voie de desserte service road

voie de fait sur la personne du conducteur assault committed on the driver

voie publique highway

en voie d'achèvement under completion

par voie d'adjudication by tender

par voie judiciaire by legal process

voir par soi-même to see for oneself

voire 220 even

voirie highways

police de la voirie road police

voisin neighbour *(n.)*; neighbouring *(adj.)*
recours des voisins et des tiers recourse of neighbours and third parties

voisinage neighbourhood, vicinity; exposure
voisinage aggravant (inc.) dangerous exposure

voiture de fonction company car

vol 193 theft
vol à l'arraché bag snatching
vol à l'étalage shoplifting
vol à la roulotte theft from parked vehicle
vol à main armée hold up
vol avec effraction 012 burglary, housebreaking
vol avec escalade cat burglary
vol ou tentative de vol avec usage de la force ou de la violence theft or attempted theft by forcible or violent means
vol qualifié 290 robbery, aggravated theft
vol simple larceny
vol sur la personne du convoyeur messengers robbery

volaille poultry

volatilité du marché volatility of the market

voler qqch. à qqn to steal sthg from sb., to rob sb. of sthg

volet shutter

voleur thief
voleur en col blanc white-collar thief

voligeage boarding
voligeage jointif close boarding
voligeage non jointif open boarding

volontaire *(adj.)* voluntary; wilful
utilisation volontaire 222 wilful use

volontairement wilfully

volonté *(see below)*
des circonstances indépendantes de sa volonté circumstances beyond one's control

voltage voltage

volumineux bulky

voué à 016 dedicated to

vouloir dire *(mots)* to import

voyage d'affaires business trip
partir en voyage d'affaires to go on a business trip

voyageur-représentant-placier (VRP) sales representative/rep.

vraisemblable likely

vraisemblance likelihood

vue sight
en vue d'un règlement with a view to a settlement
en vue de garantir 326 with a view to covering

vulnérabilité vulnerability

IMPRIM'VERT®

Imprimé en France par I.M.E. – 25110 Baume-les-Dames
N° d'édition : 004920-02 – Dépôt légal : mai 2013